文春文庫

むかし・あけぼの

上

小説枕草子

田辺聖子

目次

むかし・あけぼの　上

小説枕草子

1

まったく、則光《のりみつ》ったら、なんでこうも私をイライラさせるのかしら。

イライラさせる、っていうのか舌打ちしたくなるっていうのか。

憎らしいっていうのか、じれったいというのか。

昔とちっとも違ってやしない。

いや、ある点では昔より冴《さ》えなくなっている。たとえば、太っちゃったこと。

昔——もう十年ちかく前だから、むりもないけど——ハタチぐらいの則光は、まだ痩《や》せていた。ほっそりして長身で、うしろから見ると姿のいい男で、どんな貴公子かと思ったものだ（前から見るとどことなく間のびした顔なのだ、これが——）。

せめてそれが取《と》り柄《え》であった。

しかし今は、体が重そうに四肢《しし》も肉がつき、太っている。則光の心に反して体はむくむく太り、それもただ肥満しているだけでなく、はちきれんばかりの活力を押しかくし、力がありあまってむずむずしている、そんな感じである。

「体」は野卑《やひ》というべくすこやかなのを「心」に対してすこし羞《は》ずかしく思っている、そんな感じで、私には捉《とら》えられる。

殿上人《てんじょうびと》や、やんごとない公達《きんだち》には、三十前後の若さで太っている人もないではないが、それでも、そういう人のは、

「清らかな肥満」

とでもいうべく、けだるい、眠たげな、上品さがある。色が白く、高貴な面立《おもだ》ちをしていらっしゃるから、何もかもふっくらとみえる。

挙措進退《きょそしんたい》も、したがって軽々しくなく、みやびやかにおちつき、そうなると、太っていられるのまで美点になる。痩せた人は、衣服に風が通って軽躁《けいそう》にみえるが、太った人は、中身が充実してみえ、別の魅力が生まれてくる、というものだ。

しかし則光は何としよう、ただもうやたら頑健《がんけん》な体つきになってしまって、殺しても死なないという憎々《にくにく》しいような図体《ずうたい》、持主の則光にもことわりなく、こうなってしまった、というところであろう。

肩の肉なんか盛り上って、腕の力こぶなんか、荒行《あらぎょう》の修験者《しゅげんじゃ》でもかなわないくらい、深山の百年杉のように太くてがっしりした首、一枚岩のようにぶあつく頑丈《がんじょう》な胸板（その中には、体つきに似合わぬ、気のよわい、単純な心がおさめられている）。

そうして首の上にのせた肉厚《にくあつ》の童顔は、いま、どことなく紐《ひも》のほどけた、一種言いが

たい、心もとない表情を浮べているのだ。女房たちが気やすく、

「則光」

「則光さん」

と親しむはずである。尤《もっと》も則光は、女たちばかりでなく、宮廷の男たちにも評判はわるくなく、気受けはいい方である。「気よし」と思われている。

「気よし」と思われるのは、いちめん、バカにされていることであるけど。

若いころの私は、そういう則光が気に入らないのであった。気に入らなくても、父が則光を私の婿《むこ》にきめたので仕方がない。

あのころは則光とケンカばかりしていた。

則光に新しい女ができて、そっちの方に子供が産まれたからである。まあ、男は二人妻どころか、三人四人、やんごとないあたりの方々は十なん人もの妻をお持ちになる世間の風習だから、下っぱ役人の則光だって、二人ぐらい持ってわるいということはないけれど、私は、がまんならなかったのだ。

私はすべて、

「唯一人《ただひとり》の人」

にならなければいやだ。

「一番」

でなければ、二番や三番なら、死んだ方がましである。どこまでも「一の人」をめざ

す。

トシこそ、私より一つ二つ上だけれど、才智《さいち》もなく、すこしヒビキの鈍い則光ごときが、私のほかに女を一人持つなんて、私の自尊心は堪えられないのであった。結婚してつくづく、則光に失望したのだけれど、彼は、平均男性の水準ほどの文学的教養すら、ないのだ。

役人に必要な漢字だけは、曲りなりにもどうやらこうやら修《おさ》めているが、物語や歌にしたしむ、あるいはまた、人の世の優美な情趣を解する、女心や男心の機微、恋の諸わけを知り、もののあわれに心打たれる――といった風流げは一切なしの、全くの朴念仁《ぼくねんじん》だったのである。

(これじゃ、話もできやしないわ……)

と、私は、結婚して数日後には、がっかりしていたのだ。

則光は、私がそう思っているとは知るよしもなく、若妻の私に夢中になっていた。家にいると片ときもそばを離れず、それかといって面白い話題を提供したり、考えついたりする気働きもないので、赤ん坊が乳をほしがるように、私の体ばかり貪《むさぼ》っていた。

「あの人、ちっとも面白くないので、こまるわ、お父さま。どうやって教育したら、いいんでしょう」

私は父にいった。

父はもう、七十六歳であった。私は父の、五十八のときの子である。おそくにできた末娘なので、父は私を溺愛《できあい》していた。

父は清原元輔《きよはらのもとすけ》といい、官界より、歌壇に名がたかい。「後撰集《ごせんしゅう》」の撰者《せんじゃ》にもえらばれたということだけれど、その輝かしい閲歴《えつれき》は、すでに私の生まれる前に終わったことである。いまでも折々は、権門《けんもん》の家にお喜びごとがあると、求められて儀礼的な祝い歌をつくって奉《たてまつ》ったりする。

そういう父の栄誉は、私自身の誇りでもあったが、しかし内証《ないしょ》でいうと、家庭内の父は禿《は》げあたまの、面白い冗談をいう爺《じい》さんである。

父はいつか賀茂祭《かものまつり》の使者となって威儀《いぎ》を正し、馬で一条大路《いちじょうおおじ》をゆく途中、馬が何かにおどろいてつまずいたため、路上に転倒した。

それはよいが、おかげで冠が落ち、つるつると禿げたあたまが露出した。

何しろ、冠や烏帽子《えぼし》をとるのは、下着をとって裸になるのと同じくらい恥ずかしい、みっともないこととされているのだから、見物人たちはどっと笑った。それも髪があればともかく、つるっ禿げのあたまに折からの夕日が赤々とさして、後光のように光り輝いたのだから、どんなに異様な見ものであったろうか。殿上人の車がたくさん並ぶ前だったから、馬の口取りたちはあわてて冠をさし出した。

ところが父はそれを制して、

「あわてるな、ご見物の公達に申上げることがある」

と殿上人の車のそばへ歩み寄り、

「馬から落ちて冠をおとした私を、公達はさぞおかしく思われましょうな。しかし、それはあやまりと申すもの、用心深い人でも物につまずくことがある。まして馬ならよけいでありましょう。この大路は石ころも多い道じゃ。馬の罪ではない。まして、私に落度あったのでもない。それに冠は結《ゆわ》えるものではない。髪の上にのせて冠を安定させるもの、しかるに私にはすでに鬢《びん》は失われておる。されば落ちた冠を恨むべき筋合いのものではござらん。こういう例は多々あるのです。なにがしの大臣《おとど》は大嘗会《だいじょうえ》の御禊《ごけい》の日に落された。またなにがしの中納言《ちゅうなごん》はさる年の野の行幸《みゆき》に落された。なにがし中将《ちゅうじょう》は祭の帰さの日、紫野《むらさきの》で落された。かくのごとき例はあげて数えることもできませんぞ。さればそのあたりの故事、物の道理もわきまえなさらぬ若公達《わかきんだち》が、やたらお笑いになるものではないのじゃ。笑うものこそ、痴《し》れ者と申してもよろしかろう。おわかりかな？」

と車に向かって身ぶり手ぶりで説教し、おちつき払って大路に突っ立つと、高らかに叫んだ。

「冠をもってまいれ」

そうして、馬の口取りが捧げた冠をおもむろにかぶったので、見守っていた人は堪えきれず、声合せてどっと笑ったのだった。馬の口取りは、

「なんですぐ冠をお召しにならないので？　やくたいもない演説をなさったんでございます？」

と聞くと、父は、

「ばか者め、こうやって道理を言い聞かせたればこそ、この場では笑うが、あとあとまでは笑わんのだ。そうでなかったら、あの口さがない、ばかの青二才《あおにさい》どもめ、いついつまでも私をなぶり者にして笑うたであろうよ」

といったそうである。

父は人を笑わせることがうまく、それに肝太《きもふと》い、人を人と思わぬところがあったようである。それも悪辣《あくらつ》、したたか、といった意味ではない。恵まれた歌才を自分でももちあつかいかねるほどでありながら、公人としてはあまりに微小な身分なのであった。官位は遅々《ちち》としてすすまず、年月は待ってくれなかった。父はそのうちに、この人生や人間に対してある種の達観や、開き直りを持ったらしい。

それが父を、「世に馴《な》れたる人」にしたらしい。父は官位こそ微禄卑小《びろくひしょう》の身だが、手だれの歌よみで、洒脱《しゃだつ》で諧謔《かいぎゃく》を弄《ろう》する人、と世間に思われるようになった。

父のはじめの子供——私にとっては長兄——は、すでに私より二十以上年上なのであった。姉もはや、人に嫁《か》して中年になっている。私と、すぐ上の兄の致信《むねのぶ》を生んだ母は、父にとっていちばん新しい妻なのであったが、早くに亡くなっていて、私は母の顔を知らなかった。

そのせいでか、父は末っ子の私をよけい可愛《かわい》がってくれたようだ。

「かわいい姫や」

というのが父のおどけたときの口ぐせで、

「もし、お父さまがどこかの上国《じょうこく》の太守《たいしゅ》になったら、お前もうんと飾り立ててかしずかせて、すばらしい婿君を取ってあげるよ」

というのであった。

「それじゃはやく、そうしてよ。お父さま、どうすれば守《かみ》になれるの？」

と私はせがんだ。

「それは、えらい方々、主上《うえ》や月卿雲客《げっけいうんかく》のお定めなさることだ」

「ではおねがいにあがれば？　娘が喜びますから、ぜひ、はやく守にして下さいませ、と、おっしゃれば？」

「わはははは。娘だけではない、わしだって、守になれば大喜びだがね。大喜びするのは誰だって同じ、だからたくさんの人がそれを望んでいるから競争がはげしいのだ。希望者は多いのに国の数は限られている、娘一人に婿八人とは、このことなのだよ」

私が物心つくころには、春の除目《じもく》のたびに大騒動になっていた。春の除目は地方官の任命である。毎年のように、

「今年こそは、うちの殿様も運が向いてこられるかもしれない」

というので、古い郎党《ろうどう》たちが田舎あたりからも上洛《じょうらく》してくる。

「どないです？　今年もかなり運動費をつぎこんだんでっしゃろ。順序からいうても、もうそろそろというところとちゃいますか」

などと、親類たちも集まってくる。これはうまくいけば尻《しり》にくっついてもろともに旨《うま》

い汁を吸おうという、欲の皮の突っ張った連中である。それらの訪問客の牛車《ぎつしや》が立てこんで轅《ながえ》のひまもなく、ぎっしりとなる。任官祈願の物詣《ものもう》でをするというと、われもわれもとついてくる。

人々は集まって、

「前景気、前祝いや」

と果てしなく物を食い、酒を飲み、

「ぐーっとあけなはれ、親方《おやかた》日の丸や、うしろに殿さんがついてはる、きっと上国《じようこく》、上上国の守にならはる、えらい日の出の勢いや！」

などと大気焔《だいきえん》をあげて歌なんか唄《うた》っている。

それが三日つづく。除目は三日にわたって行なわれるのである。

三日目の晩までに任命の知らせがないと、みんなきょときょとする。

任官の詮議《せんぎ》を終えられた上達部《かんだちめ》たちが、次々と先払いをさせて帰ってゆかれる。前駆《さき》追う声を門前に聞くようになっても、まだ、吉報の使者は、門を叩《たた》かない。

はや、夜は白々とあけてくる。

そのうちに、連絡係りとして見にやらせておいた下男《げなん》が、詮議の果てた役所から、とぼとぼと帰ってくる。寒さと空腹と失望にやつれたその顔を見ると、邸《やしき》の人々は、

「どうだった？」

と聞く気さえ、おこらない。

よそからやってきた郎党《ろうどう》や、親類のあつかましい取巻きたちは無神経に、

「どやどや、殿さんは何国の守や？」

というのである。

こういうときの答えは、だれもきまっていて、「あきまへん」とはいわない。「何々の国の前司《ぜんじ》ですよ」という。前の国司、というので、結局、新任の国司にはなれなかったことである。

田舎から上ってきた郎党や古い馴染《なじ》みの家来はがっかりして、一人去り、二人帰りしていつのまにか出ていく。取巻きや親類はこそこそといなくなったりする。

どこへもいきようのない家来たちは、早や、来年闕官《けつかん》予定の国々を指折って数えたりして嘆息している。

その中で、常識的にいえば、いちばん落胆し、嘆いているのは邸《やしき》のあるじであるはずなのに、父ときたら、

「かわいい姫や」

と、少女の私にふざけて、こっそりいうのである。

「これでまた、来年までの楽しみができたわけだよ」

「どうして」

「また一年、やきもきしてあれこれ運動したり、金策に走りまわったり、あちこちにお追従《ついしょう》したり。男の仕事ができたわけだ。目標があると張り合いができるというものだ

よ」

「でも目標ばっかりで、いつまでも実現しなかったらこまるわ。そういう楽しみは、もう、ほどほどのところでいいんじゃない？　お父さま」

「あははは。お前のいうとおりだ。いつまでも来年の楽しみばかりでは、わしも年とってしまう。お前のために、いつまでも元気でいるつもりだけれどね」

それは本当で、父は老人だけれども体は頑健《がんけん》で、精神も活潑《かっぱつ》だった。私の生まれたときから老人だったから、私にとって父は、老いたようにはみえなかった。

父は司召《つかさめし》にはずれると、歌をつくって、しかるべき人々に贈った。それらのあるものは秀歌として宣伝され、賞讃《しょうさん》を博し、人々の共感を誘発して、世間にひろまっていった。

年ごとにたえぬ涙やつもりつつ
　いとどふかくや身をしづむらむ
こころみに折もしあらば伝へなむ
　咲かで露けき桜ありきと

禿頭《とくとう》をいただいて、いつまでも不遇に沈淪《ちんりん》しているのを嘆く歌であるが、父は私に向かって、

「なあに、来年こそは。——がっかりし慣れると、人間、しぶとくなるもんだよ」

と片目をつぶって笑っていたのだ。

それは娘を元気づけようとするために、わざとしているのではなくて、父は生得《しょうとく》、そんなところが性質の中にあったように思われる。

どんなときにも父は、しんからしょげたり、失望したり、気鬱《きうつ》になったりしたことはなかった。悲しい歌をつくっても、父にいわせれば、

「悲しいという気持ちをみつめている、もう一人の自分がいないと、悲しい歌なんか、詠《よ》めないものだ」

といっていた。

「歌というものは、追憶と客観の中から生まれる。その最中に詠んでるようでも、必ずもう一人の自分が、自分を眺めているところがある」

ともいった。

私はまだ、父の言葉がよくわかったとはいえなかった。それに父は、私に歌の手ほどきはしてくれたけれど、どうやら、私に歌の才がないのに気付いたようだった。

「無理をすることはない」

と、父は慰めた。

「歌なんか、詠めなくともよい。お前はあたまのいい子だ。お前の中には、何かしら、面白い、かわいらしいものがある。魅力がある。そういうものは、見る人がみればわかる。いまにお父さまだけでない、ほかの人々も、『かわいい姫や』と心からいってくれ

るようになるだろうよ」

「お婿さんが？」

「そうだな。夫にかわいがられるか、それとも……宮仕《みやづか》えにでも出るようになれば、もっとたくさんの人に好かれるかもしれない」

父はわりにひらけた考えの持主であった。

昔風に、「女は家庭を守り、いい夫と子供に恵まれ、生涯《しょうがい》、世の波風を知らないのが幸福」とは、私に教えなかった。また、「女は夫や子以外に顔を見せるものではない。鬼と女はかくれている方がよいのだ」とも強《し》いなかった。

宮仕えする女たちもたくさん見なれ、かつ、私の亡き母は、小野宮《おののみや》家の女房だったということだ。才気があって社交家で、ご主人にも来訪者にも頼られ、人気者だったということだ。

「そういう女は、世の中の花みたいなものだ。女ながらに世の中へたちまじって、人をたのしませたり、自分もたのしんだりする、そういう人生であってもわるくはない。――しかしまあ、一人の男に愛される人生も、わるくはない。お父さまとしては、お前に、無難な幸福を用意してやりたいからね」

父は私に、いろんな人生を思い描いているようであった。

もう一人前になった私の異母兄姉たちは、すでにそれぞれの道を歩んでいたが、官吏として前途有望、というような人はいなかった。

一人は雅楽頭《うたのかみ》で、音楽関係の人になったし、またもう一人の兄は僧侶であった。私のすぐ上の、母が同じの兄、致信《むねのぶ》は、よくいわれる「京わらんべ」で、不良のあばれ者であった。

父は兄の致信にも心をいためているようであったが、

「ま、しかたないさ。その子それぞれの、持ってうまれたものだ。あれも追い追いに恰好《かっこう》つくだろう」

といっていた。しかし私は、兄とは仲よしだった。

ついに、父が六十六歳のとき、待望の、上国《じょうこく》の国守《こくしゅ》になれた。周防守《すおうのかみ》に任じられたのだ。

「おめでとうございます」

「いや、この日をお待ちしましたぞ」

日が当たる家には人はどっと集まってくる。

九つの私は人々の狂おしい昂奮《こうふん》ぶりにただもう、目をみはっていた。私にはまだ、それがどれほどの幸運なのか、よくのみこめないのだった。

周防は良い国で、ゆたかな国である。その国の地方長官に任じられ、四年在任すれば、かなりの経済的基盤ができる、ということなど、知識としてわきまえていても、むろん実感できるはずはない。

私は父に伴われ、周防へ下った。瀬戸内《せとうち》の多島海を縫ってゆく船旅であった。周防の国へ着けば、そこはもう、父・元輔《もとすけ》より偉い人はいない。

周防での四年間は楽しかった。父は正月子《ね》の日、勝間《かつま》の浦の浜辺へ遠出につれていってくれ、にぎやかな子《ね》の日の宴を張った。そのときの父の歌が、父の歌集にある。

思ひいでよ千年《ちとせ》の春のけふごとに
勝間の浦の岸の姫松《ひめまつ》

父はこれを私のためにつくった、といっていた。父は陽気で話好きな人で、任地でも人気があった。能吏、良吏というほどではないけれど、悪逆でも苛酷《かこく》でもなかったようだ。「受領《ずりょう》は倒れるところの土でもつかむ」といわれて貪欲《どんよく》の象徴のようにいわれるけれど、父はそんな才能はなかったのではあるまいか。

なぜなら、周防の国司《こくし》をつとめてのちも、まだ家産はゆたかではなかったからだ。父はそのあとなお、猟官《りょうかん》運動に精出さなければいけなかった。

周防の国から、任果てて帰ってきたのは父が七十一歳、私が十三歳のとしであった。帰りの船旅は往《い》きより情趣ふかかった。私はもう、童女ではなくなっており、感受性ふかい年ごろになっていたからであろう。

海の景色は心の晴れる眺めではあるけれど、突然、空のさまが変わるおそろしさも知った。

日がうららと、海面は青みどりの布を張ったよう、島影が見えかくれして舟歌ものどかにゆくうち、にわかに風が吹き、日の光はさっと曇ったかと思うと、海に波が立ち、舟ばたを叩《たた》く。舟泊《ふなどまり》へ着く間もなく、波が高くなり、飛沫《しぶき》は人々の裾《すそ》をぬらす。

海はいろんな顔を持っていた。

海で働く男たちや女たちも見た。水夫《かこ》、楫取《かじと》り、舟人足らは、不気味な海も、何とも思わぬさまで漕《こ》ぎ出してゆく。荷物をどっさり積みこみ、舟の上をわが物顔に走りあるくのであった。目のくらみそうな舟ばたをすばしこく伝っていく。

海女《あま》は海に潜《もぐ》り、私がおそろしく思って見守るうちに栲縄《たくなわ》を引き、それを舟の上の男がたぐりあげる。水面に浮び出た海女は、笛のような息をはいて切なげである。

「かわいそうに……」

と私がいうと、父は、

「あれがあの人々の仕事なのだ。海を相手にあの人々は楽しんで仕事をしているので、何もかわいそうなことなんか、ないのだよ。向こうはわしたちを見て、窮屈《きゆうくつ》で気骨の折れる仕事を押しつけられてかわいそうに、と思っているだろう」

と笑った。

でも私は、やはり、海女になるよりは、受領の姫といわれるほうがいい。都へ帰れるのだもの。

都の祭り、都のにぎわい、面白い物語が手に入る都へ戻れるのはうれしかった。

しかし、海旅の情趣もまた、すてがたかった。舟泊に入る夜、舟ごとにともす灯の美しいこと。

未明、舟から見ていると、小さなはしけが笹の葉を散らしたように浮ぶ。あとに白い波がのこり、私は父に教えられた古歌の、〈世の中を何にたとへむ朝ぼらけ漕《こ》ぎゆく舟のあとの白波〉を思い出したり、した。

遠いようにみえるが、舟でゆくとあんがい、道は近いのを発見したりする。

「遠くて近いものは舟の道ね、お父さま」

「なるほど。では近くて遠いものは何だろう」

「十二月のおしまいの日と、お正月の一日。たった一日のちがいなのに、新年になるとがらりと変わってよ」

「なるほど、それもある」

父は笑った。年とった父と私は、仲よしだった。帆をあげた舟が走ってゆく。なんと迅《はや》いことか。

「ただ、過ぎに過ぎてゆくのねえ……帆をあげた舟は……」

と私がつぶやいていると、父は、

「人の年齢《とし》もだ。それに、春、夏、秋、冬……早いものだ」

というのであった。私にはまだ「過ぎに過ぎるもの、人のよわい。春、夏、秋、冬」という感懐は理解できなかった。私の青春はこれからであった。都にはまだ見ない

「夫」がどこかにいるはずだった。

橘則光は、そのころ、私の家とは身分もつり合い、家柄、年恰好《としかっこう》、ちょうど似合いだと父はいった。何より、則光の母は、冷泉院《れいぜいいん》一の親王《みこ》のおん乳母《めのと》に上っていた。そのころは円融院《えんゆういん》の御代《みよ》で、一の宮は東宮《とうぐう》でいらっしゃった。

次代の帝《みかど》の乳兄弟《ちきょうだい》ということであれば、則光の前途は洋々たるものである。

「気のよい男で、みんなに好かれているし、相応以上に出世するよ」

と父はいった。私には、いろいろの縁談もあったけれど、父のすすめてくれる話をことわる根拠もないのであった。

結婚してわかったのは、則光の得意なのは力わざ、武芸、乗馬、弓などで、いうなら、兄の致信のように無頼《ぶらい》ではないが、かなり、そっちの方にちかいのだ。気が弱いから乱暴者ではないけれど、文芸趣味は持ち合せていないらしい。私はその点にまず失望した。

東宮、のちに即位されて花山院《かざんいん》と申し上げた則光の乳人子《めのとご》の君《きみ》は、優美な風流者《ふりゆうざ》できこえた方である。お歌もあわれに美しく、絵も巧者《こうしゃ》でいられて、建築や美術工芸にまで一家言お持ちになっていた。桜の花は、枝ぶりがごつごつしているのがよくない、梢《こずえ》だけ見えるのがよい、と中門《ちゆうもん》の外へお植えになったり、撫子《なでしこ》の花の種を築地《ついじ》の上にお蒔《ま》きになって、四方、唐錦《からにしき》を引きかけたようにめざましく咲かせたり、なすった。

尤《もっと》も、この君は、おん父冷泉院のお血筋をうけて、ただならぬ狂疾《きょうしつ》の気《け》がおありで、人々を困惑させていられたけれど。

それにしても、そういう風流優雅な多趣味の君に仕えながら、則光は一向《いっこう》、その風に影響されないで、ぶこつ者なのであった。

やがて花山院は、み位《くらい》にあられること二年で、あっけなく退位されてしまわれた。この次第は、世の中もみな、知っていることであろう。花山院が、最愛の女御《にょうご》を亡くされて悲嘆に沈んでいらしたのにつけこみ、野心家の藤原兼家公《ふじわらのかねいえ》一派が、だましすかして、出家をおさせ申したのだといわれている。それは寛和《かんな》二年六月二十二日の夜であった。み位は次の一条帝《いちじょうてい》にうつり、兼家公は摂政《せっしょう》となられた。

則光はいまも変わらず、法皇《ほうおう》になられた花山院の宮にお仕えしているが、栄達の夢はもはや断ち切られたわけである。それが原因ではないけれど、則光に通う女ができたりしてから、私の心は離れてしまい、私は父の家にいる時が多くなった。

「かわいい姫や」

と、いまも父は私にそういうのである。

「男を教育するなんてことが、できるはずはないよ。男が女を教育することもできないが。教育はできないが、がまんして折れ合うことはできる。あれはわるい男ではないと思うがね。何より、お前に惚《ほ》れているんじゃないか。あんなに熱心に迎えにくるんだから。別れるほどのこともないと思うがね」

しかし私は、父の家にいるほうが面白かった。父の家には、歌よみの仲間がよく集まり、歌合せの招待が来たり、した。

私自身にも、そういう仲の女友達があった。

また、父方の縁つづきの婦人は、そのころ権中納言《ごんのちゅうなごん》だった道長《みちなが》の君の北《きた》の方《かた》に仕えており、私は連れられてその邸に遊びにいったりし、よそながらでも権門《けんもん》の家の明るい華やぎに触れたりして楽しかった。

ちょうど、大姫君《おおひめぎみ》さまがお生まれになったばかりで（この方が、のちに一条帝に入内《じゅだい》なさった彰子中宮《あきこちゅうぐう》である）、お邸は陽気でにぎやかで、ちょっと、父の家の気風に似かよっていた。

それは、あるじの道長の君のご気性《きしょう》によるものかもしれない。二十三、四でいらしたかしら、お父君の摂政・兼家公に、いちばん似ていられるという噂だった。度量の広そうな、こせつかない、大らかな感じの方で、私はそのころ御簾《みす》のかげから、ちらと見上げたことがあったが、風采《ふうさい》の立派な殿方《とのがた》であられた。そういうところには、宮仕《みやづか》えしている女房たちが宿下《やどさが》りをしたりして、折々は、内裏《だいり》の噂話を聞くこともある。やすやすと平気で、

「主上《うえ》がこう仰《おお》せられて……」

などという人のことを、私は見る目もまばゆい思いで聞いていた。この時の主上《しゅじょう》はいまの一条帝、まだ、お小さくて、七つ八つ、くらいのお年ごろでいらしただろうか。お元服《げんぷく》前で、内裏《だいり》にはむろん、女御も更衣《こうい》もいらっしゃらない。幼い少年の帝だけの内裏は淋《さび》しくて、

「これであと、四、五年すれば華やかに女御がたがご入内あそばし、内裏はにぎやかに栄《じゆだい》えますわ」

と女房たちはいっていた。

「やがては、こちらの姫君もご入内されるかもしれませんわね」

「でも、それよりも道隆《みちたか》の大臣《おとど》の大姫君が、主上より四つのお年かさでいらっしゃいます。このお方が、まずご入内、という順序でいらっしゃいましょうね。とてもお美しいというご評判ですわ。それに大納言《だいなごん》さま、中納言さまの姫君たちも、それぞれに、ご入内の準備やお妃《きさき》教育でたいへんなのだそうです。当今《とうぎん》の後宮は、さぞ栄えることでございましょうね」

そういう話を聞くのは私には楽しかった。

まだ見たことのない雲居《くもい》のめでたきありさまが、物語の中の世界と重なり、照り映《は》えてゆかしく思われる。

それらの噂《うわさ》ばなしのうち、道隆公の姫君というのは、のちの定子《さだこ》皇后であった。私が何年かのち、この方に仕えるようになろうとは、夢にも思わない。

そういう人たちとのつき合いのうち、私はいつも「元輔の娘」として紹介され、知られるようになった。下っぱ役人の妻というよりは、歌人の娘、という方が、

「ああ、あの……」

と通りがよいのだ。尤《もつと》もそれだけに、何げないちょっとした歌をよむときも、父の名

をはずかしめてはいけない、と気を張ってしまうけれど。

しかし「歌よみ」という肩書きは、どんな上流社会でも、一種、法外の権威であることも知らされた。権中納言・道長公の北の方でさえ、

「元輔の娘」

ということで、関心をお持ち下さるのだった。

それからそれへと、文通したり、誘い合せて物見《ものみ》に出かけたりする仲間がふえていくのは楽しかった。正月七日、宮中では白馬《あおうま》の節会《せちえ》がある。これは帝が紫宸殿《ししんでん》で白馬をごらんになる儀式である。馬は縁起のよいもの、「あお」も春の色、この日に白馬を見ると一年中の邪気をはらうことができるのだそうだ。私も宮仕《みやづか》え女房たちに誘われて見にいくことができて大喜びだった。

待賢門《たいけんもん》のしきいに牛車《ぎっしゃ》がひっかかって、車内の女たちはあたまを突き合せ、挿櫛《さしぐし》を落すのも面白い。

左衛門《さえもん》の陣《じん》に、殿上人がたくさん立っていらっしゃる。牛車の簾《すだれ》ごしに眺めわたすと、立蔀《たてじとみ》のかなた、女官《にょかん》たちがゆき来するのは、あれは主殿司《とのもりづかさ》たちなのかしら。物なれた風に御所《ごしょ》をゆき来している。どんなに前世《ぜんせ》でいいことを積んで、このような晴れがましい人生を送っているのだろうと思うと、うらやましいやら、まばゆいやら、心もはるか九重《ここのえ》の奥にさまよいそうであった。

そういう面白さを見齧《かじ》り、聞き齧り、して、何とやら甘い味をまぼろしのように知っ

てしまうと、もう家庭に引っこんで、則光の世話をしたり、召使いに指図したり、もう一人の女に嫉妬したり、という、せせこましい、みみっちい暮らしには、打ちこめなくなってきた。

たとえば、私が歌をよむ、気の利《き》いた批評をする、そのときに、その価値をみとめて間髪《かんはつ》を入れず、「面白い」といってくれる、そういう人を、そばに持ちたいと願うのは、当然ではないかしら。――則光に私が、何か話題を提供する、すると則光は一緒になって興がるどころか、

「それはどこがおかしいのだ」

と真剣に聞く。

「教えてくれ」

教えてくれ、っていったって。

こういうことは、話してすぐわかってくれなくては。

「ちっともやさしくしてくれない」

と怨《うら》まれたって、やさしくしてやろう、という気なんか、則光あいてでは起きないんだもの。

「ごめんなさい。あたし、べつに、あなたにだけ、やさしくしないんじゃないのよ」

私はそういった。

「あたし、結婚できる女ではなかったのかもしれない。おちついて家の中にいられるよ

うには生まれついていない女なのかもしれない」

男や子供に夢をかけるというよりは、手ごたえのある人間と交渉をもち、反応のす早い会話を楽しみ、互いの教養や機智《きち》や精神のありどころを測定し、競《きそ》い合い、賞《め》で合う、そういうときの、いきいきした、緊張状態、親和の感情、するどい感覚、それらを私は愛する。

また、自然であれ、人生であれ、過ぎ去ってゆく一瞬一瞬の感動を指さし、

「おお！……これは」

「あれは」

と、かたみにうなずき合い、その感動の追体験《ついたいけん》を共有し、いまを生きているという充実感を味わいたく思う。

生まれたときから、そういうものをひたすら知らずに育てられていれば、それらの娯《たの》しみは全く無智《むち》ですんだかもしれないけど、私は父と「オシャベリ」の楽しみを味わってしまった。

そうしてまた、ほんの片はしをかいま見ただけだけれど、もっと華やかな階層の社会も知ったのだ。まあほんとうに。

そういえば、あれはいつの頃だったかしら、小白川《こしらかわ》の、小一条《こいちじょう》の大将のお邸で、法華《ほっけ》八講《はっこう》が行なわれたことがある。暑い六月の半ばであったが、すばらしい盛儀だというので、たくさんの貴賤《きせん》群衆がつどうた。おそくゆくと車のおき場所もないというので、朝

露より早く出かけたが、もう、びっしりと車の波だった。車の轅《ながえ》の上に、あとの車の台を重ねるという混雑ぶり、日がのぼるにつれて暑さも堪えがたい。涼しげなのは池の蓮《はちす》だけである。

しかし、やはり、やってきただけのことはある観物《みもの》だった。

上達部《かんだちめ》がこぞって参集していられた。いらっしゃらないのは左右大臣だけ。涼しげな二藍《ふたあい》の直衣《のうし》、浅葱《あさぎ》の単衣《ひとえ》などを召した方々がずらりと並んでいられて、壮観だった。安親《やすちか》の宰相《さいしょう》の若々しいごようす。廂《ひさし》の御簾《みす》は高々と捲《ま》き上げてあり、長押《なげし》の上に上達部は居並んで坐《すわ》っていられる。その下座《しもざ》に若い公達《きんだち》が、それぞれ、狩衣《かりぎぬ》や直衣すがたで三々五々、席をしめていられるのも面白かった。

実方《さねかた》の兵衛佐《ひょうえのすけ》をはじめて見たのも、そこだったかしら、この人は、長命《ながあきら》の侍従《じじゅう》などと共に、ここのお邸の若君なので、出たり入ったり、していられた。元服前の少年の若君たちが数人、うろうろしていられるのもかわいい。

日がやや高くなった時分、そのころ、三位中将《さんみのちゅうじょう》と申上げた、今の関白殿が入ってこられた。うすものの二藍の直衣に同じ指貫《さしぬき》、白い単衣というお姿で、赤い扇を使っていられるのが、花のようにひるがえってみえた。

いずれも、目のさめるような貴公子がたである。

まだ講師《こうじ》も高座《こうざ》にのぼっていない。懸盤《かけばん》をいくつか出して、物を召し上っていられる方々もある。

義懐《よしちか》の中納言が、しゃれた様子でいられて、目立った。中納言は、花山院《かざんいん》の伯父にあたり、この頃は花山院の御代《みよ》であったから、あとから思えば、中納言の得意絶頂でいられたころであったのだ。

女車《おんなぐるま》などに使いを出して、冗談を言い交し、楽しそうにしていられた。

講師の説法がはじまったけれど、私は家でいそぐことがあったので、中座しなければいけなかった。ところが車が何台もびっしりとあとへつづいてぬけるのは容易ではない。次々の車に頼んで狭いところを通りぬけた。

上達部や殿上人が、

「尊い説教の途中で帰るのは」

「よっぽどのご用がおありとみえる」

と、冗談をいいかけられる。女車と見て、戯《たわむ》れていられるのだった。返事もしないでただもう、車をやらせていると、義懐《よしちか》の中納言は、私の車と知っていらしたらしい（夫の則光は花山院の乳母子《めのとご》なので、その関係である）、

「ま、いいでしょう、『退《しりぞ》くもまたよし』ですか」

と笑われた。「法華経《ほけきよう》」方便品《ほうべんぼん》にある話だが、釈迦《しやか》が法を説こうとすると悟りをひらいたと慢心した五千人の増上慢《ぞうじようまん》が座を立ってしまった。釈迦はそれを止めないで「退くもまたよし」といわれた、という。私は即座に、

「あなたさまも、五千人のうちにお入りになるのではありませんか」

と、いって出た。

あとで、私の応酬《おうしゅう》があざやかだったというので、たいそう評判になった。それを夫の則光に私が話したのだけれど、どこがそう喝采《かっさい》を博したのか、彼はよくのみこめない風だった。

「どこがおかしい。教えてくれ」

「もう、いいわ」

ということになってしまう。

(あの法華八講《ほっけはっこう》の数日あとだった、花山院のみかどが、突然、誰にも知られずご出家なさったのは。義懐《よしちか》の中納言が、あとを慕って世を捨てたのも、あわれ深いことだった。あのとき華やかに時めいていらしたのに、思いもかけず出家なさろうとは)

父がそのころ、肥後守《ひごのかみ》になった。栄《は》えあることだったけれど、父ももう七十九歳であった。

「これが最後のおつとめだな。肥後から帰ってきたら、ゆっくり余生を送ろう」

「ついていったらいけない？　お父さま。この前の周防のときのように。お父さま一人を遠くにやるの、とても心配だわ」

「お前には、則光どのがいるじゃないか。夫婦がはなればなれになるのはよくないよ」

「どうしていいか、いま思案しているんですもの。則光と別れたっていい、と思うんです。あたしがいなくても、あの人はいいみたい。あっちの子供だって、ずいぶん可愛がってるようよ。男の子ですって。あの人、あたしの前で、子供の自慢をするんですもの」

「ふーむ」

父は年老いているが、やはり、いまも、どことなく風変わりで奇矯《ききょう》なところはあった。こういうときでも、

(お前も子供を産むがよい)

とか、

(女は子供を持たないと、老い先、頼り所ないよ)

などと常識的なことはいわないのであった。

「則光どのは男だから、家を嗣《つ》ぐ子が要《い》るだろうが、——しかし子というもの、あればあったで苦のたねだ。どっちでもいい」

「お父さまも、しっかりした子がいれば、こんな年になって遠い国へお出かけにならなくてすんだかもしれないわね」

「そうでもないさ。わしはまだ老いぼれてはいない。肥後の歌まくらをたずねてくるよ。——しかし、お前はわしがかえるまで、夫婦わかれはしばらくお待ち。女がひとり住みするわけにもいかないのだから」

父はひとまわり小さくなり、着物の中で体が泳いでいるようにみえたが、それでも、眼の輝きも声も、元気であった。

肥後は、よその国とちがい、任期は五年である。それまで父が命ながらえ、無事に帰ってきてくれるであろうか。

父が出発してから、私の方にも変化があった。則光の「もう一人の女」が急病で死んだのだ。

「突然だったからねえ……」

則光は、葬式をすませて帰ると、がっくりして、目に涙を浮べていた。

「あたまのうしろを、ぽかっとなぐられたみたいだ。あたまの中が、がらんどうの気分だよ」

そういって則光はすすり泣いていた。

「あらそう」

私はその女を見たこともないし、憎らしくはあっても、かつて親しみをおぼえたことはないから、則光にうまが合せられなくて、困った。

「辛いでしょうねえ」

「何しろ、急だった。長くわずらいついていたのならともかく、前の晩にわかれたところなんだ。気分も晴れやかそうで、どこも変わったところがなかった——飯をくって、そのあと、おれの着物がほころびてる、といって縫ってくれてた。やさしいんだよ、あいつは」

「そお」

「お前とちがう」

則光は、これを憎らしそうにいうのではない。いつも淡々としていう。全く、客観的に判定していう。それが私にはわかる。則光は私に「お前はちっともやさしくしてくれない」と恨むが、それも全く、なんの下ごころもなく、真実をいっているのである。

だから、新しい女のほうをよくいって私を怒らそうとか、おとしめようとか、いう、色のついた発言ではないのであった。子供のように、ありのままをいっている。

そうして、私に向かっていうときは、子供が親に訴えるようないい方になる。

「朝になっておれは役所へ出かけた。出るときも、あいつは子供を抱いて見送っていていつも通りだった。知らせはひるすぎ、来た。様子がへんなので加持《かじ》の坊さんを呼んでいるすきに、ことされてしまった、という。おれがかけつけたら、もう、北枕《きたまくら》に寝かせてあって、手に……数珠《じゆず》がかけてあった」

則光は大粒の涙をこぼし、私の手をにぎりしめ、

「子供が、母親の死んだのも知らないで、ゆすぶってねえ……お母ちゃん、起《お》っきしてよう、というんだなあ、これが。――え、おい。おれはもう、たまらなかったよ」

と、私の体に身を投げかけるようにして泣きじゃくっているのであった。

「かわいそう」

といったけど、私はどうしても涙が出てこないのだ。声も湿《しめ》らない。

こまってしまって、よそ見しながら、則光の背を撫《な》でていた。

「諸行無常《しょぎょうむじょう》だ。花山の院が、女御と死に別れられてお嘆きになっていたときは、おれはまだ、わからなかった。同情の心が薄かった。でも、今はやっと物のあわれがわかったよ」

「仕方ないわよ。諸行無常の世なんだもの」

私はそういって、

「いつまでも悲しんでいては体が保《も》たないわ。何も食べていないんじゃない？　ここ二、三日……」

「食ってない」

則光は放心したようにこたえる。

「体に毒よ。……お食事の用意をしてあるから、おあがりなさいな」

「要《い》らん。食う気なんか、全然おこらない。何を見ても面白くない。何を食っても物の味なんか、わからない」

私は、

（なにをぬかしとんねん）

と、面白くないのであった。別の妻の話を私にして、共感を強《し》いるところに則光のぬけた、「ちょっと足らん」ところがある気もされる。まさか、（いい気味だ）とは思わないが、私にとって、女の死は、哀傷を誘わないのが本音のところである。ただ、小さな男の子の話は、ちょっと心を動かされ、あわれな気がしたけれども。

「じゃ、あたし、一人で頂いていい？」

私は食事をとった。私の方はべつに胸がいっぱいでもなく、味も分からぬということはないので、おいしく頂戴《ちょうだい》する。

「お前はまあ、よくこんなときにめしが食えるもんだねえ」

と則光はいう。なんぞ間違うてるのとちがいますか、死んだのは私の親兄弟でもなし、恋人でもないのだ。

「それはそうだけど、連れ合いの悲しみはお前の悲しみではないのかねえ。同情心がうすいねえ」

則光は怒ってはいなくて、呆《あき》れているのだった。

私はまた、則光が呆れていることに呆れていた。

それから、あんまり長く経たぬうちに、こんどは私の父の訃報《ふほう》がとどいた。父は身内の一人もいない任地先で、灯が消えるように亡くなっていたのだ。

最初に知らせが来たとき、私がまっさきにさがし求めたのは、則光であった。

「お父さまが亡くなったのよ、お父さまが！……ああやっぱり、ついていってあげればよかった。年とった人を、一人さびしく死なせてしまった……」

私は則光にすがって、ありったけの声を放って泣いた。

「元気で帰ってくるって、いってくれたのに。……ああ、あたまの半分、からっぽだわ」

「ふーん。そうかい」

と則光は、途方にくれたようにいっていた。

そうして、おずおずと、

「辛いだろうねえ……仕方ないよ。諸行無常の世だよ」

「そんなことといったって、悲しいものは悲しいわよ！　あんたって、ずいぶん冷淡ねえ」

「おれが」

「そうよ。連れ合いの悲しみは、あんたの悲しみじゃないの。こんなにあたしが、お父さまのことで悲しんでる、それを万分の一でも察してくれよう、というやさしい同情心なんか、あんたには、これっぽちもないんだわ」

「そんなことはないよ……」

「そうよ、あんたには、やさしみってもんがないし、想像力もないのね……」

私が長いこと泣いているあいだ、則光は何となく身をもてあます気味で、私の体をまさぐっていた。

そうして、

「親爺《おやじ》さんが亡くなったら、その分、おれが可愛がってやるから……いいじゃないか、うめ合せしてやるよ」

といい、衿元《えりもと》から大きな手をそろそろとさしこんできた。

「それどころじゃないの、わからないの！　この、ぼんくら！」

私は則光をつきとばした。

「私と、お父さまのつき合いって、そりゃ長い心の交流だったわけよ。いま、急に死なれて、どれだけ悲しいか、わからないの、無能、まぬけ、とんちき」

「お前だって、以前に、あいつに死なれておれが悲しんでるとき、ちっとも一緒に悲しんでくれなかったじゃないか」

「あのときと場合がちがうわよ」

「ちがうもんか。人の死はみな、同じだよ」

珍しく、則光がいきりたって反駁《はんばく》した。

あれから、いろんなことがあって、そうして、私と則光は、いったん別れながら再会した。

私は、関白道隆さまの大姫君《おおひめぎみ》、定子中宮《さだこちゅうぐう》の女房になり、宮中に仕える身となった。

則光は――三十にしてこれもやっと蔵人《くろうど》に昇進し、昇殿を許される身となっている。

そうして、私たちは、めぐりあい、……こんどは夫婦としてでなく、恋人としてのつきあいになった。

「則光。清少納言《せいしょうなごん》はお前の何だ」

と、頭《とう》の君《きみ》にいわれて則光はあわてふためき、

「あれは、私の妹で……」

と苦しい答弁をしたものだから、則光は、

「お兄さま」

というあだ名がつけられ、大笑いになった。

則光は、ちっとも昔と変わっていない。


少女のころ、私は父と話したことがあった、

「遠くて近いものは舟の道ね」

と。

いまの私にいわせれば、それに、

「極楽」

とつけ加えたい。

更に、

「男女の仲」

とも。

極楽は仏様の教えでは十万億土の遠くにあるということだが、また、仏を念ずれば、近くなるともいう。

私は奇妙なことながら、亡父を懐《おも》うことが極楽を見るような思いに打たれた。父が私に示してくれた愛、父の生きかた、父のものの見方、それらに私はふんわりと包まれ、浸り切っているとき、私にとってはたしかに安養浄土《あんようじようど》であった。父は私の裳着《もぎ》に際して、

白川《しらかは》の玉藻《たまも》は今宵《こよひ》結びあげつ
千歳《ちとせ》にすまむ光しるしも

という歌を贈ってくれた。おそくに出来た娘の私は、父にとってこよない慰めで、気晴しであったかもしれない。そのかわり、心もとなくて、父はいつまでも人生の現役でありつづけなくてはならなかった。任地の、遠い肥後で死んだとき、父は八十をこえていた。

「あと半年すれば都へ帰れる、かわいい姫の顔も見られる、とおたのしみでございましたのに……」

父の遺骨や遺品を携《たずさ》えて帰った者たちは、そういって泣いた。任期を半年のこして、父は死んだのであった。ひと目あいたかった、と私はいつまでも未練がのこって泣き暮らしていた。父としては歌人としての名も挙げたし、八十すぎまでの長い人生、最後の最後まで地方長官として働いたのだから、男の一生の花を咲かせた、と心のこりはないかもしれない。父はそういう人だったから。

でも私はもう、こののち、

「かわいい姫や」

と無償の愛を惜しみなくふりそそいでくれる人と、人生で出あうことはないだろう。本音の、真実のところを語り教え、示唆《しさ》してくれる人はないだろう。世の中の通俗な価値観、きまりきった道徳観、面白くもないお手本を、平気で一蹴《いっしゅう》してみせてくれる人はないだろう。

あらゆる虚偽《きよぎ》や仮面を引きはがし、ほんとうの愛、愛する人といっしょにいることの何たるかを、教えてくれる人はないだろう。

私にあてた手紙でもないかと、私は遺品の中から文反古《ふみほご》をさがしてみたが、あるのは歌稿ばかりであった。父は肥後でもいくつか歌をよんでいた。

藤崎《ふぢさき》の軒《のき》の巌《いはほ》に生《お》ふる松
　いま幾千《いくち》世《よ》か子《ね》の日すぐさむ

父の見た肥後の藤崎というのはどんなところであろう……。私はずっと昔の少女のころ、父と共に下った周防の国での子《ね》の日の宴が思い出された。あのときは勝間の浦の浜辺で、私のために歌をよんでくれた。この藤崎での宴は、私はそばにいない。父はひとりで子の日を祝い、こののち、あと幾度、人生で子の日を祝えるだろうかと、呆然《ぼうぜん》と思いやったにちがいない。

それでも私には、父が意気銷沈《いきしょうちん》して涙ぐんでいる姿なぞ思い浮べられなかった。父は私には、いつも洒脱《しゃだつ》で剽軽《ひょうきん》なたたずまいで捉《とら》えられた。父はやさしくてあかるくて、そして軽々しいおどけ者であった。看護《みと》る身内がひとりもいない最期《さいご》の病の床で、父は、

(もう、おしまいだよ。おさらばだよ。私は極楽へいくから、あとからまちがわずにおいでよ。かわいい姫や)

と私に、おどけて片目をつぶってみせる気がする。

(内緒で極楽への道を教えてあげるからね、こっそり、おいでよ。みんなを誘ってきたりすると、私がお前に内緒で教えたりしたのがばれるからね)

と、いいそうであった。

そして私は、といえば、父がそういう人であるということで、よけいに、ひとりで死んだ父があわれで、泣けるのであった。

父の遺産を相続するときになって、私の兄弟たちは揉《も》めに揉めた。それは私に、父と交した会話を、またもや思い出させた。

(近くて遠いものは何だろう?)

と父はいった。私は、

(十二月の晦日《つごもり》と一月一日の間よ)

といったっけ。しかし、「近くて遠いもの」は、「仲のよくない兄弟や親類」なのだ。

なまじ血がつながって近いようでありながら、心と心は遠いのだった。

私と同腹の兄の致信《むねのぶ》は、異母兄姉たちのきらわれ者であった。この頃でもまだ元服せず、髪をふりわけたまま、おそろしいような姿をして大刀を腰にたばさみ、都大路《みやこおおじ》を練《ね》りあるき、悪法師《あくほうし》や身持ちのよくない舎人《とねり》らと組んで、人々を脅し歩いたりしていた。致信は私にはやさしい兄であったが、彼の所業はまともな社会人である兄や姉には蛇蝎《だかつ》のごとくきらわれている。いうなら暴力団ともいうべき京わらんべで、腕力武力だけをたよりに生きており、そのころから、藤原保昌《ふじわらのやすまさ》どのの邸《やしき》に出入りしていた。保昌どのは、道長公の家司《けいし》で、武辺《ぶへん》ごのみの勇ましいお人であった。兄は保昌どのの威を笠にきて、武張《ぶば》っているふしがある。

親族たちが寄った席で、かたみ分けの話が出たりすると、兄はすぐ大声を出した。あるとき、兄が酒に酔って手のつけようもなく暴れたことがあった。すると、則光が、

「致信さん、ちょっと」

と兄に近づき、ひょいとうしろから、羽がいじめしてしまった。そのころはまだ彼は若かったから、痩せて非力にみえたのに、いったん兄をうしろから押えると、もう、力自慢の兄がどんなにあばれても、びりっともできないのであった。

則光はたいして力を出しているようでもないのに、

「致信さん、外で風にあたって、すこし酔いをさましましょう。悪酔いしますよ」

と、ひょいとかつぎあげ、外へ連れ出した。兄は脚をばたばたさせ、則光の烏帽子《えぼし》を

つかんで抛《ほう》り投げ、悪態をわめきちらした。

「まあまあ、いいから。……あまり動くと、酔いがへんに廻って苦しくなりますよ」

そういう則光の言葉をまたず、兄は則光に担がれて、みぞおちを圧迫されたとみえ、則光の背に嘔吐《おうと》しはじめた。則光は兄を庭におろし、介抱《かいほう》し、自分も水を浴びたり、着物をかえたりしたが、べつに怒ってもいない。むしろ彼は、尊大な異母兄姉たちより、暴れ者の致信のほうに親近感をもっているようであった。

私の異母兄姉のうちには、僧になって花山院に仕える戒秀《かいしゅう》という人もいた。この人は僧である上に歌よみとしても名高かったが、そういう教養は物欲とは無関係らしく、

「私は僧として早うから比叡《ひえい》へやられ、親の恵みをうけること薄うおした。そやよってに、そのぶん、ほかの方々より沢山頂《ようけ》かしてもろてもええように思うのどす」

というのであった。

それやこれやで、父の葬式ののち、いざこざは長くつづいた。私は則光と結婚するときに、すでに分与されていたということになって、もらった分はほんのわずかであった。父の歌稿を手もとにおきたいと思ったが、それも戒秀が、父の歌集を編むというので、すっかりさらえて持っていってしまった。兄、姉たちにくらべれば私の受けとった遺産は僅《わず》かだった。

私は父の思い出を、いちばん最近まで記憶にとどめているというだけでも、幸せかもしれない。私は長兄などとは二十歳以上もちがい、自己主張して争うだけの貫禄はなく、

それに、どういうものか、私は経済観念はない。「一の人」になりたい、というのは愛情やら才分の点においてであって、決して貪欲《どんよく》な経済的見地からいうのではなかった。私が現実的欲望に恬淡《てんたん》としているのと同じく、則光の興味と関心も、別のところにあるようであった。

「おい、親爺さんは肥後で、地許《じもと》の若い女をかわいがっていたそうだね」

則光はそれを面白がっていた。私は知らなかった。

「誰がいっていたの、そんなこと」

「家来たちだよ。親爺さんの遺言で、身まわりの品や着物は、その女にかたみわけとしてやってきたそうだ」

則光も私と同じく、物質的欲望から関心があるのでなくて（彼はわりに物欲が薄い）、男同志として面白い話題だと思っているらしかった。

「二十代の女だったというよ、気がいい女で、よく親爺さんの面倒を見たそうだ」

「召使いなんでしょ、ふつうの女房の一人でしょう」

「北の方気どりだったっていうから、そうじゃないだろう。親爺さんは気が若かったからなあ。あんな年になっても若い女を可愛がられるのかね。希望が出てきたな。おれも親爺さんにあやからなくちゃ」

と則光は上機嫌だった。そういう若い愛人がいたということも、しかし私の父の像をそこないはしない。父ならさもありそうにも思われ、かつ私は、父がその女に私の面影

をかぶせ、私の身代わりのように可愛がり、あるときは冗談で、

（かわいい姫や――）

と呼びかけたりしている、そんな情景を思い浮べたりした。

「おいおい、それじゃまるで、色けぬきだとでもいうのか？」

則光は呆れ、

「親爺さんは、その女と寝なかったとでもいうのかい？」

「当然でしょ、父は八十すぎの老人よ」

「八十だって七十だって、男は元気があるよ。うちの親爺だってそうだった、東三条《とうさんじょう》の大臣《おとど》（兼家公のこと）も六十すぎてお盛んだという話だ、女とはちがう。『かわいい姫や』だって？　かわいい姫は姫でも、そりゃ寝床でいったんだろうよ、わはははは、うらやましいよ」

「バカ！　則光のバカ、お父さまは歌よみよ、優《ゆう》にやさしい物のあわれがわかる人よ、女を愛するときだってそうよ、そこらへんの、卑《いや》しい俗物男どもが寝くたれた下司女《げすおんな》といちゃつくのとはちがうわ、天《あま》ざかる鄙《ひな》に住んで都は遠いんだわ、お父様のような文化人には、西の戎《えびす》たちの住んでいる国の風は荒々しいのよ。心を慰めるよすがに、若い女たちをおそばにおいて、都の風流をしのんでいらしたのよ」

「いっとくがね、お前」

と則光は意地わるい口調になり、

「おれはお前の、そういう文化人意識、上流階級意識が鼻もちならんのだ。親爺さんはえらい歌よみかもしれん、歌集の撰者《せんじゃ》かもしれん、千年ののちにのこる歌仙かもしれんがね、人間だからすることは同じなんだ、下司も雲の上人《うえびと》も同じことをなさるのだ、だからっておれは下司に味方したり、雲の上人を嗤《わら》ったりしよう、てんじゃないんだ。同じ人間だと思うだけさ。仏様だって、仏の前では天子も乞食《こじき》も平等だと説いていらっしゃるじゃないか——おれは、こんなことを考えてるんだ、親爺さん、ひょっとして、若い女のやわらかい胸の上で死んだんじゃないか？　ってね。もしそうなら、おれは親爺さんを祝福して喜んでやりたいよ。極楽往生ってこのことだもんな。もしそうなら、おれは前より一そう、お前の親爺さんが好きになるよ。わはははは」

「バカ、死ね、則光！」

私は則光の胸を打ち叩いた。

ちがうわ、ちがうわ。

人は同じじゃないわ。則光みたいな脳足りんには何も見えていないのだ。何も見えず、何もきこえず、無智蒙昧《むちもうまい》の暗い、あさましい凡俗卑猥《ひわい》な泥沼にどっぷり漬《つか》って、頭上を流れる雲、吹きわたる風を見ようともしないのだ。

父は女とむつみ合ったかもしれない、でもその女のむこうに父は都の風と光を見、都の華やかな大路《おおじ》の人通り、祭儀を見たのだ。自分の青春、長い一生、そういうものを感じながら、女の胸に手をおいていたろう。〈いま幾千世《いくちよ》か子《ね》の日すぐさむ〉とつぶやき

つつ、自分の生涯をふりかえり、一日一日を、

(……やっと生きた。今日も生きた)

と思ったかもしれない。桜を見ては、

(来年の桜が見られるだろうか)

と自分に問い、長く生きすぎたか、短かったか、その答えも出ないままに、若い女の肌でなぐさめられようとしたのかもしれない。

そんなことは、則光のいうように(色けぬきなんて考えられない)ということとは別のことなのだ。でも、そういう、私自身でも説明できないような、ある種の感懐——たとえば、父と私だったら共感し合えたであろうようなもの——を他人に分からせることができるだろうか。いつか私は、折々の感動や、ふきあげ、こみあげてくる激情を、表現する力をもつであろうか?

いちばん身近にいる則光にさえ、分からせることができないのだもの。

それにしても、「遠くて近いものは男女の仲」と、現在の私が思うのは、いったん別れた則光と、三十になってまた、かかわりを持とうとは思いも染めなかったからだ。

尤《もっと》も、則光も、思いがけないことだったろう。

別れてからは交渉なく暮らしていたので、互いに宮中に仕える身になってから再会したときは、正直、なつかしい気がした。大喧嘩《おおげんか》をして憎しみ合って別れたというのではなく、逃げてきた、というのでもないので、私は則光を見たとき、情愛の濃い男きょう

だいにめぐり会った気がしたのであった。彼は蔵人《くろうど》である。これは天皇の側近にお仕えしてあちこちへ連絡にいくので、中宮の女房たちのもとへもたびたび来た。

則光の方は、私のことを「情愛の濃い女きょうだい」とは思えないようであった。

宮中の局《つぼね》に私がいたときだった。ここは細殿《ほそどの》で、清涼殿《せいりょうでん》への通り道だから殿上人の往来が繁く、昼も夜も沓音《くつおと》がする。

その沓音がふと止まって、指一本で、ひそやかに戸をたたく者がある。

この細殿の局は、よその御殿とちがい、部屋が狭く、いくつもくぎった部屋がつづいていて、物音はつつぬけである。声高く笑うこともできないで、夜昼、ともに気をつけないといけない。

指一本で叩いている男は、しばらく耳をすましているようであった。私は声を殺してだまっていた。昼間、登華殿《とうかでん》ですれちがいざま、

「元気かい？」

といっていた則光にちがいない。

私が少し身じろぎしたので衣《きぬ》ずれの音がしたせいか、それを聞きつけて、男はまた、ほとほとと、しのびやかに叩く。こちらは火桶《ひおけ》の火箸《ひばし》をつかうにも用心して音を立てないようにしているのだが、それさえ気配でわかるらしく、

「いるんだろう？　おい。海松子《みるこ》」

とはては低い声で名を呼んでしまい、あたり四方へ知れわたってしまう。

声で則光とわかるばかりでなく、私の名前、海松子とよぶのは、彼しかいないわけである。

則光を、こんな公舎ともいうべきところへ招き入れたら、どんな風に噂されるやらわからないが、私はしかたなく、戸を開けた。

則光はうれしそうに入ろうとして、彼方から、一群の人々が歌など歌いながらやってくるのをみつけ、途方にくれてたたずんでいる。私はこういうとき、機転のはたらく女で、咄嗟《とっさ》に大きく戸を開け放ち、殿上人の一団を迎え入れる風をみせた。人々はここへ入ろうと思っていなかったらしいが、私が戸を開けたので、次々と立ちどまり、

「やあ、今夜はここで夜明ししようじゃないか。もっと詰めてくれたまえ」

「狭いのです。もう坐《すわ》れません」

「あとから来た人は立って、立って」

「おとなりの局《つぼね》はもう、おやすみですか？　起こしなさいよ、面白い夜になりそうだ」

と女房たちを起こす。御簾《みす》が青々としているのへ、几帳《きちよう》の帷子《かたびら》の色もあざやかに、その奥から女房たちの裾《すそ》や褄《つま》のはしが美しくみえている。

「いったい、どうなさったんですの、こんなに夜おそくまで」

「管絃《かんげん》のお遊びの流れです。同じ夜ふかしするなら、みんなで……」

というさわぎになってしまい、六位の蔵人や公達がざわざわして、あとからあとから来たものだから、則光は失望して帰ってしまった。

でも、おかげで、私と則光の噂は立たずにまぎれてしまった。則光は私に絶えず、言い寄っていた。むろん、彼もいまは新しい妻があり、それに私と再婚したい、という気でもないのであった。

私も二度と彼を夫にする気はない。家庭をつくり、子供を育ててゆく気なんか、なくなっている。

「なつかしいんだよ、ただ……」

と則光はいって私の手をとった。

「よくケンカしたっけ、それも今はなつかしくて。……ほら」

いまは太った則光は、二人きりになると私のそばへ大きい体をすりよせてくる。

「なんていうかなあ……おれにはうまくいえんが。ほら、こう、胸がきゅうっとなるようなときがあるだろう。雨の降っているつれづれな日、そのへんを片づけていて、昔の日記やら、わけのある女の手紙をみつけたときとか。月のあかるい晩に、一人で飲んでるとき、とか。去年使った扇子《せんす》とか。草子本《そうしぼん》の中に枯れた葵《あおい》がはさまれて、ぺちゃんこの押花になっているのをみつけたりすると、ふっと葵まつりのころのことが思い出される。……あれと同じで、おれは宮中へ上るようになってお前と再びめぐりあったとき、胸がこう、きゅうっとなったんだ。おぼえのある感情だけど、おれにはなつかしい、としか言い表わせない。おれは単純だから、お前のようにうまく、くわしく説明できない。でも、おれには何だか、お前は、何かをかたどってあらわしてるように思った。あの、若い頃の毎日を。おれ、やっぱりお前が好きなんじゃないかしら、頼りにしてるっていってもいい、……お前はおれをバカにしてるんだろうけど。あの時も、いまも」

「バカになんか、してないわ……」

私はそっといって則光につかまれた私の手を抜こうとした。

「でも、もうあたし、昔のことなんか、忘れてしまった……あたしはうしろを向くのがきらいなの。前だけ、向いてるの。あたしもう、『なつかしい』なんて感情、ないの……」

それは嘘であった。私は則光のいう、「なんかこう、胸のきゅうっとなるような時」がよくわかるのだった。それは私には「過ぎた昔恋しさ」とでも形容したいものである。

人形あそびの調度。手紙も枯れた葵も、則光のいう通りだけれど、私は女だから、着物の裁《た》ちぎれ——二藍《ふたあい》や葡萄《えび》染《ぞ》め（うすい紫）の布の端《は》ぎれが本の間にはさまれて押しへされてあるのを見たりすると、（ああ、この着物を着たときは……）と思い出したり、するのであった。

その感情を、則光と共有できるかもしれない、という期待が、ふと私の心を脆《もろ》くした。

私は父の遺産をもらえなかったかわりに、父の生前、則光と住むようにと、小さい邸を三条にもらっていた。則光はべつに邸を持っていたので、父にもらったその邸で、則光と住んだことはなかった。私はそこに一人で長く住み、女住まいだから荒れはてている、そこへ則光はひそかに来るようになった。邸は築地《ついじ》などもところどころ破れて、池も淀《よど》み、水草が繁って、庭は蓬《よもぎ》で掩《おお》われている。そういう、いい風情に古びて荒れた邸である。

私はこの古びかたというか、情趣ふかい荒廃が気に入っているのだが、則光は、

「ずいぶん草ぼうぼうだな。藪蚊《やぶか》がひどいだろう、夏は」

といったきりだった。そして、私を抱くときも、あわてふためいてただもう忙しがっていて、貪《むさぼ》るばかりで情趣のないのは昔と同じ。やっと私の体を離して眠ったと思うと、たちまち、万雷の一時に落ちるようないびきをかいて眠るのだ。

そのうち夜中に、

「ぎゃっ！」

といって飛び起き、

「灯をもってきてくれ！」

と悲鳴をあげた。どうしたのかと驚くと、

「脚の上を何かが匍《は》っていった。蛇じゃないか！」

と震《ふる》え声でいう。

「蛇なんか、見たことなかったわよ、この家で……」

「みんなを起こせ。おれの供《とも》を起こせ。そいつを叩き出さないとこんなとこで寝られやしないよ！」

「みんなを起こしたら大騒ぎになるわよ。みっともないじゃない」

私は灯を掲げて暗い室内を見廻《みまわ》した。障子に音がするのでふと見ると、大きいヤスデがザバザバと匍《は》って逃げてゆくのであった。

「ぎゃっ！　あ、あいつがおれの脚を横切ったんだ！　ああ、いやなものを見てしまった……」

則光はわなわなと震えていた。私だって気味がわるいけれども、

「あれは刺さないわよ、ムカデとちがうんだから、大丈夫よ」

「気持ちわるいじゃないか、ここを、こうやって匍っていったんだ……」

則光が指さす脚は、私にはムカデやヤスデよりも、見るもいぶせき毛脛《けずね》である。

「ヤスデの方がびっくりしたんじゃない？」

といって私は、眠いので、夜具をかぶって横になってしまった。

「おい、おれは気持ちわるくて寝てられないよ……」

「怖がりね、こんな夜中にどうしようての、大丈夫よ、寝なさいよ」

「気が強いんだねえ、お前は……」

「女ひとりで暮らしてるんですもの、ムカデもヤスデもかまっちゃいられないわ。世間の荒波はもっと手ごわいわよ。あんた、図体《ずうたい》の大きいくせに意気地なしね」

「ぽんぽんいう所は、昔と変わってないなあ」

「あんただって昔と変わってないところはいっぱいあるわ」

「ともかく、この家は気味わるいよ、こんどはどこで会えるかなあ、もっとほかの所で

頼むよ」

頼むよ、といったって、あとは宮中の、局《つぼね》の部屋しかない。しかし則光はそういう、人目の多い、うっとうしい場所へ、ひそかに粋《いき》に忍んでこられる男ではないことがわかった。

体が大きいので、あちこちにぶつかって物音をたてる、いびきをかく、烏帽子にひっかけて、簾《すだれ》をおとす。犬に吠《ほ》えられる、すべてやることなすこと、間がぬけている。

しかし私にはそれも、久しぶりの則光の雰囲気で面白かった。則光が厭《いと》わしければ、むろん、私は則光と再びかかずらわったり、しないわけだった。「すぎにし方《かた》恋しき」思いが、二人を結びつけ、ひととき、寄り添わせる。そうやって同じ床にいながら、話がちょっとゆきちがうと、たちまちケンカになる。私は夜具からぬけ出し、起き上ってしまう。私たちは活火山の上に坐《すわ》って、仲よしごっこをしているようなものなのだった。私たちには、いつでも爆発するタネがあった。

子供のこと、則光の妻のこと、……

「もう、昔のことはいいじゃないか、おれがなつかしいというのは、そんなことじゃなくて、お前そのものなんだから」

と則光はいい、私を引きよせようとする。

私は強情を張って、彼の手をじゃけんにふり払う。

「ようし、そんならそのままでいろ！」

則光はひとりでいびきをたてて眠ってしまう。子供のことがケンカのたねになるのは昔も今も変わらないようだった。

父が死に、則光のもう一人の妻が死に、そうこうしたことが、再び私と則光をむすびつけた。私は則光と別れるきっかけを失った。

則光は私に、母を亡くした子供を育ててほしい、といった。ことわるほどの積極的な人生への姿勢を、そのころの私は持っていなかった。

どっちだっていい、と思って承知したら、則光はさっそく連れてきた。三つぐらいの、わりに可愛い男の子で、ふっくら肥えている。憎さげな子だったら、いやだと思っていたが、則光に似てのんびりした、愛嬌《あいきょう》のある顔立ちの、人なつこい子だったから、私は安心し、可愛く思った。

「いらっしゃい！　こっちへ」

私は子供珍しいのであった。こんな珍しい、可愛いイキモノを、毎日オモチャにできるのかと思うと、思っていたより嬉しくて、にわかに面白くなった。この子が、母親の死んだのも知らず、ゆすぶって「お母ちゃん、起っきしてよ」といっていたのかと思うと、あわれである。則光の女が生きていたら、この子も可愛くは思えなかったかもしれないけれど、母親が亡くなったいま、大っぴらで私は可愛がれるのである。こっちのものにできるから、可愛いのだ。

膝《ひざ》へ抱いたら、子供は、はにかみながら腰をおろした。あまずらの匂《にお》いがして、頬《ほお》を吸いたいような、愛くるしい顔である。子供ってこうも、肌がきれいで美しく、清らかなものだったのかしら？

「何ていう名？　え？」

ときくと、則光より先に子供が、

「小鷹《こたか》まる」

とはっきり、いった。子供の声は力づよく、ちょっと舌ったらずであるが、張りがある。いかにも健康そうであった。

「生まれてから病気一つしたことがないんだ、手がかからないよ。めしなんか、おれも顔まけするぐらい食うよ」

則光は自慢げにいった。ふと見ると、彼は小鷹丸より、もう少し、小さい子を抱いていた。小鷹丸はその子を見ると、私の膝から脱《ぬ》け出し、かけてゆく。則光はその子を下へおろして、

「そら、広いところへいって遊べ！」

と尻を叩いた。

「あら。あの子もそうなの？」

「すまん。年子なんだ」

「二人もいたの？」

私は愕然《がくぜん》となった。

「あんた、二人っていわなかったじゃないの」

「いわなかったか？　いや、いわなかった気もするな……」

「するな、ってあんた、私は一人だとばかり、思ってたわよ！　二人だなんて聞かなかったわよ」

「どっちだっていいじゃないか、ひょっとしたら、おれがいったのを、お前は聞き流したのかもしれん。お前は大体、いつもおれの言葉を半分ぐらいしか、耳にもとめてないからね」

「そんなことないわよ、あたしは聞いたら忘れないわよ、たしかにあんた、一人の子の話しか、しなかった、あとの一人はかくしてたのね、卑劣《ひれつ》よ、ずるいわよ」

「おれが卑劣」

「意識してかくしてるなんて、そこがいやらしいのよ、うそつき」

「何もかくしてやしないけど……」

そこへ乳母《うば》に抱かれた乳飲《ちの》み児《ご》がもう一人来た。これは猛烈に泣きわめいていた。

「三人いたの、え！……あんた」

「年子なんだよ、みな」

則光はもう尻をまくった感じである。

「一人も三人も手間は同じだろう。お前も気がまぎれていい、と思うよ。先でたよりになるし。みな、男の子だよ」

「三人だなんて……いつのまに。ゆるせないわ」

私がゆるせないのは一人や三人という数より、則光が私に対して、意識して操作した、というなまいきさかげんに対してである。そんなチエのまわる奴とも思えないのに、私に対してしみったれた策略を弄《ろう》するところ、私をなめているとしか思えない。

「あたしはね、三人なら三人でいいのよ、それをわざと、ごまかして、知らぬふりをしてあざむいて、ぺてんにかけていいくるめて、何となくするりとぬけようっていう、そういうあんたの、ずるさかげんがいやなの！」

私は激昂《げっこう》して声もかすれていた。

「わかったよ、そう怒るなよ、おれだって悪気はなかったんだ、お前にあんまり衝撃を与えまいとして、さ……。二ばん目が生まれたとき、いおう、いおう、と思っているうちに、また、腹がふくれちまった……三人もできたといったら、どんなにどやされるだろうとおれ、お前が怖くって言い出せなかったんだ、お前はいつも怖いからねえ……」

「あたしは何も筋道のたたないことには怒りませんよ。うやむやとか、白を黒といいくるめる、とか、ずるさってもんがいやなの、長いこと一緒にいて、あたしの性質もわからないの、このぼんくら！」

「おい、それをぽんぽんいうから、おれも出かけた言葉をのみこんじまうんだ。なんでそう、お前は気が強いのかねえ。男を男とも思ってない。誰がお前をそう躾《しつ》けたんだろう。いや、前生《ぜんしょう》の因縁《いんねん》というやつだ。お前は男の生まれ代わりかもしれない」

「あんたは女の生まれ代わりよ。こっそりと悪いことするんだもの」

「何も悪いことしてやしない。お前にしゃべる時期をすこし逸《いっ》した、というだけだ」

そこへ乳母が、乳飲み児を抱いてもどってきた。赤ん坊があんまり激しく、火がついたように泣きわめくので、抱いて簀子《すのこ》をいったり来たりしてあやしていたのである。赤ん坊は泣きやんでいた。

乳母はもっさりと鈍重そうな、垢《あか》ぬけない女だったが、野卑《やひ》といってもいいくらい、頑丈そうな体つきで、胸のへんがもこもこと盛り上り、いかにもよく乳が出そうであった。

「上器量《じょうきりょう》さんでございますよ、このお子は。女殺しというところで——あはははは」

と乳母は、お歯黒《はぐろ》の剝《は》げた口を野放図《のほうず》にあけて笑い、私の手に赤ん坊を渡した。

赤ん坊は乳を飲んで納得したのか、満足そうに、笑っている。目尻にまだ涙があり、色白の、よく肥った、清げな乳飲み児である。

「二番目の子は小隼丸《こはやまる》でこの子は吉祥丸《きっしょうまる》だ」

則光は私のそばに近々と寄ってきた。

私の手に抱いた赤ん坊をのぞきこんでいる。その、のぞきこみかた、更にはさっき、二番目のよちよち歩きの子を抱いていたときの抱き方が、まったく板についた恰好《かっこう》、小さいものを日常、身のまわりにまといつかせ、触りなれたたたずまいであるのに、私はふと、胸をつかれる。私の知らない一面を生きているこの男の人生を、かいまみた気がして複雑な思いである。

赤ん坊は、思ったより重く、温かかった。

ずっしり、という気がし、その温かみは動物的な触感であった。乳のにおいはなんというなつかしげな、臭《くさ》みであろう……赤ん坊は髪の毛も黒々と濃い。ぱっちりした黒眼は、もう小さいながらに人間の意志というようなものを思わせ、力あるまなざしである。

「……これで、どのくらいになるの、生まれてから……」

私はつぶやいた。

私は子供を生んだことはないし、見たことはあるけれど抱かせてもらったことはなかった。子供のことは無智《むち》にひとしい。

「六か月でいらっしゃいますよ、お可愛くなられるさかりですよ、これからは……。もうおすわりができますので楽になりました。もうすぐ、はいはいもできますよ。私は五人の子を産みましたが、このお子はとくべつにお育ちが早くて」

と乳母は、どこか私の知らない国のなまりがある言葉でいった。

「吉祥丸というの、坊やは?」

と私がのぞきこんでいると、則光は、

「あいつは、これを産んでから間なしに亡くなった。それではじめは、この子の名前は小鴨丸《こがもまる》だったけれど、縁起をかついで、吉祥と呼ぶことにした」

という。だんだんに事情があらわになってくる。

それでも私は則光といい争っているひまはなかった。もう、そのときから、わが家ははげしい野分《のわき》の風に吹き立てられたようになった。

三つ半の小鷹丸と、小さな吉祥丸はまだ扱いよかった。小鷹丸はもう大人の話を聞き分け、説明したり教えたりすると納得する。ひととおりの意思表示もでき、それに何より、友達と遊ぶのに関心が向いてきている。乳母の子や、則光の従者の子らと遊んで余念がない。昼間、よく食べてよく遊ぶせいか、夜はぐっすり眠る。私は子供の深い眠りにおどろかされる。小鷹はいったんねむると、もう、何があっても起きない。

眠っているときの小鷹は、私にはふしぎに、

(ヨソの子)

という感覚で捉《とら》えられる。小鷹は、私にとっては則光とその女の子で、血がつながっていない。私とはなんの関係もない、という感じで、じろじろと見るのであった。

(こたか――)

と呼んでも、ぴくりともせず、ぐっすり眠りこんでいる。その眠りの深さに私は、私のものでない、一個の、べつのいきもの、という厳然たる事実を見るのである。もしこれが私の生んだ子であれば、眠りもその一体感を妨《さまた》げないであろう。わが肉、わが骨、わが血の一部を割《さ》き、そそいで、形をなしたわが子と思えば、子のねむりすら、母と子をつなぐ甘美な情感のかよい路になるのかもしれない。

しかし私にとって、眠っているときの小鷹は、全く、

（アカの他人のガキ）

という感じである。

ところが小鷹が目をさますと、私は面白くなる。この子の陽気な、活力ある笑い声、すこやかな食欲、活潑《かっぱつ》な動作、張りのある声、そういうものに心うばわれる。この子の乳母は病気で田舎へ帰ってしまっており、吉祥の乳母は、二歳の小隼の面倒を見るのにせい一ぱいで、私が小鷹の世話をしてやらなければいけない。

小鷹は（そういうところは父親似なのか）思ったより如才《じょさい》ないところがあり、私のことをはやくも、

「お母ちゃん」

と呼ぶのであった。朝の粥《かゆ》を音立てて食べ、幾杯もおかわりする。

「おいしい？」

と聞くと、にっこりして、

「うん！」

と頷《うなず》く表情なんか、則光そっくりである。

友達の声を聞くと、箸《はし》をおくなり走り出してゆく。そういう男の子の、ふきあげる活力というか、嵐《あらし》のような奔騰《ほんとう》した生命力が、私にはめざましかった。

吉祥の方はやっと、「ウマウマ」という言葉がいえる。かさ高い衣服に包まれて、手

足をバタつかせ、自由にならないと怒り声をあげる。薄着にして身軽にしてやると、大喜びでめまぐるしく手足をうごかす。そのへんのものを握らせるといつまでも打ち振って遊ぶ。私は吉祥に頬ずりして、その柔らかな肌をたのしむ。則光の子というのでもなく、誰の産んだ、というのでなく、赤ん坊は愛らしかった。抱いている腕から赤ん坊の体へ、赤ん坊の体から私の腕へ、戦慄《せんりつ》に似た熱い情感が通う。それは、太古からの女の本能の血のゆらぎとでもいうべきものかもしれない。この肉塊が、まだ自我とよぶべきものを持たず（いや、それは日一日と、まどろみからさめつつあるけれども）、熱い、かぐわしい、いたいけなイキモノであることに感動し、私は本能の奥ふかいところをゆすぶられている。女の腕は本来、男を抱くためではなく、子供を抱くために作られているのではないかと思ったりするほど、吉祥を抱くとき、私は深い喜ばしさを感ずる。

ぱっちりした黒眼には、私がうつっている。

「バァ」

という声が、自然に私の唇《くちびる》から洩《も》れてくる。

吉祥はキャッキャッと喜ぶ。その喜びに私はだらしなく、また、「バァ」といってしまう。赤ん坊の喜びが私の心にかぎりない愉悦の泉をあふれさせ、やがてとめどなく、その愉悦にのめりこんでしまう。

「まあ。こんなにお子さま好きと思いませんでしたわ」

私の乳姉妹《ちきょうだい》の浅茅《あさじ》は、おどろいていた。

「海松子さまがそうお子さま好きなら、もしかして、ご自分のお子はおできにならないかもしれない」

「どうして？」

「子供好きには、子は生まれないって、世間でよくいいます」

この浅茅は私より早く結婚していて、もう小鷹ぐらいの年ごろの女の子がある。結婚して数年、家にひっこんでしまっていたのだが、私が子供を引き取り、難儀しているのを見て、再び出てきて仕えてくれるようになったのだった。

上と下の子供は扱いやすいのであるが、いまのところはまん中の二つの子が台風の中心である。すこしもじっとしていなくて家の中も外も走りまわる。部屋じゅう手当たり次第に散らかし、破ったり倒したり、墨をこぼしたりする。何でも「イヤ！」といい、「キィーッ」と声を立てて怒ったり、する。わずかばかりの言葉を駆使して大人に話しかけ、焦《じ》れ、うるさくまつわりつき、見さかいなくものを引き出したり、あけたりする。私はへとへとになった。

私は部屋の中のものをすっかり片づけるようにいいつけた。小隼に引っかきまわされるのがいやだったからだ。則光は反対した。

「子供はいろんな乱暴をして成長していくんだ。男の子だからよけい乱暴する。しかたないさ」

「墨をこぼされてしまったのよ、衣桁《いこう》の上に倒れかかるもんだから、着物を一枚、台などこか悠揚《ゆうよう》迫らないものがあった。

どこが、ということなく、ひびきがにぶく衝撃に堪え得る強靭《きょうじん》さをもっていて、子供たちが何をしてもおどろかない。

その反面で、私みたいに、いちいち、子供のしぐさや状態について持つ、あの新鮮なおどろきは磨滅しているようだった。私が吉祥にみとれて、何時間でも相手になっているのを、なにか優越感でもって笑うのだった。彼らは（乳母《うば》たちもむろん、そうだが）子供の悪戯《いたずら》におどろかないのと同じく、子供の可愛らしさ、すばらしい天衣無縫《てんいむほう》の純真なしぐさ、言葉にもなれっこになって、いちいち、私みたいにとび上らなかった。

私はでも、いつまでも慣れない。子供の愛らしさに。吉祥の「ウマウマ」やら、小隼が熱心に紙を破っているときの、無心の真剣さに、心おどらされ、ときめく。乳母のいうように、吉祥ははやくも、二、三か月たつと、匍《は》うようになった。

私はまた、ちょっとした子供の病気にも、世界がつぶれるかと思うほど心をいためた。そんなときに乳母が里へもどっていたりすると、もう、いても立ってもいられない。

「大丈夫でございますよ、熱もないようですし、ちょっとした風邪でしょう、風邪のときに、赤いブツブツのでる子もおりますよ」

「もう二、三年の辛抱《しんぼう》だよ」

則光といい、浅茅といい、子供を育てた人間たちは、しにしちゃった」

と浅茅はいい、私のようにあわてふためいてはいなかった。

子供の可愛らしさに敏感な私は、また、子供の憎らしさにも神経質な、未熟なおとなであった。おとなの話に口を出してくる小鷹や小隼に、本気で怒りを感じた。そういうときの子供は、さかしらで可愛げがなく、要するに私は、愛執《あいしゅう》と嫌悪《けんお》とのあいだを偏《かたよ》って、極端に揺れた。

「いちいち、本気になるな。お前のほうが疲れちまうよ」

則光は、子供に口答えしている私に注意した。子供が私に口答えするのでなくて、私が子供に口答えしているのであった。

子供たちが来てから、日のたつのは早くなった。そして則光は、いまはもう全くおちついて、満足しきっているらしかった。彼は友人たちを――あるいは兄の致信《むねのぶ》をも――家へ呼んで遊ぶことがある。双六《すごろく》やら碁やらしたあげく、酒宴になる。則光は子供と私を手もとにあつめ、これで一安心と、すっかりくつろいでいるらしい。

則光の友人たちときたら、全く以《もっ》てがさつである。不作法で人もなげで、話していることといったら、同輩の妻の噂、役所の上司のワルクチ、誰かれの失敗談、双六の賭《か》けのこと、ぼろい儲《もう》け口（話ばかりで、実現したことのないもの）、やんごとないあたりの風聞、せいぜい、そんなところ、火桶《ひおけ》の上に足まであげ、狩衣《かりぎぬ》の垂れをまくりこんで坐《すわ》り、野放図《のほうず》な声をあげてしゃべり散らす。

酒が入ると、わめき散らし、口中の歯を指でせせったりし、鬚《ひげ》のある男は、酒のかすを髯の先につけたりして、見苦しいったらない。

飲めない男に盃《さかずき》を押しつけて無理やり飲ませ、あとは歌になったりし、子供のように頭をふって歌う。

男山《おとこやま》のもみじ葉、
浮名《うきな》は立つ立つ
夜は誰《たれ》と寝よぞいの
常陸介《ひたちのすけ》と寝よぞいの

彼らは夜おそくまで、酔いさわいでいた。邸の大門《おおもん》が閉められないので、家の従者や下男たちも寝られず、声高に文句をいうが、それは則光や客人のところではいわず、私に聞こえるようにいうわけである。

「夜中になってしまった。物騒《ぶっそう》だ。門を閉めてしまおうか。実際もう、こちとらはやりきれない。煩悩苦悩《ぼんのうくのう》とはこのこったろう」

楽しんでいるのは則光と、男の客だけなのだ。やがて深夜に、酔いつぶれた客は遠慮もなく牛車《ぎっしゃ》の音をひびかせて帰ってゆき、則光は上機嫌《じょうきげん》で寝所へ引きあげてくる。私は泣きやまない赤ん坊をあやしているが、則光は見向きもせず、どたりと引っくり返って、いびきをかいて眠ってしまう。あけがた、私がやっとまどろんだころ、則光は目をさま

し、酒の酔いが残って気分が昂揚《こうよう》しており、

「おい」

と私を起こして引きよせるのである。

則光はいつも上機嫌だった、あのころは。

何にも不足をいうことがないらしかった、役所の昇進のおそいのをのぞいては。

私は嵐《あらし》に揉《も》まれ、ただもう無我夢中で暮らしていた。吉祥が二つになり、三つになった。小鷹丸《こたかまる》はもう、学問の手ほどきをはじめさせられていた。小隼も手習いをさせなければいけない。私はそうなると、なおのこと、いらいらした。

「お母様のお父様はえらい歌よみだった。お父様のおじい様は、もっとえらかった。清《きよ》原《はら》の深養父《ふかやぶ》という、歌よみで、お琴の名手でもいらしたのよ。『古今集《こきんしゆう》』にお歌が入っているくらいです。そしてお琴は、紀貫之《きのつらゆき》が聞いて感心して〈あしびきの山下水《やましたみづ》は行き通《かよ》ひ琴の音《ね》にさへながるべらなり〉とうたわれたくらいです」

私はいつのまにか、子供たちに、自分の家の風《かぜ》を伝えようとしている。自分の生んだ子ではないのに、清原の家の誇りを植えつけようとしている。私は、知らず知らずのうちに、父・元輔《もとすけ》への誇りを、幼い子らに共有するよう、強《し》いていた。

私のうちにある、父のもつ「風雅」へのあこがれは、少しも消滅せず、残っていた。

たまに、子供たちが、乳母《うば》と、その気のよい夫に連れられて、田舎へ遊びにゆくことがあった。そんな日、邸は物忘れしたように静かになる。

まるで、よその家のように、しんと静まってしまう。

そして容易に私は、私をとりもどした。私は、子供たちのいろんな品、——竹馬とか、独楽《こま》とか、着物、稚《おさな》い字の手習い双紙《ぞうし》など見ても、かくべつ心を動かされはしなかった。一晩でも手許《てもと》から離すと、恋しくて焦がれる、という母親の心持ちはなかった。私にあるのは久しぶりの、信じられないような静寂に、虚脱する、無気力な心である。

私は、ゆっくり頭を洗い、化粧をした。

よい香《こう》をたいて、ひとりで横になっていた。

表を車の通ってゆく音がする。

もし、あの車が門の前でとまり、従者がしのびやかに案内を乞うたりしたら、どんなに心ときめくであろう……。車のうちの男を、それか、これか、と推量して胸さわぐことであろう。

私は香《こう》のたきしめられた衣《きぬ》を着ていたので、身じろぎするたび、それは匂《にお》い、私の心をかきたてた。

ああ、こんな心ときめきは何年ぶりかしら……。子供をいとわしいというのではないけれど、子供がいると私は、自分を手の中からとり落とす。自分をとり戻すのは、子供のいない世界である。

私はふと起きて、筆をとる。心は華やいで抑《おさ》えようもなく、想いはのびやかにひろがってゆく。私はそのへんの紙に書きつけた。

「心ときめきするもの。

雀《すずめ》の子。乳飲《ちの》み児《ご》をあそばせているところの前を通るの。

唐《から》の鏡の、すこし暗いのをのぞきこむの。——」

それで思い出した、いつぞや則光《のりみつ》に、

「この唐の鏡はすこし暗いのよ。これを見るとき、いつも胸がどきどきするわ」

といったら、

「なぜだ。鏡とぎに磨かせたらいいじゃないか。胸がどきどきするほど高くもないだろう」

なんていっている。

なんでこうも男って、わからないのかしら、小鷹や小隼ぐらいの情緒しか持ち合わせていないみたい。

私は鏡をとごうと、胸ときめかしているのではないのだ。やや曇りがちの、暗い鏡を見入るとき、そこにいつもの私より、美しい私が映るからだ。くまなく、けざやかに映す、あかるい鏡でなくて、難点や欠点はおぼろな隈《くま》にかくれた、ぼうと美しい、別の私があらわれるからだ。

それゆえに、この唐鏡の掩《おお》いをとるとき、私はときめくのだ。心ときめきするもの——

「身分のたかい男、美しい公達が、車をとどめて従者に取次《とりつぎ》をさせているの。

よい香をくゆらせ、ひとり臥《ふ》しているの。

待つ人ある夜。

雨のあし、風の音、格子戸《こうしど》をうちたたくそれらに、はっとする私」

私は興にのって書きつづけていった。

「春はあけぼの。次第に白んでゆく山ぎわ、少し明るくなり、紫がかった雲がほそくたなびいている美しさ」

「夏は夜。月はまして。

闇《やみ》もなお。――蛍《ほたる》が飛びちがうさまの風情。

夏の夜の雨もまた、いい」

「秋は夕暮れ。

夕日花やかにさし、山ぎわに近く烏《からす》の二つ三つ四つと飛びゆくさえ、しみじみとする。まして雁《かり》のつらなりが小さくみえるあわれさ。日が入ってのちは風の音にも虫の音も」

「冬は早朝。雪の降っている情趣のたとしえなき、そのよさ。霜が白くおいたりして。また、雪霜《ゆきじも》はなくても寒気のきびしい朝、火などをおこして炭火を持ってゆく、その風趣も身に沁《し》む」

私はそれらの書き捨てた反古《ほご》を、いつとなし、手もとの筥《はこ》にためていた。

それが世に洩《も》れ散ろうとは夢にも思わずに――。

ましてそれが機縁になって宮仕《みやづか》えに上ろうとは思いもそめぬことであった。

2

私は母の顔を知らない。

母は私が物心もつかぬうちに亡くなったが、小野宮家《おののみや》の女房《にようぼう》で「少納言の君《しようなごんのきみ》」とよばれていたという。小野宮家は道隆公《みちたか》や道長公《みちなが》らの九条殿《くじよう》の御末《おんすえ》とは別の一統《いつとう》で、清慎公《せいしんこう》実頼《さねより》の大臣《おとど》の御一門を指す。

父は、小野宮家に出入りしているうちに、母と知り合ったらしかった。

そのころの母の朋輩《ほうばい》だった人の娘が、弁《べん》のおもとと呼ばれて、いまは道隆公の北の方の女房になっている。この人は顔のひろい人で、土御門《つちみかど》の道長公の北の方の女房とも懇意で、私はその人に連れられて、いろんなお邸《やしき》へあそびにいくことができた。私は牛車《くるま》がないと出られないから、弁のおもとが自分の車に同車させ、連れ出してくれるのであった。

この人は私よりずっと年上で、私の母は知らないが、私の父をよく知っていた。

というより、

「あなたのお父さまはとても魅力のあるかただったわ……お歿《な》くなりになった八十いくつのときも、肥後《ひご》で権《ごん》の北の方を持っていらしたって噂、あたしも聞いてよ。……あることだと思うわ。とても可愛いお爺《じい》ちゃんだったもの」

と、いたずらっぽく、いうのであった。

そのころ、弁のおもとはもう、三十七、八だったが、二十三、四の私に、同年輩のようにうちとけて話すのだった。

私はむしろ、父や兄らの身内よりも、弁のおもとから両親についての認識を得た、といってもよい。弁のおもとは、自身の母から、私の両親のなれそめを聞くことがあったらしく、五十いくつの父が、二十代のわかい母を熱心にくどいてとうとう妻にした、という話などを私に聞かせた。私にははじめて聞くことも多かった。しかしそれが事実かどうかはもはや、たしかめるすべはない。

そのうち、弁のおもとの話を聞きながら、私はふと奇妙なことに気付いた。

弁のおもとは、私の父の、六、七十歳ごろのことをくわしく知っていた。のみならず彼女が私に対して、描いてみせる父の肖像には、私から見るそれとはまた違った親和の色が、濃く塗りこめられていた。

当然というか意外というか、弁のおもとが示すのは私の父ではなく、清原元輔という「一個」の男で、彼女のいう「可愛いお爺ちゃん」なのである。

「ねえ……こんなこと、わかる？ お爺ちゃんなのに、女に慕わしい気持ち、男の可愛げみたいなものを感じさせる男がいる、って。——男の魅力、っていうのは、結局、可愛げなのねえ。『ええい、もう、しかたないわ、苦労してみよう、この人のために』なんて思わせる男がいるのよ。これはトシには関係ないわ。——いえ、若い男ならそういうのはわりに多いかもしれない、でも、トシとってそう思わせる男なんてたいへん少ないわ。トシをとれば男はみな、分別《ふんべつ》臭くまじめ臭くなって、関心のあるのは出世のことばかり、権勢のある方へ寄って色目を使うことばかり、とてもこの人のためにひと苦労してみよう、なんて気持ちをおこさせるような男はいないわ。男たちも、そうなると、女を何がな利用することばかり考えているのよ。あけてもくれても考えるのは俗世で時めくことだけ、身分のある人もない人も、男という男はそれだけ、ほら——東三条《とうさんじょう》の大臣《おとど》の、兄君《あにぎみ》とのあさましい争いをみてもわかるでしょう。……そうでなければ行い澄まして世を捨てるのね。そしてまた、坊さんの世界へ入れば入ったで地位の高さや権力を争うんだわ。

でも、ごくごく稀《まれ》に、トシとっても純粋な心の輝きを失っていない、自由でのびやかな心をもった男の人がいます。率直で、あたたかくって、そしてちょっぴり皮肉屋だけれど、それも意地わるからではなく、世の中や人間や……人間の、生の営《いとな》みに興味をもち、愛をもってる、といったらいいかしら、そんなふうな人、でもそれを口に出してはいわない、心のおくそこにじっとしまって、口では剽軽《ひょうきん》なことをいってる、だからみんなに面白い人、それだけだと思われているけど、ほんとはずっと、奥ふかい、美味《おい》しい泉を心のそこに湛《たた》えてる。——そんな、男のひと。

そういう人は、爺さんになっても、やっぱりかわらずに、その泉がなみなみと心にあふれこぼれていて、可愛いわ。たのしいわ。

そういう人は、女にもほんとうにやさしいわ。女をバカになんか、しないわ。——それがあなたのお父さまだった」

「まあ。そうお思いになる？　くわしく父をご存じなのね」

私は、彼女の言葉におどろいていた。いや、父のことを語るその語調の、熱っぽさにおどろいたといっていい。

「あなたのお母さまが、親子ほどもトシのちがうお父さまと結婚なすったときの気持を分析して推《お》し量《はか》っただけよ」

と弁《べん》のおもとは笑っていたが、

「でも、あたしがこういうのを、あなたは不快には思われないでしょう？　いくつになっても女に可愛げがあると思われるなんて男には名誉なことですもの。容貌《ようぼう》や才幹《さいかん》は、トシがゆくと色あせて移ろうわ……でも、可愛げ、というのは、チビたり、減ったり、しないいんですもの。——環境や境遇で、色あせ、変質してゆく可愛げなんて、ほんものの可愛げじゃないわ。

あなたのお父さまは、いつも変わらなかった。順境のときも逆境のときも、境遇に捉《とら》われてはいらっしゃらなかった。機嫌《きげん》はいつもかわらず、柔軟だったけれど、どことなく頼りたくなる、あったかな包容力がおありでした。――そんな男の人って、珍しいわよ」

「ええ。あたしもそう思うわ。――あたしは父が好きで、可愛がられて育ったから、父をほめて理解して頂ける方にあうのは、うれしいわ」

それは私の正直な気持ちだった。そして私は口に出してはいわないが、ひそかに考えていた、弁のおもとと父のあいだに、人に知られない愛情関係があったのではないかしら？　って。

それは弁のおもとが、たいそう父の高齢にこだわって、それと男の魅力とは関係ないと力説する熱意から感じとられるし、また、今まで父・清原元輔のことをこんなふうに誰とも話し合ったことはないのではないかと、思わせせられたからだった。

弁のおもとは、はきはきとものをいう、頭のきれる人であった。年齢より若づくりにして、それがまた似合っており、見聞も広く、自分なりの言葉や批判を持っていた。眼の大きな、顔立の派手やかな人で、手もよく書き、気の利《き》いた歌をよみ、女房社会の中で羽振りよく、お邸では重んじられていた。

彼女の母親は亡くなっていて、昔、右中弁《うちゆうべん》をつとめて、病で退《しりぞ》いた、年とった父親と二人で住んでいた。弁のおもと、という名前はここからつけられたのである。

弁のおもとは若いころに結婚したが、子供もないまま別れたそうである。いまは邸づとめのあいまに、父親のいる里へ下ったり、していた。私たちは、弁のおもとの里で、ゆっくりと話しこむときが多かった。

弁のおもとは、物語や歴史の本が好きで、女にしてはかなり漢学の素養のある人であった。私が弁のおもととつき合うのを好んだのは、そういう方面の話ができるからである。

私は父に漢学の手ほどきをされたのだが、弁のおもとは、道隆公の北《きた》の方《かた》、有名な高《こう》内侍《ないし》といった方の影響を受けたということであった。

私も高内侍の話は世間の噂ぐらいには知っていた。学才のある高階成忠《たかしなのなりただ》の君の娘で、御所に仕えて、女官《にょかん》の内侍になっていられた。それを若かったころの道隆公が通って、北の方になさったのである。男以上に学問のできる夫人で、漢詩の詩人でもいられるのだった。それゆえ、

「この北の方の姫君たちは、みな才秀《ひい》でていらっしゃってねえ……大姫《おおひめ》の定子《さだこ》姫もすばらしく才気煥発《かんぱつ》な方。入内《じゅだい》されたら、きっと後宮《こうきゅう》の人気をひとりじめなさるわよ」

という弁のおもとの話であった。定子姫はお美しいばかりでなく、気性が朗らかで怜《れい》悧《り》でいらして、文学的才能もゆたかな姫でいられるそうだ。

貴顕の深窓に養われる姫を、私は心おどらせて思い描いた。その姫が帝《みかど》に入内され、花やかに時めく、その、物語の世界にあるようなことが現実に、ついそばにあるというのだ。

「中の姫君も三の君も四の君も、みなお美しいし、それに若君《わかぎみ》たちもすてきな公達《きんだち》でいらっしゃるのよ。この大臣《おとど》の一族がお栄えになるのじゃないかしら、——弟でいられる粟田《あわた》殿の道兼《みちかね》の大納《だいな》言《ごん》にはしかるべきお姫さまがいらっしゃらないし、中納言《ちゅうなごん》の道長さまは赤ちゃんの姫がやっと餇《は》い餇《は》いなすっていられるころ、一人前になってご入内、というには間があるわ。道隆の大臣のご一家が、これから時めいてゆかれるわ」

そんな話をしていると、まことに時のうつるのも忘れるのであった。そうして最後にはいつも、この折、かの折の、権門《けんもん》の邸でのみやびやかな風雅のつどい、宴の話になった。

私は弁《べん》のおもとに、それらの宴でもてはやされる歌や、機智《きち》に富んだ応酬《おうしゅう》を聞いているうちに、いつとなく、それらの世界に私が向いているような気がされた。自分がそれらの世界にたちまじりたい、というのではないが、弁のおもとと、興味や趣味を同じくするだけで、私は充分、満たされた。

弁のおもとは私の父の歌も、たくさんおぼえていた。彼女の好きなのは、

たがためにあすは残さん山桜
こぼれて匂《にほ》へけふのかたみに

これは小野宮《おののみや》の太政大臣《だいじょう》が月輪寺《つきのわでら》で花見をなさったとき、父が奉《たてまつ》った歌であった。

「定子姫も、あなたのお父さまのお歌をそらんじていらっしゃるわ。元輔の娘だから、歌も巧《たく》みでしょうと、あなたのことをおっしゃっていたわ」

「わたしのことを、定子姫さまが」

「うそじゃないわ」

弁のおもとは、私の顔を見て笑いながらいった。

「とても文学に関心がおありの方なの、定子姫は。物語や、古い歌もよくご存じで、とくに、あなたのおうちは歌びとの家、というので関心と敬意を払っていらしたわ。あなたのひいおじいさま、深養父《ふかやぶ》どのの歌、〈夏の夜はまだ宵《よひ》ながら明けぬるを雲のいづこに月宿るらむ〉も、『面白いわ。頓智《とんち》のある、あたまのいい人が、物なれてたのしんでつくった歌だわ』とおっしゃっていたわ。定子姫は、ご自分のお好みをもっていらっしゃる方なの」

弁のおもとは、定子姫が、自慢のようであった。

「あなたのお父さまに、ほら、『心がわりした女に、人に代わってよんだ歌』があるでしょう。――〈契《ちぎ》りきなかたみに袖《そで》をしぼりつつ末《すゑ》の松山《まつやま》波越さじとは〉あのお歌を、定子姫は、お手許《てもと》の歌の集におえらびになったのよ。字の美事《みごと》な人にお書かせになって、おそばにおいてたのしんでいらっしゃるわ。あなたの歌もそのうち、お目にかければ？」

「そんな……。あたしは歌はなぜか、だめなの」

私はあかくなってしまった。私は歌についても何についても、これという好みも原型もできていなかった。何となく、書きためた雑文のようなものならあったけれど。

唐《から》の書物は外国のことばかりであり、物語のたぐいは荒唐無稽《こうとうむけい》なお伽《とぎ》ばなしが多い。

東三条《とうさんじよう》の大臣《おとど》の夫人の一人が、二、三十年まえ、夫との夫婦仲を克明にしるした手記を書かれたのが、いつしか、「蜻蛉日記《かげろう》」として世にひろまっていた。

私もそれを読んだけれど、あまりに狭い世界の、息づまるような深刻さに、ついていけなかった。しかし世間の女たちの間ではたいそう評判で、乳姉妹《ちきようだい》の浅茅《あさじ》なども、

「くりかえしくりかえし、読みましたわ。あんなにご身分の高い北の方でいらしても、まあ、ご苦労は絶えないのですわねえ」

などといっているのであった。夫の夜離《よが》れを恨み、夫の言動や顔色に一喜一憂する、美しい歌が点綴《てんてつ》されて、いかにも女の手になる物語ではあるのだが、読み終えて心の底にオリのようによどむのは、やりばのないうっとうしさ、暗さ、それも、

「怨念《おんねん》」

というようなものである気がされる。作者はその正体を見据えて、そこからべつの真実を構築しているのではなく、あるがままにナマで書いている気が、私にはされるのであった。

うちの子供たち、小鷹丸や、小隼丸が、何の気なしにいう言葉の、面白いのと同じである。

何より私は、体質的にこういう低迷趣味は好かないのであった。怨念も嫉妬《しっと》も、どこか美しく昇華していなければ私には快く受けとられなかった。

子供の乳母たちが、このごろ喜んで話題にする「落窪《おちくぼ》物語」という流行小説も、私にはあきたりなかった。この作者は男なのか女なのか、世に名は出ないけれども、何となく下品な小説である。女のもとへ忍んでゆく貴公子が雨にずぶぬれになるのはいいとして、牛の糞《ふん》の上にべちゃりと尻餅《しりもち》をついたり、敵役《かたきやく》の色ごのみ爺さんが、板の間へ粗相《そそう》をして尾籠《びろう》なものをひり出すというに至ってはことにも読むに堪えない。

それに食物やら、道具、反物《たんもの》などの布地、金銀珠玉のたぐいなど、克明に書きたてて、作者のいやしい物質的欲望の底しれぬ貪欲《どんよく》ぶりを仄《ほの》めかせている。

文章もあさましく、深みがない。乳母たちが争って貸し借りして読んでいるのに悪いけれども、何となく、一段、教養の低い人種の愛読するもののような気がされるのであった。同じ継子《ままこ》いじめの物語でも、「住吉《すみよし》物語」の方がまだしも古めかしくてその分、おっとりしている。「月待つ女」や「交野《かたの》の少将《しょうしょう》」など、面白い物語もないではないが、あまりに現代の、すこし物ごとの見えかけた女たちには、食い足りない憾《うら》みがあるのであった。

「――だから、あたしが書きためたものは、『自分が読みたいけれど、どこにもないから、仕方なく自分で書いた』、というようなものなの」

私は弁のおもとにそう説明した。

た。

「それ、歌でも物語でもないとすると、どういう風なものなの？」

弁のおもとは微笑をふくんで聞いた。そういうとき私は急に怯《ひる》んでしまう。弁のおもととしゃべるのは、私にはこよない楽しみであり、慰めであったが、私にはまだ、弁のおもとほどの人生の積み重ねもなく、人なかで生きる手だれの内容や厚みもないのだった。

住む世界のちがう夫、則光と、よその女が生んだ子供たち。

それら浮世の軛《くびき》こそあれ、私自身、店をひろげて見せられるものは何もなかった。美しくもなく、才もなく、……ただあるのは、歌人を父に持ったこと、代々の歌よみの家であるという家門の誇り、それ一つなのであった。

「ほんの、思いつきの走り書なのよ、……」

といったら弁のおもとは、その内ぜひ見せて、といって、

「さぞ、風流なものなのでしょうねえ」

私は笑い出してしまった。風流なのもあるけれど、人のワルクチを書いた部分も多いのだ。しかし弁のおもとなら、一緒にワルクチを興じ合えるかもしれない。才なき雑文も一つ二つの話題を提供し得るかもしれない。そう思うと、弁のおもととの友情に弾力が与えられそうな気がして楽しくなり、私はそのうち、使いに持たせる、と約束した。

そうこうして長居《ながい》をしていたせいか、すっかり夜が更けてしまった。こういうとき、きっと弁のおもとの邸の下人《げにん》たちがちらちらと姿を見せる。そうして奥の方から弁のお

もとの老いた父親が、不機嫌《ふきげん》な声で、

「総門《そうもん》は錠をさしたか。もう夜更けだぞ」

と呼ばわっている声がきこえる。

「まだお客がいらっしゃいますので」

と迷惑そうな下人の声。

「まだか。物騒《ぶっそう》な世の中なのに門も閉められない。この頃は盗人《ぬすびと》も多いのだから、よく気をつけろ」

という声も聞かれる。何とも興ざめである。

下人がちらちらしているのは、早く帰ればいいと、様子をうかがっているのらしい。あまりおそくなると、ここの牛車《ぎっしゃ》も利用できなくて、使いを家に出して迎えに来させたり、する。

弁のおもとは、父親の不機嫌に慣れているのか、何も聞こえないふりをしていた。こういうことは、私でもよくある。夫も父親も同じように、男はカサ高い、うっとうしいものである。宮仕《みやづか》えしている女友達が、

「いま、里へ退《さが》る途中。「これは頂きものだけれど、ほんの少し」

などときれいな箱に入れた香《こう》をお裾《すそ》分けするため、家に寄ってくれる、そういうとき、思わず話が弾《はず》み、暗くなるまでしゃべりこんでいたりする。子供たちは乳母が見てくれるし、家事の采配《さいはい》も浅茅が代わってくれるが、則光の機嫌はたいそう悪い。友人はあわ

てて帰ってゆく。

そこでうっとり、私は空想する。

広い、清らかに磨き立てた家を、私が持っているとする。親類はもちろん、友達やら誰やらが気楽に訪れてこられる家にしよう。そればかりでなく、宮仕えする人の里代わりにして、数人が、共同の里にしてもいい。入れ代わり立ち代わり、宿下《やどさが》りする人、出てゆく人、気楽にくつろげる女の館《やかた》。

みな、それぞれ、仕えている場所ではいっぱしの重んじられる女房であるが、この里では、姉妹のようにむつまじく肩をよせ合って疲れを癒《い》やす。

夜は一つ部屋に集まり、いろんな世間ばなし、仕えている主人たちの噂ばなし、身分たかい方々の日常生活など話題にするのも面白かろう。人のよんだ歌、大事なときの返事、話は尽きない。そこへ、誰かにあてて手紙がもたらされる。みんなで回し読みしたり、返歌を考えたり。

当然、そこへは、それぞれの男友達や恋人たちも訪ねてくるだろう。彼らをきれいに飾った部屋へそっと入れたり、あるいはみんなと、音楽のあそびになってもいい。雨など降って帰ることができなくなると、たのしく引きとめてもてなす。

そこでは、もう「門をしめろ」と聞こえよがしにいう憎らしい親たちの声もない。早く帰れといわんばかりの、躾《しつ》けのわるい下人の姿もない。門は夜中も暁《あかつき》も、さしてきびしく閉められるということなく、格子《こうし》なども上げられたまま、月光のさしこむに任せてある。

客が帰るのを、部屋の中から見送る、しみじみした情感。

有明《ありあけ》の月のときなどは、どんなに趣《おもむき》ありげだろう。客は笛など吹きつつ帰ってゆく。

その音色に耳澄まし、寝入られもせず、女たちと噂ばなしなど語りあう。

そういう暮らしが女には必要なのだ。こんな空想はこの世ではとても実現しにくいことなのかしら。

そうだ、これも、草子《そうし》にかきつけておこう。

夜、私は子供たちが寝入ってから、書きためたものを読んでいた。

なかなか、面白い気もする。

弁《べん》のおもとは笑ってくれるかもしれない。

だって今まで、こんなもの、私も見たことがないもの。私の書いたもののほかには。

「〇期待はずれで興ざめなもの。

昼ほえる犬。

春まで残っている網代《あじろ》。

乳呑子《ちのみご》の死んだ産屋《うぶや》。牛の死んだ牛飼《うしかい》。

学者の家でひきつづき女の子の生まれたの。

方違《かたたが》えにいってもてなしてくれないの。

田舎からの手紙に、みやげ物がついていないの。

除目《じもく》に官職を得なかった家。

乳の出ない乳母。

○憎らしいもの。

急用のあるとき来て長話をする人。

硯《すずり》に髪が入って磨《す》るとき不快な音のするの。

つまらぬ凡人が、やたらににやにやして物をいうの。

火桶《ひおけ》、炭櫃《すびつ》などに手をうち返しうち返し、して、皺《しわ》をうちのばし、火にあぶっている男。そのうち、火鉢《ひばち》のふちにまで、ひょいと足をかけて物をいいながら、足をこすったりしている。こういう見苦しい不作法男は、坐《すわ》る時にも扇でばたばたとそのへんの塵《ちり》を払い、狩衣《かりぎぬ》の前をまくりこんで坐ったりする。

何か聞こうと耳をすましているときに泣く乳呑子。

話にわりこんで出しゃばる者。そんなのは男でも女でも子供でも憎らしい。

子供が、ちょっと遊びに来たのをかわいがって、ものなどやったりしていると、それに馴《な》れて、いつもやってきて坐りこむのが憎らしい。

昔の女をほめる男は憎らしい。

くしゃみを声高くする者。

いったい、くしゃみなどというものは一家の男主人だけが無遠慮にできるのだ」

不作法な男は、則光の友人たちの姿であり、声高にくしゃみをして憚《はばか》らないのは、鈍重な乳母たちである。

子供というもの、まともな神経で向き合うと憎らしいものである。

「○人がそばにいると図にのるもの。

取《と》り柄《え》のない子が親に甘やかされているの。

近所のやんちゃ坊主、四つ五つぐらいの子が、勝手ないたずらをして困るのがある、いつもは『めっ』と叱《しか》られたり制止されたりして、思うままにできないのが、親が来ているのに勢いづいて、かねて見たがっているものを、見せてよ見せてよ、などと母親を引っぱる。母親は大人同士のおしゃべりに夢中で耳に入れないので、子供は自分の手でひっぱり出して見るのが、憎らしいものである。それを母親はこれこれ、とだけいって、べつにその物を取り上げたり隠したりもせず、『そんなことをしてはいけません』とか『こわしちゃだめよ』などと笑いながらいっている、そういう親まで憎らしい。こっちが文句をいえないで、ただ見ているだけなのも、じれったく、腹の立つものである」

私は子供の可愛さをようく知りながら、それでも憎らしさも見すごすことができないのだった。私は小鷹や小隼や吉祥のことを忘れるときはなかったが、そのくせ、いつも、べつのイキモノだという感じがぬぐい去れなかった。

「○かわいらしいもの。

瓜《うり》にかいた赤ん坊の顔。雀の子が、ちゅっちゅっと呼ぶと、おどるようにやってくるの。

二つばかりの幼な児が這《は》ってくる道に小さいごみをみつけて、小さい指につかまえて大人に見せているの。

幼い女の子の、おかっぱの髪が目の前にかぶさっている、それをかきのけないで、顔を傾けて物を見ているのはかわいらしい。

ちょっと抱いているうち、しっかりとりついて寝入ってしまう乳呑子《ちのみご》も。

人形あそびの道具。

蓮《はちす》の小さな小さな葉を池からとり上げて見る。葵《あおい》の葉も。

何もかも、小さいものは、とてもかわいらしい。

八つ九つ、十ぐらいの男の子が、澄んだ声を張って、漢籍を読んでいるさまも、たいそう可愛い」

小さいものは私の心象風景の中では高貴で清らかであった。

「〇けだかいもの。

美しくふっくらと肥えた幼な児が、いちごを食べているさま。

薄紫色《うすむらさきいろ》の袙《あこめ》に、白襲《しらがさね》の汗衫《かざみ》を着た、初夏の童女」

私にはオトナ、世俗の衆生《しゆじよう》は卑《いや》しく、嗤《わら》うべく、しかもそのおかしみが好もしく楽しかった。

「〇似つかわしくないもの。

髪のよくない人が、白綾《しらあや》の着物を着ているの。

ちぢれ髪に葵をつけたの。

字が下手なくせに、赤い紙に書いているの。

いやしい家に雪の降っているけしき。

老人の猫《ねこ》なで声。

鬚《ひげ》だらけの老人が椎《しい》の実をつまんで食べているの」

私は日常のこまごましたものにいつも心ひかれる。小さな身のまわりの品、事象に、強い関心がある。

「○見るからに汚ならしいもの。

鼠《ねずみ》のすみか。

朝起きてなかなか顔や手を洗わない人。

白い痰《たん》。

洟《はな》をすすりながら歩きまわる子ども。

油を入れる容器。

羽の生えそろわぬ雀の子。

暑い頃に長いこと湯浴《ゆあ》みしないでいるの。

着物の萎《な》えたのはどれも汚ならしいが、練色《ねりいろ》（うす黄色）の着物はことに。
○むさくるしいもの。

刺繍《ししゅう》の裏側。猫の耳の中。汚い場所の暗いの。
醜い平凡人が、小さい子をたくさん持っているの。
愛してもいない女の病気を聞く男の心持ち。
○大きい方がよいもの。
坊さん。くだもの。家。
弁当袋。
硯《すずり》。墨。
男の眼《め》。
ほおずき。山吹《やまぶき》の花。
馬や牛。
○短い方がよいもの。
急な仕立物《したてもの》を縫う糸。
燭台《しょくだい》。
身分低い下女の髪。これはきちんとして短い方がいい。
未婚のむすめの口数。
○切なさそうに辛《つら》げにみえるもの。
真夏の暑い午《ひる》さがり、汚ならしい車に貧相な牛をかけて、よたよたゆくもの。雨の降らない日に筵《むしろ》をかけた車。年とった乞食《こじき》。

身分卑《いや》しい女の、身なりのひどいのが、子供を背負っているの。雨降りの日、小さい馬に乗って、ぬれそぼって前駆している人。

○めったにないもの。

容貌《ようぼう》も気立てもすぐれ、非のうち所ない人。

物語や歌集などうつすとき、書きうつす本に墨をつけないこと。気をつけて書いていても、必ず汚してしまう。

深く契《ちぎ》り合った人たちの、終わりまで仲よきこと。

打たせた練絹《ねりぎぬ》の、うまくできてくること」

そのあいまに、私は、それこそ、私だけの感覚かもしれないけれど、こういう風なことも書いた。

「初秋のころ……風がひどく吹いて、雨などがひどく降る日。涼しくなっていて扇もはや忘れて手に取らなくなったころ。

そんなとき、汗の香《か》のかすかに残る薄い衣《きぬ》を、あたまから引きかぶって昼寝したりする、その、はかなくも、物悲しく、好ましい情趣――」

私はそういうとき、

（ここに

わたし

います

生きて
います
はかなくも
なつかしい
秋にのこる
汗の香
わたし
ここに
寝ています
あなたは
どこに
おわしますか）

と、胸にいうのであった。その「あなた」は夫ではなかった。死んだ父のようでもあるが、更に大きな、宇宙の中の、大いなるもの、仏のようでもあり、また、言葉をもたない、あるあこがれ、わが献身の対象、そういうものである気もされる。あるいはそういう「あるもの」には一生、めぐりあわないで終わるかもしれないけれど。

「月のあかるい夜、牛車《ぎつしや》で川を渡ると、牛のあゆむにつれて、水晶などが割れたように、水の散るのこそ、おもしろい」

私は、昔、そういうことを則光にいったことがあった。則光はあわてて車の物見窓《ものみまど》から外を見た。そして、熱心に目をこらして水の飛沫《しぶき》をながめていた。

「うん。水晶みたいだ」

とうなずいたが、それをどうして私が面白がるのか、さっぱり分からない風だった。それをもどかしく思う気持ちは、もう則光にも私にもなかった。私と則光はそれで保《も》っている夫婦だった。私はそういう則光を、いまは気楽にも、目安くも思っていた。則光なりに、私に気を使ってくれているのが分かっていた。

私は自然が好きだ。木や草や虫、花々、そういう風流人が賞味するものにも増して、何とはない、野の自然が好きだ。私が初夏の山里を好きなのを則光は知っていて、連れ出してくれるのであった。沢の水には浮草がいちめんに漂い、牛車でゆくと澄んだ水がしぶきを上げる。

則光は馬に乗って、車の前になり、後になり、してゆく。

子供たちは、大きい子は則光の馬に、中の子は、従者に抱かれて馬に乗っていた。五つ六つの吉祥だけが、私や浅茅や乳母《うば》と共に車に乗った。

道の左右には、やわらかな新芽の枝が垂れ、車がゆくと、中まではいってくる。折ろうとするうちに、車はゆきすぎる。

「あ、蓬《よもぎ》の匂《にお》いがしない？」

と私は心ときめきしていった。

道ばたの蓬が車のわだちに押しひしがれ、車輪のまわるにつれて、香が近く匂い立つらしかった。

蓬の香は、私を夢みごこちにする。そういう情趣も書きとめたかった。

草子《そうし》はいつのまにか厚くたまった。

冒頭に「春はあけぼの」と書いたので、私はそれを綴じて「春はあけぼの草子」と書き、弁《べん》のおもとのところへ使いにもたせた。

弁のおもとが読んでくれるかどうか、わからないけれど、紛失したらいけないと思って自分の手もとにも一部書き写して残しておいた。

「お前、近頃《ちかごろ》、いやにいそいそとしているね。そんなに手紙を書いて、どうするんだ？　誰とやりとりしているんだね」

則光がいった。

「手紙じゃないのよ、でも手紙みたいなものかな。いいえ、手習いというところだわ」

「男への恋文じゃないだろうな」

「恋文かもしれないわ……ふふふ」

私は何ともしれぬ「あなた」にあてて、恋文を書いているのかもしれなかった。

水晶のように砕け散る、清らかな水の飛沫《しぶき》や、蓬の香に、ふと「物狂おしく」心そそられる私を、

（あなた、どうか理解して下さい、この物狂いに同じように興じて下さい）

と訴えたくて。

私には、一つの物語宇宙の世界を構築する力はないようである。現実の折々に、きらりときらめく何かを、雑然とそのままにうけとめて、金糸の袋につめこむ、それらはやがてぶつかり、きらめき合って、宝玉のように光りを放ってくるかもしれない。けれども、あるいは、こんな雑多な素材は、宝玉にはならないかもしれない。

あまりに、玉も石も、いれまじっているもの……。

まあ、何にしてもそれらは私の人生の慰みごとだった。現実世界にはわずらわしい我執や欲望の嵐《あらし》が吹きすさんでいた。

兄の致信《むねのぶ》はいまも絶えず事をおこしており、則光がそのあと始末をしているらしかった。則光は私にはいわないので、どう思っているか分からないが、兄の致信に奇妙な親近感を抱いているらしい。京の町のならずものとして致信は悪名高く、どういう縁故でか、花山院《かざんいん》付きの一味の悪童連《あくどうれん》に加担することがあり、花山院びいきの則光は、そのせいで、致信をわるく思えないようであった。

花山の院は、み位《くらい》をお下りになってから、しばらくは仏道修行《しゆぎよう》に専念していられたが、いまはそれもうち忘れられたように、お気ままなくらしである。昔から色めかしい方で、女性問題を次々と起こして、世間の眉《まゆ》をしかめさせていられた。御父・冷泉院《れいぜいいん》の狂疾《きようしつ》の気《け》が伝わっていられるという噂で、どことなく、常軌を逸した風狂《ふうきよう》の君《きみ》であった。乳母の子の中務《なかつかさ》とよぶ女を寵愛《ちようあい》なさって、それはよいが、やがて中務がほかの男との間に生《な》した娘まで召され、母娘ともども懐妊するという、みっともないことになった。

院のおそばには、つらだましいの一癖《ひとくせ》ありげな悪僧や悪童が集まっていた。出家なさったはずの院が、暴力に訴えて人もなげに京の町を押し通られるのであった。そういう中に、ともすると致信もいるらしかった。

賀茂祭《かものまつり》のとき、院の従者が上達部《かんだちめ》のお車に乱暴を働いたこともあった。理非もない無道の振舞《ふるまい》である。花山院はその翌日も謹慎なさるどころか、むしろこれ見よがしに示威して暴れまわられた。院のお気に入りの悪僧で高帽《たかぼう》をいつも冠っているので「高帽の頼《らい》勢《せい》」とよばれる有名な無頼《ぶらい》どもが院のお車のうしろにむらがり、気勢をあげて町の大路《おおじ》を練《ね》りあるいた。

ことに人目を引いたのは、院のお車だった。変わった数珠《じゆず》が、わざとお車の外へ誇示されていた。蜜柑《みかん》をつらぬいて数珠のようにしたもの、親玉は大きな柑子《こうじ》で、長々しい巨大な数珠が、ぶらぶらとさし出されているのだった。

いかにも挑発的な、めざましい趣向だった。

しかし前日の乱暴を咎《とが》めて、検非違使《けびいし》の追捕《ついふ》があると注進した者があって、花山院の一行はあわてふためき、お供の悪僧や悪童どもは散り散りに逃げかくれてしまった。

花山院は、車副《くるまぞい》の男どもだけに守られなすって、こそこそと物かげにひそんで逃げかえられたそうである。ご身分にしてはみっともないことと、世人は非難したのだった。

検非違使はそののち、花山院を監視して、しかもみっちり油をしぼったということだ。いうならば「太上天皇《だいじょう》」という尊いおん名に、花山院はキズをつけてばかりいられた。しかし、朝廷は院をどうすることもできなかった。

「いまの当今《とうぎん》がご即位なさったのは、花山院がご出家して譲位なさったからだ」

と則光はいうのであった。

「院はみ位《くらい》にあられること二年足らずだった。院は本来、率直で純粋なお方なのだ。純粋すぎて、世の中の人間に理解されないのだ。――院は癲狂《てんきょう》の君《きみ》とみられていらっしゃる。おれから見ると、若い、感受性のするどいお年頃《としごろ》に、あまりにも深い心のキズを受けられたのだ、と思うよ」

則光は、花山院のこととなると雄弁になった。

「院がもし、おかしいなら、いまの権門《けんもん》のお歴々《れきれき》は、おしなべてひとり残らず狂ってるよ。癲狂はあっちの方だよ。――院をだましすかした連中、更には東三条《とうさんじょう》の大臣《おとど》。みなみな、狂ってるとしか、言いようがないよ」

弁のおもともいっていたけれど、東三条の大臣、兼家《かねいえ》公がそもそも、いまの九条《くじょう》家の御末《おんすえ》の栄華を築かれた。強引で苛酷《かこく》なご性格で、兄君《あにぎみ》の堀川殿《ほりかわどの》・兼通《かねみち》公をこえて官位がすすんでいった。数年間、兄弟のあいだに火花を散らす戦いがあったが、ついに兄の兼通公が関白《かんぱく》の位につき、弟の位をとびこえてしまわれた。兄弟間の確執《かくしつ》はぬきがたい憎悪となってしまった。

そのうち兄の堀川殿が病気になられ、危篤におちいられた。折から邸前、東の方に先払いの声がする。兼通公の御前の人々が、「東三条の大将殿がこちらへ参られます」と申上げた。

兼通殿は聞かれて、

(長年、不仲であったが、さすがに兄弟よ。危篤と聞いて見舞いに来てくれたか)

と嬉《うれ》しく思われて、御前《おまえ》の見苦しいものをとり片づけさせ、お休みどころを清掃して迎え入れる準備をしていられたところ、

「東三条殿はもはや御門を通過して内裏《だいり》へまいられました」

と人が告げたのであった。

兼通公は怒りに燃え狂われた。家来の手前も恥ずかしく、

(来たら関白など譲ることもいうつもりであったのに。あいつがあんな性根《しょうね》だから、年来、不和の間柄になったのだ)

兼通公は首をもたげて、

「起こしてくれ。車の支度をせよ。前駆《さき》の者どもを用意させよ」

と声をふりしぼっていわれるのであった。物《もの》の怪《け》でもついたのか、最期《さいご》のうわことかと人々が怪しむうちに、公は冠を召され装束《しょうぞく》をつけられて参内《さんだい》されたのである。瞋恚《しんい》の一念が公を支えていたにちがいない。

ご子息に扶《たす》けられ、滝口《たきぐち》の陣《じん》から清涼殿《せいりょうでん》の北の昆明池《こんめいち》の障子《しょうじ》のほとりに出られると、

昼《ひ》の御座《おまし》に、いましも帝と東三条殿が向き合っていられた。

東三条殿は、兄の堀川殿が死んだと聞かれたので、帝に関白の事を奏請《そうせい》しようとかけつけてきたのであった。東三条殿兼家公は、かの「蜻蛉日記《かげろう》」の作者の夫で、この手記にも、「夫は家の前を供人《ともびと》を引きつれて乗打《のりう》ちした。わが家の下人《げにん》がこちらへ来られるものと思い、門をひらいて跪《ひざまず》いて待っているのに、門を素通《すどお》りして別の女の邸へ向かった」と怨《うら》めしそうに書かれている。元々が、人の思惑《おもわく》などかまわない、神経が荒縄《あらなわ》で出来ているような殿方《とのがた》らしい。東三条殿にあるのは、自分の官位昇進のことだけらしく、自分に向かって心ひらこうとする人間の邸の前を無視して通行するのは、よくあることだったらしい。

東三条殿も帝も、突然参内された堀川殿を見て、ぎょっとされたようだ。堀川殿はにがりきって帝の御前に、

「最後の除目《じもく》を行いに参内いたしました」

と奏上して、東三条殿の官を剥奪《はくだつ》し、関白は小野宮《おののみや》家の頼忠《よりただ》の大臣《おとど》に譲って、家へ帰って亡くなられた。偏執《へんしゅう》的な意地強さである。

そのときの帝は、おん年十六歳の円融帝《えんゆうてい》であられた。

東三条殿は、円融帝に、おん娘の詮子《あきこ》姫を女御《にょうご》として入内《じゅだい》させ、すでに第一皇子がおできになっていた。しかし自身はこのとき関白になりそこねて、心中、はなはだ面白くなく、詮子姫と皇子も里方にとどめて、御所《ごしょ》へは帰されなかった。帝は女御と皇子に会

いたくおぼし召すのであるが、東三条殿は帝につらく当たって、自身もろくに出仕せず、女御も御所へ帰されないのであった。

東三条殿には、もうひとつ、不満があったのだ。

太政大臣《だいじょう》の頼忠公が、おん娘の遵子《じゅんこ》を、やはり女御として入内させていられたが、この方が后《きさき》の位《くらい》に立たれたのであった。まだお子をお持ちになっていないのに、第一皇子をお生みになった詮子女御をさしおいての立后《りっこう》で、東三条殿は腹をたてていられたのである。

女御はかず多くいられても、立后はただお一人であり、后になられると、諸事の格式が格段にちがい、めでたいことで、一門末代までの栄誉である。

その心おごりが、つい、頼忠公のご一族にも出たものか、ご子息の公任卿《きんとうきょう》の失言事件というのがあった。遵子姫が立后されて初めて入内されるとき、行列は西《にし》ノ洞院《とういん》の通りを北に向かっていた。東三条殿の邸の前を行列はにぎにぎしく通っていく。邸の内では、東三条殿も、娘の女御詮子も、心外な思いでじっと堪えていられるのへ、后の弟君《おとうとぎみ》の、十七歳の若殿上人《わかてんじょうびと》、公任卿が、いい気持ちで邸の内をのぞきこむようにして、大声で、

「ここの東三条の女御はいつになったら后にお立ちになるのかね」

と揶揄《やゆ》された。兼家公の一族はくやしくてたまらなかったけれど、何といってもこちらには皇子がいられるのだし、とそれをたのみに、胸をなでさすってがまんしていられたということだ。

それやこれやで、兼家公は円融帝《えんゆうてい》に必ずしも親切ではいられなかった。しかしお若い帝としては、頼忠公は太政大臣《だいじょう》ではあるし、その意向をむげにおしりぞけになることはできなかったのであろう。

遵子中宮《じゅんこちゅうぐう》は、御子がまだおできにならないので、世間では「素腹《すばら》の后《きさき》」などと失礼な陰口を利《き》いていた。

東三条殿は門をとじて出仕もせず、ご子息たちの、道隆、道兼、道長らの君も、公《おおやけ》の儀式にさえ出席されないということだった。帝からのお手紙はたびたび女御に来るが、ろくにお返事もなさらなかったそうである。そのうちに皇子は三つになられ、可愛いさかりであった。御袴著《おんはかまぎ》だけは内裏でなさり、帝は久しぶりで大きくなった皇子をごらんになって喜ばれた。

女御にもしみじみしたお言葉があったのだが、女御は、ご自分をこえて遵子姫が后に立たれたのを根にもっていられて、お心がとけていられないようであった、という。帝が、いましばらくとお止めになるのをふり切るようにして里へ、若宮《わかみや》もろとも退出してしまわれた。

そののちも、東三条殿は、風病《ふびょう》だの何だのと称して、帝のお召《め》しにも参上されない。

帝は譲位を思い立たれ、若宮を次代の東宮《とうぐう》に据えようとなさった。それを聞くが早いか、いっぺんに東三条殿のご機嫌はよくなり、てのひらを返したように、晴れ晴れと参《さん》内《だい》なさった。

やがて円融帝《えんゆうてい》はご退位、東宮が即位され、これが冷泉院《れいぜいいん》の御子で、当時十七歳でいられた花山帝であった。詮子《あきこ》女御の若宮が、おん年五歳で晴れて新東宮の位におつきになった。

新帝花山は色ごのみで次々に女御が参られたが、一条大納言《いちじょうだいなごん》の姫君の、弘徽殿《こきでん》の女御をことに愛された。その愛され方も、物狂おしいばかりであった。懐妊されて八月に女御が亡くなってしまわれたときの、帝のご悲嘆も、常人のようではなかった。お声も惜しまず、見苦しいまで取り乱して泣かれたという。

この花山帝の世になってからも、東三条殿はひきつづき、頼忠《よりただ》公が関白であたまを抑《おさ》えられていたので、出る幕がなかった。花山帝には叔父《おじ》君《ぎみ》の義懐中納言《よしちかちゅうなごん》や寵臣《ちょうしん》の惟成《これしげ》の弁《べん》がついているから、東三条殿は全く、発言権も何もないわけである。東三条殿は、ひたすら東宮の御代《みよ》になられることを祈っていられたにちがいない。

花山院のご出家は、東三条殿の劃策《かくさく》だったということは、もう世の中の人、すべて知っているようだ。悲嘆に沈む帝に、出家をそそのかし、道心《どうしん》をふきこんだのは、東三条殿の次男、道兼の君であった。帝ともろともに俗世を捨てようと誓いあって、寛和《かんな》二年六月の二十二日の夜、ひそかに内裏をぬけ出された。

有明《ありあけ》の月があかるい夜である。帝は、

「あまりに明るすぎる……忍んで出るには」

とためらっていられるのも哀れなことであった。道兼殿は気が気でなく、

「さればとて中止できません。すでに皇位のみ印《しるし》たる神璽《しんじ》も宝剣も東宮《とうぐう》の方へ移りましたぞ」

とせかした。帝は肌から離されぬ亡き女御の手紙を、せめて取ってこようと、

「しばらく待て」

といわれたのだが、道兼の君は「何という未練な。邪魔の入らぬうちに、早く世を捨てましょう」と、そら泣きされた。

花山寺《かざんじ》へいく道々、ひそかに武士たちが見えかくれして警護していたという。鴨川の堤のあたりからは、あらわに姿を見せてお供したそうである。しかも彼らは、花山寺に帝らが着かれ、帝のご剃髪《ていはつ》を見届けると、たちまち道兼の君を守って、一尺ばかりの刀を抜き放ち、帝とへだててしまった。

髪をおろされた花山院に向かって道兼の君は、

「しばらく退出して、父にこの姿を一度みせ、出家の決意をうちあけて、必ずここへ戻ってまいり、院の仏弟子となりましょう」

と白ばくれて申し上げたのであった。

道兼の君のまわりを、武士たちが固めて、寺の僧たちがむりやり出家させないように見張っている。そのまま、「長居《ながい》は無用」とばかり、花山院をそこへうちすてて引きあげてゆく後姿を、院はどうごらんになったであろうか。

「私をだましたのだ、彼は」

とお泣きになったと伝えられる。御所《ごしょ》では主上《しゅじょう》が忽然《こつぜん》と行方不明になられたので大さわぎになっていた。義懐中納言《よしちかちゅうなごん》と惟成《これしげ》の弁《べん》は、花山寺まで訪ねて、さま変えられた院のお姿を見、わっと泣いたという。あわれなことは、二人ともそこでただちに世を捨てて、院と運命を共にしたのであった。

こうして七歳の東宮は即位され、一条帝となられた。帝の御母《おんはは》の女御・詮子《あきこ》はすぐ立后《りっこう》されて、皇太后《こうたいごう》となられた。后の位として宮中へ入られるとき、公任卿《きんとうきょう》は供奉《ぐぶ》の中にいられたが、后のお供の女房の一人が、車から扇で招いて公任卿を呼びよせ、

「もしもし、お姉君の素腹《すばら》の后はどこにいらっしゃいます」

といった。先年のしっぺ返しなのであった。

あれから四年たっていた。

こうして、東三条ご一族は、一条帝の御代《みよ》で、わが世の春と栄えていられる。兼家公は関白となり、天下のことは思うままだし、この栄華を得んがために、今まで血みどろの戦いを戦ってこられたという所かもしれない。

道隆、道兼、道長……やがてはこのご兄弟が、父君の兼家公兄弟のように、争うようになるのかもしれない。

そういう時代になったいま、花山院はしきりに荒れすさんでいられる。仏道修行もお心の修羅《しゅら》をなだめることはおできにならなかったのかもしれない。大声で歌を歌いつつ、都大路《みやこおおじ》をめざましく車を走らせられたり、検非違使《けびいし》にあらがわれたり……。

「おれには院のお心がよくわかる」

則光は、花山院が何をされようと、つねに変わらず、花山院の味方であった。彼は、院の書写山《しょしゃざん》への行幸《みゆき》にもお供した。

院を批判したことはいちどもない。

院はひとつのことにうちこまれると物狂おしくなられるご本性《ほんしょう》で、ご出家後の修行も必死であられた。熊野《くまの》まで出かけられたが、千里《ちさと》の浜で病気になられ、海岸の石を枕にやすんでいると、すぐそばに漁師の塩を焼く煙が立ちのぼっているのだった。

旅の空夜半《よは》のけぶりとのぼりなば
あまの藻《も》塩火《しほび》たくかとや見ん

とあわれに悲しい歌を洩《も》らされたということである。

則光は、花山院の乱行《らんぎょう》を「物《もの》の怪《け》のしわざだ」といっていた。院はお心に一点のくもりもない、水のように澄んだ方だといい張るのだった。そのお悲しみもお悩みも、そして求道心も、思いこまれるといちずに深い。

「純粋なんだ。院はうそをついたり人をあざむいたりなさらない。狂疾《きょうしつ》は、むしろ院をだましすかした東三条の殿や道兼の君たちなんだ」

則光は何ごとにつけ、かくべつの意見もない男であるが、花山の院には、いつもいうべきことを持っていた。それは、私に、「あるものへの献身」を思い起こさせた。則光が「あなた」というのは、花山の院なのだろうか？

数日して、弁《べん》のおもとから手紙が来た。

「先日の『春はあけぼの草子《そうし》』、定子《さだこ》姫がたいそう興がられ、つづきをよみたいと仰《おお》せられています……」

3

「定子《さだこ》姫は、ことにどこが面白いとおっしゃったとお思いですか。みんなたいそう興ふかくごらんあそばしたようですけれど、とりわけ、

『心ときめきするもの』の中に、――唐《から》の鏡のすこし暗いのをのぞきこむの――とある、あのくだりを『すてきな感覚だわ』とおよろこびになっていらっしゃいました。

それから、ほら、『初秋のころ、風がひどく吹き、涼しくなって扇もはや手に取らなくなったころ、汗の香のかすかに残る薄い衣《きぬ》を、あたまから引きかぶって昼寝するときの、はかなくも物悲しい情趣』というくだりがあったでしょう。そこを、とてもお喜びになっていました。『いままで、こんな鋭い繊細な文章は読んだことがないわ。歌にだってよまれていないと思うわ』などとおっしゃっていました。

私自身は、もっと具体的で身近で、それでいていきいきしている、こまごました『ものは』づけにたのしませて頂きました。『にくらしいもの』の中に『昔の女をほめる男』

って、ほんとうね！『むさくるしいもの』に、『愛してもいない女の病気を聞く男の心持ち』なんて、家庭にひきこんでいらっしゃるあなたが、どうしてこんなに男の心理をご存じなのでしょう！

『春はあけぼの草子』はいま、お邸《やしき》でひっぱりだこですわ。おそれ多いことですけれど、殿《との》（道隆《みちたか》）の大臣《おとど》、上《うえ》（北《きた》の方《かた》）もさっそくお読みになられ、

『ほほう。さすがは歌よみ、元輔《もとすけ》の娘だけあるね』

とお言葉を賜《たま》わりました。伊周《これちか》さま、隆家《たかいえ》さまの若公達《わかきんだち》も、どうやら女房《にょうぼう》たちの持っているのをお取りあげになってこっそりお読みになったみたい……。

でも、一番の愛読者は定子姫でいらっしゃいましょうね。定子姫は字の美しい人に清書させられ綺麗《きれい》な唐の紙で装幀《そうてい》をなさり、お手許《てもと》に愛蔵しておられます。つづきをお読みになりたいと仰《おお》せられましたから、私まで面目を施《ほどこ》してうれしくて」

私は弁のおもとの手紙に有頂天《うちょうてん》になった。

あの私の、生まれてはじめて書いた薄い本——物語でもなし日記でもなし、歌の詞書《ことばがき》でもなし、という、とりどころのないふしぎな筆のすさびに、はじめて客観的な評価が与えられたのだ。

ことに私をよろこばせたのは、唐鏡《からかがみ》や、初秋の情趣を、定子姫に解していただけたことであった。このときから、私にとって、この十歳《とお》よりまだ年少でいらっしゃる、美しく、若く貴《たっと》き姫君《ひめぎみ》が、こよないあこがれとなった。

私は死んだ父をのぞいては、誰《だれ》一人、わかりあえる人はないと思いつづけてきた。それは身近の、なまあたたかく肌なれした情愛とは別のところで、いつも渇《かわ》き喘《あえ》いでいる私の生身《なまみ》の部分であった。乳姉妹《ちきょうだい》の浅茅《あさじ》も、夫の則光《のりみつ》も、子供たちも私は厭《いと》わしいというのではなく、いまは「愛している」といってもよかった。柔かく手応《てごた》えのない、湿潤な幸福の粘膜、とめどもなく安逸《あんいつ》になだれおちてゆく人生、それに身を任せる、あのちょっとうしろめたい、居直った、ふてぶてしい平穏、私はそこにぬくぬくととぐろをまいて居坐《いすわ》っていた。人は慣れれば糞《くそ》の上でも居心地《いごこち》よくなるというけれど……。

でも、この人々に私は、

「読んでくれた？　面白かった？」

と、期待にみちて聞くことはできないのだ。

実をいうと、私は「春はあけぼの草子《そうし》」を同じように権中納言《ごんのちゅうなごん》家にお仕えする知人にも贈っていた。この父方の縁つづきの婦人は、兵部《ひょうぶ》の君といって、権中納言の殿（道長）の北の方（鷹司《たかつかさ》殿倫子《みちこ》の君）にお仕えしている。

私は兵部の君に連れられて、土御門《つちみかど》のお邸も拝見させてもらったことがある。権中納言のりりしい殿方《とのがた》ぶりをかいまみたのもその邸であった。

しかし道隆の大臣の北の方にお仕えする弁《べん》のおもとの話を聞くと、同じ兄弟とはいいながら、長兄の道隆さまと末弟の道長さまとでは、気風から家風から、すっかりちがうようだ。

双方、同じようにお邸は活気があって栄え陽気でいらっしゃるが、末弟の道長さまは緊《し》めるべきところは緊めるといった、手がたい家風であり、長兄の道隆さまは放縦《ほうじゆう》といってよいほど派手やかなようだ。

むろん、いまはお年からいってもご身分からいっても道隆さまの方が上で、時めいていられるから、派手やかにわが世の春を謳《うた》っていられるのもむりはないのであるが、これは所詮《しよせん》、それぞれのご性格からくるものではなかろうか。

東三条《とうさんじよう》の大臣《おとど》・兼家《かねいえ》公は剛腹《ごうふく》な方で、内裏《だいり》へ参上なさるのも、直衣《のうし》の紐《ひも》をはずして、くつろいだお姿でお車に乗られるという。傍若無人《ぼうじやくぶじん》というか、六十年かかってあらゆる政敵を蹴落《けおと》し窮死《きゆうし》せしめて、やっと天下の一の人になった、その心傲《こころおご》りが、御所もわが家も同じように思わせるのであろうか、七月に宮中で行なわれる相撲《すまい》の節会《せちえ》の時など、帝と東宮のおん前で、

「暑い、暑い」

と下着一枚になったりなさったということだ。いくら、帝と東宮のおじいちゃまだといっても――。この方はお邸に北の方もいらっしゃらず、男やもめの独《ひと》り棲《ず》みだったので、東三条邸の西の対《たい》を、宮中の清涼殿《せいりようでん》そっくりに作って棲んでいられた。あまりな傲りだと人は噂《うわさ》したものだった。

そういう傲岸《ごうがん》さに、芸術好き、学問好き、当世風の新しいもの好き、といった気分をつけ加えたものが、内大臣・道隆の大臣《おとど》のお邸の気風であるらしい。

だからこそ、私などの書いた未熟な「春はあけぼの草子」を珍しがって頂ける（弁のおもとの話を信ずれば）のかもしれなかった。

一方、権中納言・道長さまのお邸の兵部の君にことづけた「春はあけぼの草子」は何か月も返事がなく、ずいぶんたって、

「面白い本を長いことお借りして、ありがとう」

という通り一ぺんの手紙と共に、すこしくたびれて戻ってきた。この兵部の君は、私よりずうっと年かさで、いうなら、こういうへんな本をよむひまも趣味もなかったのかもしれないけれど、私としては何となく、両家の家風のちがい、ということを考えさせられるのだった。

東三条・兼家の大臣《おとど》は、例の「蜻蛉日記《かげろう》」の作者の夫にあたる方だけに、ずいぶん強引で一方的な、利己的な恋を経験なさった方だった。

ご長男の道隆公はそこも似ておられ、たくさんの恋人を作っていられた。その中で学才にたけた高階成忠《たかしなのなりただ》という受領《ずりよう》あがりの娘を、北の方になさった。藤原氏の氏《うじ》の長者となるべき、一流貴族にもらわれなすったのだから、受領の娘としては、たいへんな玉の輿《こし》である。それにこの方、貴子《たかこ》の上は、道隆の大臣との間に七人のお子をもうけられた。男君三人、女君四人である。

女としては幸運な方といわねばならない。

それにこの方は、世が軽んじおとしめる職業婦人であられた。つまり、宮仕《みやづか》えをして

世間にたちまじっていらしたのだ。円融《えんゆう》天皇のおん時に、禁中《きんちゆう》の女房をつとめていられて、父親の名をとって高内侍《こうのないし》とよばれた。道隆公は高内侍を見染め、言い寄られたわけであるが、ほかにも同じような女はたくさんいたのに、ついに正室の北の方になさった。よっぽど愛していられるらしかった。

「それは、それだけの方だからよ……。ちょっと珍しい方ですもの、あの北の方は」

と弁《べん》のおもとは自慢そうにいった。

「魅力のある方だし、とても文芸趣味のある方。それにお父君ゆずりの漢学の素養がふかくて、漢文の文章なども、なまじっかな男なんか、足もとにも寄れやしない。いまの世の中の人は、女で漢字なんか書くと、ろくなことがない、女は平仮名《ひらがな》の読み書きと『古今集《こきんしゆう》』の暗記ができれば、教養は充分だ、といったりするけれど、それはあの北の方を存じあげないから、いうのだわ」

弁のおもとは、彼女自身、かなり教養があり、柔軟な考え方をする女性であって、私は尊敬しているのに、その彼女が、

「北の方って、そりゃ、魅力的な方よ。打てばひびく才気がおありで、それで明るくって面白くって——大臣《おとど》がほかのたくさんの女の人を見向きもなさらなくなったの、当然だと思うわ」

というのだった。

七人の子をつくり、もう中年になっていらっしゃる北の方が、いまでもいきいきと

若々しくて、道隆公のお邸の中心であるらしい。

「陽気でいらっしゃるのね。それに、どんな人にも、おやさしくて。いつもおかしいことをいって愉快にさせて下さるわ。……そうね、俗世間の人がいう、女の美徳、つつましやかさ、思ったことを半分もいわないで辛抱している――そういうことは、ほとんどなさらないの」

「まあ……」

私には想像もできないことだ。そんなに、たかい身分の深窓の夫人が。

「でも、率直だけれど、意地わるではないのよ。それは、おそば近く、仕え馴《な》れているとようくわかるのだけれど――邸の、奥ふかいところに棲《す》んでいられると、噂はへんにねじけて、悪くとられてひろまることがあるのね――とくに、男の人たちの噂っていうのは女より陰湿なことがあってよ――でも、これだけは絶対よ、定子姫の明るさと陽気は母君ゆずりだわ。お父君も、たのしい方だけれど。――冗談がお好きで、いつもまわりを笑わせていらっしゃる。

あのお二方《ふたかた》は似合いなのね、性質といい、好みといい――」

そして弁のおもとは笑いながらいった。

「北の方は、お酒も少しめし上るわよ」

「まあ、ほんと……」

「あの大臣《おとど》に連れ添うていらっしゃるのですものね」

と弁のおもとはいい、私も釣られて声を合せて笑った。

道隆の大臣は酒の方でも評判の酒豪だった。ひととせの賀茂祭《かものまつり》のときの乱れぶりはいまも世の語り草になっている。賀茂祭の翌日、斎院《さいいん》がお還《かえ》りになる、その還り立ちの行列を見物なさろうというので、いつもの飲み仲間の小一条《こいちじょう》の大将や閑院《かんいん》の大将と一つ車に乗られて紫野《むらさきの》へ出かけられた。道隆の大臣《おとど》はいつも、カラスがとまっている瓶子《へいじ》がお気に入りで、それへなみなみとお酒を入れてめし上るのだ。その日もそれでめし上っていた。ご愛用の酒器、気の合った飲み友達、酒がおいしくないはずはなく、ついつい飲みすぎられて、車の中ですっかり酔っ払ってしまわれたそうだ。

しまいに、牛車《ぎっしゃ》の簾《すだれ》を、前も後も高々と全部捲《ま》き上げてしまわれた。

「暑くるしい。風通しよくしろ！」

とでも叫ばれたのではないか。

貴人は男性でも牛車の簾を下して下司《げす》に姿はみせられないものなのに、簾を捲き上げるどころか、中のお三方は、烏帽子《えぼし》もぬいで髻《もとどり》をあらわにした素頭《すあたま》、あまりのことに、人々はおどろいてしまったという。

この方々は、いつも集まられると、酒、酒で、しらふで別れるのを物足らず思っていられるそうである。

正体もなくよろよろと、装束《しょうぞく》も乱して、人の肩にすがって車に乗りこむのを、面白いことにしていらっしゃるのだった。

道隆の大臣は、しかし、早く酔われるが早く醒《さ》められる癖がおありだという。これも世の噂だけれど、賀茂詣《かもまう》での日にも、すっかり車の中で酔っ払ってしまわれた。これは賀茂祭の前に詣でる、たいせつな行事で、上達部《かんだちめ》たちもそろってお供し、たいそう盛大な儀式である。道隆公は下鴨《しもがも》の社頭で土器《かわらけ》に酒をめし上る。これは儀式で、三度めし上ることになっている。

しかし大臣《おとど》が酒豪なのを知っている神主《かんぬし》や禰宜《ねぎ》は、気を利《き》かせて、大土器《おおかわらけ》に七、八杯もついだのであった。大臣はすっかりそれをあけて、こんどは上鴨《かみがも》の社《やしろ》へ向かうまで、車の中でぐっすり、寝込んでしまわれた。

道長の君はその車のそばにいられたが、「どうなさったのか」と怪しんでいられた。というのは夜になっていて、松明《たいまつ》の光が、車の簾《すだれ》を透してみえるのだが、お姿が見当らぬのだ。やがて社頭に車は着いたが、大臣は前後不覚に眠っていられて、なかなか下りてこられない。道長の君は扇を鳴らして声をかけたりなさるが、一向《いっこう》に目をさまされないのである。

で、近くへ寄って、袴《はかま》の裾《すそ》を荒っぽく引かれると、やっと目をさまされて、こういうことはよくあるので、櫛《くし》で鬢《びん》をかきなで、しずしずと車から下りられたのであった。

ところがそのごようすは、全く清らかでご立派で、とても泥酔《でいすい》した人のようには見えなかったという。

「男は上戸《じょうご》も一つの興だ」という人には、道隆の大臣の酒豪ぶりはほほえましいものであったにちがいない。

しかし、だらしないことを憎む人々は、道隆の大臣に好感をもたないらしい。それに若い頃から恋多き公達《きんだち》で、あちこちに数知れず、腹のちがう若君がいられることに、非難の眼を向けたりしている。父君の兼家の大臣の愛人だった対《たい》の上は、淫乱《いんらん》で有名な人だったが、道隆の大臣は、のちにこの父の愛人にも言い寄って、娘を生ませたりしていられる。

この殿の奔放な色あさりといい、酒好きといい、身分低き女房との自由結婚といい、あたまのかたい人々には、じつに好ましくない、にがにがしいことにうつったのかもしれない。

兼家公の次男で、道隆の大臣《おとど》の次弟に当たられる道兼の君は、品行方正だったから、いつも兄君を批判的にみて、何かにつけ、非難していられた。

この方は、顔色がドス黒く、毛深く、醜男《ぶおとこ》で、それにもまして気立ては陰険で、剛情《ごうじょう》という、世の噂である。

「内裏《だいり》の女人衆にも、とっても評判がわるいっていうことよ——。ズケズケ言いで、意地わるですって」

という、弁《べん》のおもとの話である。

この、「内裏の女人衆」というのは、少年の一条帝に直接お仕えする女房たちよりも皇太后、詮子《あきこ》の君のご意向が大きい。

当今、世の中を思うまま動かしていられるのは、東三条の大臣・兼家公と、そのおん娘で、当今《とうぎん》の母君でいられる詮子皇太后なのだ。

ご譲位なさった花山院《かざんいん》も、冷泉院《れいぜいいん》も、更に円融院《えんゆういん》も、なんのお力もおありにならない。政治的には全く無力である。

そうして天下と宮中を二つに分けて、その采配《さいはい》をふられる方というと、前者が兼家公で、後者の実力者は、詮子皇太后である。

そのへんのことは、兵部《ひょうぶ》の君の方がくわしい。

詮子皇太后と、道長の君のむすびつき、ということになれば、弁のおもとの知らない話を、兵部の君はよく知っていた。

詮子皇太后は道長公の姉君《あねぎみ》に当たられる。

もうお一方《ひとかた》、ずっと年のはなれた姉君・超子《まさるこ》がいられた。これは冷泉院の女御になられ、いまの東宮（のちの三条帝《さんじょうてい》）、為尊《ためたか》親王、敦道《あつみち》親王、お三方の皇子の母君である。

兼家公はこのお三人の孫をとても可愛がっていられて、つねにふところでいつくしんでいらっしゃるとのことだ。母君の超子女御はもう十二、三年前に頓死《とんし》していられた。幼くして母君に死に別れた三人の宮を、祖父の兼家公がおかわいがりになるのもむりはないのだけれど……。

あれはそうだ、私が父に連れられて周防《すおう》の国から京へ帰ってきたあとのことだから、その噂をくわしく聞くことがあった、天元五年（九八二）の正月二十七日の庚申《こうしん》の宵《よい》だった。

庚申の夜は、眠ってはいけないことになっている。庚申の夜にねむると、人の体の中に住んでいる三尸虫《さんしちゅう》が天に上って、その人の悪事を天帝に告げるといわれている。だからこの夜は何やかやして気をまぎらわせ、徹夜するのである。

超子女御はさきに譲位された冷泉院の女御であり、お妹の詮子女御はそのときの帝・円融院の女御、ご姉妹がそれぞれ、ご兄弟の帝の女御になっていられたわけである。

それぞれのお居間では、にぎやかに若い女房たちが騒いでいた。女御がたのはらからの男兄弟、道隆、道兼、道長の公達《きんだち》が、二つのお居間をいったり来たりして、歌をよんだり、女房たちと集まって碁や双六《すごろく》を争ったりして、面白く夜はふけていった。

「この公達のおかげで、庚申《こうしん》の宵の眠けざましになったわ」

と超子女御も、およろこびになったのだった。

やっと鶏の声がきこえるようになった。超子女御はふと、脇息《きょうそく》によりかかったまま、うとうとまどろんでいらっしゃる。

「せっかくおやすみになったのだから、もうお起こししないでおきましょう。暁《あかつき》になったことだし」

と人々はいっていたが、男きょうだいのお一人が、詠んだ歌などお耳に入れようとして、

「もしもし、ちょっと……。もうおやすみですか、今になって」

とお起こししたが、一向《いっこう》、お返事もなさらない、お近くへよって、

「失礼します」

と衣の裾《すそ》を引かれると、とたんにお体は均衡を失ってぐらりと傾《かし》いだ。

「やや！　これは……」

と大さわぎになった。女御のお体は冷えていた。あまりのことに驚いて大殿油《おおとなぶら》を近く寄せて拝見すると、はや、お顔の相も変わっている。悪夢をみているようで、誰《だれ》もかれも度を失ってしまった。上を下へのさわぎになった。

兼家公はしらせに驚いてかけつけ、おん娘の超子女御の遺骸《いがい》を抱き、ふしまろんで泣き叫ばれたという。冷泉院の女御となられて男宮《おとこみや》お三方まで挙げられた長女の姫は、父の兼家公には全く、宝の君なのであった。

「元方《もとかた》のたたりなのでは？……」

とおそろしそうなささやきが宮中にみちた。

元方《もとかた》というのは、元方大納言《だいなごん》のことで、この人の娘が村上帝《むらかみてい》の第一皇子をお生みしたため、元方は未来の東宮《とうぐう》外祖父を期待していたが、その夢は、はかなく破れた。右大《うだい》臣《じん》・師輔《もろすけ》の娘・安子《やすこ》女御がつづいて第二皇子を生まれるが早いか、まだ赤児のその皇子が、すばやく立太子されたのである。右大臣があいてでは、どんなに元方が焦っても、歯がたたないのであった。

元方の大納言は胸ふたがって物思いがこうじ、怨念《おんねん》の鬼、となって亡くなった。

それがいまも物《もの》の怪《け》となって宮中を跳梁《ちようりよう》しているという。

いや、物の怪や悪霊といえば、元方の霊だけではない。

位に即《つ》けなかった皇子、愛されることうすかったやんごとなき妃《きさき》、押しやられしりぞけられ、屈辱にまみれた大臣たち、その人々の怨《うら》みつらみの物の怪が、宮中の仄暗《ほのぐら》い隅《すみ》のそこここに、いまもわだかまりよどんでいるのだ。

兼家公が、もう一人のおん娘の女御、詮子姫と、そのお生みになった若宮《わかみや》を、あわてて宮中から退出させられて、円融帝が会いたく思われても、めったに参内《さんだい》させられなかったのは、詮子女御を中宮《ちゆうぐう》にしていただけなかった、という帝への怨みもあるけれど、一つには、元方の霊をおそれられたから、という噂もあった。

少女の私は、そういう噂ばなし、九重《ここのえ》の宮中の奥ふかく、ささやき交される、その秘密めかしい耳打ちが好きだった。父のもとへは、そんな噂ばなしをもたらす人が多く来た。

父はただの官吏ではなく、歌人だったから、変わった色合の知己友人をたくさん持っており、彼らは歌人という身分で、後宮《こうきゆう》女人の世界を自在に往来し、独特の脈拍を理解して、それを伝えてくれるのであった。

私は後宮にあこがれ、その雰囲気《ふんいき》に夢を描いて聞いた。怨霊《おんりよう》や物《もの》の怪《け》ですら、あでやかな後宮とむすびつくと、妖《あや》しい魅力となった。

それらはまた、男たちの息づまるような権力への野望とぴったり貼《は》り合せられている。

円融帝が即位なさるときにも、安和《あんな》の変、という政変があった。冷泉院と円融院のあいだにもうお一方《ひとかた》、すぐれた親王がいられた。

冷泉院は狂気の君なので、人望はすぐ下のその皇子にあつまっていた。ところがそのかたは源《みなもとのたかあきら》高明の姫君《ひめぎみ》を妃《きさき》にされた。藤原《ふじわら》氏一族からみると、こういう皇子が帝になられると、源氏が権力を握ることになる。

そこで源高明が謀反《むほん》をたくらんでいるという罪を言いかぶせ、追放してしまったのだった。私はまだ三つ四つのことだったから、おぼえてはいないけれど、まわりの人の話をよく聞かされたものだった。源氏の大臣《おとど》の邸《やしき》を検非違使《けびいし》がうちかこみ、宣命《せんみよう》をよみののしった。

「みかどを傾《かたぶ》け奉《たてまつ》らんと構《かま》ふる罪によりて大宰権帥《だざいのごんのそつ》になして流し遣《つかは》す」

官位は剝奪《はくだつ》され、網代車《あじろぐるま》に乗せられ、大臣は家族と別れを惜しむひまさえ与えられず、都を追われなすったのであった。北の方もおん子たちも泣き叫んであとを追われた。お邸内の人々は生きた心地もなく、ただ悲しみ嘆くばかり、見た人々は涙を流して同情したのであった。この騒動は、あの「蜻蛉日記《かげろう》」——男の、公的な生活の場、政治方面のことは書かないはずの——「蜻蛉日記」にも書きとどめられている。さすがに、そのほどのあわれなありさま、昨日にかわる人の運命の転変には、「蜻蛉日記」の作者も、ひとごとと見過ごしにくかったのであろう。

この作者は、兼家公の夫人である。

そして、東三条の大臣・兼家公こそ、この「安和の変」の黒幕、といわれる人なのだ。兼家公とその兄たち、伊尹《これただ》、兼通《かねみち》らの人々が共謀して源氏左大臣《さだいじん》をはめたのではないかという噂も流れている。そうかと思うと、いや、小野宮《おののみや》の大臣だ、いや右大臣師尹《もろただ》だという人もあるが、私の父や兄たちの話では、やはり、東三条の大臣あたりが、あやしいということだった。

もしそれがほんとうとすれば、兼家公はじつに、源氏左大臣の左遷《させん》失脚事件と、のちに花山院をだましすかして皇位を捨てさせた出家事件と、双方の暗黒部分に手を染めていられるわけである。

その手は血でこそ汚れていないが、人々の怨念《おんねん》と涙と呪詛《じゅそ》で、爪《つめ》の先までドス黒くなっている、ということもできよう。

源氏左大臣高明《たかあきら》公はご身分も高く、醍醐帝《だいごてい》の皇子で、臣下に降《くだ》って源氏になられた方である。左大臣で、すぐれた器量をお持ちになっていられたのに、無実の罪で昨日にかわる今日のありさま、粗末な車で、あらくれの兵たちに追われていかれる浅ましいお姿を見て、人々は、昔、菅原道真《すがわらのみちざね》の大臣《おとど》が流されていかれたありさまと思い合せ、同情の涙をとどめられなかったという。

若君たちはお車を追っていかれたが、兵たちは追い払ってよせつけない。中で、いちばん末の俊賢《としかた》の君、父君になついていられた十一、二の若君が泣き叫んであとを慕われる。さすがに兵士たちもそれは見のがしたということだ。源氏の大臣は帥殿《そちどの》とおとしめられ、のちゆるされて都へ帰られたが出家なさった。

そのお邸はまもなく、怪火で焼失してしまった。お気の毒な、政争の犠牲者であった。

この源氏の大臣の北の方は、兼家公の妹君で、いうなら高明公と兼家公らは義理の兄弟の仲であるが、そんなことを顧《かえり》みられる方では、兼家公はなさそうであった。

安和《あんな》の変を経て、円融帝が即位され、ついで花山帝の世となった。女御詮子《あきこ》姫にできた皇子が東宮になられると、もう、花山帝の退位が、待ちわびられたにちがいない。そうして、ついに、詮子姫の生まれた皇子が七つで御位《みくらい》に昇られた。

兼家公も、そのご子息たちも、この日を待っていられたといっていい。

新帝にとって兼家公は外祖父、道隆・道兼・道長公らは伯父《おじ》・叔父《おじ》にあたる。どの方々も、いまは、わが世の春を謳《うた》っていられるのであろう。

そして、やがては、道隆・道兼・道長、この三兄弟の方々のあいだで、はげしい争いがくりひろげられるのかもしれない。

いや、それはもう、はじまっている。

道隆公や、道兼公より、

「なんと申しても、それはもう、いちばん内裏《だいり》で人気のあるのは、道長の君でいらっしゃるのですよ。第一、皇太后の君がとてもお可愛がりになり、『道長はわが子のように思うわ』と仰《おお》せられているくらいなのですよ」

と、得々として兵部《ひょうぶ》の君はいっている。

兵部の君は三十ばかりである。古くから土御門《つちみかど》のお邸に住まれる源氏の左大臣、雅信《まさのぶ》公の大姫君《おおひめぎみ》、倫子《みちこ》姫にお仕えしていた。

この人は、まだ定まる夫もなく、子もないが、ずうっと宮仕《みやづか》えをしてきて、仕えているお邸を、唯一《ゆいいつ》絶対のものと信じているふしがある。

それが、お仕えする主人自慢になる。仕えるあるじを悪くいったり、貶《けな》したりするよりは聞きよいけれども、自慢のあまり、どうもよそをわるくいうくせがあるようである。けれども根は気のいい人なので、私が頼めば、同じ車に乗せて、豪邸で有名な土御門のお邸へも連れていってくれるわけである。

この土御門邸はもともと、土御門中納言《ちゆうなごん》ともよばれた藤原朝忠《ふじわらのあさただ》公のお邸で、上東門邸《じようとうもん》とも、京極《きようごく》どのともよばれている名邸である。

朝忠卿《きよう》の姫君・穆子《むつこ》姫の婿《むこ》になって住まれたのが、源《みなもと》の左大臣、雅信公であった。

雅信の大臣《おとど》と、北の方、穆子のご夫婦には姫君が何人かおありで、心こめて大切に育てていられた。やがては帝か東宮にさし上げようと考えていられたが、帝はやっと八歳、東宮は十二歳というご幼少、倫子姫のほうはこのとき、二十四にもなっていられて、ふさわしくなかった。倫子姫にはあまたの求婚者があったが、ことにも熱心だったのは、このとき二十二の道長公だった。まだ権中納言《ごんのちゆうなごん》になられる前、左京大夫《さきようのだいぶ》という、ぱっとしない地位なので、父君の雅信公は、

「あんな若僧《わかぞう》が」

と相手にもしていられなかった。しかし、

「いいえ、あの公達《きんだち》は見どころがありますわ」

と買っていられたのは、母君の方だった。

「物見《ものみ》の折などによく見かけることがございますが、なみの殿方ではない様子にみえます。きっと出世なさる方ですよ」

「だがしかし東三条の大臣の長男か、せめて次男というのならともかく、あれは末弟だからね、なかなか出世の順番はまわらないんじゃないか」

「そんなことはありませんわよ。運の強い人のように私には思われますわ。あの公達をおいて、倫子姫の婿になる方があろうとも思えませんわ。——わるいようには致しません、まあ私に任せて下さいまし」

そういって北の方はどんどんことを運んでしまわれた。

雅信の大臣は、もう一つ気乗りなさらぬ縁組で、浮かぬ顔をしていられた。殿にしてみると、官位も下の、そして道隆公や道兼公よりも弟の青年、倫子姫より二歳も年少の若公達の、どこに見どころがあるのか、よくお分かりにならなかったのであろう。

結婚を許された道長の君は、意気揚々と通われた。花嫁の倫子姫との仲もむつまじかったが、土御門邸での婿君のお取り扱いは、至れりつくせりのおもてなしで、この上なく鄭重《ていちょう》であり、まことに重々しい。

父君の兼家の大臣はそれを聞かれて、

「まだ官位の低いあの青二才《あおにさい》を、そんなに手厚く遇されるとは……何となく片腹《かたはら》痛いの。おちつきのわるい心地《ここち》だ」

と洩《も》らされたとか。

おかげで、道長の君の株はいっぺんに上ってしまった。左大臣家の正式な婿になられ、かつ、その邸では下へも置かぬおもてなしを受けていられるとなると、にわかに、その殿方の値打ちに重みが加わってきて、今までとは打って変わって社会的に注目される存在となるのであった。

結婚前までは、そこらにざらにいられる若公達《わかきんだち》のお一人であったのに、左大臣家の婿ということになれば、おのずと後光がさすような心地がされるのであった。しかも后《きさき》がねとかしずいていられた姫君《ひめぎみ》を得られたのであるから、なみの結婚ではない。

道長の君に仕える人々も、

「わが殿は三国一の婿君なのだ」

と誇らかにするのであった。

道長の君は二十二で結婚なすったのだが、それまではさまざま縁談もあったのに、耳もかされず、父君の兼家の大臣は、

「どうするつもりだ。いいかげんに身を固めなければいけない」

と心配していられたものだった。

いまにして思うと、道長の君は、こういう結婚を、かねて心に期していられたのであ

ろう。ご自分の若年、更には一門のうちの末弟という、ぱっとしない、あたまの上らない状態をもようく考え、結婚相手には、社会的身分ある人の、重々《おもおも》しい姫君、加えて財力ゆたかなる家、由緒《ゆいしょ》ただしき血筋、世間の尊敬、――そういうものをそなえた条件をさまざま考えられたのではなかろうか。

「道長の君のお人柄を見込まれて」

と、単純な兵部の君などは信じこんでいうけれど、現に、道長の君は、結婚以来、ぐっと値打ちが上られたのであった。

道隆公はいわば自由恋愛、自由結婚のようなものだし、道兼の君も、ことなることなき結婚で、世の人の注意を引くことはなかった。

道長の君は、こと結婚に関するかぎり、そして世間の耳目《じもく》をあつめた点に関するかぎり、兄君たちをだしぬかれた、ということもできる。

その翌年には、彰子《あきこ》姫もお生まれになってご夫婦仲はいよいよむつまじい。そのころに、もうお一方《ひとかた》の姫と道長の君は結婚なさった。

この姫は、先年、政争に敗退された源高明《みなもとのたかあきら》公の姫で、詮子《あきこ》皇太后の東三条邸に養われていた方である。

皇太后はこの明子《あきこ》姫をお手許《てもと》で可愛《かわい》がって大切にしていられた。明子姫にもあまたの求婚者はあらわれたが、そのどれにもお許しにならず、お気に入りの道長が結婚を申しこんできたのには、喜んでお許しになった。

この姫には、大納言・道隆の君も、うるさいまで言い寄っていられたのであるが、皇太后がお許しにならなかったのである。

「あんな大酒飲みの色ごと師にどうしてこの姫を許せようか。それに比べて道長の君はまじめな人だから、ゆくすえ、きっと明子を幸福にしてくれるでしょう。しっかりした人だし」

と仰せられたとか。

道長の君はこうして、ふたところの北の方をお持ちでいられるが、若い割にお心の練《ね》れた方のせいか、聞きにくいもつれもなく、双方、どちらもおだやかに、おっとりとむつまじく結婚生活をたのしんでいられるようである。

「道隆さまは色めかしく放縦《ほうじゆう》でいらして、道兼さまは愛想《あいそ》悪く寄りつきにくくいらっしゃる。そこへくると、道長さまは、どんな人も慕わしくすり寄っていきたくなるような愛嬌《あいきよう》ある方なのねえ。味方になる者にはどこまでもおやさしいし、大らかで面倒見がよくて、そして仏様のご信心も厚くて」

と、兵部の君はほめていた。

とにかく、姉君の詮子皇太后はじめ、倫子《みちこ》姫の母北の方のご信用も絶大なところを見ると、どうも道長の君、という方は、年上の、それも中年老年のご婦人に、

「――いい若者」

と愛される型の殿方《とのがた》でいらっしゃるらしい。

きっと、口マメに、気のやさしいところもおありなのだろう。だって中年婦人の喜ぶのは、言葉での愛撫《あいぶ》であることが多いもの。

それに、中年婦人に気に入られる青年は、陰気であってはならない。狷介《けんかい》であってはならない。

ちらと見た道長の君は、いかにも若々しく颯爽《さつそう》として、明るく、人を引っぱってゆく気魄《きはく》と、のびやかな自信にあふれていられた。そのころはもう、兼家の大臣《おとど》も摂政《せつしよう》で、道長の君も、どんどん官位が上り、権中納言《ごんのちゆうなごん》になっていられ、気魄と自信を身辺から発散させていられるのは当然のことであったが。

道長の君の持っていられる、天性らしい陽気さは、亡き私の父の雰囲気《ふんいき》ともすこし似ているようであるが、しかし老人のそれと、これから花ひらき葉を繁らせようとする若い高貴な公達《きんだち》のそれとは、むろんちがうわけである。

前途に大きな希望があり、そのせいで、お邸中の体温が熱く、むんむんした熱気となっていた。

兵部の君は、それに中《あ》てられている。

道長公とその北の方以外の世界は、この宇宙に存在しないのだと思っているのかもしれない。兵部の君の話をきくのは面白いことであったが、あけてもくれても、土御門のお邸から見た世界観なので、すこし単調でもあるのだった。

尤《もつと》も、それは兵部の君自身の性格によるのかもしれない。そして、世間の、ふつうの女房はみなそういう風に、お仕えする家々のことに夢中になり、そこが世界の軸、すべてその家なり、主人夫妻なりを中心に世の中はまわっていると思うのかもしれない。弁のおもとのように、自分の好みも持ち、考え方も持って、仕えている家や主人のことを客観的に好もしく思う、そういうシンのある女房は少ないのかもしれない。

ともあれ、弁のおもとも、兵部の君も、私には大切な知り合いだった。上《うえ》つ方《かた》の噂をもたらしてくれるから……。そして私は、それら上流社会の人々の噂が大好きだった。

則光《のりみつ》は、私が噂の受け売りをすると、気がなさそうに遮《さえぎ》って、

「知ってるよ、そういうことぐらい……」

というのだった。

「知ってるなら、どうしてしゃべってくれなかったの。あたし、そんな話、聞くの好きよ」

「おれにはあんまり関心ないんだよ、いや、これは正確じゃない、聞いてると結構面白いのだが、すぐ忘れちまうんだ。お前にしゃべろうとすれば思い出さなくちゃいけない。わずらわしいよ」

「だって、あんたたちは、いつだって友達と集まっては役所の上役のワルクチやグチをいってるじゃないの」

「仲間が顔を合せると自然そうなるさ。それだって、どこそこの姫君が摂政の息子を婿にとったの、とられたの、などという上つ方の噂よりは現実的だからな――それにして

もお前はよっぽど、そういう上つ方の暮らしにあこがれているんだね。上流階級なんて、必ずしも幸せに暮らしていられるわけじゃないんだぜ。金があってヒマがある方々は、あちこちに女をつくる。どこも丸くおさめようとするのは大変なことだ」

それはそうかもしれない。――「蜻蛉日記」の兼家夫人は、夫が寄りつきもしないのに苦しんで、神経がおかしくなってしまうほど参っている。

人に羨《うらや》まれる権力者の妻なんて、実情はこんなものよ――と、夫人は書きしるしている。けれど、道隆公の夫人のように、宮仕《みやづか》えの女房をしているうち見染められて結婚し、いまは大臣の北の方となられた人もいるのだ。

道隆公は浮気な方だったけれど、この夫人にだけは、あたまが上らなくて、二なき人とあがめていらっしゃる。たくさんの女の中で、いちばん愛する女、いちばん尊重する女、と思われるのも、女の幸福ではないだろうか。

大姫君《おおひめぎみ》の定子《さだこ》姫が、帝に入内されるようなことになれば、高内侍《こうのないし》とよばれた女房あがりの夫人は、女御の母君、もし皇子がお出来になれば、東宮の祖母君とよばれるかもしれないのだ……。

弁のおもとの話によれば、定子姫のご入内は、帝のご元服《げんぷく》と同時、とかねてきめられているという。それにそなえて、装束《しょうぞく》や調度《ちょうど》も、まことに美事《みごと》にととのえられているとか。

定子姫は、私の本、あの「春はあけぼの草子《そうし》」も、お手まわりの中に入れて、宮中へお持ちになるのかしら。

私の本が禁裡《きんり》へはいるのであろうか、あの、話のうちにしか想像できない後宮《こうきゆう》の世界へ。

そこは人間の住むところではあるが、ただの人間世界ではない。豪奢《ごうしや》な夢と、この世ならぬもののまやかしと、蠱惑《こわく》にみちた幻影の世界、すべてが悪で、すべてが善で、混沌《こんとん》としてさめやらぬ悪夢のような世界なのだ。

気高い血と、どすぐろい奸智《かんち》のまじりあうところ。

純愛と、作り笑いがもろともに練《ね》り合せられ、甘美な媚薬《びやく》が調合されるところ。

人は悪魔になり、仏にもなり、仮面をつけて彷徨《ほうこう》するところ。

男、女、それらは愛情の金箔《きんぱく》と憎悪の螺鈿《らでん》をちりばめて、美しい彩《いろど》りの衣の裾《すそ》を重く曳《ひ》き、ゆき交《か》う。……

「いっぺんでいいから、そんなありさまを見てみたいわ」

と私はいった。

「どうしてそんな。――女御や后の位といったって、見た目ほど幸福ではいらっしゃらないよ――いまの主上《うえ》はまだお年弱《としよわ》だけれど、やがては、四人も五人もの女御がまいられるだろう。反目したりヤキモチをやいたり、やれやれ、想像するだに大変だ。おれはまあ、大層なところに生まれなくてよかった。お前だってそうだよ。おれがヨソに女をつくるではなし、気楽でいいだろう。いうなら、女御・后より、お前は幸せ、ってもんだ」

則光の、これは口ぐせである。

「幸せなりゃ、いい、ってもんじゃないわ」

「おや。じゃ、何がいいっていうんだ。何が欲しいんだ」

則光は酒を飲んでいる。

「この秋の大風にも、この家は倒れずにすんでよかった。子供たちもお前たちも何の変わったこともない、おれは丈夫で働いている。仕事がすすめば家へ帰ってくる、なんと結構な話じゃないか、何がこの上、欲しいんだね」

則光は酒を飲んでいる、ここがむつかしいのだ。

うまく酒の酔いにのると、この男は上機嫌《じょうきげん》で面白くなるが、ひとつまちがうと、うるさくなる酒である。どういうときにうるさくなるのか、私にもわからない。

全く、予測のつかないときに、くらッと引っくり返って不機嫌になるのである。

則光自身も、よくわからないんじゃないかしら。恣意《しい》的にポンと不機嫌にとびうつるらしい。そのうつり方をたのしんでいるのかもしれない。

「欲しいっていうんじゃないけれど——」

私はいま切り出すのは、ちょっとまずいな、という気もあった。

つい二、三日前、弁のおもとから、おどろくべき便りがもたらされた。

「宮仕えする気はないか」

というのだ。

「定子姫のもとに仕えて、宮中へ」

という、嘘のような話であった。道隆公のお邸では、大姫君のご婚儀の用意の一つとして、女房をあつめていらっしゃるという。

才色兼備の女房を、たくさんお求めになっていられ、その中に、あなたも候補にのぼった、とあった。

私は、ただちに、

(今すぐはむり)

と返事した。でも、則光さえ……則光が承知してくれたら、やがて、半月か、半年か、一年のちには……。

「おい、何がこの上、要《い》るというんだね、お前は」

則光の機嫌は、どうやら、かんばしくない方へくらッと傾いていきそうだ。

4

　新帝・一条帝《いちじょうてい》は正暦《しょうりゃく》元年（九九〇）おん年十一歳で元服《げんぶく》なさった。賀茂祭《かものまつり》の還遊《かえりあそび》の日、舞人《まいびと》に蔵人《くろうど》の左衛門尉《さえもんのじょう》、源兼澄《みなもとのかねずみ》というものがいた。ねぎらいの土器《かわらけ》を賜わったとき、摂政殿《せっしょうどの》の兼家《かねいえ》公が、

「祝いの歌をよめ、兼澄」

といわれた。とりあえず兼澄はかしこまり、

「宵《よひ》の間《ま》に……」

と誦《ず》し出すと、

「面白いぞ。宵の間に、どうした、早くつづけろ」

と公達《きんだち》や殿上人《てんじょうびと》は興じて、あとを催促する。

「君《きみ》をし祈り置きつれば……」

兼澄は苦吟して、とぎれた。

大殿（兼家公）も膝《ひざ》をのり出され、

「うむ、宵の間に君をし祈り置きつれば……か、面白い、あとをつづけろ。おそいぞ、あとを」

「はっ」

兼澄は頭を下げ、朗々とうたいあげる。

「……まだ夜深くも思ほゆるかな」

「でかしたわ、兼澄」

どっと殿上人や上達部《かんだちめ》ははやしたて、大殿も興じ入られて、

「面白い。これを取らせよう」

とすぐ衵《あこめ》をぬいで褒美《ほうび》に賜《たま》わったのであった。人々は口々にその歌を口ずさみ、兼澄は面目をほどこしたということだ。

宵の間に君をし祈り置きつれば
　まだ夜深くも思ほゆるかな

わが君の御代《みよ》もご寿命も、千代八千代《ちよやちよ》にと、賀茂《かも》の神に祈っておいたのは、まだ宵のうちであった。前途は洋々、御代もご寿命も、ゆくてはかぎりなくはるけく、めでたいかぎりでございます。「夜深く」には、ふける夜のゆたかな時間と、「ながき世」のみい

のちをふたつながらかけているのである。

新帝の長き治世とご寿命を祝う即妙の才気である。私は、十一歳のお若いみかどの横に並ばれた、十四歳の定子《さだこ》姫のおありさまを想像する。

定子姫はすぐ、女御とよばれることになった。姫のご入内のさわぎは、世の中になりひびくばかりだった。

祖父の兼家公は摂政どの、父君の道隆公は内大臣どの、いうなら定子姫は一の人の姫君で、天下第一等の、押しも押されもせぬ最高の身分の姫君なのであった。

しかも母君は、むかし宮中に仕えて、御所のうちの様子、気風、人あしらいにふかく通じていらっしゃる。

いうなら、御所うちでの社交に長《た》けていられるので、あらかじめ、伝手《つて》やら手づるをとらえるのにぬかりはなく、新女御のたたずまいはたいそうものなれた、しかも開放的で、人おじしないものであるらしかった。善美をつくし、趣向を凝《こ》らした、豪奢《ごうしゃ》この上ない、おびただしい家具調度やお手まわりの愛玩品《あいがんひん》、芸術品をたずさえ、定子姫は後宮《こうきゅう》に入られて、雲の上の人となられた。

弁のおもとがもたらした話によれば、私の書いた「春はあけぼの草子《そうし》」も、たくさんの書籍類とともに定子女御はお輿入《こしい》れの調度の中に加えられたという。

「それだけでもう充分、それをうかがっただけでうれしいわ」

と私は弁のおもとにいった。弁のおもとは、

「このつづきを必ず見せて、と姫はおっしゃっていたわ。忘れられないうちに、ぜひお書きなさいな……そういえばこの頃、あたらしい物語がいろいろ世の中に出まわりはじめたわ」

弁のおもとは私にとって、いまもかわらず、いきいきした世間の噂を伝えてくれる、大切な情報源だった。

「あたらしい物語って、どんなの？」

「北の方さまが文学好きでいらっしゃるので、気の利《き》いた女房たちの、筆の立つ人が書くのを競《きそ》うのね。『かばねたづぬる宮』やら『梅壺《うめつぼ》の少将』やら……」

「まあ。それはどんな風なの？」

私は胸がとどろくのであった。

「まだ見たことがないわ、持っていらっしゃる？」

「手もとにはないけれど、借りてきて写させてとどけてあげましょう。歌は、新味はないけれど、面白いすじもあったりして、結構評判よ」

「どんな人が、書いていらっしゃるの？」

「わかい女の人たちよ。才気のある若女房《わかにょうぼう》がふえたのね、と北の方さまもおよろこびになっているわ」

弁のおもとは、それからふた月ばかりして草子類を四、五冊、とどけてくれた。みな、みじかい物語だったが、中に面白いのもあった。思わず知らず引きこまれて読みあさり、このつづきはどうなるのかしらと、弁のおもとに、急ぎの使いを立てて、続篇《ぞくへん》をせがんだりした。けれども読み終えると、所詮《しょせん》、すべては絵そら事の、架空の、みなどこかで読んだ、なじみのある、わかりやすい、よく知っている世界にすぎなかった。昔からよみ馴《な》れた、物語の中の約束ごとの世界なのだった、美しく化粧をして男を待つ女、女のもとへ忍んでゆく月夜の男、それらの情趣は、かねて女の好むところにさからわず、ぴたっときまって、抵抗なくおさまり、読む者の心をよろこばす。

私はその抵抗なさを、好みながらも、ふと物足りなく思われる。

もっと現実的な……もっと即物的な感動、新鮮な、手の切れそうなおどろき、そういうものは、何冊もの草子には見当たらぬのであった。

私は、そういう草子を見たあと、ワルクチがいいたくてたまらなくなり、しかしわざわざ貸してくれた弁のおもとにいうわけにもいかず、しかたないから、いつもの「春はあけぼの草子」に書きつけていた。

「物語は。

住吉《すみよし》、宇津保《うつぼ》の類」

あと、すこしでも見どころのあるのをしるしておく。

「殿《との》うつり。月待つ女。交野《かたの》の少将《しょうしょう》。梅壺の少将。国譲《くにゆずり》。埋木《うもれぎ》。道心《どうしん》すすむる。松《まつ》が枝《え》」

そしてつまらない小説の題もあげ、どこがつまらぬか、書きとどめていった。

そのうち、私は、いつとなくそれが、定子の姫――いや、いまは一条天皇の新女御、定子の上――にあてて書いていることに気がついた。

定子さまなら、きっとわかって下さるのではあるまいか。あの、秋にのこる汗の香《か》の、涼かぜの衣の感触をわかって下さった方だから。私が何年もの昔から物狂おしく、

(あなた)

と何とも知れず訴えていたのは、定子女御ではあるまいか。たとえば、

「島は。

島は浮島《うきしま》。八十島《やそしま》。たわれ島。みづ島。松が浦島」

などといっても、定子女御なら、

「ほんに」

と、その情趣を解して下さるかもしれない。

「浦は。

浦はをふの浦。塩がまの浦。志賀の浦。名高の浦。こりずまの浦。和歌の浦」

と私があげてゆく、その思いつきの浦づくしに、姫ならきっと、

「ほんに、それも」

と指を折って下さるであろう。

「寺は」

と申上げると、定子さまは、

「寺はなに」

「寺は壺坂《つぼさか》、笠置《かさぎ》……法輪《ほうりん》、高野《こうや》」

と私がつづけるにつれ、その心を興じて下さるのではあるまいか……。私はつづけて、

「野は」

と書きしるす。

「野は嵯峨野《さがの》はさらなり、いなび野、交野《かたの》。こま野、粟津野《あわづの》。飛火野《とぶひの》、しめし野、そうけ野は名が面白く、あべ野、宮城野《みやぎの》……」

そして定子さまが思わず興に乗られ、

「春日野《かすがの》、紫野《むらさきの》」

とつづけられるかもしれないのであった。

私は、そうやって書き流していると、筆がとまらなくて、

「陀羅尼《だらに》は暁《あかつき》。

読経《どきよう》は――夕暮」

この情趣もたぶん、定子さまなら理解して下さるのではあるまいか。

「音楽は――夜、人の顔見えぬ頃《ころ》おいの暗さの中で。

遊びわざは鞠《まり》。恰好《かつこう》がわるいけれど。小弓、韻《いん》ふたぎ、碁、――女の遊びとしては扁《へん》つき。

舞は、駿河舞《するがまい》。求子《もとめご》。

漢文の書籍は、白氏文集《はくしもんじゆう》。文選《もんぜん》。博士の書く申し文《ぶみ》。経は、法華経《ほけきよう》はいうまでもなく。千手経《せんじゆぎよう》、普賢十願《ふげんじゆうがん》、随求経《ずいぐきよう》……」

いつかは定子さまのお目にとまるときもあろうかと、私は「続・春はあけぼの草子」を書きついでいった。

定子女御が花やかに入内され、時めいていられるのを見て、大納言《だいなごん》の道兼公は、おん娘がないのが、くやしく残念で、うらやましくも思われるらしかった。弁のおもとの話では、粟田《あわた》に、すばらしい御殿《ごてん》を建て、女房を数しれず集め、ただいますぐ、姫君が生まれてもいいように、準備おさおさ、怠《おこた》りなく手をまわしていらっしゃるとのことだ。しかし、かんじんの姫君が、お出来にならない。

それにくらべ、内大臣道隆公は、定子女御の下に、中姫君、三の君、たくさんの姫君がいられ、それぞれその成長をたのしみに待っていられるところで、それからしても、道隆公のご運は強そうだ。

それにつづいては、道長公の彰子《あきこ》姫で、ただいま、やっと二つ、まだまだこれから先の長いことである。

その年の五月、兼家公は病気になられた。二条京極《にじようきようごく》の邸を美しく造営して住んでいられたが、この邸はもともと怪異の多いところで、物の怪《もののけ》が跳梁《ちようりよう》するという評判である。道隆公はじめお子たちは心配して、お移りになるように申上げるが、聞かれない。しかし病気が重くなり、「今は限りではないか」とささやく人も出、とうとうその二条邸を寺にして法興院《ほこいん》と改められた。

「あの怪異の邸では、寺にしたって同じことだ。やはりお移りにならなくてはご快癒《かいゆ》は望めないんじゃないか」

と憂《うれ》える人もあったが、元来《がんらい》、人のいうことなど耳にも入れられない性格の兼家公なので、

「ここは都の東はずれだから、東山《ひがしやま》などが間近うみえてな。山里という感じがよい」

とうそぶいていられたということだ。眺望をたのしんで、月夜など格子《こうし》をみなあげ渡していられると、目に見えぬ物の怪か陰鬼《いんき》か、ばたばたと一時に格子をみなおろしてしまった。

おそばの者どもは、顔色かえておじ恐れたが、東三条殿《とうさんじょう》・兼家公は少しもおどろかれず、枕《まくら》がみの太刀《たち》を引き抜かれて、

「無礼者。月を見るためにわしが上げさせた格子を、断わりなくおろすとは何ごとだ。けしからぬ、何者であれ、すぐさま、上げい！　さもないとそのままではおかんぞ！」

と大喝《だいかつ》されたところ、たちまち格子は、再び片端《かたはし》からばたばたと上ったという。兼家の大臣の威勢には、陰鬼や物の怪までおそれおののいた、という噂で、さすがは大殿だ、という人、「いやいや、そんな、不吉で、おだやかならぬ邸はすぐさま出てしまわれるべきだ」という人、さまざまの取り沙汰《ざた》で物さわがしかった。

世の中を思うがままに支配してこられた一の人、帝と東宮のおじいちゃま、一族の長者にして一天下の主という、総元締《そうもとじめ》の要《かなめ》のようなお人、強欲《ごうよく》で冷酷で、策謀家で陰険で、しかもそれと裏はらに、人を愛する血が熱く、豪放で太っぱらで、無邪気なわがまま者といわれた。人に愛され人に憎まれ、ただならぬ呪詛《じゅそ》と怨嗟《えんさ》の涙にまみれながら、恥知らずな哄笑《こうしょう》をまきちらしつつ、したたかに生きぬいてこられた。

邪魔者は片はしから破摧《はさい》し、その手は大っぴらにいえない汚辱にまみれている、それらはいま、目にみえぬ陰鬼となって、公の終焉《しゅうえん》の邸のそこここにうずくまりのび上り、して、公の最後のときを待ちうけているのかもしれない。

それらの物の怪の中には、一時、兼家の殿の北の方といわれた、女三《おんなさん》の宮《みや》の怨霊《おんりょう》もあるという、世の噂だった。

もともと、この兼家公は、たくさんの夫人たちのところへ通われていただけで、ご自分の邸に北の方を据える、ということはなさらなかった。正室と見られていた時姫《ときひめ》も亡くなられ、「蜻蛉《かげろう》日記」の夫人との仲も絶え、そのほかのところも打ち絶えてからは、ご自分の邸に、やもめ住みであった。邸に仕える女房の一人、「内侍《ないし》のすけ」を愛人にして、この人がもっぱら、準正室のように邸を切りまわし、世間では「権《ごん》の北の方」と呼んでいた。

内侍のすけの勢いは、たいへんなもので、世間の人はこの夫人のもとに挨拶《あいさつ》に来て、役人たちも自分の名札をおくったり、除目《じもく》のときは、この人に取り入って猟官《りょうかん》運動に奔走したり、していた。

兼家公とてもともと、やもめを通すおつもりではなかったらしく、古い夫人たちとの仲が絶えてからは、村上帝《むらかみてい》の皇女だった女三の宮に懸想《けそう》して、通われたことがあった。しかし、それも数か月のことで、兼家の大臣は頓《とみ》に興味を失って、たちまち女三の宮を捨ててしまわれた。

女三の宮はそれを恥ずかしく思って、物思いのうちに亡くなってしまわれた。どちらがどうということはなく、男と女の結びつきは善意や道徳では律しきれないものがあるから、大殿を責めることもできないが、どうもこの兼家の殿は、人間の好ききらいが烈しい方であったように思われる。

大殿のまわりには、何人も女性がいたが、大殿は内侍のすけしか、お目に入らなかったそうである。よほど、召人《めしゆうど》の内侍のすけとは気が合われたのであろう。

してみると、もともとは情けにうすい、策略ばかりで練り固めたような性質の方では、なかったように思われる。先立たれた長女の姫の、超子《まさるこ》女御が亡くなられたときは、人目もかまわず泣き悲しみ、忘れがたみの幼い三人の皇子たちを、いつくしまれることはたいへんなものであった。三人の親王《みこ》とは冷泉院《れいぜいいん》の二の宮、三の宮、四の宮である。二の宮たちは花山院の、異腹の弟宮《おとうとみや》たちでいらっしゃるわけであった。そして二の宮は、ただいまの東宮でいられる。

当今の一条帝が御位《みくらい》をもし下りられたら、次の帝になるべき宮である。兼家の大殿は、母君に早く死に別れられた三人の宮をことのほか可愛がられ、ふところに抱いていつくしまれたということだ。祭の行列に兼家公が威儀を正して馬を進めていられるとき、見物の桟敷《さじき》から幼ない宮さまたちが、御簾《みす》を排して、

「おじいちゃま！」

と叫ばれた、重々しい行列がふと乱れて、

「おお、おお……」

と見返られたときの、兼家の大臣の、蕩《と》ろけそうな笑顔は、いまだに世の語り草になっている。あるいは大風、大水、地震やら雷鳴といった天変のときは、兼家公はまず東宮御殿へかけつけられたということだ。道隆公らには、

「お前たちは御所《ごしょ》の帝のおそばを守れ。東宮はわしがお守りする」

といわれたそうである。大殿の持ち伝えられた、有名な「雲形《くもがた》」という銘のある石帯《せきたい》は東宮に献上されたが、大殿はその鉸具《かこ》（石帯の端についている金具）の裏に、「東宮に奉る《たてまつ》」と刀の先で自分で彫りつけられたそうな。

兼家の大臣は、悪辣《あくらつ》さもたっぷり持ち合せていられるかわり、あたたかな情愛もあふれるばかりたくわえていられる方らしい。ただその情愛が、かなり恣意《しい》的で、利己的で、次元が低くて、いうなら人間すべてへの愛にまで濾《こ》して純化されていない、かなりまだ、どろどろの、不純物をいっぱいふくんだ情け、といえるかもしれない。

好ききらいが烈しいというところも、そういうものから出ているのであろう。兼家の

大臣は、ご長男・道隆公の孫の君たちの中では、庶腹《しよふく》の若君《わかぎみ》、道頼《みちより》の君を、正室のご長男、伊周《これちか》の君よりお可愛がりになっていた。

大殿のご病気はいっこう好転しない。

道隆の殿はじめ、子息の殿《との》ばらや皇太后《こうたいごう》の詮子《あきこ》の宮は、ご心配で、次々お見舞いになる。

去年元服《げんぶく》された、冷泉院《れいぜいいん》三の宮は弾正《だんじよう》の宮、四の宮は帥《そち》の宮と申しあげるが、その方々もしきりにお見舞いされ、心もとながられた。

大殿は、太政大臣《だいじようだいじん》の位も、摂政も辞されて、内大臣、道隆の殿にゆずられた。ついであわただしく出家される。功徳《くどく》で、病が軽くなろうかとの願いからである。あらゆる手をつくし、祈禱《きとう》祈願の甲斐《かい》なく、ついに七月二日亡くなられた。

六十二であった。

「七、八十まで生きられる方もあるのに、寿命ばかりはどうにもしにくい。これからが望月《もちづき》の世というときに惜しいことよ」

という世の人の声であったが、則光などは、

「なあに。あれくらいあくどいことをした人間が、七、八十まで生きられるはずがあるものか。六十二まで生きたのも、たいがい運の強い方さ」

といっていた。

運の強い人が、剛腹《ごうふく》に世の中をとりしきっているあいだは、それだけに人々が慴伏《しようふく》し

てつがなく世は治まっていた。入道殿《にゆうどう》（大殿は出家して亡くなられたので、いまはみな、そう呼んでいる）がなきあと、政権のうつりかわりが円滑にいくであろうかと、みな、内心は、はらはらしているようである。

いったい、入道殿が関白を道隆の殿にゆずられたときだって、うちうちには、いろんないきさつがあったらしい。入道殿は元来《がんらい》、藤原有国《ふじわらのありくに》と平惟仲《たいらのこれなか》を左右の眼だといわれて重用《ちようよう》されていた。病が重くなり、関白を誰《だれ》にゆずろうかと、入道殿が二人の腹心にはかられると、有国の方は、

「道兼の殿にこそ、おゆずりになるべきです。そもそも、花山院をすかし奉《たてまつ》って、帝位を下ろしまいらせたのは、一に道兼の殿のお手柄です。花山の院のご退位あればこそ、当今が位に即《つ》かれ、大殿もご一族も、現在の栄えを手に入れられました。それを思えば道兼の殿は、ご一族第一の功労者といえましょう。どうか、関白は道兼の殿におゆずりを」

といった。

惟仲《これなか》は反対して、

「しかし道兼の殿は、道隆の殿のおん弟君《おとうとぎみ》。弟が兄をこえるということはよろしくございません。ここはやはり道隆の君にこそ」

といった。それで、道隆の殿は父入道から関白をゆずられ、中《なか》の関白といわれるようになったのだが、以来、道隆の殿は、有国《ありくに》を心よからず思われ、ご自分が政権を執《と》られ

ると、たちまち有国の官位を剝奪《はくだつ》してしまわれたという。有国ばかりでなく、その子の官位も奪われたのだった。

入道どのの葬儀や供養《くよう》ははなやかにもいかめしかった。東三条邸の回廊や渡殿《わたどの》に喪《も》の仮小屋がしつらえられ、皇太后の宮をはじめ、殿ばらたちが籠《こも》られて、しめやかに服喪《ふくも》された。ことにも入道どのが可愛がられた、東宮や弾正《だんじょう》の宮、帥《そち》の宮がた、また庶腹《しょふく》の孫の道頼の君たちは、見せかけでない、心からの涙を流されたということだ。

そして、「蜻蛉日記」の夫人の生んだ息子である道綱《みちつな》の殿と、末子の道長の殿、このお二人が、ひときわ心こめて、定め通りにいかめしく追善供養なさったという噂であった。

道隆の君は、本来なら長男で、入道どの亡《な》きいまは氏《うじ》の長者でもあり、一族を統率して法要を滞《とどこお》りなく行われる義務があるのに、この殿は、それよりもまず、

「定子《さだこ》女御を、中宮《ちゅうぐう》に」

するため、奔走していられた。

世の人々、一族の人々は「せめて故入道どのの法要をゆっくりすませられてからでもよかろうに」と、不快に思っているようである。

則光にいわせると、その不快の思いの中には、

「道隆の大臣のうしろには、高二位《こうにい》一派がいる」

ということがあるらしい。道隆公の北の方、あの才気煥発の、宮仕《みやづか》え女房だった貴子《たかこ》

の君の、実家の人々のことである。

貴子夫人の父君、高階成忠《たかしなのなりただ》は、いまは二位を贈られて、高二位と世によばれていた。六十八でまだ健在で、一条帝の学問の師でもあるが、則光にいわせると、

「くらえぬ爺《じい》さんさ」

ということである。

「道隆の大臣も、あの爺さん一家にまといつかれているようじゃ、あんまりぱっとしないなあ。世間の評判の、わるいったら、ないよ」

「どうしてそう、受けがわるいの」

「嫉妬《しっと》だなあ。妻の縁につながって、親や兄弟が見る見る出世していくなんて、男の世界じゃ目の敵にされる。しかも、いい家柄とか名門旧家とでもいうなら、世間も納得するが、大体が、よくない生まれだしなあ」

則光はごく普通なみの常識家なので、彼のいうことは、世の男たちの声を反映しているといってよかった。

それだけに、私はいちいち、その常識にさからいたくなって困った。

「でも才能があるなら、世に用いられてもいいのじゃなくて？」

「才幹《さいかん》があればいい、ってもんじゃないさ、世の中はそれでは動かない。才子、才におぼれる、という奴《やつ》だ。それに高二位の爺さんときたら、年よりのくせに目から鼻へぬけるようで、腹黒くって下心ありそうで、何を考えてるか気味のわるい黒幕、という印象

だ。学問のある人間、という気品がない。学問と気品はべつのものだということを天下に証明した。その限りではあの爺さんも社会に貢献したわけだ」

則光は何ごころもなく言い散らす。あまり深い考えのある人間ではないので、あたまに浮んだままを、直感的にいうのだが、それがかえって、簡潔で要を得た批評になっていることがある。

しかし私は、則光が高階一家のワルクチをいうのは聞き辛《づら》かった。私は定子姫とその母君、貴子《たかこ》の御方《おんかた》に好意をもっていた。その一族を貶《おと》しめられるのはうれしくないのであった。

入内された定子姫は、御所の人気を一身にあつめていられるそうだ。まだ少年の帝とのおん仲もむつまじく、御所の雰囲気《ふんいき》は、定子姫とその女房たちの持ち味の、明るくて花やかで、あけっぴろげな気風に、おのずと染まっていったそうである。これは弁のおもとのもたらした噂であった。

しかし当然のことながら、則光はそういう後宮の雰囲気よりも、

「高二位《こうにい》の爺さん」

のやりくちに興味をもっている。

「あの爺さんは、中《なか》の関白家から旨《うま》い汁を吸うため、何とかゆるぎない礎《いしずえ》を築こうと、やっきになっている。定子女御を中宮に昇格させようと劃策《かくさく》しているのも、その一つの布石だ。うまくいけば、定子中宮に、男御子《おとこみこ》が生まれる、そうすれば万々歳ということ

ろだろう。二の姫君は、東宮に入内させるにちがいない、姫君が多くて持駒《もちごま》に不自由しないのだから、さぞ爺さん一族は、あれこれ暗躍するだろうて。――道隆の大臣《おとど》も、あまり爺さんを目につくほど扱われぬほうが、身のためなんだがなあ。それにつけても、北の方が何かと出しゃばるのがよろしくない」

則光は私とちがって、貴子の御方《おんかた》に好意を持っていない。

「なまじ学問のある女は困る。つまらぬ漢字をすこしばかり読みかじり、聞きかじっているものだから、黙っていることができなくて、つい、言葉がすぎるのだ。人々がおとなしく耳かたむけるのは、ひとえに道隆の大臣への気くばりからなのだが、それがあの北の方には、自分への尊敬と思えるらしい。所詮《しょせん》、女というものは虎《とら》の威を借りて威張《いば》る狐《きつね》にすぎない。笑止なものだ」

女が、男の威を借りて威張っているだけなのかどうか――若いころの私なら、たちまち言い返したにちがいないのだけれど、いまの私はぐっとこらえて黙っている。権力という餌《えさ》にむらがって嫉妬したり、中傷したり、暗闘したりしている男たちは、どれほど女たちより出来が上だというのだろうか、私にいわせれば、学問好きで男の話にも口を出すという磊落《らいらく》な婦人、その人がいるところ、かならず一種独特の雰囲気が生まれるという、とびぬけた個性を持った女のひとのよさ、面白さ――そういうものを尊重し、興じ入る世界が、どこかにあるはずだと思うのだった。

(わかってる男)

（わかってる世界）

そんなものが、この地上に、きっとあるはずだわ。

私は、いつからか、そう思うようになっている。――それはつまり、私がひそかに書きついでいるあの草子《そうし》を、わかってくれる男が、この世の、どこかにいるはず、女の才や能力魅力を、もてはやしてみとめてくれる世界が、どこかにあるはず、という想《おも》いにつながってゆくのであった。

則光は、こと女に関しては、全く、昔からの旧弊《きゅうへい》な考え方から一歩も出ていない。弁のおもとにすすめられた宮仕《みやづか》えも、私がそれを持ち出すか持ち出さないかで、

「いかん！　絶対にゆるさん！　何の不足あって、女が外で働くのだ」

とわめいた。

「女が誰かれとなくヨソの男に顔を見せ、はしたなく物を言い、言い寄られたり言い寄ったりする、ああいうみっともない女どもの、親の顔、亭主の顔がみたいと思っていたが、お前までがまた、何だって、そんなことをしたいんだ。公的な場で働く女なんて、男たちは陰へ廻《まわ》ればどんなふうにしゃべっているか、お前はなんにも知らないんだろう。世間知らずめ。――にぎやかそうな面白そうな噂《うわさ》に釣《つ》られてふわふわとあこがれているのだろうが、女ばかりの勤めがどれほど気骨《きぼね》が折れるか、男たちの誘惑や恫喝《どうかつ》から身を守るのがどれほどむつかしいか、お前になんか、分かるもんか」

私は、あんまり則光の見幕が荒いので、半分、呆然《ぼうぜん》として反駁《はんばく》もできなかった。

私としては、則光が反対するにしても、いくぶんは、

「どこからそんな話が来たんだ？　なぜ、お前にお名指しがきたんだ？」

と好奇心をもち、あわよくば、

「先方から懇望されて、というかたちの宮仕えなら、義理を欠かさぬ程度に、伺ってみたらいい」

とでもいってくれるかと思ったのだ。しかし彼は一も二もなく私の口を封じて、

「まともな女なら、家につつましく引きこもっているはずだ。外へ出てヨソの男に顔をさらすのは、恥をさらすようなものだ」

と主張してゆずらない。私と弁のおもと、あるいは、私と定子姫とのあいだにかよいあう（と、少なくとも私の方は信じている）共感と親愛の気分を、理解しようともしない。

そんなものがあろうとも考えられないらしい。そんなことよりも則光にとっては、

「小鷹《こたか》は学問好きなやつだ。元服《げんぷく》して一人前になったら、大学寮《だいがくりょう》へ入れてやろう。小隼《こはや》は、乱暴者だが、人はわるくないから、好かれるだろう。小鷹はなまじ学問ができても世わたりは拙《まず》そうだ。二人を合せて一人にすると、ちょうどいいんだがな」

などという、子供の話がいちばんの関心事であるらしかった。子供たちはもう、それぞれ自我を発揮する年ごろになっていて、女部屋から出て、男どもの仲間に入ってゆく。小鷹はもう十二だった。小鷹も小隼も、小さくてももうはっきり男の型の片鱗《へんりん》を示して、

女のいうことをきかなくなっていた。私の手もとにいつまでも置いておける年頃《としごろ》ではなくなっていた。私とよりも則光としゃべるのを好み、乳母《うば》や私のいいつけに耳をかさなくなった。

私は、私の手もとに脱《ぬ》け殻《がら》を残してとび立ってゆく彼らに、急速に興味を失っている。いま、私の可愛がっているのは末っ子の吉祥《きっしょう》だけである。この子は虚弱で気がやさしく、繊細な心だてらしかった。あの則光の、どこに似たのだろうというような少年である。

「あいつは坊主にでもすればいい」

と則光は言い捨てていたが、僧の修行に堪えられるかどうか、人には木の端《はし》くれのように思われる僧侶になんか、私は、したくなかった。

なまいきな小理屈をいい、大人に反撥《はんぱつ》ばかりしている小鷹やら、乱暴者の小隼より、私はずっと吉祥の方がかわいい。

「親孝行なお子ですわね。海松子《みるこ》さまにはほんとうのお子がいらっしゃらないのですから、吉祥さまを大事にして、やがては、老後をおかかりなさいませ」

と浅茅《あさじ》はいうのであった。また、私のずっと年上の姉、親ほどに年のはなれた姉は、もう孫も出来ている身だったが、

「何といっても娘の方がたよりになっていいのだけれどねえ……。あなたに娘ができなければしかたがない。その、吉祥という子をたよりにして、行末《ゆくすえ》の面倒を見ておもらい。

むつきのうちから育てたのだから、まさか、親を抛《ほう》ることもあるまいよ」

などといったりした。

そういう忠告や発想は、私をうんざりさせる。

家庭にひきこもる女の、似而非《えせ》幸《さいわ》いを、彼女らは無上のもの、と思っているのだ。あけても暮れても、何十年も家の内の薄暗い、奥まったところで、餇《は》いずりまわって家の用事をし、きまりきった会話、変わりばえせぬ四季、——男は外へ出て人まじわりするけれど、女は人しれず朽《く》ち、年とってゆく。子が結婚し、孫ができるだけ、という、ぞっとするような単調な生活、むかしからのくり返し、「人に知られぬものは年老いた女親」と私は草子《そうし》に書きつけた。

ああいやだ、いやだ、私が吉祥を可愛がるのは、年とって面倒を見てもらおう、などと思うからじゃない、この子と私は気が合うからだ。

東三条の大臣《おとど》・兼家公を笑えない。私もかなり、人の好ききらいは烈《はげ》しい方だ。

吉祥が、香《こう》をたきしめた私のそばにきて、

「お母さま、いい匂《にお》い……去年のこと、思い出す」

などというとき、私はとても吉祥がかわいい。

「去年、なにかあった？」

「いいえ、何ということはないけれども……ぼく、何をしてたっけ、去年。——でもね、去年のいまごろ、やっぱりこんな、ちょっと肌寒いとき、こう、お母さまの匂いがしてたなあって。昔、おんなじことがあった、なんて思い出すの」

吉祥は体が弱いので、よく寝ているが、いつまでもいつまでも、じっと目を開けたまま身じろぎもしないでいたりする。どうかしたのじゃないかしら、と心配になって、声をかけてやると、

「あそこの、……あの隅《すみ》に、しみがあるでしょう、板壁に。あれが人の顔にみえたの。それで、ぼくは、いままで、あの人と話をしていたの」

吉祥は誰《だれ》に似たのか、絵が巧《うま》かった。ひとりで、なんどきでも絵を描いてあそんでいる。

草花やら、虫やら、庭の木やら。はては、人が弓を射るさま、馬を走らせるさまなど、幼ないながらに、それらしく描いた。よく咳《せ》きこむ子で、筆を持ったまま、咳き入り、すこし止《や》むと、描きつづけるのだった。私はそういう、無心の吉祥が、可愛くてならなかった。私は、弱いもの、はかなげなもの、いたいたしいもの、あわれむべきものが好きだった。その好き、という感情は、「母ごころ」というより、たぶんに、私の趣味嗜《し》好《こう》からであるらしい。

そのへんを、私の姉や浅茅は、知らないのであろう。女の生涯《しょうがい》の安定を幸せとばかり考えている彼女らには、なんの趣味も嗜好もないらしかった。

女御・定子《さだこ》の姫の中宮冊立《さくりつ》は、秋に実現した。中宮の大夫《だいぶ》は、道長の殿になり、世間では、それについてかしましい噂が流れた。道長の殿は右衛門督《うえもんのかみ》であったが、中宮大夫

を兼任されることになったのだった。

道長の君は、強く不快に思われたそうである。中宮の大夫というのは、中宮職《しき》の長官で、それだけでなく、中宮のために身命を抛《なげう》つ、という奔走ができないといけない。それはつまり、中宮と、その実家の一族について、犬馬《けんば》の労《ろう》をいとわぬことである。

道長の君は、いま、道隆の大臣に、あとから次第に追い上げてきている、みち潮の前途有望な次期実力者、というべきであろう。

粟田《あわた》殿・道兼の君が、道隆の大臣に次いでのご兄弟とはいうものの、あまり人望のおありにならぬ方なので、その点でも、道長の殿はご自身、ふかくたのむところがおありにちがいない。

それが、中宮の大夫に任じられるとは、なんというへんな人事であろう。

「何を考えていられるのか、兄上は」

と道長どのは嗤《わら》って、中宮のもとへも出仕もなさらぬという噂である。

「骨の硬い方だ」

という、則光の評である。

道兼の君の不人気といえば、兼家の殿の喪中にも、ずいぶん不謹慎なおふるまいがあったそうである。道兼どのは喪屋《もや》に籠《こも》って経をよむということすら、なさらなかった。

「だいたい、父君のなされ方は腑《ふ》におちない。おれが花山の院をだましておろし奉《たてまつ》ったから、今上《きんじょう》の御代《みよ》が実現したのだ。それを考えれば、関白は、おれに譲られるべきだった。それを道隆に渡すなんていうところが、気にくわぬ。気にくわぬ親の法事なんかしていられるか」

暑さにことよせて、御簾《みす》をみな引きあげ、親しい仲間を呼び集めて、冗談をいって遊びたわむれていられた、ということだ。

兼家の大殿が亡くなられたあとのさわぎは、こんな風にさまざまあり、年かわってから、円融院《えんゆういん》も亡くなられた。

花ざかりのころも、世の中は諒闇《りょうあん》であった。

円融院の女御であられた東三条の皇太后・詮子《あきこ》の君は、ご病気になられて、出家なされ、女院《にょういん》と申上げることになった。さまざま、うつろう世の中である。

弁のおもとがかるい病気で里下《さとさが》りしているので、私は見舞いにいった。吉祥がつれづれに淋《さび》しそうなので、

「いっしょにいく?」

というと、喜んでついてきた。私は、このあいだ出来上った、二冊めの「春はあけぼの草子《そうし》」を携《たずさ》えていったのである。

吉祥はおとなしい子なので、よその邸へ連れていっても恥をかくことはなかった。弁のおもとは病気ではなく、歯痛なのだそうである。

歯痛をよく診《み》るという、九州から上ってきた唐人の医者に、やっと抜いてもらったということで、もうすっかり気分はよさそうであった。

「春はあけぼの草子」を彼女は喜んで、大いそぎで読んで、定子中宮にもさし上げると約束した。このごろも、やはり中宮はお忘れではなく、

「元輔《もとすけ》の娘――という人は、宮仕《みやづか》えは好まないのかしら？」

と、人にいっていらしたそうである。

「中宮さまが……。ずいぶん、お気軽に、そんなおたずねがあるのねえ」

と私はびっくりしてしまった。関白さまの姫君、というだけでも雲の上人《うえびと》なのに、いまはもう、後宮《こうきゆう》に入られて、中宮と仰《あお》がれるご身分なのだ。それなのに、こだわりなく、下々《しもじも》の女のことをおぼえていて下さるなんて、私は信じられなかった。

「あら、そういうところが、中の関白さまご一家の、よそにないご気風なのよ」

弁のおもとはたのしそうに、半分はやや、自慢らしく、いった。

「大殿の関白さまもそうだけれど、北の方も、お気軽なのよ、ちっとも勿体《もつたい》ぶったところなど、おありではなくて。だから定子姫もそうなの」

そして弁のおもとは、対照的な、東宮の女御の話をした。

東宮は、主上《しゆじよう》よりお年かさで、十五、六になっていらっしゃる。小一条《こいちじよう》の大将、済時《なりとき》の姫君が美しいということをお聞きになって、入内を希望された。

済時の大将は、主上はまだお若い上に、定子中宮がいられるから、主上へ入内させるのはあきらめ、東宮に奉《たてまつ》ることにきめられた。

この姫は十九ばかりで、美しい方という評判である。もともと、花山院が帝でいらし

たときにも所望されたのだが、済時の大将は、花山院に常軌を逸したお振舞《ふるまい》が多いのを危ぶんで、何やかやと口実をつくって逃げていられたのだった。

いずれは后《きさき》がねと思って大切に養育してこられた姫であるが、主上に奉らないとすれば、東宮をおいては、さし上げる方はない。

東宮にはいまは麗景殿《れいけいでん》の女御という方がいられるが、この方は兼家公の庶腹《しょふく》の姫で、もう兼家公も世におられぬことではあり、べつだん遠慮すべき筋合とも思えない。

それで、いそいで準備をして入内させられたのであった。準備の品は、実をいうと由《ゆい》緒《しょ》あるものが、くさぐさ伝来されていた。済時の大将の妹姫が、その昔、村上帝《むらかみてい》の女御として上られたときの調度品がそのまま、あるのだった。

その叔母君《おばぎみ》のお住まいのままに、御所も同じ宣耀殿《せんようでん》に住まれ、ときめいていられるという。

しかしこの女御の御殿は、奥ふかくきびしく物つつましく、人の近よりがたい威厳があって、御所の人々は、

「気のおけるところだ」

と噂《うわさ》しているという。すべてに物々しく、格式があって、気の張る雰囲気であるらしい。

「それが普通の上《うえ》つ方《かた》の習いでいらっしゃるのよね、でも、関白さまのところは全く別だわ、こんなお家はどこにもないわ、自由で、いきいきしていらして」

と弁のおもとはいうのだった。

「定子中宮のご入内も、どんなに派手やかに、贅《ぜい》をつくされたものだったか。でも、定子姫が、内裏《だいり》にお持ちになったものは、そんな宝物や金目のものではなかったの。あかるくてたのしい、いきいきした気分、気軽でしたしみぶかく、それでいてこまやかにやさしい心づかい、そんなもの、そういう空気をお持ちこみになったのだわ。——上《うえ》のお供をして御所へ上ることがあるけれど、ほんとうにそういうことを感じるわ」

と弁のおもとはいった。彼女が「上」というのは、道隆公の北の方、定子姫の母君の、貴子の御方《おんかた》のことである。

「そうね、そういうものは、珍しい宝だわ……物々しくて格式ばって気おもいことを上品だとか、威厳だとか考えている人は、さぞ、めんくらったことでしょうねえ」

と、私はいった。

弁のおもとも長いつき合いになった。彼女もいつしか老いていたが、しかし、どことなく、その老いには、しゃれた、いい味が添っていて、私からみると、いつに変わらず目あたらしく、なつかしかった。——私はといえば、そういう「いい味」なしに、ただ無味乾燥に老いてゆく気がする。

私はもう二十七であった。女の世界ではさだすぎた中年になろうとしている。

ついに、人生のまぶしい、いちばん光りかがやいているもの、生きているあかしのような、晴れがましい部分、その瞬間を味わわずに終わるのではなかろうか。

「あなた、その気になれば、上にお話しするわ。上も、あなたの本をお読みになって、愛好者でいらっしゃるのですもの、きっと定子姫もおよろこびになるわ」

弁のおもとは、また、そういった。

吉祥が、弁のおもとに借りた絵巻物を、静かに繰《く》って、ながめている。それを見やりつつ、弁のおもとはすこし声を低めた。

「ねえ、……こういっちゃ何だけれど、あなた、ほんとうに家庭婦人で納まってしまうおつもり？……お邸には、宮仕えしたいという女の人が、毎日のように紹介状を持ったり、人に連れられたり、してやってくるわ……。ご主人のいる人も、たくさんお仕えしているのよ、則光さんに理解して頂いて、あなたもそうなさいよ。……」

「こんな、……私みたいな年でも、いいのかしら。みな若くて美しい方ばかりなのでしょう？」

「なにをいってるの。あなたはまだ、ご自分の美しさを知らないのね。才能が女を美しくする、っていうことが」

弁のおもとの父なる人は、一、二年前に亡くなり、邸はさびれていたが、それだけに心おきないところになっていた。ちょうど私が父から貰《もら》った邸が、いまは人住まぬまま荒れてしまっている、そんな風に、女のひとり住まいの風趣をみせていた。弁のおもとの邸で、私はやっと、言葉の通じる世界に身をおいたように、のびのびするのであった。いつもより能弁になる私を、吉祥は、そっと見ていた。

帰りの車の中で、吉祥は、私によりかかっていた。

「疲れたの？　吉祥や」

私は、年にしては発育のわるい、小柄な吉祥の体を抱いてやる。この子だけは兄たちのように大きくならないで、いつまでも子供でいればいいのに……。たちまち少年くさく、男っぽくなっていく息子たちに、私は愛着しなくなっていた。

「お母さま、どこかへお勤めに出るの？」

吉祥は私に、おとなしく聞く。

「どうして？」

「さっきのおばさまは、お母さまにすすめていたではありませんか」

「吉祥は、お母さまが出ていくとどうする。淋《さび》しい？　浅茅もいるし、ばあやもいるから、いいでしょう……」

「お父さまは？　いいとおっしゃったの」

吉祥は何げなくいったのだが、私はふいにカッとした。吉祥まで、則光の意志をこの上ないもののように考えている。誰もかれもが則光の、ひいては男の意志ひとつで、すべてはきまると考えて怪しまない。

則光がなんだ。男がなんだ。

なぜそうきまりきったこととして、男の意志を重視しなければならないのだ。

「お母さまはね、自分がこうしたいと思えば、お父さまがどういおうと、したいようにするからね」

私は意地わるくいった。

「お母さまをきめるものは、お母さまの心なのよ。だれも、お母さまを止めらりゃしない」

私の顔を、吉祥がいそいで、ちらとうかがいつつ、いった。

「お父さまの前でも、そういえるの？」

純粋に、吉祥は疑問を口にしただけなのだろうけれど、私としてはまたもや腹が立つわけである。おだまり！　と私は吉祥を荒々しく叱《しか》りつける。

賀茂《かも》川が氾濫《はんらん》した。大雨がつづき、賀茂川原いちめん濁流がとうとうと流れて、大海のようであるという。

上流から流されてきた小家の、板屋根に子供が二人とりついて、声をかぎりに助けを呼んでいたという。それも逆まく奔流に一人として近寄れず、あっという間に流されていったそうな。

大岩や、根のついた大木まで流れてきたという。家々も水に浸《つ》かり、何日も引かず、やっと引いたあとは、都じゅう、よどんだ悪臭がたちこめた。

今上《きんじょう》の父君《ちちぎみ》、円融院《えんゆういん》が去年おなくなりになった、そのために今年の正月も諒闇《りょうあん》であったが、天候もそれに呼応するように陰鬱《いんうつ》だった。

洪水《こうずい》が引いてからも、則光《のりみつ》は家に帰っていない。

もう、十日あまりになる。

5

則光はあたらしい妻のもとへ出かけている。

その女は、同族の娘である。則光がもとめて通《かよ》ったというより、かなり昔から、一族のあいだで約束があって、

「そういうことになっていたんだ」

と則光は説明した。

彼の異腹の弟の娘である。

「どんな人なの？」

「子供だよ、まだ……。おれは親代りみたいなもんだ。とにかく、そのお袋が、生みっぱなしで家にはろくにいないんだ。内裏《うち》に宮仕《みやづか》えしていて羽振りもわるくないんだが、娘のことも亭主のことも抛《ほ》ったらかしだった。で、男はホカの妻のところへいきっぱなし、娘はひとりで大きくなったようなものだ。——昔から、成長したらおれにもらってくれといわれていた。同じ一族のほうが気心が知れていい、というんだ」

私は、昔、もう一人いた則光の亡妻のときのようには、感情をゆすぶられなくなっている。

緊張関係が失われている、といってもよい。

それよりも、その娘の母親が、

「内裏に宮仕えしている」

というのが、耳にのこった。そっちの方に緊張した。

「内裏の、どなたにお仕えしているの？」

「どなたにって、主上《うえ》だよ。おそばにちかくいるようだ」

「まあ。そんな方が、親類にいたの？」

「おれもまだ会っていない。ああいう連中とは口をきく気もしない。派手派手しい宮仕え女房を母親に持つわりには、あいつは地味《じみ》な女で、家から出たがらない。物見《ものみ》にもいきたがらない。家にいるのがいちばんいいっていうんだ。物を読むのも書くのも、好きではない、というんだ。へんな奴《やつ》だよ。――染め物、縫い物が好きでね。ひっそりと暮らしてる。友達もないようだ。おとなしい女なんだ」

「何がたのしみで生きてるんでしょ、その女《ひと》」

私は、べつに皮肉でもなく、いった。真実、そんな女がいようとは、感心してしまうのである。

「そりゃ、おれをたのしみにしてるのさ」

則光はまじめにいった。この男は、まじめにいってそれが諧謔《かいぎやく》にきこえるとは、つゆ、思ってもみないようである。

「それから、まだ生まれてもいない子供のことだろうな」

「へえっ。子供が、もう生まれるの？」

「来年だよ。――女の子ならいいのに、って毎日、言い暮らしてる。また煩悩苦悩《ぼんのうくのう》だ、女の子なんぞ出来たら物要《ものい》りだ」

則光は私にそんな話をして、私の反応をためしているのではなかった。私のことをまるで自分の半身のように思い、それゆえに、ありのままにつくろわずさらけ出して、憚《はばか》らないのである。則光自身と私とが全く同質の感情を共有していると思いこんでいるふしがある。

則光の新しい妻はまだかなり若く、その邸《やしき》には適当な庇護者《ひごしや》の男もいないので、則光は通うようになると、

「女世帯だから物騒《ぶつそう》で」

と、そちらに泊まる夜が多くなった。

その妻の邸には、山吹《やまぶき》だの、撫子《なでしこ》だの、秋は萩《はぎ》、すすきなどが庭に咲いて、美しいのだそうだ。ところが、ふだん男がいないもので、時によると築土《ついじ》の破れから、鋤《すき》や鍬《くわ》を担ぎ、長櫃《ながびつ》を提《さ》げた男たちが、のっそりとやってきて、

「ごめんよ、はいごめんよ、少しばかり、頂戴《ちようだい》していいかね」

と、片端から、萩やすすきを引っこぬいていくのだそうである。

則光の妻や、女童《めのわらわ》たちが、

「あっ。せっかく見て楽しんでいるのに……。取らないで。それ、取らないで」

と訴えても、

「なあに、ホンの少し、少し……いや、ありがとうさん」

といい、ごっそり抜いて長櫃に投げこんでいく、という話であった。

則光がその話をしていると、ふしぎや、私までいっしょになって、腹が立ってきた。

「怪《け》しからん奴《やつ》じゃないの、女世帯だと侮《あなど》って。何者でしょう」

と私は、「則光の妻」のために怒っている。

「花ぬすびとは罪にならない、といってもそれは一輪二輪の話よ、そんなひどいの、まるで押込み強盗といっしょじゃありませんか、あんた、則光、何かいってやればどうなの、どこの男なの、それ」

「そいつらが、この春にまた、来たんだ、おれのいるときに、だよ」

「キャーッ、則光、ケンカしたの⁉」

と私は意気ごんで聞く。

「したさ。あいつ(則光は、新しい妻のことをこう呼ぶ。新しい妻の前では私のことをおばはん、とでもいっているのかもしれない)が、昼寝しているおれのところへ、あたふたと来て、『来ました、来ました、また取りに来ました、とても美事《みごと》に咲いている山吹《やまぶき》を掘っていこうとしているんです、何とかやめるように頼んで下さらない?』と泣き泣き、いうんだ。おれが出てみると、おれの従者と男どもが口あらそいをしていた。その間も、別の奴らが、せっせと花を抜いているんだ」

「憎らしいわね」

「おれは、太刀《たち》をつかんで、はだしで前栽《せんざい》へとび下りた。『うぬら、何をしやがるんだ』とどなったら、奴らは、はじめて男あるじを見たので、目をぱちくりしていたが、

『そんな大きな口を叩《たた》いていいのか、おれたちのご主人を何と思ってる』

といいたけだかにぬかす。

『何様《なにさま》だろうと、この邸ではおれがご主人だ。主人の許しも乞《こ》わず、勝手に引きぬいてゆくからには、うぬらに相応の覚悟があるんだろうな、よし、おれが相手だ、こい！』

と太刀を抜いてやったら、男たちは鍬《くわ》を捨ててばらばら逃げていったよ。『おぼえていやがれ』と捨てぜりふをいって逃げたが、こっちこそ忘れるものか、今度来たら、足や手の一本二本折ってやるんだ」

則光ならやりかねない。

それを聞いている私は、

「いい気味だわ。そうよ、うんとこらしめてやればいいわ、無礼ねえ、いったい、どこの召使《めしつか》いなんでしょう。きっと成《な》り上《あが》り者の受領《ずりよう》の家かなんかで、よせあつめて、いそいで庭でも作ろうというんで、無茶をするのね、全く、教養もたしなみもありゃしない」

と、怒っているのである。

よく考えると、私は「則光の妻」のために怒っていることになる。則光の妻の邸の、花が抜かれようとぬすまれようと、私にはなんの関係もないことなのに、「義憤」を感じて憤《いきどお》っているのである。

そのせいばかりでもなく、私は則光の同族のその娘に、なまなましい嫉妬《しつと》は感じなかった。私の視界は、昔からみると、かなりひろがっていた。昔は見えなかったものが、今はみえるようになっていた。

則光がその女の家の、築土《ついじ》の崩れをつくろわせたり、門を建て直させたり、して、いかにも男あるじの住む家らしくととのえてゆく、そういうことに情熱をそそぐのも、私にはよくわかった。新しい家と新しく庇護《ひご》すべき者ができて、則光は見違えるほどいきいきし、元気になった。

大雨がつづくと、女の家に泊まり、洪水《こうずい》が出たというと、女の家を見舞いにいった。ときには、吉祥を連れていくこともあった。

「どんな人だった？」

と私がきくと、吉祥は、上手《じょうず》にその女の絵を描いた。

「きれいな人だったけれど、ものはいわなかった。お菓子をくれて、笑うだけ」

絵の女は、なぜか、目の大きさが左右、ちがう。

「どうして、ちがうように描くの？」

「でも、ほんとうにちがっていたのですもの」

吉祥は筆をおくと、しばらく咳《せ》きこんだ。

乳母が吉祥の背を撫《な》でつづけ、やっとひと段落すると、煎《せん》じ薬を飲ませた。それやこれやで私も絵のことを忘れていたが、夜になって則光が帰ってくると、

「これ、だァれだ？」

と絵をみせた。

「何だ？　吉祥が描いたのか、よく似ている」

と則光は笑った。

「ねえ、その人、目がどうかしてるの？」

私がきくと、則光は酒を飲みながら無雑作《むぞうさ》に、

「うん、左の目が半分しか開かない。まぶたがひきつれてるんだ。小さいとき、抱いていた乳母が、腕からおっことして怪我《けが》をしたそうだ。しかし目玉は何ともないんだよ」

私はちょっと衝撃を受けて、だまっていた。

そういう女であれば、なるほど、家の中にひっこんで、人交わりもしないのもわかる気がする。また、同族の、気のいい、はるか年長の男を夫にもつように、一族で談合がついているのも、わかる気がする。

「気心のしれた」親族《みうち》の男の妻になるのが、そんな女のいちばんの、幸福なのかもしれない。「女はきりょうの美しいのが美徳というものだ」と世間はいっている。この間亡くなられた一条《いちじょう》の大臣・為光《ためみつ》公も、そういわれて、あまたある姫君たちのうち、いちばん美しい姫君と、その次に美しい姫君だけを、ことに愛し、たいせつに育てていられた。そのいちばん美しい姫君、というのは、花山院ご出家のきっかけをつくった、亡《な》き女御であった。花山院のご悲嘆もむりはないのであった。

その次の美しい姫君を、公はごく大切にして、

「女はただ美貌《びぼう》であればいい。美しくない女は、女とはいえない」

といわれ、そのほかの姫君は、あまりかえりみていられないという噂であった。だから次々の姫君は、あまり美しくないのではないか、というもっぱらの世評だったのだ。「女は美しくなくては」という世間の考えからすると、左右の目がいびつな大きさの女は、「女ではない」ことになる。

しかし則光は、女の恥をかばって、私に、それをうちあけなかったのではなく、自分が、女の肉体的欠陥にあまり強い関心を持っていないらしいのである。則光のそうした傾向も、私が最近、ようやく見えてきたものの一つである。

則光は変わっている。

どこか、かわっていて、世のつねの男のようでない。

則光の目は、世間の男たちとちがうところについているらしい。もし世間の男なみであれば、私に、今をときめく中宮定子《ちゆうぐうさだこ》さまから宮仕えをうながしてこられたということで、目の色をかえて、

「恐れ多いことだ、お承《う》けしろ!」

といっているかもしれない。かつ、新しい妻の母親が、宮中へ入って主上《しゆじよう》のおそば近く仕える女房になっているという縁故も、何かの足しにしようと考えるかもしれない。

しかし則光はあいかわらず、私に、宮仕えを禁じている。そのくせ、私が、彼の若い妻に嫉妬《しつと》などするはずない、と思いこんでいるようでもある。彼はある種の野生児なの

ではあるまいか。

女の心をはかり、考え、思いやる、という訓練もできていず、いつまでたってもそっちの才能はみがかれないようである。

実方《さねかた》の君などとはそこが、まるきりちがう。

則光は山から伐《き》り出したばかりの丸太なのだ。磨かれていない、ごつごつした原石なのだ。いつまでたっても。

私に対して思いのままにふるまい、私には宮仕えするな、と禁じながら、自分はべつの女のところへ平気で出かけてゆく。そうしてその女は、左右の目の大きさがちがう、まぶたにひきつれのある女だが、則光はそういうことを全く顧慮せず、愛しているらしい。

私が、歌や物語やと、筆を取ったり、本に綴じたりしているのを、まるで別世界のイキモノの行動のように、不可解な目でみている。

「おれに歌の話をするなよ。きいただけであたまが痛くなる」

という男である。

その一族の娘が、「物見《ものみ》」に出たがらない、というのも、物見けんぶつが大好きな私にあてつけているのではなく、純粋に則光はおどろいているのだ。

女はみな、外をとび歩きたがり、物見が大好きだと思いこんでいたのだ。則光は私がせがむと、文句をいいながらでも、勤務の都合をつけて車でつれていってくれた。はしゃぐ私に、どこが面白いのかと、とほうにくれながら、大まじめにつき合ってくれた。そういう私にくらべ、一族の娘は、外へ出ない、ひっこみ屋の女で、そこに則光は新鮮味を発見しているのかもしれない。

しかし私はちがう。物見ぐらい、心おどらされることはない。

この初夏の、主上《しゅじょう》の行幸《みゆき》拝観は、ことにも印象深い。おんとし十三歳の主上が、土御門《つちみかど》邸にいられる母君、東三条《とうさんじょう》の女院《にょういん》を訪問される。その行列を沿道にならんで拝観するのであった。

主上の御輿《みこし》に供奉《ぐぶ》して、きらびやかな殿ばらがつづく。なかでもひときわ、沿道の女車《おんなぐるま》がどよめいたのは、摂政《せっしょう》・道隆《みちたか》公のご長男の御曹司《おんぞうし》、権中納言《ごんのちゅうなごん》・伊周《これちか》の君である。父君ゆずりの美貌《びぼう》で、十九歳の美しい公達《きんだち》である。重光大納言《しげみつだいなごん》の姫君と結婚なさって、去年、松君《まつぎみ》というかわいい若君を儲《もう》けられたが、父君の道隆公やら、おばあさまの重光卿《ごんきょう》夫人など、それこそ目に入れても痛くないほど可愛がっていられるということであった。

伊周の君は、世間では「ごきりょうといい、才幹《さいかん》といい、ぬきんでた若公達だ」とうわさしているが、ほんとうにそうみえた。ほそやかな、若々しい体つき、色白の顔にはけだかい品があって、しかもやさしい。

公達はほかにもたくさん通られた。美しい公達、身分ある若殿《わかとの》ばらもいっぱい、いらっしゃる。

しかし馬上の伊周の君のような雰囲気《ふんいき》を持っている人はひとりもない。伊周の君の全体から発散するものは、柔軟な、のびやかなあかるさ、それもがさつなしどけないものではなくて、身のうちにたくわえられた教養の華やぎが、おのずと、うわべにまでゆらめいて出るといった、ふしぎな明るさ、自由なふるまいなのであった。

口もとは女のようにやさしいが、目や眉《まゆ》のあたりは凜《りん》として、一の人の若公達という誇りがあった。それは、弟君《おとうとぎみ》の十四歳の左近少将《さこんのしょうしょう》・隆家《たかいえ》の君に、もう少し強く、この若殿は眉宇《びう》に利《き》かぬ気をひらめかせていられて、年少の気鋭の傲《おご》りがほの見え、これはこれで、すがすがしかった。

それにしても伊周の君が何げなく、沿道の物見車《ものみぐるま》のほうをご覧になると、物見車のすべてに目にみえぬ風が吹きつけたようにどよめくのであった。私自身、車の下簾《したすだれ》の中にいるから、権中納言さまからは見えるはずもないのに、こちらに視線をあてられると、はっと胸がとどろいて、こちらの影が透いて見えないだろうかと、扇で顔をかくすぐらいである。

どの物見車の女たちも、権中納言さまの一べつに、胸をとどろかせているにちがいなかった。

そのほかに目に立つのは、やはり道長の君、それから実方《さねかた》の中将《ちゅうじょう》である。権大納言・道長の殿はいまは二十七におなりになっていた。お年よりは老成して、ぐっと貫禄《かんろく》がおつきになり、もはや壮年の重々しい男性美、といってもよい。

むしろ、二つ三つ年かさの、実方の中将のほうが若々しくみえた。実方中将は当代きっての歌人として評判高いだけに、この方もどことなく際立《きわだ》ったおもむきがある。端麗な美男で、それが武官の派手やかな粧《よそお》いですぎてゆかれるさまは、これも女たちの目を奪うのであった。

実方の君は、私の車のほうを見て、ちら、と笑《え》みを浮べ、視線で合図して過ぎた。

それはまぎれもないものだったので、同車している浅茅《あさじ》にまで、はっきりわかったらしく（かなり彼女は反応の鈍い女ではあるが）、

「まあ、こちらへ会釈《えしやく》なさいましたわ！」

と昂奮《こうふん》していいさわいでいた。

これが弁のおもとと一緒にいるのであれば、もっと実方の君について、「物狂おしい」思いのかずかずを語りあえるのであるが――浅茅では、語るに足らないので、私は残念だった。

実方の君とは、弁のおもとの邸《やしき》で会った。

里下《さとさが》りしている弁のおもとのところへは、宮中参内《さんだい》の帰りの男たちがよく訪れていた。弁のおもとの父親が亡くなってから、カサ高いものがいないので、男たちは来やすいらしかった。それに、弁のおもとは自分からはすすんで告白しないが、かなりの男たちと交渉があるらしい。弁のおもとは、摂政の大臣・道隆公にも、北の方の貴子夫人にも信任されているところから、政治むきの用件をもってくるものもあるだろうが、何より

まず、弁のおもとの、中年女のしっとりした魅力に打たれるのかもしれない。私はどうかすると、男の魅力より、「いい女」の魅力に惹《ひ》かれる傾向があり、それからして、身《み》贔屓《びいき》かもしれないが、聡明《そうめい》で洒脱《しゃだつ》で、あかるくて、批判力があって文芸好き、歌もかるく詠《よ》んで、苦にしない、手蹟《しゅせき》も品よく美しく、顔かたち、すがたの、すこしさだすぎたという、いい風情の弁のおもとに、女の魅力をおぼえて寄りつどう男たちの気持ちが、わかる気がするのであった。

たまたま訪れた実方の君は、来合せた客が私だと知ると、興を催して関心を持つらしく、

「いつぞやの、……あの小白川《こしらかわ》の法華八講《ほっけはっこう》の席での、あなたの秀句、いまだに忘れておりませんよ」

と笑って、なつかしそうだった。

「お恥かしゅうございますわ、はしたないところをお目にかけて。まだ若うございましたから」

私は几帳《きちょう》のかげで隠れて答えたが、おのずと声が弾《はず》んだ。実方の君は指を折って、

「あれは花山の帝が、み位を下りられた年だったから、寛和《かんな》二年ですか。もうあしかけ七年前になる」

「あのとき、あなたさまは兵衛佐《ひょうえのすけ》でいらっしゃいました。よそながら、はじめて拝見いたしました。世に名高い歌よみ、実方さまはこういうお方なのかと……」

私は、実方の君がおっとりして、おだやかな男なのに心をゆるして、いつもより多弁になっている。もう三十ちかい実方の君は、若者のぎらぎらした気どりもなく、また、中年の気ぶっせいな尊大さもなく、いかにも話しやすい雰囲気を持っていた。

私は昂奮《こうふん》している。弁のおもとに対するときもそうだけれど、「話のわかる人」にめぐりあうと、私の血がさわぐ。

私はのぼせて物狂おしくなってくる。

このこと、あのこと、人生のこと、仏の教えのこと、男のこと、女のこと、子供のこと、愛のこと、死のこと、美しい月夜のこと、吉祥がなつかしむ去年《こぞ》の香りのこと、そういうことのすべてを、いちどきに語りあいたい、掘りあてた井戸から水が噴きあげるように、言葉があふれてくるのであった。

「私は、あなたのお父上、元輔《もとすけ》どのとはしたしくお話を交したこともありました。歌の話をうかがったりもしたものだが……」

実方の君はそうもいった。

彼の歌はおびただしく世に漏れ散って、人々に、とくに女性たちに愛唱されていた。

かくとだにえやは伊吹《いぶき》のさしも草
　さしも知らじなもゆる思ひを

などという歌は私も好きだが、ことに近世の絶唱だという人もある。実方は、人々に好もしがられ、歌才を尊重されて、信望もあるので、小一条《こいちじょう》の大納言・済時卿《なりときぎょう》の一族は、この人ひとりを名誉にしていられた。

去年、東宮に入内された済時卿の姫君、美貌で評判の娍子女御《せいこにょうご》は、この実方をものの栄《は》えにしていられるのであった。実方は済時卿の甥御《おいご》であるが、父君が早世したので、叔父《おじ》の養子になっているのである。

この済時卿は姫君には恵まれなすったが、息子運に恵まれないかたで、長男の通任《みちとう》の君はすこしのんびりして、おっとりしすぎ、という噂だったし、かの長命《ながあきら》の君、のちの相任《すけとう》の君という次男は、花山帝のご出家に衝撃をうけ、そののちにやはり世を捨ててしまった。

気性の、しっかりした息子だったので、済時卿は、いまもそれを悔んでいられるということである。「姫が女御になって入内しているというようなとき、通任の代わりに、相任だったら、どんなに頼りになったろうに」と洩《も》らされたそうだ。済時卿の妹姫は、村上帝《むらかみてい》に愛された女御だが、おできになった皇子・八の宮は、痴呆《ちほう》の君でいらしたから、これも望みを托せない。済時卿や娍子女御が、杖《つえ》と頼まれるのは、むしろ、養子の実方の君なのであった。

「小白川《こしらかわ》の法華八講《ほっけはっこう》」と実方がいうのは、そのころ右大将《うだいしょう》だった済時卿が、小白川の山荘で催されたものである。花山の帝がまだみ位にあって、帝の叔父・義懐《よしちか》の中納言のぱっと目にたつ晴れやかな姿が記憶にのこっていた。義懐の中納言はそのころ三十ばかりで、時の権力を一手に握っていられた。この法華八講の座でも、女車《おんなぐるま》にものをいいかけたり、その返事を為光《ためみつ》大納言や道隆の中将、実方の君などと共に興がって話し合い、明るく笑っていられた。

私が中座しようとして、満員の車のなかをむりに退出していると、義懐の中納言は私と知って、「退《しりぞ》くもまたよし」といいかけられ、私は同じく「法華経」の中の話から引いて、とっさに「あなたも五千人のうちにお入りになるのでしょう」と答えた。それが人々の口から口へと伝えられ、喝采《かっさい》を博して、私は面目をほどこしたこと、それと共に、その数日ばかりのち、突然、花山帝がご落飾《らくしょく》退位なされ、つれて、義懐の中納言は、あれほど威勢をふるっていられたのに、いさぎよく、もろともに出家して、世を捨てられたのだった。

ひとときの栄《さか》えも傲《おご》りも、花の露のようなもの、というけれど、あの暑い小白川の法華八講の思い出は、私には強かった。

あの日は、こうだった、ああだった、と、弁のおもとをまじえ、私も実方の君も、時のうつるのも知らず話し込むのだった。

「そういえば、私は読んでいませんが、あなたは何やら物をお書きになるそうですね」

と実方は私の方を向いて微笑《ほほえ》んだ。

「こちらのおもとにおききになりましたの？」

私は、弁のおもとを見かえった。私は書いたものが、たくさんの人の目に触れればよいと願いながらも、いざ、そのことに言及されると、いても立ってもいられない、恥ずかしさと後悔、気おくれにまみれて、小さくなってしまう。

「弁のおもとにもききましたが、内裏《うち》でも人が話していました。『はずかしいもの——男性の心の中。めざとい夜居《よい》の僧。こそ泥がこっそり忍んで、見ているとも知らず、暗い物かげで、物をちょろまかす人。泥棒の心地にもおかしいだろう』などというところ、面白くて」

それは、二冊めの、つづきの「春はあけぼの草子《そうし》」にあるのであった。私の書いた随想集は、いつか、私自身をはなれて、ひとりあるきしているらしかった。

「そういえば、このごろ、大江雅致《おおえのまさむね》の娘が歌よみとして評判ですね。播磨《はりま》の性空上人《しょうくうしょうにん》に托したという歌がもてはやされていますが、お聞きになりました？」

弁のおもとがいった。私も知っていた。

　暗きより暗き道にぞ入りぬべき
　　はるかに照らせ山の端《は》の月

この歌は、味わえば味わうほど、妙な心さわぎをもたらす歌である。そのくせ、しらべがなだらかで、むりがない。法華経化城喩品《ほけきょうけじょうゆぼん》の一句である「従《ヨリ》レ暗入《キリ》二於暗《キニ》一永不《ク》レ聞カ二仏名ヲ一」からとっているものであることはすぐわかるが、しかし、すでに原典を超えた、独立した歌の味わいを深くたたえている。しかもそれは、どことなく、作者をはなれた名歌、いうなら天が、作者の口を藉《か》りて作らせた、というような、余韻の長い歌である。

ひとたびよむと、打擲《ちようちやく》されたようにすくむ気のする歌なのであった。

しかし、それと、その作者に敬意を払うのとは別である。私は名ある人に対しては、それが男ならともかく、女には決して許せないものを感じてしまう。嫉妬というよりも、目ざわりという感情である。

その人のもつ才能が目ざわりである。

そういえば、弁のおもとと、ずいぶん長くつき合ってきたが、仲よくしているのは、彼女が、文芸愛好者ではあるけれども、自分で何かを物して、文名をうたわれようとは思いもしない、そのせいであるらしかった。

「その人はまだ若いのですよ、十五か六か……冷泉院《れいぜいいん》の皇后に、母ともどもお仕えしているようね。『式部《しきぶ》』という名で」

「結婚されていますか」

「まだお独り身ときいたけれど……」

「そういえば」

と、実方の君は、

「同じような年ごろの娘らしいですが、このごろ、見た歌がありますよ。詩人で学者の、あの式部大丞《だいじょう》・為時《ためとき》の娘ですがね。

めぐりあひて見しやそれともわかぬ間に
　雲がくれにし夜半《よは》の月かげ

なかなか、素直ですじのいい歌です。この娘も、なにか物語好きで、筆を染めているとか聞きましたが、家にひきこもっている娘なので、よくわかりません。やはり歌のうまい惟規《のぶのり》という兄がいて、これがそんな話をしていました。――いや、当代は、女流が発展しそうな御代《みよ》です。いまの当今《とうぎん》の後宮《こうきゅう》で、時めいていられる定子中宮《さだこちゅうぐう》からして、才はじけた方でいらっしゃるから……」

為時という人は、役人としての経歴こそ、ぱっとしないが、詩文の才に長《た》けた人である。その娘だから、文才はあるかもしれない。もしかしたら、その娘の書いたそこばくの物語や歌が、もう世に流れ出ているのかもしれない。十五や十六――まだ未婚の、前途ある娘たちが、そのほかにも世の中にたくさんかくれているかもしれない。

私は実方の中将に、にこやかに相槌《あいづち》を打っていたが、いら立っていた。ほかの才女たちの噂を聞きたいくせに、聞くと焦燥にかられるのであった。

実方の君が、彼女らをほめると、胸が痛くなるほどねたましくなる。

その実方の君と、人目を忍ぶことがあったのは一度きりだった。あるとき、弁のおもとの邸《やしき》を訪れたら、おもとはるすで、

「まもなく戻りますから、しばらくお待ちになっていて下さい」

と伝言があった。

その夜は、則光は宿直《とのい》で、役所から帰らない。吉祥は別の女のところへ連れていかれたまま、二、三日泊まっているので、私は空虚な気分のまま、放恣《ほうし》におちこんで、おもとの邸に長居《ながい》をしていた。

夏の宵《よい》だった。門のほうで牛車《ぎっしゃ》のひびきが聞こえる。おもとが帰ったのかと思うと、そうではなく、実方の君だった。

「おるすなのでしたら、ご一緒に待ちましょう」

といわれて、私は自分のまぶしい心迷いをひそかに娯《たの》しんだ。私は快楽に意地汚くなっていた。有名な歌人で美男の貴公子に、

「人目をつつむ情趣は、夏こそ面白いのですよ」

と低く耳もとでささやきつづけられるのを、制したり、ふり払ったりできなかった。物語の世界が、瞬時にして現実のものになった、という思いがけなさに驚倒して、私はあたまが痺《しび》れていた。

「弁のおもとが帰ってきましたら……」

という私の声は掠《かす》れていた。

「帰って来ませんよ。たとえ帰ってきても彼女ならそっとまた隠れてしまうでしょう……」

実方の君は低く笑い、私の肩から衣を脱《ぬ》がせる。私はそのときでも、もう一つ底の気持ちでは、実方の君の滑脱《かつだつ》な女慣れしたやりかたを観察していた。実方の君は、ふと興をそそられた相手には、いつもこうやって、たちまち言い寄っていられたにちがいない。実方の君に言い寄られて拒む女も、いなかったにちがいない。実方の君は、私がいとしくてそうされるのではないだろう。美しくもなく、若くもない女、ただちょっと筆をとって人が読めそうなものを書ける、そこにいくばくかの好奇心を持ったというだけなのであろう。

そういう省察ができながら、私は、実方の君を、

(利用してやれ)

という気になっていた。情趣に負けたふりをして、いわば、実方の君そのものに、というより、自分の夢に酔い、幻に身を任せているのだった。

それでもさすがに実方の君はひと夜じゅうすばらしい夢を見させてくれたといってよかった。絶えまなく耳もとにやさしい言葉をそそぎこみ、こまやかに私をいたわって、

「明けやすい夏の夜は、恨みがのこりますね……冬の夜こそ、私たちにはふさわしいのかもしれない。お約束下さい、今から、冬の夜を」

などといわれる。月もなく暗い、暑い夜だったので、廂《ひさし》の間もあけ放してあった。露

いっぱいの前栽《せんざい》に、鴉《からす》が啼《な》き渡るのも、目を洗われるようなめざましい娯《たの》しみだった。そう、実方の君とは私にとってまさしく悦楽だったのだ。横たわって見ても美しい男はやはり、美しかった。私は充分、それを享楽した。実方の君にあこがれてはいたものの、それは愛ではなかった。

存分に私も一晩をたのしんで、何となく、溜飲《りゅういん》が下がる、という気がした。この一夜の秘めごとは、私にとって、気晴らしというか皺《しわ》のばしというか、長年の気の憂さが晴れるようなもので、もとより、則光に悪い、という気なんか、これっぽちもなかった。いっときの感興を支えて実方の君も、よく演じ切ってくれた、という気持ちだった。

——宮廷では、ああいう華麗な夜が、いくつもちりばめられているのだろうなあ、と思った。そのおこぼれの星が、思わぬ機会に、私のふところへころがりおちて来た、という感じで、私はその追憶を大事に、一人で胸にしまい、ときどきそれを揺すって、匂《にお》い立つ残り香《が》を娯しんでいた。

そんなことを思い返しつつ、行列を拝観していた。主上《しゅじょう》の御輿《みこし》がお通りになるときは、轅《ながえ》を据えた榻《しじ》を外して車ごと前へおじぎをする。お通りになると、いそいで轅を上げる。行列が終わるがはやいか、ぎっしりたてこんだ車のあいだをぬけて出ようとするが、どの車もわれがちにぬけ出そうとして、もめてしまう。そういうとき、

「どけ、どけ、……」

とあたりはばからず高圧的に制するのは、権門《けんもん》の家の女車《おんなぐるま》である。牛飼《うしかい》や舎人《とねり》たちが、

傲慢無礼《ごうまんぶれい》に、あたりを追い払って、その車を通す。女車二、三輛《りよう》、忍びやかにやつしているが、車の前にも後にも色あざやかな衣裳《いしよう》を出して、これみよがしの風情である。

「まあ、何さまの北の方でしょう。それとも姫君かしら、身分のたかい上臈《じようろう》の女房たちでいらっしゃるのかしら」

と浅茅はゆかしがって、無邪気にみとれているが、私は不逞《ふてい》な挑戦的な気分が湧《わ》いてくるのだ。「どけ、どけ」といわれて、よたよたと退けられる私だと思うのか。

私の書いた「春はあけぼの草子《そうし》」は、至尊《しそん》に近侍《きんじ》なさる中宮・定子の宮のお手もとにあるのだ。成《な》り上《あが》り受領《ずりよう》の妻や、几帳《きちよう》の蔭《かげ》で生きているのか死んだのか分からないような毎日を送っている凡庸迂愚《ぼんようぅぐ》な女たちと、私はちがうのだ。

そう思って腹立ちながら、車にゆられて帰るみちみち、ふとおもしろい風流なものをみて心を奪われてしまう。夕まぐれ、もののかたちもおぼろげになったころ、夕涼みのつもりであろうか、男車《おとこぐるま》が車のうしろの簾《すだれ》をあげて走らせてゆく。すれちがいざま、琵《び》琶《わ》や笛の音がさっと耳に入るのは、男たちが、車の中でたのしんでいるのである。

あなやという間に、ひきわかれてすぎ去ってゆく。

そういうときに臭《にお》う牛車《ぎつしや》のにおい……牛の腰から尻《しり》にかけた鞦《しりがい》のにおいの、あの牛糞《ぎゆうふん》の悪臭すら、なやましく好もしい。

それは、琵琶を暗い車中で弾《ひ》いていた男たちへの、何とはない、やるせない思いと、ないまぜられているのであろう……。においといえば、月のない闇夜《やみよ》、車の前にともした松明《たいまつ》の煙の香が、車のうちにこもってにおうのもいい。

車がひきわかれてゆくといえば、ほんに、こういうこともあった。物見《ものみ》の帰るさ、道が同じで、ずうっと、つかずはなれず、私の車とあとさきに進んできた男車があった。一条大路《いちじょうおおじ》で、はじめて別れることになり、どこの誰ともしれぬ男の車の窓から、

「や。これでおわかれですな。――『峰にわかるる白雲の』というところですな」

という声がして、それも面白かった。

風吹けば峰にわかるる白雲の
絶えてつれなき君が心か

という壬生忠岑《みぶのただみね》の歌なのだ。

それらの面白さを私は物狂おしく身にしみるのであった。あてもなく草子に書きちらし、暗くなるまで灯もつけず、筆をとっていた。

それでも私は、むりやりに運命をかえる気もまだ熟し切らず、日常のくらしをくり返していた。

則光がいなければいないで、私は家のことをきちんとととのえ、門をよく鎖《とざ》して、子供たちを寝かせ、召使《めしつか》いたちに火の用心をさせ、家刀自《いえとじ》の役目を果した。則光が毎夜わ

が家へ帰っていたころは、私の心持ちもだらけて、家事も適度にしていたのであるが、いないとなると、私はすぐその気になって、小さいこの邸をかため秩序を守っていくのに、なんの抵抗もなく、整然と運営するのであった。

ある夜、則光がそばにいて、私は則光の着物のほころびをつくろっていた。則光は若い頃から、挙措動作が荒っぽいので、縫目をよく引きやぶるのである。

縫物をしながら私は何ということなく、

「まァ……こうやって十年、経ったのねえ。早いわねえ」

と感心した。

それは怒りでもなく、嘆き悲しみでもなく、自嘲《じちょう》でもなく、ふっと考えてみて、則光と何やかやいいながら、いつのまにか十年の結婚生活を送ってしまったという、無邪気な感慨なのであった。

過ぎてきた歳月の迅《はや》さ、長さに、ふと興をもよおしたのであった。則光に対するうらみつらみでは、むろん、ないのだ。

則光は、手枕《てまくら》で、うとうとしていたが、私の言葉は耳に入ったとみえ、がば、と起き上った。

「うーん。十年かあ……」

と考えこんでいた。べつに怒ったようでもなかった。翌朝、つとめのない日だったので彼はおそく起き、粥《かゆ》を食べた。私は吉祥とさきに食べてしまったので、そばに坐《すわ》って給仕をしていた。

私は、則光の食事がすんだら、水害のために傷んだ家の下壁の修繕の相談をしよう、と考えていた。私はまだこの家に長く住み、老いるつもりだったから。

ところが則光は、食事がすむと、箸《はし》をおき、白湯《さゆ》を飲みながら、平静にいった。

「おれ、ゆうべから、ふっと考えたんだが、お前、いまでも宮仕《みやづか》えしたいのなら、したらどうだ？」

私は彼の表情から、彼の真意を探ろうと思ったけれど、則光の顔には、なんの邪気も浮んでいなかった。

いつもの通りの彼だった。この男は、もし怒ったとしても、それなら、あたまからどなるはずで、決して遠まわしの皮肉や、あてこすりや、揚足《あげあし》どりや意地悪はしないのである。

「お前、ゆうべ、十年たった、といったろう？」

「ええ。——ほんとに、いつのまに十年もたったのか、とびっくりしたんですもの」

「お前のびっくりに、おれがびっくりしたんだ。ほんとだ、おれもおどろいた」

そのへんが則光の、変わったところだった。

「十年もたったんだ、おれ、あらためて、おどろいちゃった」

則光もまた、やはり、過ぎた歳月の迅《はや》さ、そのわりに、長いことに、純粋に興をもよおしたらしいのだった。

「十年も、おれのために何やかや、してきたお前なんだから、今後十年は、お前が何か、自分の好きなようにすればいいんだ。おれもたすけるよ。お前が『まァ十年たった』といったから、ふっと、そんな気になった。宮仕えを十年しろ」

「別れるっていうの？……」

「べつに別れなくったって、いいじゃないか。お前がそうしたいというなら、別だけれど。吉祥も十歳《とお》になった。ここまで面倒みてくれてありがたいと思うよ。――おれも、ゆうべ考えた。お前のやりたいことを、やらせてやってくれ、と、お前の親爺《おやじ》さんが、あの世からいってるような気がしてね。なんでこんな気になったのか、おれにもよく分からないが、やっぱり、物ごとには縁というものがある。水の流れ、というものもある。そういうときには逆らわず、自然にしなくちゃならん。おれがこういう気になったのも、前世《ぜんせ》の因縁《いんねん》なんだろう。お前、宮仕えに疲れたら、いつだってやめればいいじゃないか。それとも、その気になれば、いつまでつとめていてもいいよ。子供も手が離れたんだし」

則光も手が離れた、といってよかった。則光は例の、「左の目の小さい女」のところへよく通っているから。

しかし、そのとき私の感じたのは、則光の、邪気のなさ、だった。人のよさだった。

則光はほんとうに、「十年を則光のために使ったんだから、次の十年は、自分のために使え」といっている。悪意も衒気《げんき》もなく、そう思っているらしいのは、私にもわかった。

「あんたって、ほんとうに、へんな人ねえ——」

私はつくづく、そういった。

「お前だって妙な女だ。お前の妙ちきりんが、おれにも伝染《うつ》っちまったんだ」

と則光はいっていた。

弁のおもとの紹介で、道隆公と貴子夫人のいられる二条邸にあがり、お目見得《めみえ》して、中宮の定子中宮のもとへ仕えることになった。準備やら、お目見得やらで、いよいよ、中宮のもとへ出仕したのは、その年もくれて翌年、正暦《しょうりゃく》四年も冬にはいってしまった。

「あなたの、早くに亡くなられたお母さまの親類に、少納言《しょうなごん》の人がいられたから、その名を頂きなさい」

と弁のおもとはいった。顔もおぼえていない母ではあるけれど、母のゆかりの名をよばれても、わるくはない気がする。それに、父の清原《きよはら》の姓から一字とって、清少納言《せいしょうなごん》と、私はよばれることになるだろう。

しばしば里へ帰るつもりでいたので、私は吉祥にも、ことごとしい別れは告げない。吉祥もいまは、兄たちについて勉学の手ほどきをされる年ごろになっている。私の裳裾《もすそ》にまつわって、いっしょについていきたがる癖は失《う》せないが、それでもかなり、男の子っぽくなってきて、面《おも》がわりさえ、した。

寒い頃であった。はじめて見る宮中はだだっ広く、寒いところであった。巨大な殿舎の天井は高く暗く、時に風がまともに吹きつけてきて格子《こうし》をゆすぶり、蔀《しとみ》を鳴らし、御簾《みす》を高く捲《ま》きあげた。

木立ちも多かった。

夜はまったくの闇《やみ》にとざされ、果《はて》もみえぬような広場の奥から松明《たいまつ》の行列がみえ、砂利《じゃり》をふむ音が近づいてくる、さてこそこの暗さでは、宴《えん》の松原《まつばら》で、女たちが鬼に食われたというのも、さもあろうと思われた。

しかし後宮のうちはあかあかと灯がつき、人いきれと火桶《ひおけ》の火で暖かい。

私は物なれぬ勤めに、怯《お》じて、もっぱら夜ばかり出仕していた。昼間はあまり明るすぎて、二十八のさだすぎた女が、新参者《しんざんもの》でうろうろするのは、気がさすからである。なるべく遠くのほうに控えて、人目に立たぬようにしていた。応接のしかた、居ずまい、身ごなし、仕事の手順もわからず、ただひたすら物かげにいて、一日も早く、雰囲気に馴染《なじ》み、馴れたいと思うばかりである。

「清少納言。まちかねました」

と、中宮は仰《おお》せられた。顔も見上げられないで、私はうつぶしている。

「あなたの、『春はあけぼの草子』が面白くて、弁のおもとに、いくど催促したことやら。次を見せて、といったの」

中宮のお声は、張りがあり、甘くて、あかるく澄んでいる。そして、かるやかな弾《はず》みがあり、上品な、おどけた調子が添えられている。

「これを書いたご本人に、とても会いたかったの。――顔をみせて」

「おゆるし下さいまし、……もう……」

「どうして？　恥ずかしがりなのねえ、少納言は。あんなにすばらしい、愉快な文章をかく人だから、人柄も、大胆ではきはきしているのかと思ったわ」

中宮はおかしがっていられる。思いきって半分、死んだ気になって目をあげると、そこに明るい大殿油《おおとなぶら》の灯のもと、十七歳のかがやく美貌の后《きさい》の宮《みや》が、にっこり、笑っていらした。

夢に描いていたような、后の宮だった。

現実に、定子の宮を、いまこうやって仰《あお》いでいるのだ。あこがれを捧げ、慕いつづけていた、定子姫を。

雪のように白いおん頬《ほお》に浮ぶ、媚《なま》めかしい微笑。漆黒《しっこく》のお髪《ぐし》が、紅《くれない》の唐綾《からあや》の表着《うわぎ》に流れていて、お袖《そで》からこぼれる小さい手は、うす紅梅《こうばい》の色に匂《にお》っていた。

なんという美しい方が、この世にはいられるものだろう。

「こっちへもっとお寄りなさい。そして、あなたの草子のお話を、もっとしましょうよ。――どうして、うつむいてばかりいるの？」

中宮は快活なお人柄らしかった。

「草子の話がいやなら、絵を見ない？　この絵は誰が描いたか、あててごらんなさい」

「はい、……」

「ほら、もっとこちらへ。——あなたは早く退《さが》りたいとばかり念じているのでしょう。顔にかいてあってよ。……でも葛城《かずらき》の神でも、いましばらく、いなさいよ」

葛城の神は、みにくい容貌《ようぼう》を恥じて、夜のあいだだけ働くのである。中宮のお顔をぬすみ見る私は、身も心も吸いとられる心地がする。

6

私は美しい女ではない。それにもう、花のさかりもすぎた。髪はぬけおちて少なくなり、かもじを添えているが、地髪《じがみ》は黒く、かもじの毛は赤っぽくて艶《つや》がないものだから、あかるいところで見ると、それがハッキリわかって、われながらうんざりする。

この冬（正暦《しょうりゃく》四年〈九九三〉）、私は二十八歳である。目尻《めじり》や口辺の皺《しわ》が深くなり、眼窩《がんか》が深くなっているのを知っている。

これも則光《のりみつ》ではないが、

（いつのまに十年もたったのか）

とびっくりしたことに、あらためてびっくりする、というようなものだ。

十年昔と、いまの私と、心はさまで変わっていないはずなのに、女の美しさは、いちはやくうつろうているのである。

私は自分自身を客観的に見る能力はあると思うので、かなり自分を把握《はあく》しているつもりである。髪のおとろえはいうまでもなく、目も小さいし、鼻といったらまるで横についてるみたいだし……。

ところが、ふしぎなことに、全く容貌《ようぼう》に自信ないと同じ程度に、五分五分のところで、

（――まんざらでもないんじゃないかしら……）

という、抑《おさ》うべからざる自負心が、むくむくとあたまをもたげてくるのだ。私は口もとがそんなにわるくない。愛嬌《あいきょう》が口もとだけにあるといってもいい。少女のころから、私はそれを知っていて、鏡を見て笑いかたを練習したものだ。

もっとも、そうやって自分の魅力を精出して磨いても、それを見せる相手が則光ひとりだったというのは、まことに残念であるが。

少女のころ、私は父に、

「なんという、かわいい口もとをした子だ」

とほめられたことがあり、

「女の子は口もとがかわいければ七難かくす、というものだ。その上、かわいい口もとから出るお前の声が、またかわいい。それから、頤《おとがい》のかたちがいい。女のあごというのは、顔のしめくくりだから、ほんというと、いちばん大切なところなのだ。そこにつづいて、首すじがすっきりしていいかたちだよ。女のあごは、尖《とが》ってちゃいけない、突き出してちゃいけない、ふっくらと愛らしく、しかも、いい形で、しめくくられていなくてはいけない。お前のは、そういう、いいあごだよ。なんて可愛い子だろう」

と父はいってくれた。

あまり人のほめない、頤や首すじをとりあげてくれたのは、父の風変わりなところでもあるが、また父の愛情でもあった。私は父亡《な》きのち、誰にもそんなふうにほめられたことがない。則光は、女の顔についてほめる言葉をもたない男だったし、（私が美人でないという意味でなく）女の容貌や、その讃美《さんび》の結果について関心のない男だった。

あごとか首すじとか、いうなら、前人未踏の、あたらしい未開の分野について、さまざまな発見をする、新鮮なおどろきを味わう、見方をいろいろ変える、そういう精神の弾《はず》みのない男だった。いまにして思えば、父にはそれがあった。父はどんな点でも、ほかの男とちがっていた（父が亡くなってから、私はよけい父を美化して考える癖がついたのかもしれないが）。

私は父に、

「なんという、かわいい子だろう」

といわれつづけて少女期をすごしたので、自分の容貌に、決定的な劣等感を抱くことはなかった。そのくせ、自分自身を醒《さ》めた目で見ることもできる私は、自負と劣等感を五分五分にもてあましながら、女の人生をあゆんできたのだ。

ただそれは、則光と結婚し、子育てにすごした十年のあいだに、双方ともかなり擦《す》りきれて、鈍くなり、半分は眠りうずもれていた。

それらがいきいきと目をさますのは、弁《べん》のおもとや、兵部《ひょうぶ》の君に連れられて、あちこちのお邸《やしき》へ参上し、日常生活の中にない別世界をかいまみるとき、それからまた、実方《さねかた》の君などという、雲の上の貴公子と交渉が生じたとき……私は一足《いっそく》とびに、少女のころの不安定な気分にもどり、若々しく心が動揺するのであった。

しかし宮中へあがった私が知ったのは、動揺どころではなかった。自尊心も自負心もどこかへ吹っとんでしまってただもう、自分を恥ずかしく卑小《ひしょう》にばかり感じていた。もともと容貌だけでなく、才気の点でも私は自分を恃《たの》むところがあり、

（——まんざらでもないわ）

と思って自分を支え、生きてきたが、それは、この雲の上の世界に身をおいてみると、吹けば飛ぶ塵芥《ちりあくた》のようなうぬぼれにすぎなかった。肥大した矜持《きょうじ》はみるみるしぼんで、あとには力なくただようたよりない、卑小なわが身ひとつ、私はまわりのめでたさに目がくらんで、ただもう、おどおどとしていた。

そして、もったいないことながら、中宮《ちゅうぐう》・定子《さだこ》の君のお美しいお姿から、目を離すことができなかった。

私はひとめで、中宮に恋したといってよかった。中宮はあかるい声でいわれる。

「こちらへいらっしゃい。この絵は……が描いたのよ、ほら。とてもよく描けていてよ。主上《うえ》もお気に入りの絵草子《えぞうし》なの」

私はおそるおそる、おそばへ寄る。灯があかるすぎる。高坏《たかつき》を伏せてそこに灯油《とうゆ》皿《ざら》をのせ、灯を点じてあるので、はっきりと明るくものがみえる。かもじを添えた、よくな

い髪もあらわになるのが辛《つら》いのであるが、がまんして私は絵を見た。

しかし私の視線は、絵よりも、絵を持っていられる中宮の、小さい美しいおん手に釘《くぎ》付《づ》けになってしまった。お袖口《そでぐち》からのぞいているそれは、夜気につめたそうな、うす桃色のお手なのだった。桃色珊瑚《ももいろさんご》を刻んだとしか思えない、美しいお手である。

何か、中宮が冗談をいわれたらしく、まわりの女房たちはどっと笑う。中宮のお前で笑い声をたてられるほど、物慣れた人たちがうらやましい。古参の女房たちは快活に応《おう》酬《しゅう》し、ときには中宮にさえ、反駁《はんばく》したりする。

私は茫然《ぼうぜん》として、ひとことも、口がきけない。

中宮の白玉《しらたま》のおん頰《ほお》、ほのぼのと点を打った桃眉《ももまゆ》、幾重《いくえ》にも匂《にお》う重《かさ》ね色めのお衣裳《いしょう》。まるで、それ自体、一顆《いっか》の美しき宝玉を据えたよう。あるいは、花瓶《かびん》に盛られた満開の桜というべきか。

そばの女房たちの裳《も》・唐衣《からぎぬ》に、象嵌《ぞうがん》された金銀や、金糸銀糸の刺繡《ぬいとり》が、大殿油《おおとなぶら》に光る。まわりの調度の、なんという美事《みごと》さ。

そこは内裏《だいり》の登華殿《とうかでん》であった。

おん年十四歳の今上《きんじょう》・一条帝の後宮は、ただいま、定子中宮おひとかたのみである。ほかにはどなたもおいでではない。天下一の権力者・道隆公や、きらきらしいご兄弟の若公卿《わかくぎょう》ばらをうしろ楯《だて》に、定子中宮は、文字通り、ただ一人の后《きさい》の宮《みや》で、後宮の女あるじとして君臨していられる。

夜の灯に、そこかしこ、螺鈿《らでん》や金銀蒔絵《まきえ》が光った。厨子棚《ずしだな》やその上の手筥《てばこ》、唐櫃《からびつ》、みなきらきらしい金蒔絵であった。棚には紺瑠璃《こんるり》、緑瑠璃の壺《つぼ》があった。青簾《あおすだれ》のこなたに、女房たちのさまざまな衣裳《いしょう》が打ち重なり、乱れて、紅、紫、青、萌黄《もえぎ》の波となっていた。

中宮をとりまく人々が、会話に興じているあいだ、御簾《みす》の向こう、一段と身分低い女蔵人《にょくろうど》か、命婦《みょうぶ》か、興をたすけるために、ほのかに琴をかき鳴らしていた。

ようやく、後宮の長い夜は、あけるらしい。

この世界の人々は、夜を徹して悦楽に身を任せ、暁《あかつき》がたに睡《ねむ》るらしかった。人々は、目立たぬように退出しはじめた。

私も早く自分の部屋へ下《さが》りたいと気がせかれた。明るいところで、醜い自分があらわになるのは堪えられない気がする。

「少納言《しょうなごん》。もうすこしいらっしゃい。あなたはまるで、声を出さなかったじゃないの」

中宮はめざとくみつけていわれる。中宮はお目が迅《はや》く、さとく、どんな小さなことでも俊敏なその美しいお眼からのがれることはできそうになかった。

「一晩じゅう、おとなしすぎたわ、いくら葛城《かずらき》の神だって、もう少しいるものよ」

そこへ、掃司《かもんづかさ》の女官《にょかん》たちが来た。彼女たちは夜があけると、格子《こうし》を上げてまわるのが役目である。簀子《すのこ》の外から、内側の廂《ひさし》の間《ま》にいる女房たちに、

「懸金《かけがね》をおはずし下さいまし」

といったりしている。懸金は内からかけるようになっており、格子は外へ上げるので

ある。女房たちがはずそうとすると、

「あら、だめよ。そのままにしてお置きなさい。少納言が明るすぎると怒るから」

と中宮はいわれた。女官たちは笑いながらいってしまった。

「あなたは書蹟《しょせき》を見て、書き手を当てられるそうだけれど、これは誰か、わかりますか?」

と中宮は、こんどは漢字の書をお出しになったりする。ようやくに申し上げると、

「ずいぶん、たくさんの手を見たのでしょうねえ」

「父の家におりましたころ、少しばかり蒐《あつ》めてございましたので、わずかに見たりいたしましたが、心を入れて勉強いたしませんでした。片端の貧しい知識でございます」

と私はお答えしつつ、暗いほう暗いほうへと廻《まわ》ろうと苦心していた。中宮はお悟りになったらしくて、

「下《さが》りたいのでしょう。それじゃ早くおかえり。夜になったら、早くいらっしゃい」

とおっしゃって下さった。

私が膝行《しっこう》してご前を退《さが》るのをまちかね、女官たちが片はしから格子をあげてゆく。外は白一色、雪が降り積んでいるのだった。

重い夜の匂《にお》いが、あけ放たれた外へ流れてゆく。灯油やら、髪油やら、たきしめられた薫香《くんこう》やら、かぐわしい女たちの体臭やらの、濃密な匂いである。入れかわりに、たちきるような、清新な寒気が局《つぼね》のすみずみに流れこむ。

壺庭《つぼにわ》に降る雪まで、庶民の家の雪とはちがうように思われる。

局には、相部屋《あいべや》の式部《しきぶ》のおもとがいた。

この人は、弁のおもとの知り合いで、年恰好《としかっこう》は私と同じほどの、気のいい、温和な女性である。弁のおもとが、

「あの人なら、いろいろ引きまわしてくれるし、気ごころもいいんだから、大丈夫よ」

といってくれただけあって、相部屋で棲《す》んで、気の張る人柄ではなかった。

この人の姉は、詮子女院《あきこにょういん》の女房である。式部のおもとは人妻で、夫は、則光の遠い一族でもある。上﨟《じょうろう》の女房というわけでもなく、とりたてて才気が目立つという人でもない。弁のおもとのように、洗練された趣味人ではないことは、私はひとめで見て取っていた。

しかし、いかにも、人のいい女性であった。子供ができたが、死なせたりしたらしく、人柄はカドが取れていた。

この人に私は、中宮おそばの宰相《さいしょう》の君、中納言《ちゅうなごん》の君といった上﨟女房やら、右衛門《うえもん》の命婦《みょうぶ》、小兵衛《こひょうえ》やら小左近《さこん》、源少納言《しょうなごん》といった、古参の女房たちの名やら、人物像のあらまし、それに後宮の地理——要するに、住居地図と人間地図を教わったわけである。

そういう方面にはうってつけの人だった。

式部のおもとは、とくべつな独自の見解、というのをもっていなくて、感情の均衡のとれた人だったから、ごく一般的な価値観で、私に方向づけてくれたのである。

私はぐったり疲れて眠った。眠りの中にまで昂奮《こうふん》のほてりがさめなくて、体がどこか浮游《ふゆう》している感じだった。

昼ごろ目をさまし、身じまいをしていると早くも中宮からお使いがくる。

「今日はぜひ参れ」

との仰《おお》せである。今日一日は、休ませて頂けるものと私は思っていた。

「雪曇りだから昼でも暗いですよ。——姿もあらわにならなくて、いいでしょう」

と仰せられたそうである。

中宮は、諧謔《かいぎゃく》がお好きなようだ。私をからかっていらっしゃる。私は弾《はず》みながらも、それでも気おくれしている。

たびたび、お使いが来て、参上を促《うなが》される。

休みなのでくつろいでいた式部のおもとはしまいにみかねて、

「早く、いらっしゃいまし。どうしてそうもじもじしていらっしゃるの」

と口を出した。

「なぜそう引っこみ思案になるの、みっともないじゃありませんか。せっかくのご好意を無駄にしたら、中宮さまのお腹立ちを買うわ。よほど、あなたとは相性がお合いになるんじゃないかしら、中宮さまに『参れ』と催促していただくなんて、よっぽどのことよ。——さ、早く。勇気を出して」

といってくれた。私の召使《めしつか》いは、とろとろして鈍いので、式部のおもと自身、身支度《みじたく》

を手伝ってくれて、

「早く、早く。おくれたら失礼に当たるわよ」

とやたら、せかして押し出すのであった。

私は夢中で局《つぼね》を出た。

中宮の御前《おまえ》には、炭櫃《すびつ》に火がかっかと熾《おこ》してある。午《うま》の刻の朝膳を終えられた中宮は沈《じん》の丸火鉢《まるひばち》の手あぶりをそばにおいて坐《すわ》っていられた。その火鉢は、梨子地《なしじ》の蒔絵《まきえ》である。

次の間の長い炭櫃のそばには、女房たちがぎっしり坐っていた。くつろいでゆったりした着付け、手紙を取りついだり、立ったり坐ったり、話したり笑ったり、のびのびと物なれた風情であった。奥の方で、三、四人固まって絵など見たりしているようだ。ときどき笑い声もあがる。いつになったら私もあのように、固くるしくなく、らくらくといられるだろうと、うらやましい。

「おお……しい」

と警蹕《けいひつ》の声がして、女房たちは静かにそのへんを片づけたり、居ずまいを正したりした。

「関白さまがいらした」

ということなので、私は身のおき所がなく、部屋へさがろうかと思った。宮仕《みやづか》えの前に、関白・道隆公と、夫人の貴子の上にお目見得《めみえ》したが、それは全く形式的なもので、ほかの女房たちといっしょに、あたまを下げていただけであった。お二方《ふたかた》は、御簾《みす》と几《き》帳《ちょう》の彼方《かなた》にいられて、お声をきくことさえなかった。

関白さまを身近に拝すると思うだけでも、身がすくむ心地がする。しかし、一人その場をぬけ出すこともできないので、さらに奥へ引きこんだ。

そうはいいつつ、私のもちまえの好奇心がむくむくとあたまをもたげるのは、どうしようもない。几帳の明きから、そっと、のぞいていた。

いらしたのは関白さまではなく、中宮の兄君《あにぎみ》、伊周《これちか》の大納言《だいなごん》だった。かるい身ごなしで、廂《ひさし》の間に入られて、柱によりかかられる。直衣《のうし》や指貫《さしぬき》の紫の色が、壺庭《つぼにわ》の雪に映《は》えて美しい。

「昨日今日と物忌《ものいみ》でございましたが、雪がひどく降りますから、お見舞いに参上しました」

とわかわかしいお声でいわれる。

「道もなし……という歌もございますのによくまあ、いらして下さいました」

と中宮がお答えになると、大納言は笑われて、

「『あわれ』とごらんいただけるかと思いまして」

まるで物語の世界のようだった。

中宮は白い袿《うちき》を幾枚か重ね、紅《くれない》の唐綾《からあや》をその上にお召しになっている。ゆたかな黒髪がそこへながれて、絵の中の美女のよう、それに、これもすがすがしい美青年の大納言

と、かたみに交される会話は、兼盛《かねもり》の古歌をふまえていられるのだった。——〈山里は雪降り積みて道もなし今日来《こ》む人をあはれとは見む〉

（あるんだわ、やっぱり、物語の中の世界が現実に）

と私は夢うつつに思う。幻影の世界、この世ならぬまやかしの、豪奢《ごうしゃ》な夢の世界、それが現実に、目の前にあるのだ。私はその中に身をおいているのだ、まさしく、物語世界の中に、私はいるんだわ。

手をのばせばとどくところに、中宮も大納言もいられるのであった。なま身の美しき肉体をそなえて。

大納言は女房たちに冗談ごとをいいかけられる。女房たちはひるまずに抗弁したり、言い争ったりしている。

蒔絵《まきえ》の硯蓋《すずりぶた》に、いろどりよく果物《くだもの》や菓子が盛られ、大納言さまにすすめておもてなしする。

中宮もお召しあがりになっているらしい。

突然、

「御帳台《みちょうだい》のうしろにいるのは誰《だれ》だ」

と、大納言がたずねていられるらしい。女房の一人が、私のことをお答えしたらしくて、大納言は立ってこちらへこられた。どこか、ほかへいらっしゃるのかと思うと、そうではなく、私を目当てに接近してこられたらしい。

すぐそばに坐られて、

「清少納言《せいしょうなごん》。小白川《こしらかわ》の法華八講《ほっけはっこう》での話をきいたよ。それから、何といったっけ、『春はあけぼの草子』だったか、中宮のお手もとのを拝借して読んだことがあったっけ」

などといわれる。

そのお声は、明晰《めいせき》で歯切れよく、俊敏そうである。そして、さわやかな微笑は目の前にあるのだ。

どっと冷や汗がふき出した。

几帳《きちょう》をへだてて、そのほころびからそっと拝見しているだけでも恥ずかしかったのに、こんなに近間に、面と向かっているなんて、恥ずかしいというより、死にたいくらいである。

行幸《みゆき》に供奉《ぐぶ》されていた大納言（あのときは権中納言《ごんの》でいらした）が、車の方をちらと何げなく一べつなさるさえ、うろたえてしまうくらいだったのに、まして、こう近くへ寄られたらどうすればよかろう。（こんなせつない思いをするくらいなら、宮仕えするんじゃなかったわ）と思う私の気持ちもご存じなく、大納言は悠々《ゆうゆう》と笑《え》みをふくんで、私が、ただ一つのよりどころと頼んでかざす扇まで、取りあげてしまわれる。

そういうときは髪をふりかけて、顔をかくすのであるが、その髪さえ、見苦しい色つやである。もう、

（早く、あちらへいって下さればいいのに）

とばかり思い、半分死んだ人間のように肝《きも》もつぶれ惑《まど》うて、なやましい涙が出てくる。もろん、悲しくて、ではない。

あまりの晴れがましさに、心がまだついてゆけない惑乱のあまりである。大納言を厭《いと》うて惑うのではない。好もしさ、慕わしさ、嬉《うれ》しさのあまり、その美貌がまぶしく、引きくらべてわが身のつたなさに冷や汗が出るからである。

大納言はいっこうに動こうとなさらない。

奪った扇をもてあそんで、

「この絵は誰に描かせたのだ」

などと話しかけられる。

扇を取られた私は、しかたなく袖《そで》に顔をおしあてていた。唐衣《からぎぬ》に白粉《おしろい》がうつって、さぞ顔はまだらになっていることだろう。

「はずかしがりなんだね、少納言のおもとは――。あなたに会ったら訊《き》こうと思っていたが、実方《さねかた》の中将《ちゆうじよう》は、あなたの恋人かね？」

「まあ！」

と私は小さい叫び声をあげた。

「そんなこと……どうしてそんなことがございましょう」

「あはは、その真剣な調子ではどうやら本当らしいな」

「うそでございますよ、まさか……」

「いいや、いつか中将が、あなたのことを噂していた。まあ、いいじゃないか、かくさなくても」

中宮が、私の困惑を察して下すったのか、大納言をお呼びになる。

「これをごらん下さいませ。誰の筆蹟《ひっせき》だとお思いになりますか」

「こちらへ頂きましょう。こちらで拝見する」

「まあそうおっしゃらず、こちらへおいでなさいませ。少納言が困っているのではありませんこと？」

「少納言が私をつかまえて、立たせてくれないんですよ」

大納言が冗談をいわれる。宮廷社交界で身につけられたらしい、なれたあしらい方である。私はといえばまともに、バツわるがっていた。

草仮名《そうがな》の書が人の手を経て廻《まわ》ってきた。

大納言はまだ、

「少納言のおもとに見させなさいよ。能書家の手はみな、見知っているということだから。——たぶん、数知れず恋文をもらって、それで筆蹟鑑定に長《た》けたんじゃないか。ね、少納言のおもと」

と笑う。

私は返事に窮して、顔が赤らみ、動悸《どうき》がはげしくなるばかりである。女房たちはどっと笑う。私はどう返事していいかわからない。

さきほどの、中宮と大納言とのように美事《みごと》な洗練された応酬《おうしゅう》は、私にはとてもできない。

大納言お一人でももてあますのに、またそこへ警蹕《けいひつ》の声がして、こんどこそ、直衣《のうし》姿の関白さまがいらした。

四十一歳のどっしりとした美男ぶり、あかるい表情で自由磊落《らいらく》な物腰のかただった。大納言より花やいで、軽口を叩《たた》いて笑い興じていられる。伊周大納言によく似ていられて、大納言より押し出しの立派な男ぶりなのは、年齢のせいばかりでもなさそうだ。

大納言は、父君の関白さまより、線の細い優婉《ゆうえん》なかたでいらっしゃる。ほんとうに、昔の業平卿《なりひらきょう》の血が混じっていられるという噂は、うそではないかもしれない。

世間の公然の秘密のようにいわれているが、貴子の上の実家、高階家《たかしな》は、在原業平《ありわらのなりひら》の子孫だということである。「伊勢《いせ》物語」にある、伊勢の斎宮《さいぐう》と在原業平卿《きょう》の悲恋によって、生まれたのが高階師尚《もろひさ》だという（その人は、貴子の上の曾祖父《そうそふ》にあたる）。

業平卿が伊勢の狩の使いに下られたとき、ときの斎宮・恬子《やすこ》内親王と恋におちられた。神に仕える清浄の斎宮には、あるまじい恋であった。

君や来《こ》しわれや行きけむおもほえず
　夢かうつつか寝てかさめてか

と斎宮からの歌に、男は泣いてよんだという。

かきくらす心の闇《やみ》にまどひにき
　夢うつつとはこよひ定めよ

斎宮恬子と業平は、神の忌《い》むようなことはなかったと、むろん公けには否定されているけれども、世には、一夜の契《ちぎ》りで恬子内親王は懐妊なさったという言いつたえが、根強く信じられている。

そして高階師尚が生まれた。高階家には業平の奔放自由な気性と、芸術的才気の血が伝えられたというわけである。その血は貴子の上に伝えられ、やがて中の関白家、道隆公のお子たち——定子姫やそのお妹姫、伊周大納言、隆家《たかいえ》の中将《ちゆうじよう》にも伝えられた、というわけである。

私は、伝説の美男、業平卿を、そのまま伊周大納言にみるような気がするのであった。業平卿の美しさもともに伝えられたのだと信じて何が悪かろう。則光は以前、貴子の上の父君、高階成忠朝臣《なりただあそん》のことを、

「くらえぬ爺《じい》さんだ。年よりのくせに目から鼻へぬけるようで、腹黒くって下心ありそうで、何を考えてるか気味のわるい黒幕、という印象だ。学問のある人間、という気品がない」

とワルクチをいっていたが、少なくともいま目前に見る伊周大納言には、そういうう

れたげな陰《かげ》りはなかった。天授《てんじゅ》の明朗な気品があった。高二位《こうにい》の腹黒爺さんの孫とも思えない、と則光が見たらいうかもしれない。私はそんなことを考え、ひとりうわずっている。

物語の中にあるような世界、その中に動き、ものいう人を、変化《へんげ》のものか天人か、と思ったのも、はじめの何日かで、次第に私は慣れてきた。萎縮《いしゅく》した心持ちが、ほとびてやわらかくとき放たれ、少しずつ、まわりを見まわす余裕も出てきた。

内裏《だいり》ぐらしは面白かった。私と同じときに入った小左京《こさきょう》とよばれる女房は、私と顔を合せると泣きごとをいい、ややもすると里下《さとさが》りをしていたが、私は一向《いっこう》に、家へ帰る気はおきなかった。小左京は陰気な老嬢で、全く何を思って宮仕えなど志願したのやら、実家には年とった両親がいて、小左京が出るときは左右からとりついて泣く、ということである。

家にいると食べていけないというのかもしれないが、小左京は宮仕えになんの希望も期待も持っていなかった。そうして人間関係のわずらわしさ、意外に経費のかかる宮仕えの内幕、煩瑣《はんさ》な宮中独特のきまり、などを辛がり、くどくどといつまでも愚痴《ぐち》をこぼすのであった。

「宮仕えは性《しょう》に合わないいんじゃない？　結婚でもして家庭に入ったほうが、あなたにはいいかもしれないわ」

と私は彼女の愚痴を遮《さえぎ》っていった。彼女は、

「私は、ふたおやが、あまりに私を大事にしすぎたものだから、結婚もできなかったの。縁談はいろいろあったのだけれど、あれは物足らぬ、これは気が進まぬと、片はしからことわってしまったのよ。もうこの年では、子供もできるかどうかわからないし、私なんかのところへ通ってくれる男があるかないか、……結婚なんて夢みたいな話だわ」

やれやれ、なんのために生きているのだ、この女。うっとうしい女だ。

「あなた、そう泣きごとばかりいっていたってしょうがないじゃないの、縁あってお仕えした以上は、なるべく自分もたのしく、まわりもたのしませ、ひいてはあるじとたのむお方の開運をお祈りして、心こめてお仕えなさいよ。泣きごとをいわれると、周囲にまで、まがまがしい毒素をまき散らされるようで不快だわ」

私はズケズケといってやった。こんな陰気な女は、私はしんそこ嫌いなのだ。

「あなたは中宮さまのお気に入りだから、それはいいわよ。御所《ごしょ》の御飯が美味《おい》しい人なんですもの。でも私はちがうわ。こんな気ぼねの折れるところで生きられないわ」

「なら、さっさとお辞《や》めになればいいかが」

「いろいろ事情があるのよ、これでも」

小左京は泣きべそをかいていう。ああいやだ、いやだ、こんな醜《みにく》い女。

私にとって陰気、優柔不断、ぐず、のろま、愚痴、ひがみなどは、醜い悪徳なのである。

小左京という、いやな見本がそばにいたから、私はそれに反撥して、一挙に、宮仕え生活に馴《な》れ親しんでいけたのかもしれない。

私がどんなにワルクチをいっても小左京はしぶとく辞めようとしなかった。そうして里下りした翌日は、泣き腫《は》らした顔のまま、出てきて、

「私が車へ乗りこむと、父も母も、まるでこれが最後のように泣くのよ……うしろ髪ひかれる思いだったわ」

などというのだった。そんなに別れが辛《つら》いなら、野たれ死にするまで親子三人、ひしと固まって暮らしていればいいのに、全くへんな女である。

私はといえば、式部のおもとが、

「お疲れになったでしょう。すこしおやすみをお取りになるがいいわ」

とすすめてくれても、一向に家に帰りたい気がおきなかった。

則光に、とくにあいたいとも思わない。

浅茅《あさじ》からの手紙で、則光が、私のいないあと、またべつの新しい女のところへ通っていると聞いても、

(おやおや)

というくらいのところだった。

それで、何十日ぶりかで家に帰ったとき、則光の顔を見てまっさきに思ったのは、

(この男は、夫ではなく肉親になった)

ということである。兄か弟か、血のつながった従兄《いとこ》ぐらいの感覚で、

「どうだ、うまくやっていけそうか」

といってくれる則光のほうでも、そうらしかった。私を今は妹のように思っているのだ。

「ええ、うまくやっていけそうだわ、あたし、やっぱり向いてるのかもしれない、ああいう職場に」

私は、はじめて出仕した日の気おくれも萎縮《いしゆく》もひるみも忘れて、いまはむしろ、それに挑《いど》むような心地になっていた。

「元気そうだな、そりゃよかった……お前は口ほどもなく弱気のところもあるから、泣き泣き帰ってくるんじゃないかと案じていたんだが」

則光はまるで、私の父か兄かのような口ぶりでいう。小左京の君じゃあるまいし、泣き泣き帰るはずはないじゃないの。

「いやわからない。お前は口ではズケズケポンポンいうから気が強そうに見えるが、案外、人がよくて気弱で脆《もろ》いところがある」

「そうかしら」

「そうさ。だからおれなんかと十年もいた。それが証拠さ」

へんな則光。

私は則光を正直のところ、バカにしているのだが、ときどきふと耳を傾けさせるようなことを、この男はいう。私はそのたび、こいつはバカなのか賢いのか、よくわからない気になるのである。

「もし、あたしが泣き泣き帰ってきたら、あんたどうしたの？」

と私は笑いながらいった。

「そんな女なら可愛げがあるから、おれが抛《ほう》っておくものか、ひしと抱きしめるよ」

「花盗人《はなぬすびと》のくる家の女《ひと》みたいに？」

と私がいうのは、一族の娘の、左の目の小さい妻のことである。

「そうさな……いや、しかし、あの女はわりにしっかりしているようだ。おとなしそうにみえて、芯《しん》はしっかりしている。お前と反対だ」

「こんどの、新しい女《ひと》はどうなの」

「これは全く、なよなよしていて目がはなせない――まあいい、そんなことどうだっていいが、ともかくお前の元気な顔を見て安心したよ」

子供たちは出ていて、吉祥しか家にいなかった。吉祥は新しく描いた絵を何枚も見せてくれた。虫やら花やら、雀《すずめ》、鶏などの絵が多かった。じっと手もとや足もとの世界をのぞきこんでいる吉祥らしかった。虚弱な体質で、頑健《がんけん》な兄たちのように外を走り廻《まわ》れない彼は、家の中で絵を描いているのが、いちばん好きなのだろう。

「赤ちゃんのときは丈夫だと思ったのに……」

と私は乳母《うば》にいった。吉祥の乳母は、吉祥を溺愛《できあい》しているといってもいい。もう少年の彼を、いつまでも幼児のように扱って、厚着させ、いたわっていた。

「お母さまはもう、ちがう匂《にお》いになったのですね。香《こう》を変えた?」

そんなところに興味をもつのも吉祥らしかった。

「いいえ、変えないわ。どうして?」

「いままでとちがう匂いになったみたい」

それは宮中の匂いかもしれない。別次元の世界の匂いを私は、はこんできたということかもしれない。

家にいると、あいかわらず人の出入りは多かった。こまごました日常の雑事が、家にいる私になだれおちてきて、宮仕《みやづか》えの疲れをやすめるどころではなかった。私はたまらず、私自身のもちものである三条《さんじよう》の小さい邸《やしき》へいった。浅茅やら下人《げにん》たちがきれいに掃除しておいてくれたが、人住まぬ邸はどことなく、好もしい荒廃のすがたになっている。もっともここには、左近《さこん》という古女房がいて、留守を守っていてくれる。

私はそこで、ゆっくり横になった。

一人きりで。

(ああ、一人きりというのは、なんといいものだろう……。弁のおもとのような生活になったわ)

と私は思った。父母を亡くしてひとりになった弁のおもとが、二条《にじよう》邸の貴子の上のもとから里下《さとさが》りするとき、こういう風に、のびのびと手足をのばして、心身をくつろがせているだろうと思われた。

しかし、私と弁のおもととでは、条件がちがう。私にはまだ、則光や、彼の家がある。そこにいようと思えば、いつでも帰って身をすくめられる穴があるのだ。しかし弁のおもとは、そういうものをもっていない。いろいろ、秘密めかしい、心そそる男たちを、人知れず持っているかもしれないが、それは決して、けものの巣のような安全な籠《こも》り穴ではないはずであった。

そこへくると、私は、自分がその気にさえなれば、たったいま宮仕えをやめて、安全な穴へ逃げこめるのだ。則光とは身内のような感じになって、一生つき合っていけるだろうし、死に場所はあるわけだ。弁のおもとの、孤独と裏合せになった、「死ぬほど強い自由感」は、まだ私にはなかった。

三条の小さい邸で、私はやっと自分をとり戻した。則光のもとでも御所《ごしょ》の中でも得られない平静さをとり戻した。もはや私は、宮仕えの疲れを癒《いや》すのに、則光のところより、三条邸の一人の時間をえらぶであろう。

時に吉祥が恋しくなる。けれども、吉祥への愛恋の思いは私をせつながらせて、むしろ会うのをいとわしくさせてしまう。夜中咳《せ》きこんで苦しむ、吉祥のたたずまいを思い浮べただけで私は目に涙が浮んでしまう。いとしがりながら、いとしさのあまり、会うと疲れる。

吉祥から逃れようとするくらい、吉祥を愛しているのかもしれない。それやこれやで、よけい私は、則光の家にいると疲れるのであった。則光は吉祥を憎にするつもりでいるらしい。

子供がたくさんいれば、一人は僧にするのが、世のならわしだけれども……そして、中《なか》の関白家でも、定子姫の弟君が、美しい少年僧になっていられるけれども。

吉祥の母が生きていれば、やはり吉祥を僧にしたいと思うであろうか。それからそれへと考えつづけると、

（ああ……疲れることはあとで考えよう）

と思ってしまう。

そして休みがおわり、再び宮仕えに出る予定の日がくると、私の心身には、みずみずしい元気が湧《わ》いていた。たぶん私はこのあとも休みのたび、三条の邸へもどり、やがて則光の邸へは足を向けなくなるかもしれない。

宮中ぐらしは身に沁《し》むおもしろいことが多い。ことに夜は。

夜行の近衛舎人《このえとねり》が、一刻ごとに時刻を奏《そう》する声も仄《ほの》かに聞こえる。寒い夜半、沓音《くつおと》をたて、弓弦《ゆづる》をうち鳴らし、

「なんのなにがし」

とわが官姓名をなのって、

「時《とき》、丑《うし》三つ」

などとはるかに言っている。

そういうとき、しずまり返った宮中の、深夜の静寂《しじま》、清涼殿《せいりようでん》の渡殿《わたどの》の西廂《にしびさし》あたりから、笛の音が流れてきたりする。

主上《うえ》がお吹きになっているのだった。

笛の音というもの、ことにもゆかしいものであるのに、深夜、若き主上がねむれぬままに吹きすましていられるめでたさ、

（ああ……宮中にいるんだわ）

と深い満足のうちに、いつかまた、うとうとと眠りに入るのは、幸福なものなのだった。

宮中のしきたりもめあたらしい。参ってすぐのころ、豊明《とよのあかり》の節会《せちえ》がある。やがて御仏《おぶつ》名《みよう》の日がくる。十二月である。

仏名には地獄絵のお屛風《びようぶ》がひろげられて、中宮がごらんになる。私は、地獄の絵など気味わるくてたまらないので、わざと見ないでいる。

「少納言。ごらんなさい、これ。後世《ごせ》のために見ないといけないのよ」

と仰《おお》せられるが、私は小部屋にかくれて寝たふりをしていた。私は血みどろの針の山や大釜《おおがま》で煮られる罪人やらの絵を見ると動悸《どうき》がはげしくなって、胸がわるくなるのだ。中宮は私をおからかいになって、どうかして見せようとなさる。

雨が降って退屈だというので、上《うえ》の御局《みつぼね》に殿上人《てんじようびと》を呼び、管絃《かんげん》のおあそびがある。琵《び》琶《わ》は道方《みちかた》の少納言、笛は行義《ゆきよし》（蔵人《くろうど》）、経房《つねふさ》の少将《しようしよう》は笙《しよう》の笛、おもしろい音楽会となっ

た。琵琶を弾きやんだとき、伊周大納言が、ゆるやかに誦《ず》し出された。

「琵琶、声やんで、物語りせんとすること遅し……」

それは白楽天の「琵琶行《こう》」の一節である。

あまりのゆかしさに私は起き出て、そっとうかがっていたら、

「まあ、地獄絵の屏風は見ないのに、こういうことだと起きてくるのね」

と中宮はいわれて、人々が笑う——でも中宮にも、そういう心ときめきはおわかりになったと思う。

「わたくしも、本当はそうなのよ……地獄のうとましい絵など見て後世のために修行《しゆぎよう》するより、この世の美しさ、めでたさのほうに心ひかれるわ……きっと、仏さまのバチがあたるでしょうね」

と仰せられる。

「そんなことがございますものか」

私は力こめて中宮に申上げる。

中宮はふとお目の色を輝かされて、

「ねえ、少納言。わたくしを大事に思う？」

「はい……それはもう……」

と私がいうなり、台盤所《だいばんどころ》のほうで、ひときわたかく、誰かがくしゃみをした。くしゃみは、うそをつくと出てくるもの、と世間でいわれている。

「あらいやだわ。少納言はうそをついてるのね。いいわ、それなら」

と中宮は、怒ったふりをなすって、奥へ入ってしまわれる。

なんの、うそであるものか、いったいまあ何だって、この大切なときにくしゃみなど、誰がしたのかしら、にくらしい。

とは思うものの、まだそれをこまごましく訴えるほど、私はものなれていない。

夜があけたので部屋へ下《さが》ると、使いがきた。中宮からの美しいお手紙である。うすみどりのしゃれた薄様《うすよう》に、

いかにしていかに知らましいつはりを
　空に糺《ただ》すの神なかりせば

まだ私がうそをついたと思っていらっしゃる（むろん、ご冗談で、怒ってみせていらっしゃるのだ）。

私はもどかしいやら、うれしいやら、口惜しいやら……。

ああ、でも。

お返しの歌を按《あん》じながら、中宮に対する、つきせぬ敬愛の心が湯のように身内をあたたかく浸《ひた》すのを私は知る。私は、私の身の死に場所をいま、知った。それは則光のもとでも、三条の一人きりの邸でもない、中宮のお胸のうちである。

7

まったく宮中ぐらしほど面白いことがこの世にあろうか。

そこにはすべてのものがあった。男も女も奢侈《しゃし》も栄華も。

権力も阿諛《あゆ》も、粋《すい》も不粋《ぶすい》も、典雅も俗悪も。

そしてその頂点に、光り輝くのは、若き主上《しゅじょう》と、美しき中宮《ちゅうぐう》であられた。

中宮のいられる後宮《こうきゅう》は、自由暢達《ちょうたつ》だった。弁のおもとのいう通りだった。定子《さだこ》中宮のいられるところ、つねに活気とはなやぎと明るさにみちみちている。中宮は、

「ぱっと目に立つ」

華やいだものがお好きなのであるらしい。人に内省を強《し》い、静謐《せいひつ》を要求し、悲観を教え、その裏にあるものを考えさせる、そんな空気よりは、

「率直で」

「単純、純真で」

「日を仰《あお》ぐような」

明るいところ、光あるところへ向きつづける花のような考え方がお好きなのだった。沈んだ人をも浮き浮きさせてしまう、そういう充実した、はなやぎの、生命力をたくましく持ちつづけていらっしゃる。

それこそ、私自身の持っているものだった。

それこそ、私の父・清原元輔《きよはらのもとすけ》が持っていて、私に伝えてくれたものだった。父は本音の真実を語り、見透すことを教えてくれた。洒脱《しゃだつ》で剽軽《ひょうきん》で、やさしくて、あかるかった。私は中宮のおんもとで仕えてはじめて、父と同じ空気が、なおこの世にあることを知った。

小左京《こさきょう》の君のいい草ではないが、私にはこの御所《ごしょ》の食事《めし》が美味《おい》しくてならぬわけだった。

でも陰気な小左京の君は例外で、この後宮に仕える女房《にょうぼう》たちは、みな、中宮に感化されていた。中宮のきらきらしい明るさ（それは華美で驕慢《きょうまん》というのでは決してない、中宮は傲《おご》りたかぶるということはおありにならない。純真で、率直なかたなのだから）、それが微細な金粉となって、お仕えする人々にくまなくふりかかる、というようなものだった。

私たち女房はいつも、こころはずみをもてあましていた。そうして、巨大な男の世界、大内裏《だいだいり》のうちで、ここ後宮の登華殿《とうかでん》ばかりは、女の世界であった。私たちは、大っぴらに男をからかったり、批判したり、ちょっかいを出したり、嘲弄《ちようろう》したりした。

ただそれは、中宮の威をかさにきて、男どもをかろんずる、というのでは決してないのである。男たちに親和の感情をもてる、その発見に狂喜して心たかぶる、そういうものの照り映えなのである。

ほんとうに私は、男たちをおびただしく身近に見て興奮してしまった。男たちにものをいい、返事をされる、その楽しさにうわずってしまった。

まして、「中宮にお側《そば》近く仕える女房の、少納言のおもと」ということで、しかるべき男たちに畏《かしこ》まって返答されると、はじめの頃など有頂天《うちようてん》になってしまった。私のほかの女房たちも、男と対等に話をする愉快さに、人生の充実を感じているようである。

何て面白いんだろう！

いろんな男と、しゃべるなんて。

男ってまた、何て面白いものなのだろう！

いままでは、則光《のりみつ》の兄弟や客がきたとき、物越しに、短くうけ答えしたり、そっと覗《のぞ》いたりするだけだった。その男たちは全くもう下品で野卑《やひ》で、実《み》のある会話などできゃしない。何かの行事で見る、お歴々《れきれき》の殿方《とのがた》は、みな立派だったが、それはよそながらふり仰《あお》ぐだけだった。

ところが、いま、それらの人々と、じかにモノがいえるようになったのだ。私たちは興奮している。ちゃんとした、すぐれた教養・見識のある殿方とおしゃべりしたり、ふざけ合ったりすることを、心から、よろこんでいる。

　その親和感はまた、男たちにも感染するらしい。だから私たちが、男のひとをからかっても、決してそれがほんとの、悪い意味の嘲弄でないことを彼らも知っており、喜んで応ずる。

　そんな、男たちとの交遊の場を知ったことだけでも、宮仕えに出た幸福というものである。

　幸福に酔う私は、里下《さとさが》りして則光の邸へ帰るたび、則光を相手にひとしきり、しゃべらずにはいられなかった。

「実方《さねかた》の中将《ちゆうじよう》が、こうおっしゃった」

「隆家《たかいえ》の君が……」

「伊周《これちか》の大納言《だいなごん》たら、こうなのよ」

　私は夢中でしゃべっている。

　則光はあらわに不愉快な表情をみせて、

「そんな雲の上人《うえびと》の話、おれには興味がないよ」

と遮《さえぎ》った。そっちには興味がなくても、こっちには興味があるのだ。私は、私の新しい生活に、則光も興味をもってくれるもの、とばかり思っていた。則光の関心は急速に私の生活から逸《そ》れていくようであった。

　何度めかの里下りのとき、私は、家のようすがどことなく違うのに気付いた。——物の置きかた、戸の開《あ》け閉《た》て、更には、東に、新しい一棟《ひとむね》が建て増されていた。まだ出来上っていないらしく、職人が出入りして、わずらわしかった。則光は白い小袖姿《こそですがた》のままで、いそがしく指図していた。

「建て増したの？　小鷹《こたか》でも、あちらに住むの？」

と私は訊《き》いた。

「あれ、いわなかったっけ、この前のとき」

と則光は、嘘《うそ》をついているのではない、しんからびっくりしてそういった。

「来るんだよ、あいつが。邸《やしき》を火事で焼いてしまってさ」

「あの、花ぬすびとの家の女《ひと》なの？」

「いや」

と則光は口少になったので、私には、そのあとの、べつの、新しい女だとわかった。

「そうなの、それじゃ、あたしの帰る家はなくなったってわけね」

「なぜだよ。お前のモノは今まで通り、ちゃんと、部屋に置いてあるんだから、ここへ帰ればいい。あいつは東の棟に住まわせるから大丈夫だ」

「いやよ。家の中にホカの女の息のぬくもりがあるなんて、まっぴらだわ」

私は、思いがけないことを聞かされたので、すこし語調が強かったかもしれない。それに誘い出されるように則光の言葉も険《けん》をふくんだ。

「何をいってるんだ。お前はろくにここにいやしないじゃないか。女あるじのいない家がどれだけだらしなく、しまりなくゆるんで困るか、想像したこともないだろう。おれはあれこれ気苦労して疲れてしまった。それに外へ通うのも、追い追い面倒だ。十九やはたちの若い身空じゃ、それも楽しいがね。自分の邸があるのに、なんで寒い時季に夜のちまたをうろつかねばならんのかと情けなくなって、折から、あいつの邸が焼けたのをいい機会《しお》に、ここへ引きとることにしたんだよ」

則光は一気にいい捲《まく》って、面白くない顔色である。

私は則光の言葉に理があるぶんだけ、腹をたてた。

「あんた、十年宮仕《みやづか》えしろ、疲れたらいつだってやめればいい、といったじゃないの。だから、あたしは出たんです。なのに、一年半もたたないうちに、もうホカの女を引き入れてあたしを追い出す魂胆なのね」

「のぼせたことをいうなよ。お前はもう、内裏住《うちず》みの方が魅力があるんだろう？」

則光は、マトモにそういう。

この男のことだから、ひやかしたり皮肉をいったりするのではないのである。もし、あてこすりの気味が匂《にお》ってくれば私もカッとしたかもしれないが、あまり正面切っていわれたので、私は冷静に引きもどされた。

「そうかもしれない。あたしにそんなことをいう資格はないってことなのね？」

「おいおい、そういわれると返事のしようがないじゃないか。おれだって、淋《さび》しいんだよ。小鷹《こたか》たち男の子は、男親には寄りつきもしないしな。ここでおれ、お前がいなくなってから毎晩、どうやって過ごしてると思ってたんだ」

「花ぬすびとの家の女のところへいったんだ、と思ってたわ」

「そりゃ、行きもするが、毎日、行っていられない。この邸のるすも気にかかるし、吉《きっ》祥《しょう》はよく寝込んでるしな」

そういえば吉祥は、今日は清水寺《きよみずでら》へ詣《まい》っているとかで姿を見せなかった。

「妙なやつだ。寺詣《まい》りと歌が好きだ。おれの最も好まないことばかり、好く」

「その、東の対《たい》の女の人はどうしていて？　あたし、会ってみたい。三人でお酒でも飲まない？」

「吉祥といっしょに、清水寺へいったよ」

ふしぎや――則光がこの邸へ、女を迎えるといっても、さして強烈な嫉妬《しっと》は感じなかったのに（それは、面目を潰《つぶ》された、というような虚栄心であって、嫉妬とは異質の感情である）、吉祥がその女と共に清水寺へ参詣したときくと、吉祥とその女の精神の交流に私は嫉妬していた。吉祥への愛情は、私にまだ残されているらしかった。

来るたびに、則光の邸は、私との絆《きずな》を一つ一つ、解いてゆくように思われる。見なれた則光の顔は、たしかに私をくつろがせはするが、宮中との生活次元の違いは、しだいに大きくなってゆく。

私は三条《さんじょう》の自分の邸で、手足を伸ばしてくつろぐほうがいい。孤独の味が強くなり増さるにつれ、宮中での暮らしの魔力にいよいよとり憑《つ》かれてしまう。

三条の邸は、全く、人の訪れないところで、左近《さこん》という古女房と、則光の邸からついてきてくれた下男の爺《じい》やと、その娘夫婦が、るす番をしたり用を弁じたりしてくれる。それでもあるとき、私のうちに客があった。珍しい男客、実方の中将かと胸とどろかしたが、全く見も知らぬ従者たちである。忍びやかに車をとどめて、使いの口上によると、

「藤原棟世《ふじわらのむねよ》と申します。お父君《ちちぎみ》・元輔《もとすけ》どのとはお言葉も親しく交した仲のもの。もしやわが名もお聞き及びかとも存じますが、……」

というのであった。

この人の名を、私はことさら父から聞いたことはないし、あちこち歴任した、あまたいる受領《ずりょう》の中の一人なのだろう、記憶にもとどめていないが、何ごとなのだろうといそいで招じ入れ、御簾《みす》をへだてて会うことにした。

棟世《むねよ》は、意外に、四十五、六の貫禄《かんろく》ある中年の男性だった。父と親しく話を交した、というからには、それはそうもあろうけれど、棟世は父とちがい肉づきのどっしりした、目鼻立ちのりっぱな男で、太い声はのびやかに、表情は卑《いや》しくなく、ゆったりと笑《え》みをふくんでいた。

「突然、参上して申訳ありませぬ。ただいま、若狭《わかさ》から所用でもどりました所で、塩干《しおぼし》でございますが、生きのよい魚をお召し上り頂こうと存じましてな。あちらの、則光どののお邸にもおいてまいりましたが、あなたさまが、ここへお住まいと伺いまして」

大きな櫃《ひつ》に、魚や貝、茹《ゆ》でた蟹《かに》のたぐいがどっさり詰められているのだった。

「こんなにたくさんはとても……」

「どうぞご朋輩衆《ほうばいしゅう》でお召し上り下さいませ。寒い折でございますから、日保《ひも》ちが致しましょう。途中まで若狭の氷を詰めてまいりましたが」

「まあ、若狭から……」

「任地でございます」

棟世はしかし、若狭の話よりも、自分と父のかかわりの話をした。棟世の父は保方《やすかた》であるが、祖父の経邦《つねくに》の娘に右大臣師輔《うだいじんもろすけ》の室となった人があって伊尹《これただ》の君《きみ》を儲《もう》けている。私の父の元輔が「後撰集《ごせんしゅう》」の編纂《へんさん》をしたのは、その伊尹公のもとにおいて、であった。

「お親しくして頂いた元輔の君ご遺愛のあなたさまを、よそながらゆかしく思いつづけておりましたが、その気持ちをお伝えする折もなくて。いや、このように、急に思い立ったのも、何かのご縁と存じましてな」

私は父のことを話題にできる客が嬉《うれ》しかった。

思わず、話が弾《はず》んだが、彼は切りのよいところで、

「ではまた。たべものをお持ちしての長居《ながい》は感心いたしません。こんどは手ぶらでゆっくりとまいりましょう」

と私のいおうとしたことを先にいった。そのへんも物なれてめやすい感じである。

しかし彼には、世故たけた狡《ずる》さはなくて、私に会って（むろん、物越しであるが）心から喜んでいる風だった。則光の妻という身分でいるときは会えないが、中宮《ちゅうぐう》の御殿《ごてん》に

つとめる少納言のおもとならば、男客が訪問することもできるわけである。

「お父上のお話などをまた……」

といって帰っていった。中年男のもったいぶった物々しい気取りも、尊大さもなく、貫禄《かんろく》のある物腰ながら、気がるなところがあって、要するに私にとっては、感じのわるい男ではなかった。

御所に勤めていると、そういう好もしい男にいっぱい、会えた。また、いけ好かない男も、それと同数ぐらい、いる。

何度もいうようだが、なんてまあ、男というものは（女もそうだけれど）千差万別なのであろう！　その千差万別が、私には面白く興ふかくてたまらない！

私はほんとに、人間が好きだ。いろんな人間の生きている、この人生が好きだ。

内裏《だいり》の登華殿《とうかでん》の細殿《ほそどの》、――私たちの局《つぼね》（部屋）がある、西廂《にしびさし》の目の前は清涼殿《せいりようでん》へかよう男たちの通勤路である。部屋で女房たちがいっぱい集まって話に興じたりしている、その前の道を、小綺麗《こぎれい》な召使《めしつか》いの少年や、青年の従者が通ってゆく。

それらを見るのも心おどるものである。

結構な包みや袋などに、主人の衣類なぞを包んでいる。その端《はし》から指貫《さしぬき》の括《くく》り緒《お》なぞがのぞいて見えたり、弓や矢や楯《たて》など持ってゆくのは好奇心をそそられるものだ。

「どなたのなの？」

と私たちはつい、声をかけたくなってしまう。

この答えかたで、主人の人柄やしつけ方があらわれる気のするのも、面白い。

「誰それ様のでございます」

とかしこまって答えてゆくのは、率直で、くせがなくていい。へんにひねって、

「お当てになって下さい」

などと気取ったり、目くばせして、

「よくご存じの……」

などとキザにいったりする、世間ずれ、女ずれした青年や少年は、いやらしい。彼らを使っている主人たちも、大方、気取ってキザな男だろうと思われたり、する。

といって、あんまり世なれず、おどおどして、まっかになって返事もできないという従者も面白くない。

また、かといっても、まるで女を小バカにしたように返事も与えないで、つんとしてゆく従者などは、

「あの主人はきっと、女性蔑視《べっし》よ」

と私たちににくまれてしまう。

また、無骨《ぶこつ》この上なく、むっつりして、

「知りません」

と取りつく島もないのも、

「情知《なさけ》らずのあるじなのよ、きっと」

とワルクチをいわれる。

「あなたたちが集まっている前を通るなんて、そりゃ、従者の若い人にしてみれば、死ぬ思いなのよ、きっと」

と中宮はおかしそうにお笑いになる。

「そんなにからかってはかわいそうだわ」

「からかっているわけではございませんわ。これも、あの男たちのいい勉強でございますから——。殿方《とのがた》の勉強の第一は、女性への返事がうまくできること、と申しますもの」

というのは、すこし意地悪で、特異な雰囲気《ふんいき》の右衛門《うえもん》の君である。もう三十近い年頃、髪も少なくなっているが、ほそ身の体つきが美しい。背がやや高すぎ、ほそての顔に険があるのが難点だが、美人といってよい。

「でも、あなたたちが先生では、あの男たちの勉強も、辛《つら》いものになるでしょうよ」

と中宮は声あげて笑われる。私たちが何やかやいってもとにかく、男たちを楽しんでいる、それを、先刻ご承知でいらっしゃるらしい。

そういう楽しみは、殿上《てんじよう》の名対面《なだいめん》でも、心ゆくまで味わうことができる。

殿上の名対面ほど面白いものがあろうか。

毎夜、亥《い》の二刻（午後九時半ごろ）、清涼殿の殿上《てんじよう》の間《ま》で、殿上の宿直人《とのいびと》の点呼がおこなわれる。

ついで滝口《たきぐち》の名対面がある。

まず、その刻限になると、蔵人頭《くろうどのとう》が孫廂《まごびさし》の端《はし》に腰をかけ、当番の六位の蔵人がその側《そば》にいて、

「誰々《たれたれ》か侍《はべ》る」

と呼ばわる。

上の戸のほうには殿上人、壁のほうには六位の蔵人、それぞれに、上位の人から順に進み出てひざまずき、姓名を名乗るのである。

もしこのとき、主上の御座ちかく伺候《しこう》している人は、わざわざ殿上の間へ戻って点呼を受けることなく、主上のおそばでそのまま、点呼を受けるわけである。

名対面がすむと、宿直《とのい》の人々はどやどやと出てゆく。

この、男たちがわが名を名乗るとき、私たちは弘徽殿《こきでん》の上《うえ》の御局《みつぼね》の東面《ひがしおもて》で耳をすましてきくのである。

実方の中将の名がひびくと、私ははっと胸ときめくが、きっとそういう思いは、ほかの女房たちもおぼえがあるのだろう。それぞれの恋人たち、夫、かくし夫《づま》、あるいは、もう寄りついてもくれなくなった不実な夫や昔の恋人の名が女たちの耳に入る時も、あるかもしれない。

「あのかた、いいお声ね」

「お名前もいいわ。まろやかなひびきのいい名で好きよ」

「あら、名前じゃなくて、ご本尊のほうがお好きなんじゃない？」

「でも、あのかた、お声はいいけど、風采《ふうさい》はもうひとつよ」

「〇〇の君は、お声がわるいけど、人柄はいいわよ。そう思うと、お声までききよくなってくるわ」

などとかしましいこと。

殿上の名対面がすむと、今度は滝口《たきぐち》のそれで、滝口の侍《さむらい》が東庭に居並ぶ。当番の蔵人が孫廂《まごびさし》の板を大きく踏み鳴らし、咳《せき》払いをすると、侍たちは二度鳴弦《めいげん》する。

「誰々《たれたれ》か侍《はべ》る」

という蔵人の問いに答えて姓名を名乗るわけであるが、このとき、人数が少ないと点呼はとらないわけである。「名対面いたしません」と滝口の侍がいうと、型のごとくに蔵人は、

「なぜか」

と問う。侍は支障の理由をいい、蔵人はそれをきいて帰るのである。みな、きまったことである。

蔵人のなかに、源 方弘《みなもとのまさひろ》というのがいる。これが一風かわった変人で、粗忽者《そこつもの》である。ふざけるのが好きな若い公達《きんだち》たちは、方弘が、滝口の侍の名対面《なだいめん》しない理由を型のごとく聞くのへ、うしろからつついて、

「おい、けしからんじゃないか、もっと侍を責めろ、なぜ人数が足らんのだ、怠慢じゃ

ないか、責任をとれ、と叱《しか》ってやれ」

などとささやいたりする。

普通の蔵人なら、こんなことはしないのだが、方弘は真《ま》に受けた。うしろからつつかれて、そう言わねばならぬものと思い込み、

「けしからぬ、なぜ名対面の人数が足らぬのだ、怠慢だぞ、責任をとれ！」

と叫んでしまったのだ。

人々はあっけにとられ、庭上に控えている滝口の侍たちは、御前ちかいのも忘れてげらげら笑い出してしまった。いまだかつて、規則以外のこんな無茶をいう人はなかったのだもの。

方弘の悪名が、なおそれで高くなってしまった。

私はほんとうに感心する。全く、一つ一つのことについて、いま生まれたばかりのようにびっくりしてしまう。方弘のような、突拍子《とっぴょうし》もない人間がこの世にいるなんて、思いも染めないことであった。なんと私って世間知らず、人間知らず、物知らず、だったのだろう。

方弘という男は、失敗談の限りもなく多い男なのである。まだ二十二で、こうなのだ。色はのっぺりと白く、眼は頓狂《とんきょう》に見ひらかれ、鼻の下はわりに長く伸びている。そうしてその下の唇《くちびる》は、男にしては赤味を帯び、口元の表情がどこか、しどけない。すぐゆるんでしまうので、表情自体、あやふやな所がある。

この男は前に、御厨子所《みずしどころ》の御膳棚《おものだな》に、きたない沓《くつ》を置いていた。御厨子所は、いやしくも、主上《しゅじょう》のおめしあがりものを置く棚である。

沓をおく棚は、べつのところにあるのに、方弘は、まちがえるにことを欠いて、神聖な供御《くご》の棚に置いてしまった。

「誰だ、こんな無礼なことをした奴は！」

と、内膳司《ないぜんし》の役人はかんかんである。

「ひどい奴《やつ》だ！　犯人がわかったら、大目玉をくらわしてやる」

女官《にょかん》たちはとりのけながら、

「知りませんわ」

「どなたのでしょうね」

といっていた。あるいは彼女たちは方弘のだと知って、いそいでかばってやったのかもしれない。

当の方弘は、人々と同じように、

「ひどい奴だなあ」

とのんきにいっていたが、とりのけられる沓を見ると、自分のではないか。

「やや！　私のだ。私の沓だよ、それは」

とよけいなことをいい出して、またまた、大さわぎになった。

男にもあんまり賢明でない男がいるってこと、私も知らないではなかったのだが、それにしても、知識と実見とは、雲泥の相違がある。この方弘なんぞ、度肝《どぎも》をぬくようなことをたびたびしでかして、私の男性研究に奥ゆきを増してくれるのだ。

世間は方弘を物笑いのたねにして退屈を紛らせているが、親御《おやご》の身になれば何と思うであろう。こういう、半ちくな人間を社会に送り出しても、親にしてみれば、欲目で、人に愛され、愛嬌《あいきよう》よい息子《むすこ》、と思っているかもしれない。しかし世間のあくどいことといったら、方弘に仕えている従者にまで、

「おい、何と思って、あんな主人に仕えているんだね」

とからかう始末である。

方弘の妻や母がしっかりしているのか、家事はきちんと、とどこおりなくゆきとどいている家とみえ、着ている物は、人よりよいものを小ざっぱり着付けている。それだけでもほめてやればいいのに、

「せっかくの着物も、方弘が着たんじゃもったいないや」

とまでいうのである。

まあしかし、いわれても仕方のないところが方弘にはあって——たとえば、宿直《とのい》をするについて、家へ宿直の装束《しようぞく》をとりにやる、

「男二人でいけ」

と方弘はいいつけるのである。

「いや、一人で持ってこられますが」

と男がいうと、

「無茶をいう奴だ、装束は二人分ある、一人で二人分のものをもてるか、一升瓶《ひとますがめ》に二升《ふたます》はいるものか」

ととんちんかんなことをいって、皆に大笑いされる。

あるいは、よそから使者が来て、

「お返事をはやく」

というのを、方弘はぷんぷんして、

「何をいそいでいるんだ、腹の立つやつだ、まるでかまどに豆でもくべたようだ。おい、この殿上《てんじょう》の間《ま》の墨や筆はどいつが盗み隠したんだ。飯や酒ならばこそ、人も欲しがりもしようが……」

という方弘のつぶやきをきいて、人々の笑うこと、笑うこと。

東三条《とうさんじょう》の女院《にょういん》がご病気になられて、方弘は主上のお使いでお見舞いにいった。帰ってきて、

「院の殿上には誰々《だれだれ》がいたの」

と聞かれ、誰それ、と指折って答えたが、

「ほかには？」

としつこくきかれて、

「ええと——それから、寝てる人と……」

ご病臥《びょうが》中の女院のことをそういったものだから、みな人は、ひっくり返って笑う。除目《じもく》の中の夜のことだった。灯油をつぎ足す役目の方弘は、灯台《とうだい》の敷物を踏んで立っていたものだから、襪《したうず》がぴったり、油単《ゆたん》の敷物にくっついてしまった。それを知らないで歩き出したものだから、灯台はひっくり返ってしまった。ぱったん、ぱったんと敷物は方弘についてあるく。灯台の油は流れる。一座はまるで大地震のように笑いどよめいた、とか。

もっとも、これは県召《あがためし》の除目《じもく》の議定《ぎじょう》の座のこと、私は見たわけではなく、口から口へと伝えられる噂《うわさ》で知ったのである。

また、蔵人《くろうど》たちの食事は、殿上の間でおこなわれるが、この食卓には、蔵人頭《くろうどのとう》が着席せぬ限りは、誰もつかない。それなのに、方弘は先に、豆一盛《ひとも》りをこっそり取って、小障子《こしょうじ》のうしろへ入って食べていたものだから、誰かが小障子をひょいと取りのけ、姿を見あらわされて、笑われること限りなかった。

方弘を私も、人々と同じに嗤《わら》いながら、それには、ある感動さえ、あるのだ。いろんな人間が、この世にはいるものだ、という感動なのだ。

そして私は、あの、おちつき払った中年男の藤原棟世、あの男の、不意の訪問も、何か裏があるのではないか、と考えつくようになっていた。

世間を知る、ということは、人間の言葉の裏を引っくり返して見る、ということかもしれない。

宮仕《みやづか》えしてはじめての正月は夢のうちにすぎた。空の景色《けしき》もうららと、宮中の行事の、世間とさま変わっためでたさ。雪間《ゆきま》の若菜《わかな》を摘《つ》む七草《ななくさ》の節句《せっく》、白馬《あおうま》の節会《せちえ》。昔は外から見たお馬渡しの儀式を、いま私は宮殿の中から見る。

あのころ、ちらちらと見える宮殿の内の人々の姿が、里人の私の目には月世界の天人のようにみえたっけ。

十五日の小正月は小豆粥《あずきがゆ》を食べる日で、粥を煮る焚《た》き木を粥杖《かゆづえ》にして、女性のお尻《しり》をぶったりする、無礼講《ぶれいこう》の日である。粥杖で、女人の臀《しり》を打つと、男の子が生まれる、といい伝えられている。定子中宮《さだこちゅうぐう》も、そ知らぬ風で近づいた乳母《めのと》や女房に、何度打たれなすったか、わからない。そのたびに明るい笑い声があがる。

正月の、大きな世間の関心事は、除目《じもく》であろう。かの、方弘が嗤《わら》いものになった県召《あがためし》の議定《ぎじょう》である。これは正月九日から三夜にわたって行なわれる。

私はその昔、父が生きていたころのことを思い出さずにいられなかった。あのころは家にいて、父と共に、よい知らせを胸とどろかせて待っていたものだ。よい上国《じょうこく》の国の守《かみ》になれますように、と、一族郎党《ろうどう》あげて祈り願っていたっけ……（その願いは、むくわれること少なかったが）。

いまはこうして、あべこべに宮中の内から、猟官《りょうかん》運動に狂奔する人々を見ている。

雪が降る中を、申文《もうしぶみ》（任官の申請文）を持ってあるく無官の人たち。彼らは有力者や権門《けんもん》の家や、あるいは後宮の御殿にまで、それらをくばりあるく。

それも、若々しい青年たちなら、明るくておもむきがある。壮年の者なら、頼もしくも見えよう。

しかし、かしらも白くなり、老いぼれ果てた人々が、取り次ぎをたのんで必死にとりすがっているのは、見ていて切ないのである。

女房《にようぼう》の部屋などへ来て、自分の取《と》り柄《え》や長所を得々と披露《ひろう》し、若い女房たちが、肘《ひじ》をつつきあって忍び笑いしているのもおかまいなく、

「よろしく、お伝え下さい、頼みます、これこの通り」

と手すり、足すりしている。私の父も老いてまで任官運動に奔走していたが、でもきっと父なら、あんなみじめなざまはみせなかったと思う。――そして私はいまになって思いついた、かの弁《べん》のおもと、あの人が私の父のことを語るとき、おのずと熱が入って、身びいきするような口吻《くちぶり》が匂《にお》ったが、あれは、ああやって任官運動に、父が、弁のおもとを訪れたことが、きっかけになったのではなかったろうか。

(今では私は、父と弁のおもとに愛情関係が存在したことを信じはじめている)

そしてもう一つ思いついたこと。

かの、棟世の訪問は、この正月の除目に関係がありはしなかったか?

8

嬉《うれ》しいもの。

新しい物語の、一の巻《まき》だけ読んで、続きをぜひ読みたいと思うのに手に入らない、それがやっと手に入った、しかもたくさんあって、これで当分、楽しめると思うときの嬉《うれ》しさ。

(もっとも、読んでみて案外つまらなくてがっかりするときもあるのだけれど)

恐ろしい夢をみて、夢解《ゆめと》きの者を呼んで話したところ、それをうまくめでたい方に解いてくれたのなど。

人の破り棄てた手紙などを、

「ちょっと……これ、続きじゃない？」

と右衛門《うえもん》の君がひそかに拡《ひろ》げて見入る、私ものぞいてみると、つらつらとうまく続いていて、その面白いことといったら……。

「あら、人の手紙なんか見てはいけないわ、お止しなさいよ」

と中納言《ちゆうなごん》の君が眉《まゆ》をひそめる――この中納言の君は、宰相《さいしよう》の君とともに、上﨟女房《じようろうにようぼう》で、身分も重い、古参女房であるが、私の見たところ、才気はあまりなく、実務家である。後宮《こうきゆう》の運営、人々のたばね、といった方面の実際的な面の才能はあるが、社交や応酬《おうしゆう》の面白みはない人である。私は今では、式部《しきぶ》のおもとに聞いた予備知識以上に、後宮の主だった女房について、あらましの輪郭を自分のあたまで描くようになっていた。

私の今までの世界は狭いけれど、弁のおもとに連れられてこっそりのぞいた東三条院《とうさんじよういん》のお邸《やしき》、それから兵部《ひようぶ》の君の袖《そで》の下にかくれてそれとなく見せてもらった土御門《つちみかど》邸（これは中宮大夫《ちゆうぐうだいぶ》、道長《みちなが》の君のお邸である）、そこで会ったさまざまの女房たち、姫君《ひめぎみ》たち、そして顔も知らぬけれど亡《な》き母のお仕えした、という縁で、父が小野宮《おののみや》家へ参上するとき、そのお邸へも連れられたことがあった、そこでそれとなく、多くの人をかいま見た、そんなことどもが私の見聞を、いくらかは（少なくとも小左京《こさきよう》の君などよりは）広くしてくれていた。

また、諸所の名邸のたたずまいも見ていた。

則光《のりみつ》――かつての夫、といった方がいいかしら、すでに則光と私のあいだには、文さえ通わせ合うことはなくなっている。そしてかの、心のこりの唯《ただ》一つのものであった吉《きつ》祥《しよう》も、いまは横川《よかわ》へ修行《しゆぎよう》にいっていた。僧になったのである。嬉しいことに、心の平安が体の健康をもたらしてくれたのか、吉祥は「元気でいる」ということであった――

その、かつての夫の則光は、私の出あるき好き、好奇心の強さに辟易《へきえき》していたものであるが、そのおかげで私は、宮仕《みやづか》えをしても全くちがう世界へ突然はいったという、落差の衝撃はないのであった。

そして、たいていの人を見て、かなり正確に輪郭をつかめるようになっていた。それに私は自然が好きなのと同じく、人間が好きなのだった！　それも発見の一つである。(人間が好きなのに、なぜ則光といつも一緒にいたいという気をおこさなかったかといえば、次々とあたらしい発見をすることに心ひかれていたからである)

中納言の君は面白みのない女だが、宰相の君のほうは、ほんとに才女だった。いったい、男でも女でも、才気があって人がいい、という両方の美点をもつ人はめったにいないものだが、この宰相の君は、気がやさしくて、才気がある女性で、定子《さだこ》中宮も、この方を愛していられるようだ。

ただ、「気のいいのも馬鹿のうち」というけれど、宰相の君は、人の噂話《うわさばなし》をするときは決して口を出さない。ふっくら、ぽっちゃりした色白の美人で、富小路《とみこうじ》の右大臣《うだいじん》のお孫らしい気品のある人であるが、いつもにこにことしていて、この人の口から警抜な悪口などは聞かれない。

その点、寸鉄、人を刺すワルクチをいって面白いのは、右衛門《うえもん》の君であるのだった。意地悪だけあって右衛門の君のいうことは面白く、ある点では私は彼女といちばん気が合うのである。

いる。だから、彼女と人の噂ばなし、ワルクチをいい合うのも、「嬉《うれ》しいこと」のうちには

ああ、でも、内裏住《うちず》み自体、なべてなべて嬉しからぬものがあろうか。

昼のけざやかさ、明るさ、まばゆさにかわって夜の物音、気配もまた、劣らずにおくゆかしい。その情趣に身を浸《ひた》している嬉しさ。

夜の物音はすべて仄《ほの》かに優雅である。忍びやかに、若々しい女房の返事。遠くでかすかに聞こえる、ちろろ、という物音は、銀の提子《ひさげ》の柄《え》が倒れて物に当たったのでもあろうか。銀の匙《さじ》、銀の箸《はし》の触れあう、かすかなときめき。

大殿油《みおとなぶら》はともさず、炭櫃《すびつ》に火ばかりおこしてあって、その光の照り映《は》えで、御帳台《みちようだい》の紐《ひも》などがつややかにみえる。御簾《みす》の帽額《もこう》などにひきあげた鉤手《かぎて》が、けざやかに光る。火桶《ひおけ》の灰も清らかに、火はよくおこり、内側に描いた絵もきれいにみえる。火箸が光り、きちんと斜めに立てられてあるめでたさ。

夜は更け、中宮もおやすみになる。

女房たちも寝しずまる。

誰《だれ》かが、ひそひそと、外の殿上人《てんじようびと》に話をしている。

と、奥の方で、碁石を碁笥《ごけ》に入れる音がする。それも心にくい。

隣の局《つぼね》の人はもう眠ったのかしら。火箸で灰をかき鳴らすらしい音がするのもふと、心ひかれ、そそられるものである。男を待っているのだろうか。

今宵《こよい》は式部《しきぶ》のおもとも宿下《やどさが》りして、曹司《へや》には私一人だった。夜中にふと目をさますと隣の曹司で、忍びやかに男の声がする。話の内容はよく聞こえないが、ひどく忍んだ男のようすがたしなみありげで、面白かった。たぶん、身分ある男なのだろう。こちらは灯を消し、隣も消しているのだが、簀子《すのこ》の軒から下った吊灯籠《つりどうろう》の灯が上から透いて室内へさしこんでいる。そのせいで、おぼろげに隣の様子も隙間《すきま》からうかがえる。さまで親しくない女房なので、顔ははっきり知らないのだが、几帳《きちよう》の蔭《かげ》に男といる。髪のかかり、あたまの恰好《かっこう》など、美しい人らしい。

男の直衣《のうし》や指貫《さしぬき》は、脱《ぬ》いで几帳にうちかけてあった。そして二人の話はそめそめと、何ごとかは聞きとれぬながら終夜つづいていた。

私はそのひそかなささやきを聞きながら、実方《さねかた》の君と、棟世《むねよ》のことを思い出している。

実方の君を、宮中住まいになってから、しばしば見るようになったが、そうなると、かえって実方の君の魅力は少しずつ薄れていった。実際、実方の君ぐらいの貴公子は、掃《は》くほど、いるのだった。実方の君を宮中へ置いてみると、粒立たなくなってしまう。それに、あちこちに恋人がいられるらしく、実方の君も忙しい人なのだった。

いつか、中宮のお前にいらして、人々と世間話をしていられたが、ふと、人が散って、あたりに誰もいないときがあった。私はつと寄ってゆき、笑《え》みをふくんで、

「もう、あたくしのことはお忘れになったのですか」

といってみた。実方の君は、たじろいだように顔色を引きしめられ、私をちらと見ら

れたが、そのお目の色には、（お……。この女、変貌《へんぼう》したな。あのときは、地味《じみ》でもっさりした人妻で、言い寄ったときには、ただもうのぼせて惑乱していたのに、いまでは自分のほうから声をかけて男をからかうほど、人ずれして来たな）
という、嗤《わら》いともおかしみとも、感嘆ともつかぬものが動いたように思えたのは、私
のひが目であろうか。

実方の君はひとことふたこと受けこたえして、逃げるようにさっと立ってしまわれた。
しかし、さすがに歌人で、間もなく使いがお歌を持ってきた。

忘れずやまた忘れずよ瓦屋《かはらや》の
下《した》たく烟《けぶり》したむせびつつ

私はその儀礼に対し、同じように儀礼的な歌を交したが、実方の君にはあまり関心はなくなっている。

男社会の目で、男たちを見る能力もようやくに私には育っていた。実方の君は、そういう中へおいてみると、すこし線のほそい気味があり、単純でもあった。男たちにはさまざまの型があったが、複雑で重厚で、圧迫感のある、または包容力に富む、いかにも「大物」というような男も見ることができる。

私は、それら複雑な資質の男たちの魅力をいま発見しつつあるところなので、実方の君が、やや物足りなく思われるのだった。

棟世《むねよ》のほうはあのあとも手紙や贈り物がくる。いつかはまだ染めていない白い絹が五疋《ひき》、蘇芳《すおう》や丁子《ちょうじ》の染料とともに「お好きなように染めて下さい」と届けられた。白い絹糸もうずたかく添えられてあった。

「こんなものを頂くわけにいきませんわ」

と私は当惑して、使者に押し返した。

棟世はすぐ、自身でやってきた。

「田舎《いなか》の荘《しょう》から来たものでございます。お心遣いには及びません。田舎の絹でございますから、雅《みやび》やかではありませんが、丈夫でしてな。お気の張らぬ、ふだん着のお召料《めしりょう》にお使い下さい」

そして、棟世は播磨《はりま》の荘園《しょうえん》のこと、海山の景色《けしき》のこと、食べもの、気候のことなど、愛想《あいそ》よく話し込み、煩《わずら》わしくならぬうちにさっと帰ってしまう。

いつのまにか私は、彼からの贈り物に慣れて、違和感をおぼえなくなっている。棟世が私に接近してくるのは、処世的な配慮からかもしれない。権門《けんもん》の邸の女房に手蔓《てづる》を得ようとして男たちは夢中なのだから、今を時めく中宮にお仕えする私に、よしみを通じようとするのは、ぬけ目ない男なら当然かもしれない。しかし棟世は、そういう気配を、これっぽちもみせなかった。私は、もし彼が、何か下心があるか、取引とでもいうかたちで接近してきたのなら、すぐ感知できる人間だと、自分のことを考えている。

そんなにカンのわるい人間ではないはずである。

しかし棟世は、私と言葉を交すのを、純粋に楽しんでいるらしくみえた——彼の妻は病弱で、もう何年も寝たり起きたりの状態であるらしい。任地へも妻を伴ったことがなく、もう一人の妻は、女の子を産んで亡《な》くなったそうである。棟世は家庭的には恵まれていないようであるが、それをひとごとのように客観的に告げるのが、私の気に入った。

何度会っても、狎《な》れたりしないで、節度のある男だった。私は棟世のことを、いつしか、心うちとけてしゃべれる友人のように考えている。

宮中であったことを話すのに、棟世はうってつけの男であった。適度の教養と感受性があって、私の話を興がってくれた。

しかしそれは、男と女の、ときめきや恋というには程遠い。

そういうことがあるので、隣の局《つぼね》の男と女のひそひそ話に心ひかれるのだった。あまたの男がいて女がいて、そしてその中から心ひかれる人にめぐりあう、あるいはなぜか一人の人にのみ胸が痛くなる、男女の「世の中」の面白さ、あれこれ思うと、生きていることは嬉《うれ》しくも娯《たの》しいことである。私は今までの長い家庭生活をくやむものではないが、宮仕えして広い社会を知ったことを、喜ばずにはいられない。

家の中に閉じこもり、小さくまとまってかじかんだような、似而非《えせ》幸福に満足する女たちのあわれさよ！　どんないい家の姫君だって、いっぺんは宮仕《みやづか》えに出し、世間の様子やら人情を見せた方がいいにきまっている。

宮仕えを、はしたないことのようにいい、「女と鬼は人に見られぬのがいいのだ」とうそぶく男たちが多いけど、何てあたまの固い、物知らずであろう。女も広い世間へ出、朋輩《ほうばい》や先輩・後輩のあいだで揉《も》まれてこそ、男への思いやりも生まれ、子供を教育するときにも理念というものができるのだ。

もちろん、世の中へ出て宮仕えなどすれば、主上《しゅじょう》をはじめ、上達部《かんだちめ》、殿上人《てんじょうびと》から下々の男にいたるまで顔を合せないでいることはできない。深窓の姫君や北《きた》の方《かた》のように、邸《やしき》の奥ふかくこもって、おくゆかしく尊ばれることはないけれど、しかし宮仕えした経験をもつ北の方は、五節《ごせち》の舞姫《まいひめ》を出すとか、公的な役目を頂いたりしたときに、物なれていて、見よいものである。

道隆《みちたか》の大臣《おとど》の北の方、貴子《たかこ》の上を、前に宮仕えしていたといって軽侮《けいぶ》する人があるが、その代わり、おん娘の定子《さだこ》中宮は、今上《きんじょう》の後宮《こうきゅう》を、明るく開明的な、のびやかな色一色でいろどってしまわれた。

「こんなによく笑い声のきこえる御殿《ごてん》は、いままでに存じませなんだ」

主殿司《とのもりづかさ》の老いた女官長がいっていたが、ほんとうにそういえば、村上《むらかみ》の帝《みかど》が亡くなられてからは、冷泉《れいぜい》、円融《えんゆう》、花山《かざん》、とあわただしい代替《よがわ》りがつづいた。そして安和《あんな》の変やら、花山帝のにわかな御国《みくに》ゆずりやら、世をどよもす政変がつづいた。

そのたび、後宮の女あるじも変わりうつり、物《もの》の怪《け》も異形《いぎょう》のものも混乱につけこんで跳梁《ちょうりょう》した。早いご譲位に泣く泣く退出された女御《にょうご》やら、帝の狂疾《きょうしつ》をおそれて、宮中に寄りつかれなかった皇后やら、政策のために、女御とは名ばかりで、帝とずっと別居していらした方やら……後宮は荒れはてていた。

そこへ定子中宮は爽《さわ》やかな新風と光を持ちこんで入られた。

そればかりではない。

中宮は、はじめて帝とむつまじく並び立たれた。お若い帝と中宮は、相思相愛のおん仲であるように、ほほえましく拝見される。それはあたかも、道隆《みちたか》の大臣《おとど》と、貴子の上そのままである。要するに、貴子の上は、宮仕えびととしても有能であったが、それによって身につけた見識で、定子姫をすばらしい後宮の女あるじに育てられたのであった。いまの私には、宮中のものみなすべて、この上もなくめでたいものに思える。宮仕えすることも、限りなく嬉しい。

いや、嬉しいもの、といえば、中宮に視線をあてて頂くほど、嬉しいことがあろうか。世間の噂話《うわさばなし》やら何やらを、たくさんの女房たちの中で、ことに私に目をあてて、中宮がお話になる、もう、胸がどきどきしてしまうくらい嬉しい。あとから参上してみると、人はぎっしりと膝《ひざ》をつき合せて坐っている、それゆえ、遠い柱のそばに座を占めたりしていると、中宮がめざとく見つけられて、

「こちらへいらっしゃい、少納言《しょうなごん》」

とお声をかけて下さる、晴れがましさと嬉しさ。

この頃《ごろ》、中宮と私とは、恐れ多いことだけれど、「女あるじと女房」という主従関係以上に、

「仲よし」

という間柄になった気がする。たとえば、このまえ、雪の降ったときの「香炉峰《こうろほう》」の問答のように、ツーといえばカーと応じる仲になった気がするのは思い上りかしらん。中宮も、そういう目で見て下さっている気がするのだけれど。

あれは去年の暮だった。宮中で見る雪の風趣もよかった。私たちの住む登華殿《とうかでん》の西廂《にしびさし》の細殿《ほそどの》、ここは前にもいったように、殿上《てんじょう》から北の陣《じん》へ出る、あるいは殿上へ昇る人々の往来が見られるところである。朝早く、遣戸《やりど》をあけてみると、いちめんの雪、それがいまもやまずに降っている。その中を、殿上の宿直《とのい》から帰る男たち、四位五位のすらりとした若い美しい青年たちが、薄紫や緋《ひ》のあざやかな直衣《のうし》を着て傘《かさ》をさしてゆく。直衣の裾《すそ》は濃い紫の指貫《さしぬき》にたくしこみ、深い沓《くつ》をはいているが、風が横ざまに吹いて吹《ふ》雪《ぶ》くと、あざやかな色の衣も雪にまみれる。そのさまが、何とも艶麗《えんれい》で、私はうっとりする。

その日、私が参上してみると、中宮の御前では、人々が、

「降るものは何がよいか」

と言い合っていた。ある人は「雪」といい、ある人は「霰《あられ》」というのだった。

「霙《みぞれ》」

をあげる人もある。

「少納言。降る状態は、どんなのがよくて？」

と中宮がおたずねになった。

「雪は、檜皮葺《ひわだぶき》に降るのが、めでとうございますわ。それも、真っ白になって積っているのより、少し消えかかって檜皮が見えるところ、とか、瓦屋根《かわらやね》の一つ一つに吹きこんで瓦の黒いのが見えているところなど。時雨《しぐれ》や霰は、音をたてて降る板屋がおもむき深いものですし、霜も、板屋が美しゅうございましょう」

中宮はうなずかれたが、ふと、白い頰《ほお》にいたずらっぽい笑《え》みを浮べられると、

「少納言。香炉峰《こうろほう》の雪はどう？」

私は中宮のおたずねよりも、その愛くるしい、いたずらっぽい笑みで、お心のうちが読みとれた。

すぐ、女官《にょかん》に、

「御格子《みこうし》を」

とささやくと、かしこまって、下げ渡していた格子を上げる。まだ外は夕方で、雪に映《は》えてあかるい。私は御簾《みす》を高々と捲《ま》きあげ、雪景色をお目にかけた。

そこまで来て、はじめて、ほかの女房たちもわかったようだった。どっとどよめいて、中宮さまも心地よげに声をあげてお笑いになった。

「どうでしょう、『遺愛寺ノ鐘ハ枕《まくら》ヲ欹《そばだ》テテ聴キ、香炉峰ノ雪ハ簾《すだれ》ヲ撥《かか》ゲテ看《み》ル』なん

て、いつも朗詠している句ですのに、仰《おお》せのお心が、すぐにはわからなかったわ」

と宰相《さいしょう》の君がすぐ、無邪気にいった。宰相の君の解説で、やっとわかったらしく、今ごろになってさざめいている人もいる。

「少納言が雪景色の話をしているうちに、ふと、見たくなったの。せっかくの美しい雪景色を、見ないでしまうのも惜しくて」

と中宮はご満足そうであった。

「すばしこい少納言」

という名がひろまったのは、それからではないかしら。

無論、私も、古参の人たちをさしおいて、さし出たことをしたと思わなかったわけではないが、そんな配慮は、中宮の、愛くるしい微笑《ほほえ》みと、意味ありげな目くばせで、ふっとんでしまった。

人のことなんか、かまってられないわ！

中宮の、（でかした）という心地よげな、おきれいな笑い声が、私には何よりのご褒《ほう》美《び》だった。中宮さえ、お気に入って下さればいい。

私はずうっと昔、少女のころ、父に可愛《かわい》がられて、学問を仕込まれ、物おぼえがいいというので、兄の致信《むねのぶ》をさしおいていつもほめられていた。私はそれが自慢で、兄の思惑なんか知ったこっちゃなく、父に褒《ほ》められるのだけが生き甲斐《がい》で得々としていた。ちょうど、いま、中宮に捧げるわが思いが、それに似ている。

兄の致信は、学問ぎらいだったので、私にのりこえられても別に怒りもせず、

「海松子《みるこ》にはかなわんよ」

と自分でみとめて、私を可愛がってくれた。しかし、中宮に仕える古参・新参《しんざん》の女房たちが、どう思っているかはわからない。

いかにも育ちのいい、おっとりした宰相の君などは、

「上達部《かんだちめ》の方々にも『香炉峰』のお話、すぐ伝わってよ。中宮さまが主上《うえ》にお話になったのですもの……中宮さまは、何でもすぐ、主上にお告げになるの。主上はたいそう興がられて清涼殿《せいりようでん》でお話になったので、その日のうちに拡《ひろ》がったそうよ」

と、楽しそうに私に告げてくれたのであるが、右衛門《うえもん》の君は、一言半句も話題にしなかった。

私はまだ新参者なので、主上にはお目通りを許されていない。去年の春から、御匣殿《みくしげどの》別当《べつとう》として宮中に仕えていらっしゃる、定子中宮のすぐ下の妹姫、原子《もとこ》姫にも、お目にかかっていない。いずれは、この姫は東宮《とうぐう》に入内《じゆだい》され、女御《にようご》となられることであろう。弁のおもとの話によると、中宮にまさるとも劣らぬ美しい方だそうだ。

中宮は、主上のお召しで、ほとんど夜は、清涼殿の上の御局《みつぼね》にお渡りになる。主上がこちらの登華殿《とうかでん》へお出ましになることも折々はあるが、私はまだ憚《はばか》って、おそば近くへ上ったことはない。

中宮の御前《おまえ》は、主上がいらしてもいられなくても、つねに弾《はず》んで楽しかった。

「花は何々が好き？」

というおたずねで、それぞれ、「なでしこ」「女郎花《おみなえし》」「桔梗《ききょう》」「朝顔」などを挙《あ》げる。

「山吹《やまぶき》」「萩《はぎ》」などいう中で、私が、

「薄《すすき》」

というと中宮はうなずかれ、

「薄の風情は、秋の野から、はぶけないものだわ」

かならず、私の説に同じてくださるのが、まるで子供のように私は嬉《うれ》しい。

「正反対のものの、一ばん極端なのは何かしら」

「火と水でございましょう」

という人がある。

「夜と昼」

「夏と冬」

「お天気と雨降り」

「子供と老人」

「肥えた人と痩《や》せた人」

どっと笑う声がする。宰相の君はぽっちゃり型で太っているのに、右衛門の君は痩《や》せているからであり、そう発言したのは、右衛門の君で、宰相の君を流し目で見ていったからだった。

わ」

「髪の長い人と短い人」

といったのは、かねて髪の短いのを苦に病んでいる右京《うきょう》という女房である。

私はいった。

「愛してくれる人と、憎む人。または、同じ人だけれど、愛してくれているときと、心変わりしてもう愛してくれないときとのちがい。それこそ、天と地ほどもちがいます

わ」

そのときも中宮は、ひたとこちらをごらんになって、

「そう。ほんとにそうね」

とおっしゃった嬉しさ。

「何が正反対といって、人間の心の持ち方ほど違うものはありません。人の心ほど変わるものはないのよ」

そんなことを、中宮は経験なさったこともないであろうに。

中宮は私のけげんな顔を見て、にっこりと笑われた。

「わたくしの想像よ、これは。——人間の心について、わたくしは興味つきなくて、いつも考えるの……」

中宮はほかに多くの女房がいることなど眼中にないさまで、私ばかりごらんになる。

「そういえば、ほら、少納言が書きためていた『春はあけぼの草子《そうし》』に、さっきからのを書きとめればいいわ。あのあと、書いているの？」

中宮はそうおたずねになるが、私は、人々の手前、恥じて顔を赤らめた。私は「春はあけぼの草子」が世に流れ出ることを恐れていた。あれは弁のおもとや兵部《ひようぶ》の君に見せて、自己満足していたころの習作であった。今見れば堪えがたい稚《おさ》なさであるにちがいない。

私はとっさに、

「紙がございませんので」

と申しあげて冗談につくろった。

「紙？　少納言はそんなに紙に注文がむつかしいの？」

「いえ、注文も何も、紙なら何でも好きなのでございますが。気がむしゃくしゃしているときでも、世の中がいやになって生きてる気もしないときでも、いい紙の――たとえば陸奥紙《みちのくがみ》など、それから、ただの紙でも真っ白のきれいなのに、良い筆などが手に入りますと、幸福な気分になっていっぺんにご機嫌《きげん》がなおってしまいます。『よかったよかった、このままでもうしばらく生きていこう！』と元気が出るのでございますわ」

「また、単純ねえ。紙と筆があれば気が慰められるなんて」

と中宮はお笑いになる。私は図に乗って、

「それから、心がいきいきしてくるものに美しい畳表《たたみおもて》がございます」

「畳表」

中宮は不審そうなお顔をなさる。

「はい、畳の上に敷く薄縁《うすべり》でございますね、あの上等のもの、高麗縁《こうらいべり》のが特に好きでございますわ……青々とこまかく編んだ厚いものをひろげてみますと、藺草《いぐさ》の匂いがぷーんとして、縁《へり》の綾《あや》の、白地に黒の模様がくっきりしているのなども、もう、うれしくて……『いや、やっぱりこの世って、生きて甲斐《かい》ある世の中なんだわ、捨てたものじゃないわ』と心が慰められて元気が出まして、命まで惜しくなるのでございます」

「まあ。畳の薄縁や紙で気が休まるなんて変わっている人ねえ。『姥捨山《をばすてやま》の月』を見ても心がなぐさめかねる人もあるのに」

と中宮はお笑いになる、それは、「わが心なぐさめかねつ更科《さらしな》や姥捨山《をばすてやま》に照る月を見て」の古歌からであろう。

「ほんとに安上りなおまじないね」

とまわりにいる女房たちも、私を笑った。

しかし中宮はふとお首をかしげられて（そうすると、豊かな黒髪が重たげに肩へなだれ落ち、白い頰《ほお》に影を落して、美しいのであるが）、

「そうね、考えてみると少納言のいうこと、わたくしも漠然《ばくぜん》と考えていたことのような気がするわ。よくわかってよ。青々とした畳、真っ白い紙、よく書けそうな新しい筆、……いいものなのねえ、心がふとよみがえるわね」

私は、中宮にそうおっしゃって頂くだけで大満悦である。

「少納言、それをやはり、書きとめなさい、そんなはかない折々の思いは、書きとめて

おかないとすぐ忘れてよ」

「はい。いつかは……」

「あの『春はあけぼの草子』のつづきを、きっと書くのよ」

「あれは手控えでございます。どなたにもお見せ下さいますな」

私はあわてていた。あれを書いたのは、まだ世間知らず、物知らずのころだった。いまはずっと世間がひろがり、さまざまのものを見た。

何よりも何よりも、中宮《ちゅうぐう》さまを知った！

このたぐいなく美しく、たぐいなく才気に溢《あふ》れ、心やわらかな、すばらしい女人《にょにん》。あまりのめでたさに、神が賞《め》でて天界へ拉《らっ》してゆくのではあるまいかと案じられるような、慕わしい女人。

このお方をこそ、とどめたい、永遠に残る紙の上に。

いつか、きっと書きます。中宮さまのことを。

書きとどめ、言い伝えます。

そう、思いながら私は口をつぐんでいた。

口に出していえば、その思いが純粋に伝わらない気がするし、また、私と中宮のあいだでは、言葉にしなくても、心から心へ通い合うもので充分だ、と思ったのだ。中宮が私を理解して下さっている、その下地は、かねて中宮のお手に入った「春はあけぼの草子」で、私という人間の感性をみとめ共感されたからではないか？　そういうとき、言葉はすでに不要である。

ああしかし、もし「春はあけぼの草子」を書きつづけるとしたら、まったく、これをこそ書かねば、というたいへんな日がきた。私は宮中へ宮仕《みやづか》えにあがって世の中を知ったといったが、まだまだそれは、ほんの片端のことだったのだ。

二月二十日（正暦《しょうりゃく》五年）の積善寺《さくぜんじ》の一切経供養《いっさいきょうくよう》の日の晴れがましさよ。こんな人生が私に待ち受けていようとは、ちらとでも思ったろうか。

関白《かんぱく》・道隆《みちたか》の大臣《おとど》が二月二十日に法興院《ほこいん》の積善寺で一切経供養を営《いとな》まれる。法興院はそのかみ、兼家《かねいえ》公らが住まれ、やがてここで出家して寺となさったところである。道隆公はこの境内《けいだい》に積善寺を移された。

その供養には女院《にょういん》（今上《きんじょう》のお母君《ははぎみ》、東三条女院《とうさんじょう》である。道隆公の妹君《いもうとぎみ》に当たられる）も中宮も行啓《ぎょうけい》されるので、中宮は二十日の行事にそなえ、二月一日に内裏《だいり》を出られて、二条北宮へお移りになった。二条北宮は、道隆の大臣のお住まいになっている東三条南院の隣で、このへんはもともと、小家が建てこんでいたのを整備して新しいお邸を造られ、中宮のお里帰りのときの邸とされたのだった。

行啓は夜である。中宮が御輿《みこし》で出られたあと、順序もなく、女房たちがわれ勝ちに車に乗りさわぐのが面白くなく、私は、押し合いへし合いの群れからはなれていた。中納言の君や宰相の君たちは、上﨟《じょうろう》というので最初に乗って出発してしまい、あとは何が何やら、やたら混雑する。右衛門の君も手がつけられない、という感じで苦笑して突っ立

ち、

「どう、このあわてふためくこと。まるで祭の還《かえ》さのようじゃない。ほらほら。押しくらまんじゅうもいいとこ。みっともないったら、ありゃしないわ」

「命をまとに乗らなきゃ、いけないわね」

と私が笑うと、右衛門の君は口をゆがめ、

「いいじゃない。乗る車がなくて、御前へあがれないとおききになれば、すぐさま、車をさし向けて下さるわよ。何しろ、あなたがいないんじゃ、すまないのだから——。あなたと一緒にいれば、いつかはおのずと、向こうへ着けるっていうわけ」

どことなく、いつも一点、ちくりと厭味《いやみ》をいうのが右衛門の君の癖であるから、私も馴《な》れている。

残っているのは人のいい式部のおもと、まごまごして動作のにぶい小左京の君、この二人は、人に押されると押し返す甲斐性《かいしょう》がないためであり、私と右衛門の君は、自尊心がありすぎて割りこめなかったからである。押し合いへし合い乗り終わったあと、係りの役人が、

「これでおしまいですか」

といった。まだ残っているというと、男は名を聞いて、

「いやはや、これは……。もう皆さまは疾《と》うに乗っておしまいになりましたよ。いまは得選《とくせん》さんを乗せるところで。どうしてまた、今までのんびりしていられたので」

と当惑していそいで車を寄せてきた。

「どうしてって、あの騒ぎの中を、目を吊《つ》りあげて突進しろとでもいうの。あんたがちゃんと取りさばかないから、こんなことになるんじゃないの。どうぞ、あんたの乗せたいっていう、得選さんを先にお乗せあそばせ。あたしたちは、いちばんおしまいで結構よ」

右衛門の君は意地わるくいう。

「弱りましたな。どうかそう、苛《いじ》めないで下さいよ。あなた方のような上﨟女房《じょうろうにょうぼう》のかたが、御厨子所《みずしどころ》の得選さんたちよりあとになったとあれば、私の責任問題じゃないですか」

役人は泣声を立てていた。私は、役人という人種は、疫病を恐れるように責任をかぶるのを忌《い》むのを、今は知るようになっている。それで、右衛門の君とくすくす笑いながら車に乗った。牛車《ぎつしや》の定員は四人、式部のおもとと小左京の君も一緒に乗りこんだ。実際、うしろにつづく車は御厨子所の采女《うねめ》たちのものだった。車は粗末で、がたがたするし、前後の松明《たいまつ》の灯も、いつもの女房車のように明るくなく、暗かった。

「なさけないこと……こんな目にあうなんて」

泣き言いいの小左京の君は、べそをかいていたが、私にはそれも面白かった。

着いてみると、私たちが女房の中では最後だった。はや、中宮の御座所《おましどころ》のあたりは、それらしくととのえられていた。御帳台《みちようだい》の前には、獅子《しし》・狛犬《こまいぬ》が据えられているし、内《う》裏《ち》でのように室礼《しつらい》は欠けることなく揃《そろ》っていた。

「まあ、どうしていらしたの。中宮さまがお待ちかねよ」

と、右京《うきょう》や小左近《こさこん》などという若い女房たちがさがしていて、

「どうしてこんなに遅かったのよ。さっきからもう、ご機嫌《きげん》ななめでいらっしゃるわよ」

と私たちを引っ立てるように御前につれていく。

「遅いのねえ、少納言。死んだのかと思ったわよ。どうして今までおくれていたの」

中宮のお声は闊達《かったつ》で、まわりの女房たちをびっくりさせ、吹き出させるようなことを平気でおっしゃる。私はお待たせしたお詫《わ》びだけ申上げた。理由をいうときは、人を傷つけない、何か面白い趣向があればともかく、とっさに思いつかないときは、鉾《ほこ》をおさめているほうが粋《いき》である。

しかし右衛門の君は、私と感覚がちがうらしく、涼しげな声で冷静にお答えする。

「無理と申すものでございますわ。おしまいの車に乗りました者が、どうして早くまいれましょう。これでも御厨子所《みずしどころ》の得選たちが気の毒がって車を譲ってくれましたのでございます。まあ途中の洞院大路《とういんおおじ》あたりの心細うございましたこと。警固《けいご》は少ないし、松《たい》明《まつ》は暗うございますし……」

「それは係りの役人の手落ちね。気が利《き》かない者たちだこと。なぜ叱《しか》らなかったの？」

と中宮は仰《おお》せられる。

「ではございますが、人を押しのけ、足を踏んづけ、袖《そで》を引っぱり合って、われ勝ちに乗るなんてことも、いたしかねますもの」

右衛門の君がいうと、あてつけらしくて、さぞ、そばの女房たちには片腹《かたはら》いたく、耳いたかったことであろう。

「見苦しいことをして早く乗ってすましているのはよくないわね。それとなく定め通りに、みやびやかにふるまうのが、身分ある女房のすることなのに……」

中宮はすこしご不快のようすである。私は、

「おそく乗りますと車がつかえて、待ち遠しく辛《つろ》うございますもの、少しでも早く、と急《せ》くのは人情でございましょう」

と取りなして申しあげた。

もう夜はおそくなっていて、それやこれやで疲れて眠くなり、そのまま眠ってしまった。

翌朝は早春の、うららかな日である。起きてみると、この新築の二条邸《にじょう》は、どこもかしこも檜《ひのき》の匂《にお》いがただよってすがすがしい。木肌は白くすべすべして、念を入れた凝ったつくりである。新しい御簾《みす》が青々とかけ渡してあり、中宮の御帳台《みちょうだい》の前の獅子《しし》や狛犬《こまいぬ》も、所得顔に収まっているのがたのしい。

ただ、この庭のさまは見どころがまだない。

しかし、御階《みはし》のもとに一丈ばかりの桜が満開で咲きみちている。それにしては早咲き

の桜よ、梅ならばいまが満開なのに、と思ってよく見ると、精巧にできた造花なのだった。

花びらの色合い、形、まったく本物に劣らないで、まさしく桜が咲き匂っているとしか見えない。雨が降ったら無残なことになるであろう、と心配される。

関白さまが隣の東三条院の南の院から、こちらへお越しになる。青鈍《あおにび》の固紋《かたもん》の指貫《さしぬき》に、桜の直衣《のうし》というお姿だった。

こちら側は、中宮はじめ、紅梅の濃い薄いもの、模様を織り出したものやら平織《ひらおり》やら、唐衣《からぎぬ》は萌黄《もえぎ》、柳、紅梅と、さながら光りかがやく色彩の渦《うず》のよう。

関白さまは今年四十二、見れば見るほど目鼻立ちのととのったどっしりした美男でいらっしゃる、世間ではもう二十年も前に亡くなった、亡き一条摂政《せっしょう》・伊尹《これただ》公のご子息の公達《きんだち》、義孝《よしたか》の少将《しょうしょう》の美男ぶりを、いまも伝説のように伝えているが、私などから見ると、この道隆公のご一族は、一人のこらず美男美女でいらっしゃるように見える。

中宮の御前で、関白さまは何かと話しかけられるが、中宮のご応酬《おうしゅう》のめでたさ、親しみぶかく、それでいて品よく、なつかしい、程のよさ、こういう方も世の中にはおいでになるのよ、と、私は久しぶりに則光やら浅茅《あさじ》やら、乳母《うば》やらに胸の中でいいかけた（あんたたちが想像もつかないようなかたが、この世には、実際にいらっしゃるのよ）。

関白さまは、いつお見上げしても、にこにこしていられる方である。それはそうだろう、ご自分は最高の位にのぼられ、ご子息はそれぞれ高官で勢《せい》を振《ふる》っていられる、姫君たちは後宮《こうきゆう》で時めいておられ、ましてや、長女の定子姫は、いまは臣下ではなく、中宮の御位である。一天下は関白さまのお心のまま、さながら染殿《そめどの》の后《きさき》を、父君《ちちぎみ》の忠仁公《ちゆうじん》が詠《よ》まれたという、

年ふれば齢《よはひ》は老いぬしかはあれど
　花をし見れば物思ひもなし

という、お心のようであろうか。

そのご満悦が、おのずとお顔に出るのかもしれないが、もともと明るいご気質らしくて冗談がお好きで、女房たちには評判がいい。

ただ、私は弁のおもとから、道隆公は大酒なさるお癖があると聞いているので、その先入観のせいか、いつも微醺《びくん》を帯びていらっしゃるような気がしてならない。絶え間なく飛ばされる冗談も、かるい酩酊《めいてい》のせいのように思われる。そのお顔立が、りっぱなだけに、これでもう少し、きりっとしたところが添えられれば、とひそかに思うのであるが、しかし公も、陣《じん》の座などで諸卿《しよきよう》を前に政治の議定《ぎじよう》をなさるときは、とても、後宮で冗談をいっていらっしゃるようなお顔ではあるまい。

関白さまは私たちを見まわして、

「宮は何のご不満もございますまい。こんなに大勢の美人を並べて据えられるとは、お

うらやましい限り。ごらんなさい、みな、とび切りの美人で、いい家の姫君たちですぞ。よくいたわって召し使いなさいませよ。――それにしても、皆さんは、どういうつもりでこの宮にお使えしておられるのですかな。この宮はひどいケチで強欲《ごうよく》でいらっしゃることをご存じかな。私はこの宮がお生まれになってから、一生けんめいお仕えしてきましたが、いまだになんの見返りもない。おさがりの衣《きぬ》一つ、賜わったことがないのですからな」

私たちが笑うと、

「いや、ほんとうに」

そこへ、内裏《だいり》の主上から、中宮にお文がくる。式部丞《しきぶのじょう》・則理《のりまさ》が使者である。昨日、内裏から退出されたばかりなのに、もう主上からお手紙が追いかけてとどくのであった。大納言・伊周《これちか》の君が受け取られて、関白さまへ渡される。関白さまは包みを開いて、

「お手紙に何とあるのやら、お許しがあれば拝見したいもの……いやいや、宮が困っていられるようだ。恐れ多いから、やはり拝見しますまい」

と中宮にお渡しになる。今日の使者の禄《ろく》はことに念を入れなければ、というので、関白さまのほうから女の装束《しょうぞく》の美事《みごと》なのをつかわされるのであった。使者には酒肴《しゅこう》が供されるが、使者は辞して起《た》った。

この二条邸はご実家のすぐ隣なので、姫君たちもおいでになるが、むろん、お顔は正面から拝見できない。几帳《きちょう》のこちらから、ちらとお体つきだけ見えるのである。

中宮のお妹姫は三人いらっしゃるが、みな去年、御裳著《おんもぎ》をおすませになっていた。中の君・御匣殿《みくしげどの》のお妹姫、三の君は去年、帥宮敦道《そちのみやあつみち》親王を婿《むこ》となさっている。この方はまだ十三、四でいらっしゃるはずであるが、お体つきは大きくて、中の君より大柄にみえた。もう「北《きた》の方《かた》」と申しあげてもいいような風格だった。

そういえば、関白さまの北の方、貴子の上も、こちらへお渡りになった。弁のおもとも従って来ており、久しぶりに会うことができたが、貴子の上は、中宮や姫君と共に几《き》帳《ちょう》の彼方《かなた》、奥ふかいところに居られ、私のような新参者《しんざんもの》には、お顔を見せられない。夜までいらして、くつろいでいらっしゃるようであるが、お顔はおろか、われわれにお声をかけられることもなかった。弁のおもとの話から想像するお人柄と、印象が違うので、私はすこし、面くらってしまう。弁のおもとにはわるいが、貴子の上はすこしつんとしていられて、いい感じではないような気がされる。道隆公の気どりのないお振舞いとは対照的である。学殖ゆたかな、女ながらに「才あり」と評判たかい貴子の上に、よそながら敬愛をささげていた私は、はぐらかされた思いだった。

しかし無論、中宮にとっては久々のご家族との団欒《だんらん》で、お心がのびやかにくつろがれるらしく、嬉《うれ》しげな笑い声を洩《も》らされる。

主上からのお手紙は毎日、くる。こんなに愛されていらっしゃる中宮のことを、私まで誇らしげに思うのであった。主上へのお返事を、紅梅の紙にお書きになっていられる中宮のお美しさ。お召物《めしもの》も紅梅の色、紙も紅梅、このほれぼれする美しさを、私はいつまでも目の奥にとどめていることであろう。

二十日の、盛儀の日は一日一日とせまってくる。その日は女院《にょういん》方の女房も参集されることゆえ、装束にひときわ心を配らねばならない。

扇も、新調しなくては。

女房たちはその日の装束のことに夢中で、

「もうお調《ととの》えになったの？」

と探りを入れるものもあれば、

「私は、あるもので間に合せるわ」

と言い逃れする人もあり、

「また、あんなことといって。――そのくせ、当日になると目もさめるようなお衣裳《いしょう》で現われたり、なさるのだから。あなたっていつもそうよ」

と憎らしがられたり、している。みな、その準備のために、夜になると実家へ退出する人も多いが、こういうときなので、中宮もおとどめにならない。

私も家へ帰らねばならなかった。棟世が、それとなく、美事《みごと》な唐《から》の綾《あや》を手に入れて贈ってくれていた。それを仕立てに出してあるはずだった。

「お役に立てば――と思って、たまたま手に入ったのをお届けいたします。お使い捨て下さい。むねよ」

という手紙が添えられていた。その手紙の使いが二条邸にいる私のもとへ来たことで、右衛門の君にまで知られてしまい、何かあるように思われたかも知れない。いまは何のこともないが、しかし、人の行末はどうなるやら、わからない。

今だって、まさかと思うような人生にめぐりあって、日々夜々、あらたな感動や衝撃を味わっているのだもの。

9

仮のおまし所《どころ》の二条邸《にじょう》、その御階《みはし》のもとに据えられた造花の桜は、日に当たってしぼみ、日ごとに汚なくなっている。これがほんものなら露にぬれて、より色濃く美しくなろうに。

その上、雨の降った翌朝はみっともないったらなかった。

「まあ、ひどい風情《ふぜい》――」

といっていると、侍所《さむらいどころ》から侍たちがわらわらと駈《か》けて来て、あっという間に桜を引きぬいてしまう。

「おや、花盗人《はなぬすびと》だわ」

と私がいうと、侍たちはきまり悪げにしていた。

「申しわけございませぬ。大殿に、夜のあけぬうちに、とかたく仰《おお》せつかっておりましたのに。明けすぎました」

といって、曳《ひ》いていった。

中宮《ちゅうぐう》がお起きになって、

「あら、桜はどうしたの。花盗人という声がきこえたから、一枝二枝、折るのかと思ったのに、すっかり消えているわ」

「春風が持って去《い》んだのでございましょう」

「まあ」

とお笑いになる中宮のお顔は、いつにも増して冴《さ》え冴《ざ》えと美しかった。

「そのシャレをいおうとして、少納言《しょうなごん》が持っていったのじゃなくて？」

そこへ関白《かんぱく》さまがいらした。わざとびっくりしたように、

「おや、桜がなくなっている。寝呆《ねぼう》の女房《にょうぼう》がたは、盗まれても気がつかなかったのだね」

といわれる。私は小さい声で、

「『われよりさきに』というのだとばかり、思っていましたわ」

それは「桜見に有明《ありあけ》の月に出でたれば我より先に露ぞおきける」という忠見《ただみ》の歌を引いたのである。大殿さまのお指図でございましょ、実は――という、つもりだった。

関白さまは耳さとく聞きとめられて、

「やはり清少納言に見つかってしまったのか。そうじゃないかと思ったよ」

とお笑いになる。

「少納言は春風だと申しましたのよ」

中宮も面白がられた。

「春風が怒っているでしょう。無実の罪をきせられて。どうもこちらの御殿《ごてん》には、耳ざとい目ざとい人がいて、かなわない」

毎日、中宮のおそばにいると物思いもなくていい。

いよいよお供養《くよう》の日が近づいてくるので、私はおいとまを願って退出した。唐綾《からあや》の衣は美事《みごと》に仕立て上って来ていた。準備にいそがしく日をすごしていると中宮からお使いがきた。

「——花の心開けざるや、いかに、いかに」

とある。

「白楽天《はくらくてん》詩集」だわ、と私はにっこりせずにいられない。「君ヲ思イテ秋夜長シ、一夜ニ魂、九タビ升《のぼ》ル……草枅《ひら》キテ、花ノ心開ク、君ヲ思イテ春日遅シ」という詩から、とられてある。

お茶目な中宮は、

(どう、私のことを思ってる?)

と戯《たわむ》れていらっしゃるのだ。私は早速《さっそく》、

「秋はまだでございますが、魂は一夜に九度のぼる心地でございます。中宮さまをお偲《しの》びして……」

とお返事した。

待ちかねていらっしゃる。そして、私の好きな「白楽天」を、中宮もまたお好きだという愉悦で、早くおそばへ上りたくて、わくわくしてしまう。

いよいよ明日、法興院《ほこいん》へ行啓《ぎょうけい》なさるという前夜、参上した。中宮は二条《にじょう》北宮から東三条院《とうさんじょういん》の南の院へ移っていらっしゃる。

北廂《きたびさし》をのぞくと、灯を高坏《たかつき》に明るくともして、何人もの女房がそれぞれかたまって、几帳《きちょう》を引きまわしたり、屏風《びょうぶ》を立てたりして、大さわぎであった。衣裳《いしょう》を綴《と》じつけたり、裳《も》に飾り糸を刺したり、あるいは髪の手入れ、化粧をする人もあり、ごった返すさわぎであった。

「あら、おそかったのねえ。明日、寅《とら》の刻《こく》（午前四時）に行啓がある予定よ。あなたをさがしてる人もあったわよ……」

と式部《しきぶ》のおもとがいった。

それからもう、寝てるひまなんか、なかった。五つ衣《ぎぬ》をかさね、表着《うわぎ》をつけ、裳をつけ、唐衣《からぎぬ》をつけ……髪の始末、扇や帖紙《たとう》の持物などをとりよせ、私に付ききりの女童《めのわらわ》の小雪《こゆき》が、

「大丈夫ですか、お立ちになれますか……」

といって、私の手をとって扶《たす》けて立ち上らせてくれる。

「大丈夫よ……」

おお重い……。身動きもならぬほどの重い衣に埋もれて、私はよろよろとする。でも、それはなんと誇りかに晴れやかなことだろう。

灯のあかりで、キラキラ光る綾《あや》や、錦《にしき》のめでたさ、香《こう》のたきしめられた新しい衣の重みは、女ごころを蕩《とろ》けさせるものがある。晴れの衣裳《いしょう》に身をつつむのは、女にとって陶酔の恍惚境《こうこつきょう》といってもよい。衣の重みも、身うごきならぬ苦しさも、女の心をいよいよ惑わせるものなのである。

私はうっとりとして、正装した自分のすがたを見おろす。こういう装束を着けるような身分になった私のふしぎな身の上のめぐり合せを、いつとなく考えている……。

「いやだわ……。あたくし、かもじの色が地髪《じがみ》とちがうんだもの」

と、小左京《こさきょう》の君が泣声をたてる。この女はなぜそう、いつも悲観的なことばかり、いうのであろう。実をいうと私も、髪が少ないので、かもじを添えているのだが、

「大丈夫でしょう。寅の刻《こく》だというから、暗くて見えやしないわ、車まで乗るあいだのことですもの」

と私はいった。

ところが（いつものことだが）こういう儀式は、決して定刻通りに遂行されたためしがない。いつのまにか明け果てて、日がさし出した。

「西の対《たい》の唐廂《からびさし》に車を寄せますから、そこからお乗り下さい」

ということで、私たちはみな、ぞろぞろと渡殿《わたどの》を渡った。車にこっそり乗るどころか、

これが大変な災難だった。西の対に中宮たちがいらして、

「女房たちが車に乗るのをご覧になります」

ということなのだ。御簾《みす》のうちに、中宮、淑景舎《しげいさ》の君、三の君、四の君、その方々の母君・貴子《たかこ》の上、それに貴子の上のお妹君お三方、ずらりと並んでいらっしゃるのだった。そうして、私たちが御簾の前の簀子《すのこ》を、一人ずつ並んでゆくのをごらんになる。

女君たちが御簾の中から、女性特有の好奇心で、まじまじとご覧になっているであろうことが、私には想像できて、汗しとどの思いだった。小左京の君よりも、こっちの方が泣きたくなった。汗で白粉《おしろい》も剝《は》げるのではあるまいか、かもじを入れた髪もふくれあがって逆立っていはすまいか、と目もくらむ思いで、歯をくいしばってすすむ。とくに中宮が、

（……まあ、少納言ったら、見苦しいかもじをつけて）

とご覧になるのではないかと思うと、消えも入りたい恥ずかしさだった。

それだけでも恥ずかしいのに、更に、私たちの乗るべき車のそば、左右にわかれて、大納言殿《だいなごん》・伊周《これちか》の君、三位中将《さんみのちゅうじょう》・隆家《たかいえ》の君という美しい公達《きんだち》が、ほほえみつつ立っていらっしゃる。そうして左右からお二人で簾《すだれ》をはね上げ、帷《とばり》をあけて下さる。誰《だれ》とも知られぬように、ごたごたと乗りこんでしまえば、いくぶんかは人のかげにまぎれられるのに、まあなんということ、

「……中納言《ちゅうなごん》の君」

「……宰相《さいしょう》の君」

と名簿の書きつけを見つつ役人が名を呼ぶ。

それにしたがい、一人ずつ進み出て車に乗るなんてのは、これはもう拷問《ごうもん》にひとしい。右衛門《うえもん》の君は、自分の容姿に自信があるのか心臓が強いのか、

「あたしは大納言さまより三位の中将さまがいいわ、りりしくていらして、利《き》かぬ気らしいところがすてきよ。あなたどちらの公達がごひいき？」

などと、公達の品さだめをしているのだ。

私は返事をするどころではなかった。

とうとう私の番になってしまった。車のそばへ行きつくまでに失神するんじゃないかと思ったが、何とかたどりついた。しっかと捧げた檜扇《ひおうぎ》で顔をかくしていたが、その手はぶるぶる震えるのである。

「さあ、どうぞ」

と大納言さまはすこしふざけ気味に、わざとうやうやしく下簾《したすだれ》の帷《とばり》をかき上げて下さる。

車に乗るが早いか、どっと疲れ、放心してしまう心地だった。

一同が乗り終わると、車は門から曳《ひ》き出され、二条大路に並べられる。轅《ながえ》を榻《しじ》にかけ、物見車《ものみぐるま》のように、立て並べるのであった。今日の天気は上々、うららかに晴れわたって、一代の盛儀、という感じである。四位五位の男たちが門を出入りし、あるいは車の中の

女房をそれと知って話しかけたり、している。

中宮大進《だいじん》の明順朝臣《あきのぶあそん》は、中宮の伯父君《おじぎみ》であるが、胸を反《そ》りかえして、この上ない得意顔なのだ。

今日は主上《しゅじょう》の母君《ははぎみ》・東三条女院《とうさんじょうにょういん》も共に参会される。女院は、権大納言《ごんのだいなごん》・道長《みちなが》さまの土御門《つちみかど》邸にいられるのを、関白さまがお迎えにゆかれる。中宮とご一緒に出発ということで、我々は大路に立てた車の中でお待ちしていたが、これが中々、お見えにならない。

やっとお見えになったが、そのときは予定より大分おくれていた。お召車《めしぐるま》を入れて十五輛《りょう》、うち四つは尼車《あまぐるま》。

お召車は、大きく立派な唐車《からぐるま》で、先頭であった。尼車には水晶の数珠《じゅず》や淡《うす》ずみ色の裳《も》がみえ、あと十輛は、女房の車で、これは桜の唐衣《からぎぬ》、紅《くれない》の衣《きぬ》、朝日に映えてはなやかである。

女院側の人々も、こちらの、中宮方の女車《おんなぐるま》を、美しいと見ているのではあるまいか。こちらは着飾った女房たちの車が二十輛、ずらりと立て並べてあって壮観だった。

中宮はなかなか、お出にならない。

日はいまは高くのぼり、空はみどりに霞《かす》みわたり、あたりには香《こう》の匂《にお》い、華麗な衣の、目もあやな色どりの氾濫《はんらん》。

「……まだか」

「中宮さまは、まだか」

というささやきが、ここかしこに聞かれ、人々はまちこがれている。やっと、出て来た。行啓《ぎょうけい》の行列の先ぶれになる、采女《うねめ》八人。彼女らは馬に乗って出てくる。中宮の行啓というのは、重々しい、きびしい作法があり、ゆかしいのであった。采女たちの青裾濃《あおすそご》の裳《も》、裙帯《くたい》、領巾《ひれ》などが風に吹かれているのも、可憐《かれん》で美しい風情である。

定法《じょうほう》どおり、あまたの身分たかい供奉《ぐぶ》の人々が並んで行列をととのえた。準備が終わり、いよいよ、中宮の御輿《みこし》がしずしずと出られる。

いままで女院《にょういん》のご行列のすばらしさを、めでたくお見上げしていたが、さすがに、中宮のそれは、ひときわ、ご立派なものなのだ。

私は生まれてはじめて、目のあたりに中宮さまの正式の行啓、晴れの日のさまをお見上げしたことになる。

御輿の屋根の上には金色の擬宝珠《ぎぼし》かざりがついているが、それが朝日に燦爛《さんらん》と光る。御輿の四隅《よすみ》には緋《ひ》の綱が四方に張られている。十人の駕輿丁《かよちょう》が綱を曳《ひ》き、御輿を捧持《ほうじ》する。帷《とばり》の絹が重くゆらめき、目の前をご通過になる。そのあいだ、私たちの車は、いっせいに榻《しじ》からおろして、車ごと拝礼するかたちになるのであった。

どうしてこんな、目くらむような尊いお方に、自分のようなものがお仕えしているのだろうと、そらおそろしくなったりする。夢のうちのことに思えたりする。御輿がお通りになると、いそいで車を牛にかけ、おあとへついてすすむ。

法興院《ほこいん》では、高麗楽《こまがく》、唐楽《からがく》を奏《そう》して、獅子《しし》・狛犬《こまいぬ》がおどり舞う。乱声《らんじょう》はひびきわたり、何ともすさまじく、かしましいのも、めでたいことであった。

我々の車は中宮の御桟敷《おさじき》に近く寄せられる。

下りるときに、またも、大納言《だいなごん》どのたちが笑みをふくんで立っていらっしゃる。

「あら、もうどうか、お退《の》き下さいまし。殿のお介《え》添えではもったいなくて」

私は泣声をたててしまう。さっきの、乗るときでさえ明るくて恥ずかしい思いをしたものを、いまは一層、陽光あらわに、私のあやしげなかもじが見すかされることであろう……。

「いいじゃないか、恥ずかしがることはない。しかしそういうのなら、退《の》くよ」

と笑って大納言どのは向こうへいかれる。しかし私が車を下りると、またつと寄られて、

「少納言は実方《さねかた》が好きかと思っていたが、棟世《むねよ》はどうなんだ。棟世の方は、あなたに執心してるそうじゃないか。中宮が、棟世などに見せないで、かくしておろせ、とおっしゃったから、私は立っていてあげたのに、察しのわるいことだ」

「まあ。棟世などと。そんなこと、中宮さまがおっしゃいましたの？」

大納言どのは、私を中宮の御前《おまえ》へ連れていらっしゃる途中、ずっと話をなさる。

「棟世は、少納言を妻にしたがっているんだって？　せっかく宮仕《みやづか》えしているのに、また、家庭にとじこめられてしまっては、つまらないから、棟世には渡さない、と中宮さ

まはいわれた――ほんとうのことか」

大納言どのはおかしそうに笑われる。

ほんとうに、なんて噂はすばやいのだろう――棟世とは手をにぎりあったことすら、ないのに、それからそれへと噂ばかり大きくなってゆくらしい。それにしても中宮が、

「棟世にはわたさない」

と私のことをいわれた、というのが、嬉《うれ》しくて、目もとも赤らむのであった。

中宮の御前には、先に車を下りた女房たちが八人ばかりもう坐《すわ》っていて、中宮は長押《なげし》の上にいられる。

「少納言を、私がかくして連れてまいりました」

と大納言どのはまだおかしがっていられる。

「そう？」

と中宮は几帳《きちょう》のこちらへおいでになった。

女院に従ってこられたので、裳《も》・唐衣《からぎぬ》という、かしこまった正装でいられた。中宮しかお召しになれない禁色《きんじき》の、尊い赤色の唐《から》のおん衣《ぞ》、贅《ぜい》をつくした象眼《ぞうがん》のおん裳、つくろわぬ、おふだん着のときでさえお美しいものを、最高のよそおいに身を飾られた、お若いさかりの中宮の美しさは、目をうばうばかりであった。

中宮は、ご自分でも、お美しさに酔っていられるようであった。

「少納言。――わたくしはどう見えて？」

といたずらっぽく、いわれる。

息をのんで中宮をお見上げしている私の、その目に浮ぶ讃嘆《さんたん》のいろに、満足していられるようであった。

「なんというお美しさでございましょう。言葉に出して申上げると、うそになってしまいますわ」

と私は、口ごもっていった。中宮は、

「ずいぶん長く、出てこなかったので、どうしたのかと思ったでしょうね。それはね、大夫《だいぶ》が、下襲《したがさね》をとりかえていたからなのよ。——女院のお供に着たときのを、そのまま着て中宮のお供にまいるのは見映《みば》えがしない、といって、別の下襲を、いそいで縫わせていたのですって。それで行列のそろうのがおそくなったの。ずいぶん、おしゃれな人ねえ——」

とお笑いになる。大夫というのは、道長《みちなが》の君である。

中宮は、はればれしたお顔だった。額髪《ひたいがみ》の飾りのおん釵子《さいし》のせいで、お髪《ぐし》の分け目がすこし片よっていられるのまで、はっきりお見えになる。

中宮のおそばの長押《なげし》の上には、中納言の君と宰相の君がいた。中宮は、宰相の君に、あちらへいって、女房たちといっしょに法会《ほうえ》をごらんなさい、といわれる。

「大丈夫でございますわ。ここでも三人ははいりますもの」

宰相の君は、中宮が私をおそばにお置きになりたいのだと察してそういい、私を手招きした。

「そう？　じゃ少納言、ここへいらっしゃい」

と中宮はお呼びになる。下座《しもざ》の女房たちは私のことをくやしがって、

「昇殿をゆるされた内舎人《うどねり》ね」

と笑った。

関白さまがこちらへおいでになる。

「おや、中宮さまはまだおん裳をつけてかしこまっていられる。それ、お脱《ぬ》がせしてさし上げよ。中宮さまは今日、この席では、もっともやんごとない方ではございませんか。お桟敷《さじき》の前に、近衛《このえ》の陣屋《じんや》を置いて、警備の者を詰めさせていらっしゃる。なんという、勿体《もったい》ないことですか。中宮さまなのですぞ、あなたさまは。……わが家から、中宮さまが出られたのですぞ」

関白さまは例によって少し酔っていられるのかもしれない。感激して涙ぐんでいられる。

むりもない、陣屋を守る三位《さんみ》の中将《ちゆうじよう》は、ご子息の隆家《たかいえ》の君、そして大納言は、伊周《これちか》の君と庶腹《しよふく》の道頼《みちより》の君、一の姫君は中宮、なんの物思いもおありにならぬであろう。

私の赤い唐衣《からぎぬ》をごらんになって関白さまは、

「お、赤い僧衣が一つ不足しているといって、みんな大さわぎしていたが、これを借りればよかったたな」

などと冗談をいわれる。

すこしはなれたところから大納言の伊周の君が、

「清僧都《せいそうず》のものですよ、それは」

と冗談をいわれた。何を伺ってもおかしい。

まだ十四、五の、僧都の君、定子《さだこ》中宮の弟君は、紫の御袈裟《おんけさ》、薄むらさきの衣《ころも》、というお姿で、剃《そ》りたての青いお頭《つむり》も美しく、まるで地蔵菩薩《じぞうぼさつ》のように、女房のあいだにまじってあるいていられた。

大納言・伊周の君のおところから、誰かが三つの松君《まつぎみ》をお連れしてきた。小さい直衣《のうし》を着ていらっしゃる。松君のお供に、たくさんの男たちがついてくる。

中宮さまのお桟敷《さじき》に、女房が抱いておつれしたが、どうしたのか、お泣きになっていて、それさえも、物の映《は》えのように聞かれるのだった。

法会《ほうえ》は果しなくつづいた。長い行列が一切経《いっさいきょう》を捧げ持ち、終日、行道《ぎょうどう》する。大きな、おごそかな法会であった。

宮中から主上のお使いが来て、法会がすんだら、ただちに宮中へ参内せよ、との仰《おお》せを伝える。

「まず、二条の宮へもどってそれから——」

と中宮はいわれるが、主上はお聞き入れにならない。重ねて蔵人《くろうど》の弁《べん》がお使いに来て、

「やはり、このまま」

と奏上《そうじょう》する。

主上は、しばしの別れが、もう待ちきれられないようであった。法会がすむなり、もうお手もとに中宮を置こうとされる。むりもない、私でさえ、しばらくお見上げしなかったら、恋しくてたまらない中宮なのだもの。


私が主上をはじめてお見上げしたのは、積善寺《さくぜんじ》の一切経供養《くよう》からいくらもたたぬ、春のまさかりの日だった。清涼殿《せいりょうでん》での、主上と中宮のなごやかなおん団欒《まどい》を、目のあたりに拝見したのもそのときである。

うらうらとよく晴れた日で、御殿の高欄《こうらん》には、大きな青磁《せいじ》の瓶《かめ》が据《す》えてあるが、そこへおびただしく花をつけた桜の、美事《みごと》な五尺ばかりの枝をたくさん投げこんである。桜は高欄からこぼれんばかり咲き満ちていた。

そのそばに大納言・伊周の君が坐《すわ》っていらっしゃる。桜重ねの直衣《のうし》――これは上は白、下は赤である――の、やや着萎《きな》えてやわらかくなったのに、濃紫《こむらさき》の、紋の浮き出た指貫《さしぬき》、直衣の下は、更に濃い紅色の綾《あや》の衵《あこめ》に白い単衣《ひとえ》、というお衣裳《いしょう》、紅綾を直衣の裾《すそ》から出《い》だしうちぎにされている美しさ、といったらなかった。大納言どのは春の正午の温気《うんき》に頬《ほお》を染めて、桜の花にもまがう、つややかな顔色でいらっしゃる。いうなら美青年ざかり、でもあろうか。

とすれば、主上は、もったいないことながら美少年ざかりと申上げてもよかろうか。

微笑を浮べて大納言どののお話にお耳を傾けていらっしゃる、そのお姿のめでたさ。

おん年十五歳。

華奢《きやしや》な、けだかいお顔立ちでいられるが、みるからに、聡明《そうめい》・怜悧《れいり》な、お年にしてはおちついた、考えぶかいご表情がある。五歳で立坊《りつぼう》、皇太子に立たれて、七歳でご即位になった。お年より老成していられるが、やはり帝王の器《うつわ》と申上げるべきなのだろうが、どことなくのびやかにお人柄が大きく、向かう者が慕わしくなるような魅力をお持ちで、それは定子中宮と好一対《こういっつい》といってよかった。

主上は上《うえ》の御局《みつぼね》に、中宮と向き合って坐っていられる。御簾《みす》をへだてた板敷に大納言どのが座をしめていられる。

弘徽殿《こきでん》の上の御局の、御簾の内には、女房たちがいっぱい、いた。御局につづく廊《わたどの》にも女房たちが控えており、それぞれ、桜重ね、藤重ね、山吹《やまぶき》重ねの衣裳も晴れやかにひしめいているのだった。

昼《ひ》の御座《おまし》のあたりでは、主上の御膳《おもの》を捧げる蔵人《くろうど》たちの足音が高く、警蹕《けいひつ》の、

「おお……しい……」

「おお……しい……」

という声がきこえるのものどかだ。

主上は、正餐《せいさん》を、清涼殿《せいりようでん》の母屋《おもや》の常の御座所《おましどころ》で、お一人でお摂《と》りになるきまりである。

主上を昼の御座までお送りした大納言どのが戻ってこられた。

「美しい桜だこと」
中宮は、御几帳《みきちょう》を押しやられて、長押《なげし》のそばまで膝《ひざ》をすすめられる。桜も美しく、中宮もお美しく、いうならこの世すべて満ち足り、輝かしく、まばゆいのではなかろうか、みどりにかすむ春の空といい、高欄《こうらん》に咲く桜に、やわらかな風があたると、雪のように簀子《すのこ》に花びらが散り敷く、それさえも……。
まるで私の高揚した気持ちを代弁なさるかのごとく、大納言どのが、

月も日も
かはりゆけども久《ひさ》にふる……

とゆるゆると歌い出される。「万葉集《まんようしゅう》」である。

三室《みむろ》の山の
とつ宮どころ……

いま、このいま、この瞬間のめでたさを、限りなき栄えを永遠にとどめたい。月日は移ろうても、中宮をめぐる御栄えは久遠《くおん》にとどめたい——。そう思うのは、私ばかりではないらしかった。

あまりのめでたさに、私はかえって不安をおぼえる。満ちた月の幸せに、むしろ不吉な危惧《きぐ》さえ、おぼえるほどである。

むろん、そんな危惧は、なんの根拠もないものであるけれども。

女房たちは、

「せっかくの美しい眺めの清涼殿に、あの荒海の障子《しょうじ》だけはおそろしくて不気味で、いやですわ」

と笑いさざめいていた。清涼殿の丑寅《うしとら》（東北）の隅《すみ》には、気味のわるい、手長足長《てながあしなが》の絵を描いた障子がある。それは弘徽殿《こきでん》の上《うえ》の御局《みつぼね》の戸をあけると、すぐ見えるのである。

「そりゃ仕方ないよ。――丑寅は鬼門《きもん》だから、鬼門を手長足長が防いでくれているのだもの」

と大納言はいわれる。

中宮が私に何かお投げになる。上﨟《じょうろう》女房たちを何人かおいた私の手もとに、それは落ちた。むすんだ紙である。開いてみると、

「あなたを一番に思おうか、思わずにおこうか、どうしようかしら。もし、一番じゃなければどうする？」

とある。

思わず、微笑《ほほえ》みがこぼれてしまった。

中宮を見上げると、いたずらっぽく笑っていらっしゃる。この前、何かの話のついで

に、私は、

「相手から一番に愛されるのでなかったら、つまらないわ。そのくらいなら、ひどく憎まれる方がましだわ。二番、三番に思われるなら、死んだ方がましね」

と女房たちにいっていたことがある。

女房たちは、

「これこそ一乗《いちじよう》の法《ほう》ね。きびしいわね」

と笑っていたのを、中宮は聞いていられてからかわれるのらしい。

「どう、少納言《しようなごん》」

と中宮はおっしゃって、人に命じて筆や紙をお渡しになる。

私は困った。

歌での返事をお求めになっていらっしゃるのかしら。私は当意即妙に歌がよめない。いや、よめないというのは正確ではない。機智《きち》の才能は人に負けずあるつもりだけれど、それに芸術的香気を盛りこめるか、というと、それは自信がない。何かしら私には、古今の名歌に比して、欠落しているものがある。それは、自分で分かるのだが、しかし、どうしようもないものである。

それをあからさまに人に看破されるのは、私の負けずぎらいな性質として、堪えられない。

私は歌をやめて、「和漢朗詠集《わかんろうえいしゆう》」の中の句を引用することにした。

「『九品蓮台《くほんれんだい》のあいだには下品《げぼん》といえども』」

としたためた。

極楽の階級には九品ある。もし極楽に生まれられるものなら、下級のところでも大歓迎。中宮さまに思われるなら、一の人に思われずとも、二の人、三の人、いや、九の人、十の人でもよい。そういう意味をこめたつもりだった。

中宮は私のさし上げた紙をごらんになって笑われる。

「清少納言のことだから、もっと思い上っていると思ったのに……。また、ひどく卑下《ひげ》したものね。いつもの決心はどうしたの」

とおっしゃって、ほかの女房たちに説明をなさる。

「あら、いつも、平生《へいぜい》から、何でも一番でなきゃ、いや、という方なのに……」

と右衛門の君が意地わるく、早速《さっそく》、いった。

「だってそれは、相手にもよりますわ。中宮さまが相手では事情がちがいますもの」

と私は抗弁した。

「それがいけないわ。第一の人に、第一に思われようという心がけでなくては。そして、いったんそう決心したら、どこまでもその誇りをひきおろさないことよ」

と中宮は晴れやかにいわれる。

「少納言はほかの人には鼻っ柱が強いくせに、中宮に向かうと、急にしおらしくなるんだね。そこがおかしい」

と大納言がいわれ、みんなはどっと笑った。

そこへ主上が、はや、お渡りになった。

お給仕役の女房が、「お食事がおすみになりました、お台盤《だいばん》をお下げ下さいませ」と呼ばわるか呼ばわらぬか、というほどのころに、主上はこちらへお戻りになる。

よくせき、中宮とおん団欒《まどい》にお心を奪われていらっしゃるらしかった。

「いま、何を笑っていたのだ」

と仰《おお》せになる。楽しげなお声である。中宮といられることの幸福に、身も心も浸《ひた》りきっていられるような、幸せなお声とお顔である。

「私のいないあいだに、みんなで面白いことをしていたのかね」

「いいえ、これからでございますわ。面白い遊びをしてお目にかけますわ……。少納言。こちらへ来て、お硯《すずり》の墨をおすりなさい」

私は女房たちを越えて、主上のおそばへおそるおそる近づいた。

こんなにま近く……と思うと、体が震えるようである。そのくせ好奇心の強い私は、すぐそこにいらっしゃる主上や中宮から視線をはなすことができない。

手許《てもと》がおろそかになって、つい、墨挟《ばさ》みから墨を離してしまいそうになる。主上は偏屈なところも人のわるいところもおありにならぬ、それこそ、一点、曇りも汚れもないといったような、無垢《むく》な、純真なご表情の方だった。

けれども、おのずから凛《りん》とした、狎《な》れがたい、犯しがたい気品がおありで、それで、お年よりも、老成した感じを与えられるのかもしれない。お背丈がかなりあるので、十八歳の中宮と並ばれても、不釣合《ふつりあい》ではなかった。

「これにね……」

と中宮は白い唐《から》の紙を二つに折られ、

「たったいま、思いついた古い歌を一つずつ書きなさい」

と私にお渡しになる。

順番に廻《まわ》せ、というおつもりであろうか。

私は御簾《みす》の外の大納言どのにそっとお渡しする。大納言の伊周の君が、この席では最も身分のたかい方である。

「どうぞ」

「いやいや、これは女性の方が。この場合、男は口出しすることではなさそうですな。中宮のお目あては、女性方《がた》のお遊びでしょう。男の方は、お手並み拝見、と高見の見物でいきますか。そうではございませんか、主上《うえ》もそう思われませんか」

と大納言は、言葉の終わりは主上の相槌《あいづち》を求められる。

「そういうことだな。——面白そうだ」

主上も快活にお答えになる。

主上と大納言は仲よしでいられるのだった。大納言が中宮の兄君であるからだけではなく、二十一歳の大納言・伊周の君は、また主上のお学問のお相手でもある。大納言の祖父、高階成忠卿《たかしなのなりただきよう》は主上のお学問の師であったが、大納言も漢籍や漢詩のことどもを、主上にご進講になる間柄である。いや、私も、仄《ほの》かにうかがったこともあるが、それは、高階成忠卿のような老人がいかめしく威儀を正し、むつかしく講義するのとちがい、ずいぶんと面白く、趣味的に、興ふかい講義をなさるのだった。

それは伊周の君の文学趣味のせいかもしれない。

中宮は、墨をすり終えた硯《すずり》をお下げ渡しになり、

「さ、早く早く。誰《だれ》からでもいいわ、ひねくって考えないで胸に浮んだままを、ふっと書きなさい。『いろは』でも『難波津《なにわづ》』でもいいから」

とお責めになる。そういわれると、かえって、みんな筆をもつ手がすくんでしまって、

「困ったわ、いざというと何も思い浮ばないんですもの」

と途方にくれていた。

中納言の君、宰相の君、といった上臈《じようろう》女房がしかたなく何やかや書いているらしい。歌が二つ三つ書かれて、次は私に廻ってくる。

見ると皆は、折に適《あ》うように桜の花をよんだものや、春の古歌など、誰でも知っている陳腐《ちんぷ》な歌を書きつけていた。

私は、心中、ホッとした。

歌をよめ、といわれると私は独創の才に乏しいのでまごつくのだが、こういうときの頓才《とんさい》なら、我ながら奇妙に、あたまが廻るのだった。

「古今集《こきんしゆう》」には、まるで、いまの情景、一幅《いつぷく》の絵を見るような、桜の花と、望月《もちづき》の世を謳《うた》った歌がある。「染殿《そめどの》の后《きさき》の御前《おまへ》に、花瓶《はながめ》に桜の花をささせたまへるを見てよめる」という詞書《ことばがき》のついた、前太政大臣《さきのだいじようだいじん》の歌。

年経《ふ》れば齢《よはひ》は老いぬしかはあれど
　花をし見ればもの思《も》ひもなし

というあの有名な歌である。太政大臣・良房《よしふさ》の君は、おん娘の文徳帝《もんとくてい》の后《きさき》、明子《あきらけいこ》を見てこの幸せ千年ののちまでも、と陶酔してよまれたという。

まるで、いまの、この清涼殿の情景を引きうつしたようではないか。この歌をおいて、ぴったりする歌が、ほかにあろうか。しかし古歌そのままを書きつけたのでは、あまりに芸がない。私は、

「花をし見れば」

のところを、

「君をし見れば」

と書き換えた。このへんは私の大好きな、お得意の分野で、内心、してやったり、という気分だった。「君をし見れば」は、中宮でもあり、主上でもあった。だから、単に私は頓智《とんち》だけではなく、心からそう思っていた。その真心が、即妙の頓智を思いつかせ

たといってもいい。

果して中宮は、ひと通り目をあてられて私のをお気に入られたらしく、

「やっぱり、少納言は面白いわ」

と笑われて、みんなにご披露《ひろう》になる。

「なるほど。ほんの少し、のことだけれど、ぐんと気が利《き》いていて引き立つね」

と主上も興がられる。

「ちょっと少納言をためしてみたの」

と中宮はいわれて、私は顔が赤らむほどうれしい。

「円融院《えんゆういん》のおん時に、こんなことがあったと、わたくしの父が申しておりました。ご存じですか？」

中宮は主上にやさしくいわれる。

「いや、知らない。どういうことなの？」

主上は純で、素直なお心ばせの方らしかった。円融院は主上の、亡《な》くなられた父帝である。

「院が、あるとき殿上人《てんじょうびと》に、『何でもいい、歌を一つ書け』と仰《おお》せられたそうです。みんな困ってご辞退申しあげたのですが、主上は『いや、ともかく何でも胸に浮んだ歌をすぐ。時にかなっていようがいまいが、字が上手であろうが下手であろうが、さらに問わない、とにかく今すぐ』と仰せられ、みなみな困りながらも、何やかや書いてお手許《てもと》

にさし出しました。父はそのころ、まだ三位《さんみ》の中将《ちゅうじょう》でございましたけれど、ほら、

汐《しほ》の満《み》ついつもの浦のいつもいつも
君をば深く思ふはやわが

という歌の、『思ふはや』のところ、『頼むはやわが』と書きかえてさし上げたそうでございます。院は、たいそう喜ばれて、おほめになったそうでございますわ」

「ほう。そんなことがあったのか――故院のいつごろの話だろう……」

主上はご感慨深そうな面持《おももち》でいらした。

「父が三位の中将と申しましたら、十年も昔のことではございませんか。故院はみ位を下りられるころ、二十六、七でいらしたでしょうか」

と大納言が指折ってお答えする。

「君をばふかく頼むはやわが……。なるほど、少納言が『君をし見れば』と書き換えた趣向と似ている。少納言はその昔話を知っていたのか。さすがに博識だね」

と主上は仰せられ、私は冷汗が出る。

「いいえ、これは亀の甲より年の功、と申すものでございます。若いかたはとっさに思いつかれない、というだけでございます。私は年とって厚かましゅうございますから……」

「少納言のは、年の功というものではありますまい。年とったから、厚かましいのではなくて、頓才《とんさい》も厚かましさも持ち前のものでございましょう」

と大納言がいわれ、中宮がすぐ承《う》けて、

「それでは、ほめていられるのか貶《けな》していられるのか、わからぬではありませんか」

みんな笑った。

主上もお笑いになる。

心から、みんな笑う。花も咲《わら》う。空も笑う。日ざしも笑う。主上は、のびのびとくつろいでいらっしゃる。まるで暖い太陽とたっぷりした水と、充分な土の栄養で、すくすくと伸びてゆく若木のように、いまの幸福を肥やしにして育たれる、そんなふうに私には見える。そして主上という、わかわかしい青春の樹は、中宮という太陽を求めて枝葉を大きく拡《ひろ》げられるかに思われた。それはまた、中宮ご自身にも汲《く》んでも尽きぬ、生きているあかしのような地下水を湧出《ゆうしゅつ》させる力となるようでもあった。

主上が中宮をごらんになる視線には、たぐいない深いたしかな信頼がある。中宮が主上を仰《あお》がれるまなざしには、ほかの人間にはうかがい知れないような、お二方だけの甘美で豊饒《ほうじょう》な世界を共有していられることがうかがわれる。それゆえに私は、主上に嫉妬《しっと》するほどである。中宮の澄んだ、明るいお声は、主上に向かわれるとき、微妙に甘いやさしさを帯びる。

ほかの人は気付いていないかもしれないけれど、私にはわかる。それは高貴に清らかな媚《こ》びである。それがかぼそい顫《ふる》えになって、お声を優雅に隈取《くまど》っている。いま、中宮はお手もとに「古今集」をお置きになり、上《かみ》の句を読まれて、

「この下《しも》の句は」

と女房たちにおたずねになっていた。

みんな、よく知っている歌のはずなのに、そして「古今集」二十巻、千百十一首の歌を何度も書写した人もいるはずなのに、いざとなると出てこない。焦れば焦るほど、私も出てこない。

宰相の君が十首ばかりお答えしている。なかには、二、三首という人もあり、それくらいならむしろ、黙ってお答えしないほうが気が利《き》いているくらいのもの。でも、あまり知らない知らないで通すのも、愛想《あいそ》がなさすぎるし、かといって、

「霞《かすみ》たつ春の山辺《やまべ》は遠けれど……」

と中宮がよみあげられる、その下の句を、知っているはずなのに、どうしても出てこない。なんという不思議なこと、その歌は巻の二、春の歌の下巻にあるとまでわかっているのに、出ないのだ。

「……吹きくる風は花の香《か》ぞする。在原元方《ありわらのもとかた》よ。こんな歌はみんな知っているはずなのに、どうして出ないのでしょう」

中宮は面白そうに一同を見廻され、本に、夾算《しおり》をはさんでひとやすみなさった。

「ああ、それなら知っていたのに」

「なぜ、とっさに出ないんでしょうねえ」

と嘆く人が多い。

「村上の帝のおん時にもこういうことがございました」

中宮は主上と顔見合わせて微笑される。

「おじいさまの帝が『古今集』をお試みになった？　それは誰に」

主上は興を催されたようである。

「宣耀殿《せんようでん》の女御《にょうご》でいらっしゃいます。小一条《こいちじょう》の左大臣《さだいじん》の姫君でいらした……」

「もう、三、四十年昔のことだね。しかし宣耀殿の女御は絶世の美女でいらして、帝のご寵愛《ちょうあい》も深かった、とか」

「お美しいばかりではございません。たいへんな才媛《さいえん》でおありになったそうですわ。まだ女御になられない、姫君と申上げたころ、お父君の大臣《おとど》が教えられたことは、三つございました。『第一に、お習字をよく稽古《けいこ》なさること。第二に琴《きん》の琴《こと》（七絃琴《しちげんきん》）をお上手に弾《ひ》かれること、第三に〈古今集〉二十巻をことごとく暗誦《あんしょう》なさること。この三つをぜひお手にお入れ下さい』――村上の帝はそれをお聞きになっていらしたのですわ。御《おん》物忌《ものいみ》の日に、『古今集』をお持ちになって、女御のところへお渡りになり、御几帳《みきちょう》を女御とご自分のあいだに立てて隔てになさって、どっかとお坐《すわ》りになりました。

（いったい、何をなさるのかしら？　いつもとご様子がちがうわ）

女御は不安にお思いになりました。だっていつもは、御几帳のこちらへおはいりになる帝が、お二人の間を御几帳でへだてられるのでございますもの……」

中宮のお話は明晰《めいせき》で描写力も適確でいらっしゃる。

「ほほう」

と主上は全く、聴き入っていられる。いや、我々女房たちもまた、中宮のお話に魂を引きこまれるように耳を傾ける、これはいつものことだったけれど。

そして私はひそかに思っていた。中宮はそのおさかしい心と眼、そして耳でとどめられた、人の世のあらゆることに、いきいきした好奇心をお持ちになり、ひいては人間や世の中を知る資料に加えられ、それをまだお年若の主上にもお伝えになろうとしている。ご年少の主上の自尊心を傷つけず、そのお心の動きに繊細な注意をお払いになりつつ、それとなく主上に伝達してさし上げようとしていらっしゃる。

私たち女房をいましめ、啓蒙するようにみせながら、主上のお耳に、珍しい知識、情報を、そっとお入れしようと心づかいしていられる。

それは、劇的なお話ぶりや、やさしい声音のために、ただただ面白おかしく聞きなされ、決して教訓するとか、知ったかぶりの知識をひけらかすといった色を帯びてはいない。中宮は無意識にみせて、ほんとうは技巧的に、

「上手にお話しする」

といった、簡単ながら、むつかしい作業に、天賦の才能を持っていられるようであった。

「帝は『古今集』をひろげられて、『何々の折に、何々で、何々という人がよんだ歌は、どういうのだね』とおたずねになりました。

(ああ、このために御几帳をへだててお坐りになられたのか)

と女御は合点《がてん》なさいましたけれど、

(もし、まちがったことをいったり、忘れた歌があったりしたら、どうしよう)

と心配なさったり緊張なさったり、でした。

その方面に明るい女房たちをお呼びになって、碁石で得点をかぞえられることにして、さあはじめられましたけれど、これはまあ、さぞ面白い観物《みもの》だったでしょうねえ。そのとき、御前に控えていた人々まで、わたくしにはうらやましく思われますわ。

帝は次々とおたずねになります。女御はそれにお答えになって、一つもおまちがえをなさいません。さかしらに、つらつらと一首を下の句までよみ上げられる、というようなな、はしたないお答え方はなさいませんけれど、それとなくお答えになるのが、すべて、露、おたがえではありませんでした。帝はもう、しまいにくやしくなられて、意地になられたのでございましょうね。

(どうかして、ちょっとでも間違いをみつけたらやめよう)

とお思いになるうち、とうとう十巻までお調べになり、昼すぎからはじめられたものが夜になってしまいました。

『負けた、負けました、お手上げです』

とおっしゃって帝は御本に夾算《しおり》をおはさみになり、おやすみになりました。面白いじゃございませんか。ところが、夜《よん》の御殿《おとど》でしばらく臥せっていらしても、何か気がかりで、おやすみになれないのでございますよ。

(やっぱり、白黒をはっきりつけたいものだ。今日のことは今日中に決着をつけたほうがいい。明日になるまでにあと十巻、いそいで勉強なさるかもしれない。それでは面白くない)

とお思いになって起きられ、またもや女御のもとへいらして、大殿油《おおとなぶら》をともして、夜ふけまでよみ上げられ、お答えをきかれたそうでございます。女御はそれをまた、一つもたがわずお答えになりました。

その試みのことを、小一条《こいちじょう》の左《さ》大臣《だいじん》にお知らせする人があったので、大臣はたいへん案じられて、真夜中でございますけれど、いそいで方々のお寺や神社に使いを遣わされ、お布施《ふせ》をさしあげてご加護を祈られたそうでございます。風流なお話ですわね」

「女御もおえらいが、帝もねばり強いかただったのだなあ」

主上はそのほうに興をおぼえられたらしい。

「私なら、三巻四巻までもよめないだろうね。一巻だけでお手あげだ……大納言はどうだ」

「私など、試みようという気さえ、持ち合わしませぬ。昔の女人衆とちがい、今はおそろしく強くなっていられますから、そういう不遜《ふそん》なことは思いも寄りません」

主上と大納言は笑い合っていられる。

「昔の教養は奥ゆかしゅうございましたねえ」

と女房たちは感じ合うのであるが、あとで御前を退《さが》ってから、右衛門の君はひとりごとめいて、何げなさそうにつぶやいた。

「中宮さまはずいぶん、物知りでいらっしゃるのねえ……あれは母君の高内侍《こうのないし》さまからでもお聞きになったお話かしら」

それはそうかもしれない。高内侍・貴子の上は、円融院の宮中にお仕えしていらしたから、宮廷の古い出来ごとをよく見聞きしていらしたにちがいない。

「物知らずな方よりも、物知りでいらっしゃる方が、御殿《ごてん》に活気があっていいじゃないの」

私は中宮を庇《かば》う口吻《くちぶり》になる。右衛門の君は意味ありげに、

「私は閑院《かんいん》のお邸《やしき》も、堀川《ほりかわ》のお邸も存じあげているけれど、名だたる上達部《かんだちめ》、殿上人《てんじょうびと》のお邸の、姫君がたのしつけというのは、世間知らずでいらっしゃるように、ということだったわ……深窓の姫君というのは、ああいう風によく物をお知りになっているかたは少ないわね。あのたぐいのお話は、いうなら、おつきの女房たちが姫君にしてさしあげるもの、姫君ご自身がおっしゃるという性質のものではないのよ。ま、だからといって、それで中宮さまの品位にかかわるというものではないの。——あなたもそうでしょうけれど、私も中宮さまが大好きよ。ああいうかたは、空前絶後だと思うわ」

右衛門の君は私のものいいたそうな口を封じるように、にんまりと笑うのである。

中宮が空前絶後のかた、とはどういう意味なのか。彼女がどういうつもりでその形容をあてたのかはわからないが、少なくとも私は、こう考えている。今までの後宮《こうきゅう》の女人たちにない、明快な意思表示のできるかた、ご自分の人生を、愛で彩《いろど》る勇気のおありになるかた（もとより、主上《しゅじょう》とのご結婚は、道隆の大臣《おとど》の政治的思惑、また家柄身分の上からの配慮ということもあっただろうけれど）、感動や愉悦をまぶしいくらい体ぜんたいにあらわされ、それを相手に伝えるのをまた、喜びとされるかた。

更にはそれら、感動や愉悦――つまり、生きる喜びを、周《まわ》りの人間と共有したいと烈しく希求なさるかた。

それは、すでにもう、たとえるならば、太陽そのもの、といっていい。主上が、中宮という太陽の光をうけて、すくすくと育たれるように、私たちもまた、中宮のおそばにいるだけで、身も心もあたたかくほとび、あつくみずみずしい体中の血が脈打って流れる気がするのだ。

空前絶後の中宮は、宮中の雰囲気をもまた、空前絶後に家庭的なものに変えてしまわれた。中宮のいられる後宮は、まるで大家族の居間のように、気どりない、あたたかな雰囲気となった。それはむろん、後宮の女あるじが中宮お一人という（これも空前絶後のことで、この条件は、このあと変わるかもしれないけれど）、いうなら、変則的な環境のせいでもあろうが、お仕えするものはみな、まるでわが家にいるようにのんびり、してしまうのだった。

たとえば、夜、内裏《だいり》の上《うえ》の御局《みつぼね》で、大納言・伊周の君が主上に漢詩文を講義していらっしゃる。いつものことながら夜はふけわたり、おそばの女房は一人二人と、いつか姿を消して、御屏風《おびょうぶ》や御几帳《みきちょう》のうしろに隠れて寝入ってしまったらしい。

しかし中宮も主上も起きていられるのに私は眠るわけにいかず、眠いのをこらえておそばに控えていると、夜勤めの近衛舎人《このえのとねり》が、

「丑《うし》四つ」（午前二時半）

ときまりに従って時刻を奏してゆく。

「夜が明けましたようでございますね」

とついひとりごとをいうと、大納言がお聞きになって、

「何だ、少納言。今さら眠ろうというのではあるまいね。みんな寝てしまうと淋《さび》しくなるじゃないか」

といわれるものだから、こっそりと寝にゆくこともできなくなった。いやだわ、あんなこといわなけりゃよかった、と思っていると、大納言は中宮にそっと笑っていられる。

「ほら、ごらんなさいませ。主上が柱によりかかって居眠りしていらっしゃる。そろそろ夜が明けようというのに」

「ほんと」

と中宮も笑われるが、お若い盛りの主上はそれもお耳に入らず、ぐっすり、というて

鶏は棚にまで飛び上ってけたたましく鳴いたのだった。まるで田舎家《いなかや》の軒先みたいなさわぎ。

家へ持っていこう）とひそかに隠しておいたものらしい。それを犬がみつけて追いかけ、

は長女《おさめ》（下級女官）の使う女童《めのわらわ》が、どこかから昼間、まぎれこんできたのを、（明日、

いでいられる。そのとき、時ならぬ鶏と犬の鳴き声がして、廊《ろう》がさわがしくなった。鶏

誰《だれ》もかれも目がさめてしまった。

主上も目をさまされて、

「どうしたんだ、これは。鶏がなぜここへまぎれこんだのか」

とびっくりされるやら、みんなが犬や鶏をとり押えるやら、おかしいかぎり、そのとき、大納言は、ふと、

鶏人《けいじん》、暁《あかつき》ニ唱《とな》ヘテ

声、明王《めいおう》ノ眠《ねむり》ヲ驚カス

と「本朝文粋《ほんちょうもんずい》」の詩句を高らかに朗吟なさった。時にとってまことに適切で、初夏の未明のさわやかな大気に、大納言の張りのあるりんりんとした若々しい声はめでたくひびく。

「おお……まさにいみじき詩句だ」

主上は興がられ、中宮とにっこり笑《え》み交された。主上も中宮も大納言も――（そして私も）この情趣をまたなく面白いことと感動し、その感動を共有できたことに、さらに感動する、……詩文、やまとうた、何によらず、「ああ、いみじき言《こと》の葉《は》だ」と身に沁《し》み、それを「わかり合える」人々で、たしかめ合う、私にとってこんな面白いことはなかった。

そして、それらのことについて、大納言の教養は、いつも他を抜いていられた。

そのあくる夜も、そんなことがあった。主上は中宮と夜の御殿《おとど》でおやすみになったので私は夜中すぎ、退出して、わが局へ戻ろうと女童《めのわらわ》の小《こ》雪《ゆき》を呼んだ。

大納言が同じように退出されてきて、

「局《つぼね》へ下《さが》るのか。よし、送っていってやろう」

といわれる。私は裳《も》や唐衣《からぎぬ》は黒戸の屏風《びょうぶ》にうちかけておいて、大納言と御殿《ごてん》の長い廊をあゆむ。月のあかるい夜で、大納言の直衣《のうし》は白い。指貫《さしぬき》を長々と踏みしだいて歩かれる。

私の袖《そで》を引っぱられて、

「それ、一段低くなっている。ころぶなよ」

と注意などして下さる。

夜は深く人影はなく、月はあかるい。

——遊子、猶《なほ》、残月ニ行ク
函谷《かんこく》ニ鶏鳴ク

大納言は口ずさまれる。これもまた、時にかなって詩情をもよおす句であった。

「すばらしゅうございますわ」

私はうっとりしてしまった。

「こんな詩句は誰でも知っていることだよ。少納言はつまらないことに感心するんだな」

大納言はお笑いになるが、私の感動したのは、詩句だけではない、月光のもとの美青年、大納言の君のたたずまい。秀句名句の情趣に浸《ひた》ってその世界に身をおく昂奮《こうふん》。宮仕《みやづか》えに慣れるに従って、私も次第に、折にあっての名句秀句を放つ呼吸、猿楽《さるごう》ごとの間合《まあい》などがのみこめてきた。私は、元来《がんらい》、そういうことが好きなのだったが、いままで大げさにいってその才能を発揮する折に恵まれなかった、といっていい。

伊周の君の弟君《おとうとぎみ》、左近中将《さこんのちゅうじょう》、隆家《たかいえ》の君が中宮の前にいらして、

「扇を進上しようと存じているのですが、何しろこの、骨がすごいのです。めったに手に入らぬ骨をさがし出しましてね、それに張るものだから釣合った珍しい紙を探すのが大ごとでございます」

と吹聴《ふいちょう》していられた。

「どんな骨なの？」

と中宮がおたずねになると、

「とにかく、大変な骨です。誰もまだ見たことのないような、すごい骨です。誰に見せてもそう申します。実際、こんな骨は今まで見たことがありません」

といよいよ熱をこめて大声でいわれる。私もつい面白いままに、

「それじゃ、海月《くらげ》の骨でございましょうか」

というと一座はどっときた。

隆家の君はやんちゃな若殿らしく、腹を抱えて笑われる。笑いすぎて涙をふきながら、

「こいつはいいや、これは私がいったことにしてみんなにひろめよう」

とおっしゃっていた。

また、これは寒い時だったけれど、空は黒雲が出て、雪花も散りまがう、まだ春浅いころ、黒戸に主殿寮《とのもづかさ》の役人が控えて、

「失礼します。公任《きんとう》の宰相《さいしょう》どののお手紙でございます」

と御簾《みす》の中へさし入れるのだった。何かと見れば、ふところ紙に、

「すこし春あるここちこそすれ」

とある。

いかにも、春寒の今日の気分と情趣に叶《かな》っているが、この上の句をつけさせようとて、よこされたにちがいない。

私は「古今集」をためされた女御のように緊張した。「古今集」の試験は、そうはいっても、ただ暗記すればよいだけのものだ。

しかし、これは即妙の才なくてはかなわぬことである、しかも出題者は、当代一の才子とうたわれる公任の君、その道ではならぶものなき歌人といわれる人である。私を名指されたとすれば、

(最近、中宮のおもとに、かの清原元輔《きよはらのもとすけ》の娘がお仕えしているというではないか。どうだ、お手並み拝見といくか)

という、挑戦(好意か悪意かは知らないが)の気分があるのかもしれない。

「殿上《てんじよう》には誰々《だれだれ》がいらっしゃるの?」

と役人に聞くと、誰それ、とあげる名前が、こちらの気はずかしくなるような、錚々《そうそう》たる文化人、知識人ばかり。

公任の君にあてての返事となれば、通りいっぺんのことではすまない。もしや中宮がよいお知恵でも貸して下さらぬかしら、とワラにもすがる思いで伺ったが、中宮のおんもとには主上がいらしていて、はや夜の御殿でおやすみになっている。役人は、

「早く早く」

とせかすのであった。下手な上に返事が遅くては、いっそうみっともないであろう。

えいままよ、と私は、

「――空寒み花に紛《ま》がへて散る雪に」

と書きつけたが、緊張のあまり字も震えるのだった。

――空寒み花に紛がへて散る雪に
　　すこし春ある心地こそすれ

悪くはない付けかたとは思うが、あの点のきびしい文化人たちが、どう評価なさることか、もしかして不評なら聞かない方がいいわ、と思っていた。公任卿の句は「白楽天《はくらくてん》」の詩集を踏んでいられる。「山寒ウシテ春有ルコト少シ」というのである。私はそれを受けて同じく「雲冷ヤカニシテ多ク雪ヲ飛バス」の前句から「空寒み花に紛がへて散る雪に」としたのだ。

ところが、もう私の付けた上の句は一刻《とき》もせぬうち、宮中にひろがっていた。

「さすがにあざやかでした」

伝えて下さったのは実方《さねかた》の君だった。

「やんやの喝采《かっさい》でした。俊賢《としかた》の宰相などは、『大したものだ。中宮の女房にだけおいておくのは勿体《もったい》ない。お上に位《くらい》をあげてお取り立て頂くよう奏上せずばなるまい』と上機嫌《じょうきげん》、公任の君もご満足でした。いつぞやの、『香炉峰《こうろほう》の雪』の話といい、中宮のおもとに清少納言あり、という名声はひびきわたっていますよ」

とご自分まで嬉《うれ》しそうにいわれるのだった。

中宮は翌日、そのことを誰かから、お耳に入れられたらしく、早速《さっそく》、私を召されて、

「そんなことがあったの、少納言」

と問われる。

「皆さまで私をかばって下さったのでございます」

と私は謙遜《けんそん》する。

「かばうといっても――少納言らしいわ、わたくしだって、巧《うま》いと思うわ」

中宮はまるでご自分がほめられなすったように、嬉しげでいらした。

「女の才華を殿方《とのがた》にみとめて頂ける、なんて、こんなたのしいことはなくってよ。わたくしは、出しゃばりは困るけれど、持っているものを力いっぱい出し切る人って好きよ……。清少納言を、公任の君も俊賢《としかた》の君もおみとめになった、なんてすばらしいことだわ」

でも本当は、そういわれる中宮のお言葉ほど、すばらしいものはなかった。

中宮と私が、そんな話に夢中になっているのを、上臈《じょうろう》女房で実務家の中納言の君は、すこしもてあまして聞いている。

「何といっても、ほんとうの栄光は、女の才華が殿方にみとめられることじゃございませんよ」

中納言の君は、ためいきをついていうのである。

「中宮さまに、一日も早く、若君がお生まれなさること、姫君よりも、玉のような男御《おとこみ》

子《こ》がお生まれになることでございます。それこそ女の才華、命の花やぎでございましょう。関白さまも大納言さまも、お口には出されなくとも、おなかの底で、どれだけじれじれとお待ちになっていることか」

それは弁のおもとも、ひそかにいっていることだった。

「まだ主上《うえ》がお若くていられるから、ご無理かもしれないけれど、貴子の上も、一日も早く、と願っていらっしゃるわ。……関白の大臣《おとど》は、御酒《ごしゅ》を召し上りすぎるせいか、ご病身なので、万一のことがあればたいへんですもの」

でもまだ私の見るところ、主上と中宮はお二人だけの濃密な蜜月《みつげつ》に酔っていらっしゃって、皇子のご誕生など、思いも染められないようにみえる……かえって、お年かさの東宮《とうぐう》のほうにおめでたがあった。

小一条《こいちじょう》の大将済時《なりとき》の君の娍子《せいこ》姫は東宮に入内《じゅだい》なさって、昔の叔母君《おばぎみ》のお名前そのままに、宣耀殿《せんようでん》の女御とよばれていられたが、定子中宮の妹君、原子《もとこ》姫が東宮にあらたに入内され、淑景舎《しげいさ》にお住みになって時めいていられたので、そのため、内裏《だいり》をお退《さが》りになっていた。

原子姫は十四、五ばかり、定子中宮に似て、ふくよかに美しい方であるという。東宮はお年上の宣耀殿の女御とは打ってかわって花やかな若い女御に、すっかりお心を奪われ、たいそうご寵愛《ちょうあい》がさかんだという。主上の後宮《こうきゅう》はまだお一方《ひとかた》なのに、東宮のほうははや、お二方になっているのだった。

しかし宣耀殿の女御はお里へ退出していられるうちに、産み月となられた。

今年、正暦《しようりやく》五年（九九四）は、道長の殿の北の方、土御門《つちみかど》、倫子《みちこ》の上も産み月になっていられて、兵部《ひようぶ》の君の話によれば、周囲はお心をいためていられるという。なぜか。疫病がはやっているのだ。

去年あたりより、西国から上ってきた疫癘《えきれい》は、次第に都を席捲《せつけん》しようとしている。私のまわりにも煩《わずら》う人々は多くなっていた。都大路《みやこおおじ》のそこここに、打ち捨てられる死骸《しがい》を見ることも、さまで珍しいことではない。

早く、このいやな騒がしさがすぎてくれればよい。私はそればかり考えて、死骸や病人や、乞食《こじき》を見るのがいやさに、内裏《うち》ずみばかりしていた。

内裏《だいり》の御所《ごしよ》にいるかぎり、天下は平安であった。それに、心を労し、あるいは興じる噂話にも行事にも事欠かなかった。五月になって、道長の君の北の方は姫君——妍子《けんこ》姫を、平らかにお生みになった。

東宮の、宣耀殿《せんようでん》の女御は、無事、玉のような皇子をあげられた。済時《なりとき》の左大将《さだいしよう》は嬉《うれ》し泣きなさったということだ。

それにつけても、道隆の大臣《おとど》は、さぞ、定子中宮のご懐妊をお待ちになっているのではなかろうか。

しかし、そういう花やぎの底に、おそろしい世の中の、不気味な足音はしだいに高くなっている。

大疫癘《だいえきれい》の年が近づいていたのだ。この世ながらの地獄を見るような、大疫癘が。
そしてそれはまた、凶運をともにもたらす魔風でもあった。

10

去年はやった病《やまい》は咳病《がいびょう》だった。芯熱《しんねつ》がいつまでもとれず、体がだるく、やがて骨のふしぶしが、ばらばらになるような感じで、身をおこすこともできない。咳《せき》がひどく、ついで下痢《げり》におよんで洟水《はなみず》はひっきりなし、そういう症状であった。あっちでもこっちでも、ゴホゴホという咳、それは内裏《うち》でも同様だった。

私は幸い軽かったが、浅茅《あさじ》が、則光《のりみつ》の邸《やしき》のものはみな罹《かか》り、大難儀《おおなんぎ》だったという知らせをもたらした。この病で死ぬ人々の数も多かったから私は心を冷やしたが、とりわけ胸に痛いのは病弱な吉祥《きっしょう》だった。吉祥こそ、まっさきにはやり病に連れ去られそうな気がしてならなかった。が、その胸の痛みも、長く別れているいまは、紗《しゃ》の幕を隔ててものを見るように、無力なあきらめで薄められている。

しかし、あたまを丸めて仏門にはいり、叡山《えいざん》へ修行にいってからの吉祥は、かえって元気で、はやり病にもかからず、一心に修行にはげんでいる、ということである。まじめで頭も悪くなく、内省的《ないせい》な吉祥のことだから、きっと学識徳行《とっこう》を積んだりっぱな、えらい、お坊さまになってくれるかもしれない。私は成長した吉祥（いや、あたまを丸めたいまは、光朝《こうちょう》というそうだ）を想像できる気がした。

吉祥をそんなふうに考えるのは私の心の一方で、定子中宮《さだこちゅうぐう》の弟君、隆円僧都《りゅうえんそうず》のことがあるからだ。道隆公《みちたか》の大臣《おとど》のご一族ではただお一人、僧籍《そうせき》に入られたかただが、絶えず中宮の御殿に参上され、殿上人《てんじょうびと》や女房《にょうぼう》たちにうちまじり、さざめいていられる。はなやかな後宮《こうきゅう》の女人《にょにん》の黒髪や、色とりどりの衣《きぬ》の中で、青々した剃《そ》りたてのお頭《つむ》が目立って、おもしろい対照である。まだ少年のお年頃《としごろ》でいらっしゃるのでふっくらした下《しも》ぶくれの童顔が、かわゆい地蔵菩薩《じぞうぼさつ》のようにみえる。このご一族特有の、冗談好み、機智《きち》に富んだ、そしておしゃべり好きの明るい性格でいらっしゃるらしく、隆円の君のおそばではいつも笑い声が絶えない。

そういうたたずまいの僧都の君にくらべ、吉祥は、いかにもつきづきしい、坊さんらしい坊さんになりそうな予感がするのであった。

それはともかく、去年の咳病《がいびょう》が、やや下火になったと思ったら、今年、正暦《しょうりやく》五年（九九四）の春から、また悪い病《やまい》がはやり出した。

疱瘡《もがさ》（天然痘《てんねんとう》）である。恐ろしいこの病は、昔から西の国におこり、やがて京へとのぼってくる。

九州で猖獗《しょうけつ》をきわめています、という、いやな噂をきいたのは春先であったが、あっという間に鎮西《ちんぜい》から七道《しちどう》を席捲《せつけん》して都へ侵入《しんにゅう》してきた。

体じゅうに火ぶくれのような瘡《かさ》ができ、体熱は燃えるようになるそうである。その瘡が赤いときは軽症だが、紫ずんで黒いと重症であり、たちまち死にいたるという。私は怖いので病者を見ることもしない。道ばたにはおびただしい病者がよろめき、さまよった末、倒れ伏していた。検非違使庁《けびいしちよう》の役人たちが死体を収容して鳥辺野《とりべの》へあつめ、はじめの頃《ころ》は穴へ埋めたり、焼いたり、していたが、やがて追いつかなくなり、賀茂《かも》の川原にまで死体はおびただしく積み上げられた。

いや、それらを取締る役人たちでさえ、ばたばたと斃《たお》れはじめた。やがて、それは下位の役人たちだけでなく、身分たかき人々にも容赦《ようしゃ》せず、おそいかかった。

(えっ、あの人が……)

というような、四位五位《しいごい》の殿上人《てんじょうびと》たちまで、それも、ついこのあいだ見た、というような人々でさえ、

(まあ、あの人が。でも、この間、殿上で見かけたのに……もうはや)

はかなくなった、そんな禍々《まがまが》しい噂で持ちきりだった。

朝廷ではあわただしく大神宮《だいじんぐう》以下の方々の諸社に、疫病《えきびよう》終熄《しゆうそく》祈願の奉幣使《ほうへいし》を派遣される。

たいてい、はやり病は秋になると下火になるのであったが、新涼の風が訪れてもまだ京にはなまぐさい屍臭《ししゆう》がたちこめ、死神は跳梁《ちようりよう》して人々をおびやかした。物狂おしい祈

願読経《どきよう》の声は海嘯《つなみ》のように秋空にたちのぼる。

　朝廷では畿内七道諸国《きないしちどうしよこく》、国ごとに、六観音像《ろくかんのんぞう》と大般若経《だいはんにやきよう》を一部ずつ写して祈願するようにお命じになる。

「もっと寒くなれば、収まるのではないかしら……」

「年があけたら、おちつくわよ、二年越し、ということはなかったのですもの」

　とみんなは言い合った。中宮づきの、五、六十人の女房たちも、本人自身の病気というより、身内の死で服喪《ふくも》したり、小左京《こさきよう》の君のように、両親の看護に追われて里下《さとさが》りしていたりして、いつもの半分くらいの数になっている。

　でも後宮では、それらの不吉な話題は禁句だった。中宮は私たちにいわれる。

「主上《うえ》はとてもお心を傷《いた》めていらっしゃるわ……。一天下のあるじとして、この悪いはやり病は自分の不徳《ふとく》のいたすところではないかと反省していらっしゃるの。毎日、暗い話ばかりのご政治向きのことから離れて、こちらへいらっしゃるときぐらいは、せめてお心をほっとさせてさしあげましょう。わたくしたちがいる場所は、陣《じん》の座《ざ》ではないのですから」

　後宮の女主人、中宮をはじめ（むろん、主上におかれても）、幸い、つつがなくいられて、魔風《まかぜ》はこの奥ふかい殿舎《でんしや》のうちにまでは吹き入ってこない。疫病《えきびよう》をおそれる私は、外界の空気を吸うさえ、怖かった。今年の悪疫《あくえき》には猪《いのしし》の油を瘡《かさ》に塗るがよいという人もあるし、初期の軽症のころなら大黄《だいおう》を煎《せん》じて服用するがよいともいわれた。瘡に蜜《みつ》を塗り、青木香《せいぼくこう》・丁香《ちょうこう》・黄陸香《おうろくこう》などを水四升で煮て、一升半になるまで煮つめる、それを服すると効く、ともいわれ、女房たちの一人が手に入れたのを、私も用心に頒《わ》けてもらったりした。

ただ心配なのは、道隆の大臣《おとど》が病《や》んでいられることである。尤《もっと》も、これははやり病のせいではなく、ほかの病気によるものらしい。

しきりに水を飲まれる、飲水病だという。

北の方、貴子《たかこ》の上《うえ》は手をつくして看病していられ、出家された舅《しゅうと》、高二位《こうにい》の高階成忠《たかしなのなりただ》殿も、平癒《へいゆ》祈願《きがん》の祈りをさまざまに上げていられるそうである。

昔、則光《のりみつ》が高二位殿のことを、

(くらえぬ爺《じい》さんさ)

といっていたのが、私のあたまにいまもあるせいか、高二位殿が何かされるというと、なぜかおどろおどろしい気分が揺曳《ようえい》する気がされる。宮中で一、二度見かけた高二位殿は眼のするどい長身の、狷介《けんかい》な老人であった。

そんなさわぎのうちにも、中宮のご一家には喜びごとがつづいた。伊周《これちか》の君《きみ》は内大臣になられ、権大納言《ごんのだいなごん》・道長《みちなが》の君をついに超《こ》えられた。

これで、伊周の君が、父君・道隆の大臣《おとど》のあとをおそい、関白さまにのぼられることはまちがいなし、というかたちになった。

道長の君は面白からず思われたのであろう、ふてくされてこの頃は出仕《しゅつし》もなさらないということだ。

道長の君ばかりではない、伊周の君は、異母兄、道頼《みちより》の君も追い越された。道頼の君は伊周の君とは三つ年上の、人望のある方でいらっしゃる。祖父の兼家《かねいえ》公がお可愛《かわい》がりになっていられたので、父君の道隆の大臣には疎《うと》んじられて、このたびも、はっきりと伊周の君と差をつけられたわけである。しかし私の見るところ、道頼の大納言は、かなり老成して練れたお人柄で、公卿《くぎょう》の貫禄《かんろく》がおありになり、頼もしく、すばらしい殿方《とのがた》である。

伊周の君の、文学趣味ある、情緒ふかい人となりにくらべ、醒《さ》めた実務家ふうとでもいったらよかろうか、どことなく、叔父君の道長の君に似ていられ、道長の君も、甥御《おいご》たちの中では、関白道隆公ご一族の主流の方々より、脇腹《わきばら》の道頼の君に好意をよせていられるらしい。

それやこれやで、あまたの人々の羨望《せんぼう》の視線は、関白・道隆公のご本妻ばらの君たちに集まっているのだ。

更に、中宮の妹姫・原子《もとこ》姫が東宮の女御となられた。これは年あけて正暦《しょうりゃく》六年（九九五）正月十九日のことだった。原子女御はお年が十四、五ばかり、東宮は二十歳でいらっしゃる。主上《しゅじょう》のおん従兄《いとこ》にあたられ、従兄弟《いとこ》の君お二人が、それぞれに花のようにお美しいご姉妹の姫とご結婚になったわけだった。関白さまとしては、おん娘お二人を帝《みかど》と東宮に納《い》れられてこの上ないご満足であったろう。

尤《もっと》も、東宮にはすでに、先年入内《じゅだい》された女御娍子《せいこ》が挙げられた皇子があり、東宮は若宮をいつくしんで抱いていらっしゃるという噂であるが。

「花のような」姫、と私はいったが、まったくこれは大げさな形容ではなかった。私は東宮とご結婚なさって、淑景舎《しげいさ》にお住まいになった原子姫を、かいま見させて頂くことができたのだから。

去年の積善寺供養《さくぜんじくよう》の日を、私は生涯《しょうがい》に二度とない晴れの盛儀を見た、と感激したものだが、人生にはまだまだ、私の未知の世界があったのだ。淑景舎が、姉君の中宮のもとへ会いにいらした、その日の晴れがましさときたら。

正月の十九日に宮中の淑景舎にお輿入《こしい》れになり、同じ後宮のうちで、仲のよい姉妹《おととい》がお住みになりながら、お会いになる機会はなかった。中宮は登華殿《とうかでん》、女御は淑景舎、七殿五舎ある後宮は長い渡廊《わたどの》につながれ、あるいは壺庭《つぼにわ》でへだてられ、お気軽に双方、おたずねになることはできないのだった。お文はやりとりなさるが、なかなかよい折がなかったのを、二月の十八日の日に、淑景舎の方から、

「おうかがいしてよろしいですか」

というお便りがあった。中宮もお喜びになり、心まちなさっていた。

こちらの御殿は中宮のお心弾《こころはず》みをそのままに、隅から隅まできれいに磨きたてて、お越しをお待ちする。

お里方へも、お知らせはすぐ飛んで、当日は早くから、関白さまと北の方・貴子の上

がご同車でおいでになり、ご一家水入らずの団欒《だんらん》をたのしまれる手はずが整った。

中宮は私がお髪《ぐし》をお手入れしてご用意しているのへ、

「淑景舎を、少納言は見かけたことがあって？」

とおたずねになる。

「いいえ、私などがどうして拝めましょう、いつぞやのご供養《くよう》の日に、ちらりと後姿だけをお見上げいたしましたが」

「それなら、そこの柱と屏風《びょうぶ》のそばへ寄って、私のうしろからそっと見てごらん。とってもきれいな方よ」

と中宮が仰《おお》せられたのは、嬉《うれ》しかった。中宮のご口吻《こうふん》には、身内自慢というのではなく、ほんとうに美しいもの、美しい人に対する嗜好《しこう》を、私と中宮で共有しているという(勿体《もったい》ないことだけど)、ひそかな目くばせのような共感が匂《にお》ったからだった。

中宮はまた、私にはあけすけに、

「どう。この着物。似合うと思って？」

とご相談になる。御袿《おんうちぎ》は紅梅《こうばい》の織物。紅《くれない》と紫で織ったもので、それに織模様が浮いている。袿《うちぎ》の下の打衣《うちぎぬ》は紅であった。

「紅梅には紫の打衣が似合うのだけれど、どうして紅梅の打衣は紅、ときめられているのかしら。紫は萌黄《もえぎ》に合せるもの、というきまりになっているのが残念ね。わたくしは萌黄の色があまり好きではないの」

と仰せられるが、紅梅のお召物に、白い、光るようなおん頰《ほお》は、まことに似つかわしかった。

いや、中宮がお好きでないといわれる萌黄にしろ、何にしろ、おうつりにならぬという色があろうか。

「すばらしゅうございますわ、よく映《は》えてごりっぱですわ」

と私はいいつつ、なぜこうも中宮をお讃《たた》えするときは、平生の、殿上人《てんじょうびと》を相手に冴《さ》えるカンが働かないのか、いいたい放題に舌がうごかないのか、くやしい。それにしても、淑景舎もやはり、こんなにお美しくていらっしゃるのかしら。東宮のご寵愛《ちょうあい》は、皇子をお産みになった宣耀殿の女御を超えて、たいそう烈しい、ということだけれど……。

淑景舎は早くも十七日の夜半ごろにはおいでになった。春の夜あけは早く、ご姉妹がなつかしそうに寄り添われる間もなく、空は白んでゆく。

登華殿《とうかでん》の東の廂《ひさし》のふた間にお席の用意がしてある。女房たちは、ぎっしりと居並んでいた。まだ明け方といっていいようなころに、早々と、関白さまと北の方がおいでになる。

御格子《みこうし》は上げ渡された。

四尺の屛風《びょうぶ》を立てて北の仕切りとし、御畳の上にお茵《しとね》が敷かれて、火桶《ひおけ》がおかれ、御《お》屛風《びょうぶ》をへだてて女房たちは坐《すわ》っている。

私は御屛風のうしろから、そっと覗《のぞ》いた。

うしろの女房たちが、（ちょっと……）などとこづいたり、小声でたしなめたりするのを、私は平気で、

「……いいのよ。おゆるしが出てるのだから」

というのも面白かった。

まず、北の方・貴子の上がみえた。白い表着《うわぎ》に、紅《くれない》の打衣《うちぎぬ》、女房の裳《も》を借りられたのであろうか。中宮・女御のおそばに侍《はべ》るというので形式だけ、かしこまっていられるようである。北の方は、お顔は全くみえない。うしろ姿しか、お見えにならぬが、おん娘たちとご一緒で、ひとしおご満足であろう。

淑景舎はここからはよく拝見できた。

若やかに、愛らしい、絵に描いたような姫君だった。そして、花やかな色のお召物に埋もれていられた。紅梅の重ね袿《うちぎ》の濃い色、薄い色をあまた重ね、その上に濃紫《こむらさき》の打衣《うちぎぬ》、表着《うわぎ》は萌黄《もえぎ》色の織物だった。扇で顔を隠していられるが、そのおん手つきの、なよらかな美しさ。

総体にどことなく稚《おさ》なく、ういういしい、美少女といったおもむきがおありになる。それにくらべると、中宮はゆったりとおとならしく、女ざかりの艶麗《えんれい》というのは、こういうことを申上げるのだろうか。

お二人のあいだに、道隆公がいらした。

一目みて私は、

(――お痩《や》せになった)

と衝撃《しょうげき》を受けた。去年二月の積善寺供養《さくぜんじくよう》のときは、もっとふくよかで、豊かな男ぶりでいらしたように思うが、いまは頰《ほお》が削《こ》けて頓《とみ》に皺《しわ》が多くなっていられた。お顔色もわるい。廂《ひさし》の柱にお背中をもたれさせていられるのが、昔なら鷹揚《おうよう》にくつろいでいられるゆとりのように見えたであろうが、いまは、濃い疲労に堪えかねられてのようにみえた。

ただ、笑《え》みまけていられる満足げなご表情と、冗談好きなお癖だけは、いまも以前のままでいられる。

朝の御手水《おちょうず》もお食事も、ご家族水入らずでなさった。

中宮と淑景舎のそれはそれぞれのしきたりと格式通りに運ばれる。淑景舎の御手水は、はるかかなたの東宮御殿から、宣耀殿、貞観殿《じょうがんでん》を通って、童女《どうじょ》二人下仕《しもづか》え四人が持ってくるのである。それをなまめいた若く美しい、淑景舎つきの女房たちが次々と手渡してお取り次ぎする。

中宮のほうのお手水は、当番の采女《うねめ》たちによって運ばれる。采女たちは格式通り、おそろしく真っ白な白粉《おしろい》で顔をいろどり、青裾濃《すそご》の裳《も》や唐衣《からぎぬ》、裙帯《くたい》、領巾《ひれ》などをなびかせる、という古風のいでたちで、目よりも高く、お洗面具の盤を運ぶのである。宮仕えして見なれたことながら、今朝はことにも身に沁《し》む眺めだった。

お食事は、女蔵人《にょくろうど》がお運びする。御髪《おぐし》をあげる係りの女官《にょかん》もくる。それやこれやで、隔ての御屛風《おびょうぶ》も取られてしまい、こっそり覗《のぞ》き見していた私はまごまごする。

しかしいまや好奇心のかたまりになっている私は、このまま退く気にならない。中宮がお許しになって下すったのだもの、と更に居坐《いすわ》って、御簾《みす》と几帳《きちょう》の間に坐り、柱の外から見ていたが、おのずと衣の裾《すそ》や裳《も》などがはみ出すので、道隆の大臣《おとど》にみつけられてしまった。

「誰だね、あれは。御簾の間からみえるのは」

大臣のお言葉で中宮がお答えになる。

「少納言ですわ。見たがり、のぞきたがりの人ですから、のぞいているんですわ」

「やや、清少納言か、あのうるさ型か。やれやれ恥ずかしや、『ぶさいくな娘どもを持って』と思って見ているに違いない。少納言にはかなわんよ、何しろすぐ書くのだからの。『春はあけぼの草子』に、『あわれな爺《じい》さん婆《ばあ》さんと、ぶさいくな娘二人』と書かれるのが目にみえるようだ」

大臣の冗談ぐせだけは変わっていらっしゃらない。私は「春はあけぼの草子」を大臣がおぼえていて下さったというだけで、得意と嬉《うれ》しさにわくわくし、よけい覗《のぞ》き見が許されるように思って、なおも目を放たずに眺めるのだった。女房たちは簀子《すのこ》に、廂《ひさし》に、ひまなく群れて坐っており、私のように覗き見しないまでも、几帳のうちのご一家の団欒《だんらん》にきき耳をたて、洩《も》れるお話し声や雰囲気《ふんいき》に、もろともに心を奪われているようだった。

淑景舎の方にもお食事ははこばれてくる。

「うらやましいな、どちらさまでもお膳《ぜん》が出ておって。どうぞ右や左のお姫様。哀れな爺さん婆さんにせめておさがりをお待ちしますぞ」

と関白さまが冗談をいわれるものだから、若い女房たちは笑い声をたてている。そこへ伊周の君や、隆家の君が、松君を連れておいでになる。松君は三つ四つのお可愛《かわい》ざかりで、道隆の大臣はすぐお膝《ひざ》へ抱き取られて、松君の片言にお耳をかたむけられる。伊周の君のご長男でいられるが、ふっくらと頰垂《ほおた》れの愛くるしい若君で、どなたもお相手にならずにいられないようである。

伊周の君や、三位《さんみ》の中将・隆家の君は正装の束帯《そくたい》姿でいらっしゃるので、狭い縁いっぱいに長々しい下襲《したがさね》の裾《きよ》が曳《ひ》かれて、もののしかった。伊周の君はいまは内大臣、ご風采《ふうさい》も一段とあがってきよらかで、おん弟君の隆家中将のほうは、いかにも若者らしい俊敏さにあふれていらっしゃる。ここにはいられないけれど、この方々のほかに、まだ二人の姫君に、隆円僧都《りゆうえんそうず》、ほんとに道隆の大臣と北の方はよい子持ちでいられるのだ。

尤《もつと》も、色めかしい方、という評判が昔からあった道隆の大臣は、北の方のほかにずい分あちこちに愛人を持たれ、そこに出来た若君が、たくさんいらして、もう一人前に成長し殿上人《てんじようびと》になっていられる方も多い。

かの、伊周の君の異母兄、道頼の君もそのお一人である。道頼の君は山の井のお邸に住んでいられるので、山の井の大納言と呼ばれている。

それにしても、北の方のご果報は大したものだと思うのに、北の方のお声はちっともきこえない。道隆の大臣のご冗談に、中宮も淑景舎も楽しげな笑い声を立てられるが、北の方の笑いはきこえない。もしかしてそれは、関白の大臣のご健康状態と関係があるのではなかろうか。北の方はお話しなさるお声もごく低く短く、こんなに間近にいる私にさえ、聞き取ることはできなかった。お顔も見えないのと同様に……。

そしてそれは私には、ひどく印象的だった。

ただ、松君がかわいいお声で、

「おばあちゃま」

と呼びかけられたときはさすがに、満面に笑みをたたえた、と思われるような、とろけそうなお声で、おやさしく、

「あい、……あい……」

と返事なさるのが耳を搏《う》った。それはごく普通の、甘い祖母の声にほかならなかった。私にはそれともう一つ、弁のおもとの姿が見えないことが気がかりだった。弁のおもとは、貴子の上付きの古い女房なので、こういうときも、必ず遠くながら、控えているはずなのであるが……。

「大臣《おとど》にお敷物を」

と関白さまがいわれる。この「大臣」は伊周の君のことである。

「いや、これから陣《じん》の座《ざ》に出席せねばなりません。公事《くじ》がありまして」

と伊周の君はあわただしくおたちになる。

渡される。

と、そこへ主上からのお文使いで式部丞《しきぶのじょう》が来る。中宮のお返事は早く、すぐお使いに

まだ敷物も片づけぬうちに、今度は、東宮のお使いがくる。これはむろん、淑景舎に、である。お手紙は、関白の大臣の手から、北の方、中宮へ、と順々に渡り、淑景舎は受け取られたが、急にはお書きにならない。まだご新婚の面映《おもは》ゆさからであろうか。

「お返事を早くお願い申します」

とせかしているお使者は、まだ十七、八の少年の周頼《ちかより》の少将で、この方も道隆の大臣《おとど》のおん子の一人、母を異にするがご一家と血つづき、中宮ご姉妹にも腹ちがいの兄弟でいらっしゃる。

「さ、さ、お早く。みんなが見ているからお筆を取られぬのかな。誰も見ていなければ、こちらの方から、ひっきりなしにお手紙を出されるようだが」

道隆の大臣がいわれると、淑景舎の君ははにかんで赤くなって微笑《わら》っていられるのが、ういういしくて可愛いごようすだった。

「さ、ほんとうにお早くお返事を」

と低いお声で促されるのは北の方らしい。

淑景舎は奥の方へ向いてお書きになるが、北の方がお近くへ寄って、こまごまと助言なさるので、ひどく恥ずかしそうにしていらっしゃる。

そのあいだ、中宮のお心づかいで、使者に禄が出された。女の衣裳《いしょう》ひとかさねのご祝

儀である。これは隆家の君のお手から渡される。

しばし離れているさえ、お文のやりとりが繁くあって、中宮と主上、淑景舎と東宮のご夫婦仲はこまやかなようであった。

松君がかわいい声で何かいわれるのを、みないとしがられて、いろんなおしゃべりをさせていられる。中宮も朗らかな笑い声をたてられて松君の相手になっていられた。

「宮のお子と申上げても似合いそうな」

と道隆の大臣は嘆息された。ほんとうに中宮の皇子ならこの上にまだどんなにか、晴れがましいことであったろうに。

未《ひつじ》の頃（午後二時ごろ）に主上がこちらへお越しになる。筵道《えんどう》が敷かれ、主上はそれを踏まれて衣《きぬ》ずれの音もたかく中宮の御殿、登華殿の母屋《おもや》へ入られる。中宮はおあとに従われ、やがてそのまま、お二方は母屋のまん中に据えられた御帳台《みちようだい》に入られた。

春の日ははなばなと明るい真昼であるが、母屋は暗く、まして帳《とばり》を垂《た》れ籠《こ》めた御帳台は暗い。お二方のひめやかな囁《ささや》きは、昼も日の射さぬ奥の闇《やみ》に吸いこまれて、どんな敏《さと》い耳にもきこえない。姿のないまやかしどもさえ、御帳台のうちの語らいには遠慮して、そっと退《しりぞ》くにちがいない。私はといえば、明るい真昼、人の多い御殿の中で、思うさまに振舞われる、奔放《ほんぽう》で闊達《かったつ》な主上のわかわかしさに、好もしい昂奮《こうふん》をおぼえる。地上のしみったれた思惑や配慮などにかかずらわず、悠々《ゆうゆう》と天界に翅《はね》をひろげて飛翔《ひしよう》してゆく神か鬼のような、いかにも帝王らしいお振舞いというべきだろうか。

女房たちはそっと、南の廂《ひさし》の間にすべり出てくる。私も退いて、目立たぬように廂の間の隅にいた。主上におつきしてきた殿上人たちが、南の簀子《すのこ》敷《じき》にあふれていた。淑景舎や北の方は東の廂の間にいられるが、道隆の大臣《おとど》は、すぐに、
「方々《かたがた》に酒・肴《さかな》を。酔うて頂けよ」
と命じられる。日は高し、廂の間には中宮づきの女房たちも話し相手になって控えて居り、酒や料理が続々とはこばれてくる。話が弾み、酒が座をめぐって、時ならぬ日中の宴会となった。

日の入りごろに、主上はお起きになり、山の井の大納言を召されてお召物を着けられ、還御《かんぎょ》になる。桜の御直衣《おんのうし》に、紅《くれない》の衣《きぬ》が裾《すそ》からこぼれていられるお姿が夕日に映えて、こう申しては恐れ多いことながら、えもいえずなまめかしい美少年ぶりでいられたことを、書きとどめずばなるまい。

主上が清涼殿へ還御なされたあとは、こちらの登華殿では宴の花やぎの火照《ほて》りで、なおいっそう幸せな気分だった。関白さまをはじめ、伊周の君、山の井の大納言、三位の中将・隆家の君、ほかに異腹のご兄弟がたが集まられて、まことに水入らずのまどいとはこういうのであろう。男兄弟たちの間で盃《さかずき》が廻《めぐ》らされる。私たちは瓶子《へいじ》をとってお盃についでさし上げる。ご一家の繁栄はゆるぎないものにみえた。

そこへ、こんどは主上のお使いとして、内裏女房《だいりにょうぼう》の馬《うま》の典侍《ないしのすけ》が来る。中宮に清涼殿へ参上するように、という主上のご命令である。昼はみずから登華殿へおわたりになり、

夜はまた夜で、お座所《ましどころ》へお呼びになる、夜昼放たれず、というのは、まさにこのことであろうか。まぶしいばかりのご寵愛《ちょうあい》と申上げてもよいであろう。主上は一刻も、中宮と別れていられぬお気持ちでいらっしゃるらしかった。

しかし中宮は、せっかくの妹姫やご両親、ご兄弟らのまどいにも魅力をおぼえられて、この場を立ち去りがてに思し召すらしい。

「今宵《こよい》はちょっと……」

と渋りがちのお返事である。道隆の大臣《おとど》は、ことさらご機嫌《きげん》よろしく、さとされる。

「とんでもない。主上の仰せを否《いな》むことがありますものか。はや、はや、のぼられるがよい」

そこへ、東宮からのお使いまで、しきりにくる。淑景舎の君に、これも、

「早くまいるように」

とのお使いである。こちらも東宮づきの女房、侍従《じじゅう》の君などという人がお迎えにきて、

「お待ちかねでいらっしゃいます。お早くおのぼりのほどを」

とせかすので、にわかに座はあわただしくなる。淑景舎の君は恥じらってもじもじしていられた。

「それでは、まず、淑景舎さんをお帰ししてから、わたくしも参上することにいたしましょう」

中宮がいわれる。淑景舎は、

「まあ、そんな……。やはり、お姉さまをお先にお見送りしてから……」

「いいえ、まず、まず、あなたを」

とご姉妹のおん仲はむつまじい。

「東宮御殿は遠い。『遠きを先にす』というところだな」

と関白さまが戯《たわむ》れられるのは、白楽天の詩集にある、「王化ノ邇《ちか》キヲ先ニシ、遠キヲ後ニセンコトヲ欲ス」からのご冗談であろうか、関白さま以下、殿方たちで、淑景舎を送っていかれた。

再び、登華殿へ戻られ、こんどは中宮を清涼殿の上の御局《みつぼね》へ送られるころは、あたりは昏《く》れかけて夕闇《ゆうやみ》の匂《にお》いとなっている。帰る道々も関白さまは面白いことばかりいわれるので、私たちは笑いころげて危うく打橋《うちはし》から落ちぬばかりだった。

そのごようすは全く、以前のままのようにみえるが、あるいは今日の栄えある楽しい時間のたかぶりが活気を添えて、お元気そうにみせているのかもしれない。私には関白さまがひどくお痩《や》せになり、お召物が大きすぎるようにだぶついてみえるのが、不安だった。私の父も老齢のせいで痩せて小さかったけれど、元気な男だった。

――関白さまは、私たちに猿楽《さるごう》ごとばかりいって笑わせていられるけれど、しかしやはり、たいへんなご身分のものなのである。私たちに向かっていつも、

「別嬪《べっぴん》さんたちにかかっては、このおいぼれ爺さんは、かてませんわい」

などといったりなさるが、あれは去年のことだったかしら、関白さまが黒戸から出ら

れるのを偶然、拝見したことがある。清涼殿の御前から退出される、戸口までは女房たちがずらりと控え、外への御簾《みす》をひき上げて関白さまをお見送りする。

「や、や、別嬪さんや、ありがとう」

とれいの軽口を叩《たた》いてお出になると、外には伊周の君、そのころは権大納言でいらしたが、まっ先に控えていられる。次々に顕官《けんかん》、上達部《かんだちめ》がずらりと居並んでひざまずいていられた。正装の黒い袍《ほう》が、まるで、鴉《からす》をびっしり止《とど》まらせたよう、大納言の君が、御《お》沓《くつ》をとって関白さまにおはかせになる。

関白、というのは何というたいしたものであろうか、大納言ほどの高官に御沓をはかせられるのである。

関白さまは物腰のみやびやかな方で、ゆったりと御佩刀《みはかし》をひきつくろわれながら、足をとどめていられると、折しもそこに、中宮大夫《ちゅうぐうだいぶ》の道長の君が立っていられた。

道長の君は、世の噂では関白さまご一家と反《そ》りが合わず、中宮大夫に任じられたことも快《こころよ》く思っていられない、ということである。ほかの人たちのように、関白さまの前にひざまずかれるだろうか、それとも、そっぽを向いてそ知らぬふうを装われるだろうか、というのは、私だけでなく、その場にいた人々のひそかな関心の的だったにちがいない。

しかし、さすがに、というべきか、道長の君は、関白さまが足を踏み出されると、すぐ反射的にひざまずかれ、やわらかな表情で、かるく頭を下げられた。それはまことに、見やすいながめであって、関白さまのご威勢はたいそうなものだと、人々の肝《きも》に銘じたことであろう。

拝見していた女房たちは、

「関白の位——とひとくちにいうけれど、ほんとうに一の人でいらっしゃるのね、今日はしみじみわかったわ」

「いつもご冗談ばかりおっしゃるものだから、つい、狎《な》れしたしんで、軽く思うけれど、どうしてどうして。錚々《そうそう》たる上達部《かんだちめ》のかたが、さーっとひれ伏しておしまいになるんですもの」

などと、かしましく言い合っていた。

ちょうど中納言の君が、たまたま何かの忌日《きじつ》ということで、殊勝《しゅしょう》に数珠《じゅず》を持っていたが、若い女房たちはふざけて、

「ねえ、ちょっとその数珠、お貸し下さいませ。私たちも勤行《ごんぎょう》して、関白さまのご運にあやかりたいんですもの」

「そうよ。せめて来世では、関白さまのご運のよさの、何分の一かでも分けて頂きたいわ」

中宮が明朗でいらっしゃるせいか、この宮にいる若い人々は、抑え手がなく、のびのびとおしゃべりする。

中宮は決してそれを制止なさらない。

「困った人たちね、仏さまにお願いするのはめでたく成仏《じょうぶつ》できるように、ということだ

わ。関白の位より、そのほうがずうっと、大事じゃないの」

と話に加わられて、微笑される。

「少納言も、威勢に打たれたくちなの？」

と私を見返られたので、

「はい、それは無論でございますが、何よりあの、大夫《だいぶ》さまが……道長の君が、おひざまずきになったのがめでたくて」

中宮ならお分かり頂けるにちがいない、あの道長の君の、大人っぽい態度。きりりとした浅黒いお顔に浮ぶ、おだやかな老成した表情。

声ない人々の、針のような注視を、さりげなくやわらかく受けとめて、人よりも、一段と恭々《うやうや》しかった御挙措《ごきよそ》、態度。

（――大物よ。大物でいらっしゃるわ）

と私はひそかに思うのだった。

（不気味な大物でいらっしゃるわ）

道長の君には昔からひそかに語り伝えられている、さまざまの噂があった。私はそれを、則光《のりみつ》や、鷹司《たかつかさ》どの（道長公の正室、倫子《みちこ》の上《うえ》）にお仕えする、古い知人の兵部《ひょうぶ》の君などから聞いた。もうかなり前のことだけれど、東三条の詮子《あきこ》女院がご祈禱《きとう》を修《しゅ》せられたとき、飯室《いいむろ》の権僧正《ごんのそうじょう》のお供をしてやってきた僧の一人に、とてもよく人相を見る者があった。女房たちが、ときの貴人たちのことを尋ねたという。みんなまだ、ごくお若く

ていらしたときのことであるが、

「道隆の大臣《おとど》はどういう相でいられるか」

と問うと、その相人《そうにん》は、

「まことにご立派な相です。天下をお取りになる相がおありで。——しかし、道長公はすばらしい相でいらっしゃいます」

といった。

「では、道兼の君はどういう相でいられるのですか」

「それもご立派で。大臣になられる相がおありです。——しかし、道長の君は、どうもたぐいない相でいらっしゃる」

「それでは伊周の君は」

「あの方も、貴相でございます。あれは雷《いかずち》の相とお見受けいたしました」

「雷の相とはどういうのをいうのですか」

「一時は非常に高く鳴りますが、終わりを完《まっと》ういたしませぬ。ですから御末はどうでいらっしゃいましょうか、危ぶまれます。そこへまいりますと、道長公のご運は、限りなく貴《とうと》くいられます」

と、ほかの人をいうたびに道長の君を引き合いに出してほめるのだそうである。いったい、どこがそんなに立派な相なのか、ときくと、

「はい、人相の第一のものとして、『虎子《こし》如渡《によと》深山峯《しんせんぶ》』と申すのがございますが、道長

の君の御相はまことにぴったり、これにかなっていらっしゃいます。これは虎の子が険しい山の峰を渡るが如しと申しまして、毘沙門天《びしゃもんてん》のおん勢を見るようなのを指すのでございます。道長公がまさにそれに当たられます」

といったそうである。この話は、道隆公ご全盛のいま、ひそかに、小声で、それからそれへと拡まってはいるが、公《おお》けに、高声では決してしゃべられていない。

そういえば、私も、宮仕え以前よりも、以後のほうが、こういう、耳から耳へささやかれる、底流のような噂をたくさん聞いた。たとえば、かの東三条の大殿、兼家公が生きていらしたとき、四条大納言・公任卿《きんとうきょう》が、学才に秀でていられるのをうらやましがられて、

「なんで、よその息子《むすこ》どのは、ああも出来がよいのだ。わが家の子供らは数はたくさんいても、公任どのの影さえ踏めそうにないのは、くちおしいの」

と愚痴《ぐち》をいわれたことがあった。公任卿といえば若くして、和歌に漢学に、才華と識見を謳《うた》われた人、それにくらべ兼家公のお子たちは、親の権勢のおかげでしかるべき位にあるものの、個人としては、とても公任卿に太刀打ちできない。まだお若いせいもあるが、酒好きで色好みの道隆の君、腹がわからぬと敬遠されて人望のない道兼の君、そして末っ子の道長の君はまだ海のものとも山のものとも分からない、そんなお年頃であったのだ。上の二人の兄君たちは、父上の愚痴も尤《もっと》もと思われたか、肩身せまい気色《けしき》で、恥ずかしそうにしていられるのへ、末子の道長の君だけは、公任卿と同い年なので敵愾《てきがい》

心《しん》に燃えられたか、

「ふん！　影どころか、いまに彼奴《きやつ》の面《つら》を踏んでやりますよ」

と不敵にうそぶかれたという。

あるいはまた、このお三人の兄弟は、花山院《かざんいん》のご治世のとき、ある五月雨《さみだれ》の深夜、人かげもない宮中の暗い庭で肝《きも》だめしをされたという。院から命じられて、おどろおどろしい場所へ出てゆかれたが、道隆の君も、道兼の君も、所定の場所までゆきつけずに、恐怖のあまり逃げ帰られた。

道長の君はひとりで、深夜、黒闇々《こくあんあん》の大極殿《だいごくでん》へ、手さぐりで入り、証拠として、高御座《たかみくら》の南面の柱のもとを削ってこられた。翌朝、蔵人《くろうど》に削り屑《くず》をあてがわせてごらんになると、ぴったり合った、という。院をはじめ、宮廷中は、道長の君の豪胆《ごうたん》ぶりに、やんやの喝采《かっさい》であったが、兄君二人は、くやしさでか、羨《うらや》ましさでか、黙然としていられて、以後、このことについては、ぴたりと口を緘《と》ざして語られなかったそうである。

私はその話を聞いてから、柱のもとが削られたという高御座の、その個所が見たくてたまらなかった。右衛門《うえもん》の君も、いっぺん真偽《しんぎ》をたしかめたいという。噂では、いまもその削りあとがあるということだった。いつだったか、四、五人の女房と多勢をたのんで見にいったら、なるほど昼もうす暗いところで、高御座は仰ぐばかり高く、ぐるぐるまわっても、どこがその問題の個所か、わからなかった。

女の身では大極殿へたびたびいけないので、私たちと仲がよく、人なつこく話をしやすい人がらの、源 経房《みなもとのつねふさ》の君に聞いてみた。

「なんだ、またですか」

と経房の君は笑う。

「よく聞かれるんですよ、それを。でも大極殿にそんな疵《きず》あとはありませんよ。そんなキズを抛《ほう》っておいたら、修理《すり》のかみの責任問題だ」

「じゃ、あのお話はつくりごとなの？」

と聞くのは、この経房どのが、道長の君にたいそう近い縁者であるからだった。道長の君の二人めの北の方、高松殿の明子《あきこ》の上のごきょうだいで、道長の君に、弟とも子供ともつかず、可愛がられて出入りしていられる。

笙《しょう》にかけては天才的な音楽家だし、お生まれは貴いし、気質のしたしみぶかい、上品で美しい方なので、後宮の女房たちに、とても人気のある貴公子なのだ。

「そうだなあ。……いつか、道長どのにおうかがいしたことがあったが、それに似たことはやったが、まさか、大極殿の柱を削る、なんてことはやらない、と仰せられたけれど、どこまで本当か、分からないね。よくできすぎた話だとも思うが、しかし、うそともいいきれない。ただ、道隆の大臣《おとど》や、道兼の大臣がお聞きになれば、今でもいい気分はなさらないだろうから、まあ、あんまり、言い弘《ひろ》めてほしくない、ってところだろうね。そのへんの事情を察して、道長の殿もくわしくおっしゃらないいんだろうよ」

ということである。

とにかく、そんなこんなで、道長の君の存在は、ちょっと何か人々の心の底に重くひっかかっている、道隆公ご全盛の時代の今では、表立って道長の君を持ち上げる人はいないけれども、でも、決して「そこに在《あ》る」のを忘れるわけにはいかない、そういう人でいらっしゃるのだった。

だから私は、道長の君が、表情を柔らげて恭々《うやうや》しく（それは決して、慇懃無礼《いんぎんぶれい》という印象を与えるような、浅はかなものではなかった）関白さまの前にひざまずかれた、そのことに注目しないではいられなかったのだ。

道長の君から、目をそらすことができなかったのだ。

どうしてかわからないが、道長の君には、人を頼もしがらせる、芯《しん》のずぶといものがある。

そして、人々が、

（こういう場合、あの君はどう出られるか？）

とか、

（あの君のご意見はどうだろうか？）

と横目でうかがわずにいられぬものがある。

それは、中《なか》の関白ご一家、道隆の大臣にも、伊周の君にも隆家の君にもないものだ。

これら、中宮のご縁辺の方々は、私がいつも私的な場――、ご一族ご団欒《だんらん》のときとか、後宮の中で、主に拝見しているから、そう思うのかしら？（私は昔から、道長の君のめでたさに心ひかれていたが、それは中の関白さまご一家に寄せる忠誠とはまた、べつのヒイキ心である）関白さまや伊周の君も、公的な場では、人々に頼もしがられ、おのずから注目し、集まりたくなる、そんな風でいらっしゃるのかもしれない。

中宮は意味の深い微笑を頬《ほお》に刻まれて、

「そうね、——道長の君は頭《ず》がたかいかたでいらっしゃるのに」

「そういうかたでさえ、おひざまずかせになる、関白さまの前世《ぜんせ》の宿縁《すくえん》のめでたさでございましょう」

「少納言は、道長の君が贔屓《ひいき》なのね」

中宮はぱっと核心をお見通しになる。

とてもこのかたに嘘《うそ》はつけない。私が言いくるめようとしたことの内奥《ないおう》を、敏感に読みとってしまわれる。

「何か、あの君はふしぎな雰囲気《ふんいき》がおありになるかたで……」

と私は、しどろもどろにお答えする。

「そうね、相人《そうにん》が珍しい相だ、といったのは、どういうのを指すのか、専門的なことはわからないけれど、でもとても、いろんな面を持っていられて、ふしぎな方ね。こちらが小さく叩《たた》けば小さい音を出し、大きく叩けば大きい音を出される、鐘のような方だと思わない？」

「ほんとうにさようでございます」

「これから、あのひとのことを、大鐘さん、って呼びましょうか？」

と中宮は、屈托《くつたく》ない笑い声をひびかせられた。私がそのとき思ったのは、主上のお幸せである。

こういうかたを妻として生涯をお送りになる主上は、さぞ、一生涯、

（ご退屈なさらないだろうなあ……）

という思いだったのだ。

登華殿での楽しい一日は、中宮が清涼殿へお渡りになって終わった。私は貴子の上がお邸へ戻られるのをお見送りしがてら、顔見知りの人に、弁のおもとの消息をたずねると、

「弁のおもとは、はやり病《やまい》に倒れて引きこもっていられる」

というではないか、私はおどろいた。

はやり病をおそれている私だったが、そして内裏《だいり》へ仕える身は、病者に近づくには憚《はばか》りあるのだったが、これはそのままにしておけなかった。いそいで駈《か》けつけると、おもとはもう死の床にいた。いや、弁のおもとの邸へくる道々のながめ、——京の町自体が、いまは、腐れ、ただれ、膿《う》んでいた。狂気をもたらす屍臭《ししゆう》は都大路《みやこおおじ》を掩《おお》い、腐爛《ふらん》した屍《し》骸《がい》は道の片すみ、溝《みぞ》の中に打ち捨てられ、そのあらゆるものの上に、これから熱気を日々に孕《はら》みそうな春の太陽が無残に輝いていた。

疫癘《えきれい》は、年を越してなお、いっそう暴威《ぼうい》をふるいはじめていたのだ。

11

もう、逢《あ》える状態ではなかった。

弁《べん》のおもとは死の床にいた。

長いことおもとに仕えている年とった女房や、乳姉妹《ちきょうだい》だという女が泣きながら、私の来たことを告げていた。この女たちは、みな独《ひと》り身で、ながく弁のおもとと暮らしていたので、むしろ病気が伝染《うつ》って死んでもいい、

「ご一緒にお連れ下さいませ」

と泣きくどいているのだった。

邸《やしき》にいるのは古馴染《ふるなじ》みの年老いた下仕《しもづか》えや従者たちばかりだった。若い者はもう何年か前から居付かなくなっていた。

(女のひとりぐらしの、これが人生の終わりかたなんだわ……)

と私は思った。夫もなく、子もない私は、いずれは弁のおもとと同じような運命に待

たれていると思わなければならなかった。

疱瘡《もがさ》は、紫ずんで黒いかさになるともう助からないといわれている。弁のおもとは御簾《みす》や几帳《きちよう》の遠くにいて、私には顔を見せない。

加持《かじ》の僧たちも、いなかった。あちこちで乞《こ》われて禱《いの》りあるくので、誰《だれ》もかれも手が足らなかった。あるいは、平癒祈禱《へいゆきとう》の僧や山臥《やまぶし》が、かえって巷《ちまた》のまがまがしい病魔を邸内《ていない》へもたらしてくる場合があるのかもしれない。

「二条のお邸《やしき》にお願いして坊さんの手配をして頂けないのかしら？」

と私は遠くの弁のおもとの耳に届くように、声を張りあげていった。努めて平静にいったはずだが、声は不安に震えた。二条のお邸というのは弁のおもとが仕える、道隆公《みちたか》の北の方、貴子《たかこ》の上《うえ》である。泣いている年とった女房が、代わりに答えた。

「お邸では大殿さまのご病気が重くて、とてもこちらがお願いできる状態ではないのでございますよ」

道隆公は去年から飲水病にかかって衰えていられた。

私たちの会話を遮《さえぎ》るように、弁のおもとが話し出した。とぎれとぎれだけれど、昔のままの、澄んだ明るい声だった。

「海松子《みるこ》さん。あなたは元気でいて、そして二条のお邸の方々をお守りしてさしあげて。……あたしはもうだめだけれど。定子《さだこ》さまをお守りしてあげてね」

私はそばの女たちと一緒に泣いていた。弁のおもとの才気のある話しぶり、手もよく書き、歌もよみ、派手《はで》やかな若づくりの美しかった容姿、それらがこの世から消えてゆくのだろうか？　あれほどたしかな存在の手ごたえ、人間ほど確かなものはないと思っていたのに、命は何と脆《もろ》くはかないものであることか。

「ほら、楽しかったわね、あれ、あれ……」

弁のおもとはちょっと息を切って、苦しげだったが、すぐ、いった。

「『春はあけぼの草子』——あれ、あなたはお書きにならなくちゃいけないわ。定子さまのことを書いて。書きのこして。二条のお邸の方々のことを伝えて。すばらしい方々だったわ。この濁世《じょくせ》に咲いた花々のようなご一家なのよ。あなたは見とどけて——あのかたがたのお栄《さか》えを見とどけてね」

「お栄えはこれからじゃありませんか、伊周《これちか》の君もとうとう内大臣にお登りになったし、中宮さまにそのうち、皇子さまがご誕生になるかもしれない、……これからというときに、どうしてあなたは」

私はとうとう、声をあげて泣いた。弁のおもとに教えてもらったいろんなこと、弁のおもとに手引きされて仕えはじめた内裏《だいり》——不満多い人妻だったころ、弁のおもとの邸にいって、権門《けんもん》の家の人々の噂《うわさ》を聞くのが、どんなに楽しみであったことか。

更には弁のおもとと、亡き父・清原元輔《きよはらのもとすけ》のことを話し合うのはこよない私の楽しみだった。弁のおもとは、父の魅力について、女の眼からことこまかに倦《う》まず語りつづけてくれたっけ。可愛《かわい》げのある人だったといってくれた。自由でのびやかな心をもった人、率直であたたかくって、そしてちょっぴり皮肉屋だけれど、それも意地わるからではなく、愉快な爺《じい》さんだった、と。そういうことをいい、そして定子中宮が、どんなにすばらしい方かを讃美《さんび》し合う、それらは弁のおもとと私が、どんなに人間そのものに尽きぬ興味と関心をもっているか、ということで、二人はよく似ているのだった。

姉とも従姉《いとこ》とも親しみ慣れた弁のおもととの別れが、まさかこんなに早く来ようとは思いもしていなかった。いつでも会えると思ってのんびりと構えていたのに。

「海松子《みるこ》さん。あの草子には、二条のお邸《やしき》のかたがたの、すばらしいことだけを書きとどめて。――男たちの書く公《おお》けの文書《もんじょ》や、漢文の日記には、うわべだけの、薄っぺらな、冷たい文章しかありゃしない。そしてまた、結果として出て来た事実を、ミもフタもなく、ありのままに書きとどめる才能しか、彼らにはありゃしないんだわ……」

弁のおもとの声は細くたよりなげだが、口調はいつものように朗らかで、自負にあふれていた。

「あなたはちがうわ。あなたのような書き手はどこにもいなかった。ほら、定子姫が興ふかく喜ばれたあの草子の中の文章……初秋の涼しくなったころ、汗の香のかすかに残る薄い衣《きぬ》を、あたまから引きかぶって昼寝するときの、はかなくも物悲しい情趣《じょうしゅ》を、あなたは書きとめていらした。そんなことが書ける人は、いまの世の男には、いやしない。男たちは、二条のお邸の方々を理解することができないわ。まして、内裏の奥ふかくいられる定子中宮さまのめでたいおありさまを、知るはずもなく、書きとどめることなど、誰が出来るでしょう。あなたは、目のあたりに、それを拝見して知っているわ。……それを書きとどめる心の弾みや情趣も持っている人。清原元輔どのの娘だもの、この世に生きるたのしさも喜びもはかなさも知っている人……」

そばの年老いた女房が、弁のおもとを制して黙らせようとした。弁のおもとの声は次第に力よわく、絶えんばかりに細くなってゆくからだった。

「もうおやすみなさいまし。障《さわ》りますすよ、お体に」

「いいえ、これだけは言いたかったの。でも、言わなくても、あなたならわかってくれると思っていた。きっと、あなたとあたしの考えることは同じなんだ、って信じてるわ。どう、ちがう？……」

私は思わず、烈しくうなずいていた。声は涙で出ず、顔に袖《そで》を押しあてていたので、弁のおもとのほうをみつめることはできなかったけれど。

「書きとどめてね、きっと。定子さまの、すばらしさ、女が感じたこの世のすばらしさを。……いやなこと、辛《つら》いことなんか、書かなくったっていいんだわ。それは現実で、人が胸ひとつに収めていれば足ることだわ。そんなもの、書きのこす価値なんか、ありゃしない……」

弁のおもとの声は涸《か》れ、半ばうわことのような物狂おしい、性急な口調になった。いよいよ低い声なので、ほとんど聞きとれなくなった。

「あなたのお父さまにお目にかかれるのよ、もうすぐに、ね……」

弁のおもとの亡くなったのはそれから十日後である。彼女には何人かの男たちがいたらしいが、みなそれぞれに病《や》んだり、家族の死の穢《けが》れで出られなかったりして、葬儀の差配《さはい》をしたのは、親戚《しんせき》の老人だった。残された古女房たちは散り散りに別れ、乳母子《めのとご》の女は尼《あま》になって鳴滝《なるたき》の寺へ籠《こも》るという。邸は人手に渡った。この邸は、実方《さねかた》の君とも会った楽しい思い出の場所だったのだが。

実方の君も弁のおもとを見舞うことはおできになれなかった。陸奥守《むつのかみ》に、という辞令が下ったのだ。宮廷の噂《うわさ》では、実方の君はある政治闘争に敗れて追われなすったらしかった。もしそれが事実とすると、私が実方の君に感じた心もとなさが、現実のものとなったのかもしれない。

実方の君は、かの則光《のりみつ》らと同じく、いまは退位された花山院《かざんいん》の一派とみられていらるらしく、今回の人事は、そのせいだという人もあった。

実方の君は、弁のおもとの葬いにもお出になれなかった。私は、もしかすると、あのかたも弁のおもとの愛人の一人ではないかと思っていたのだけれど。陸奥の歌まくらを見てまいります、と実方の君はうわべは平静にいわれたが、弁のおもとと共に、私の昔の思い出も手に持って去っていかれた。弁のおもとと別れたことは辛《つら》かった。心をうちあけて話せる人がなくなったのだもの。

棟世《むねよ》とは、本音での話など交したこともないし、何より、私は、棟世が私を処世の手《て》蔓《づる》と考えて、あちこちの女房に金品をばらまいて手なずけておく、そのための遠いおもんばかりから、私に誼《よし》みを通じてくるのだという推察を捨てきれないでいた。彼がねらっているのは西の上国の太守《たいしゅ》だろうか、筑紫《つくし》なのだろうか、男たちのせめぎ合いを日夜、後宮の噂の中で耳にしている私は、棟世の厚意を、素直に受けとることはできなくなっている。

たよりある風もや吹くと松島に
　よせて久しきあまの釣舟

この歌を棟世にもらったのはいつのことであったか、棟世からそれとない色めかしい文をもらっても、私はついぞ返さないでいたので、こんな歌をよこしたのだった。

（思わしいことづてでも下さるかと心待ちしておりますのに。ずいぶん久しいあいだ、お待ちしているのですがねえ……）

というような意味であろうか。

中宮付きの女房たちは、いま世にときめいているせいで、男たちの手紙や求愛、交際をもちかけられる人々が多いようだ。だから、陰気で人ぎらいの小左京《こさきょう》の君は別として、たいていの女房たちは、これくらいの歌は幾人からも寄せられているにちがいない。

ただ棟世の場合は、年が年だけあってじっくりしているので、こういう風な仄《ほの》めかしはむしろオトナの男女の礼儀でもあるといったふうな、たっぷりした余裕があって、私も素知らぬ風に受け流しやすかった。

それにくらべると、源経房《みなもとのつねふさ》の君はむきつけである。四つ五つ下のこの貴公子は、私の局《つぼね》へ大勢の殿上人《てんじようびと》たちとともに遊びにきてそのあと、こっそりと歌をとどけてこられる。

とどめをきし魂いかがなりぬらむ
心ありとはみえぬものから

(——あなたのところへ私の魂を置いてきてしまった。どうなったのだろう、私はいま、もぬけの殻、といったありさまで、まるで、夢うつつ、うわの空、といったていいですよ)

その歌に私が目を走らせるかいなか、というところで、当の経房の君が顔を出して、

「歌は見てくれた?」

「拝見しましたわ。でも」

と私はそのへんをさがすふりをして、

「みつかりませんでしたわ」

「何が?」

「お忘れものを取りにいらしたのでしょう? 魂を置いてきてしまった、とおっしゃっ

たのですもの」

「あははは。そうなんだ、たしかそのへんにあるはず。あなたのお身近に、押しへしゃげられて、つぶされているはずです」

「つぶされれば音がするでしょうに」

「ちがいない。きっと、恋しい恋しい、と音を立てたことだろうよ」

経房の君とこういう冗談をいいあうのは愉快だった。つれづれを慰めるものには碁《ご》・双六《すごろく》や、物語を読み、また作りあうことなどがある。三つ四つの小さい子がかわいいおしゃべりをするのを聞いたり。――菓子なども、無聊《ぶりよう》をなぐさめてたのしいもの。

しかし何にもまして、つれづれを慰めるものは、愛嬌《あいきよう》のいい男だった。冗談がうまくて、ツーカーで話が通じて、気が利いた男。そういう人が来たら、たとえ物忌《ものいみ》でも家の中へ入れてしまう。

経房の君は、ましてその上に、生まれも高貴で美しい青年だし、

「少納言。ねえ、少納言」

と私のあとをつけまわされる。

「少納言は、これ、どう思う？」

なんていちいちにつけてこちらの意向をきいたりされる。年下なので、こちらもつい気軽く、

「それは好き、それは嫌い。かれは面白い、これは気が利いてない」

といったりすると、

「そうなんだ、私もそう思っていた。私もあなたと同じ感覚なんだな」

なんて有頂天になったり。

私の姿がみえないと、つまらなさそうに、

「少納言は？」

と局々《つぼねつぼね》をたずねあるかれて、

「あたくしではだめでございますか」

などと意地悪な右衛門《うえもん》の君にからかわれている。

「いや、私は姉をさがしているのですよ、清少納言は私の姉でございましてね。私は仲のいい、かわいい弟、ってわけ、よろしく」

それからは経房の君は、私がいないと、

「姉は？」

とか、

「姉がいつもお世話になりまして」

などとふざけてたのしんでいられた。そういうつきあいかたが、私にはいちばんふさわしかったし好きだった。中宮のおん前で噂するときも、いつも面白おかしく、

「経房の君がこう……」

などと、ご披露《ひろう》できるんだもの。

私が清水寺《きよみずでら》へ詣《まい》ってお籠《こも》りしていたのは去年だったか、経房の君はこんな歌をよこされた。

思ひきや山のあなたに君をきて
　ひとり都の月を見むとは

これも、さも事あり顔の歌で思わせぶりだが、それが却《かえ》っておかしく、そのおかしさを経房の君も知っているので、いっそう親しみが湧《わ》くというものだった。

私が弁のおもとの葬いで宿下りしていると早速、経房の君はたずねてきてくれた。しかし私は今日ばかりはうちとけてしゃべる気にならない。物忌《ものいみ》の最中でも会いたくなるような、好もしい、好きな経房の君だけれど、弁のおもとに死別したことは、さすがに心を沈ませていて、この人のおしゃべりにも慰められない。

「ご傷心はお察しするが、……私は、あなたがしょんぼりしていられると、こちらの方が度を失う心地だよ。いつも明るくて、打てばひびくように素早いあなた、笑うのが好きで面白い話の大好きなあなた、朝ぱっちり目がさめると、さあ今日も楽しいぞ、と上《じょう》機嫌《きげん》のあなた、そういうのがあなただと思っているのに、うち沈んで口も利くのがいや、という、鼻の詰まった声で大儀そうに返事される、悲しみにくれたあなたを見ると、私は身の置き場がないのですよ。——どうやったらお慰めできるのかなあ」

経房の君は、ほとほと、私のご機嫌とりに手を焼いていられるようだった。私は無理に微笑《ほほえ》んで、

「朝、ぱっちり目がさめると上機嫌、だなんて、どうしてご存じなの？」

「しかし、ちがいますか？」

「ちがってはいませんけれど」

「でしょう？　あなたのことは何でもよくわかるんだから。私のためにも一日も早く、元気になって下さいよ。中宮の御前に、昨日参上したら、中宮も弁のおもとの亡くなったことを悲しんでいられたけれど、それに加えて、関白殿のご病状が思わしくないので、そのご心労はたいへんなようにお見受けしましたよ。殿は主上に辞表をたてまつられたけれど、勅許《ちょっきょ》がなかったとか。次の関白の指名が誰《だれ》にゆくか紛糾《ふんきゅう》しそうなので、ひとまず、勅許が下りない、ということでつないでいられるのではないか、という一般の臆測《おくそく》ですよ」

「まあ、次の関白はもちろん、内大臣の伊周《これちか》の君ではありませんの？」

「さあ。そこへすんなりと落ち着きますかどうか。粟田《あわた》殿もいられますからね」

「右大臣、道兼《みちかね》公のことですね」

「大納言、道長の君もいられる」

と経房の君は数えあげ、

「ま、これから『一の人』たる関白の位をだれが占められるか、すさまじい争いになる

のではないかと、みな不安に駆られて見守っている、というところです。中宮もさぞご心配なことと拝察しますが、あなたはこういうときにこそ、おそばでお慰めしてあげなくてはいけないんじゃないかな」

「ほんとにそうでした。わたくし、自分の悲しみにかまけて、ほかのことは考えられなくなって」

「私のためにも、ぜひ、元気を出して下さいよ。あなたのいない宮中は、味気《あじけ》なくて。あなたの方は私のことなど忘れていられるかもしれませんがねえ、可愛《かわい》い弟をお忘れなく」

経房の君の友情、というか、それより少し異性愛のほうが濃い心寄せは、私を元気づけ、励ましてくれた。

それに、弁のおもとの、あのときの言葉にも私は支えられていた。中宮ご一家、中《なか》の関白家のお栄えを見届けたい、私の菲才《ひさい》でかなうことならば、中宮のことを書きとどめたい、というひそかな自負と決意が、私の背骨となって私をしゃんと立たせていた。

経房の君が私に寄せる気持ちが、たのしいふざけ心なのか、それとも本物の恋なのか、まだ分からない。私も、自分の心が分からなかった。ただ一ついえることは、経房の君は可愛かった。

そして私の場合、それがいちばん異性に向かえる安定した愛情だった。実方の君に対するように、その才能に敬意を捧げる、という部分があったりすると、もう私は、素直に男として恋することはできなくなってくる。棟世のように年がかけ離れて、相手が世故《せ》たけ老練な男であると、庇護《ひご》されるとか愛される、といった受身のものになって、私の方から愛するという感情が湧《わ》きにくいのであった。

そういう点、経房の君は好もしかった。歌や文に、色めかしい気分が添ってゆくのを、私は期待しながら楽しんでいるところがあった。

忌《き》もあけて、出仕しようと思っていたころ、珍しく兄の致信《むねのぶ》が来た。しばらく見ぬうちに老《ふ》けていたが、いまはもう、むろん、大童《おおわらわ》といった姿ではなく、いっぱしの侍姿《さむらいすがた》である。藤原保昌《やすまさ》どのの邸《やしき》に仕えていて、保昌どのは道長の君の家司《けいし》であるから、道長家の宿直《とのい》にも、兄は奉仕していた。

髯《ひげ》などたくわえ、日に灼《や》けていかつい大きな顔、たくましい骨格の壮年の荒くれ武士で、兄にかかっては、はやりの疫病《えきびょう》も避けて通ろうか、という風である。はじめに取り次いだ女童《めのわらわ》の小雪《こゆき》が、

「おそろしい人が来ています」

と震え震え、私に知らせたはずだった。兄が非行少年として京わらんべと爪《つま》はじきされていたころの面影は、その体から発散する粗傲《そごう》な雰囲気《ふんいき》にのこっていた。

そんなことを言い合って久しぶりに笑い合うのも、私には悪い気分ではない。私は同母兄妹のむつみから、この兄とは仲がいいほうだった。

「則光はくるか」

と兄はいった。則光は私の異父兄姉とちがい、兄に親しんでいた。

「来ないわよ。別れて長いわ。それに宮仕えしていると、ことに機会はなくて」

「則光も殿上《てんじょう》するぞ」

「えっ。あの人、蔵人《くろうど》にでもなったの？」

「まだ知らなかったのか、やっと六位の蔵人におなりあそばした、三十すぎておそい出世だ。あいつ、気がよすぎてダメなんだな、世わたりが巧《うま》いとは義理にも申せない」

「そんなこと、お兄さまがいえるの？　世わたり下手《べた》はどっちなのよ」

兄は髯《ひげ》を割って赤い口をあけ笑った。

「ちがいない。しかし則光は、氏《うじ》の長者も弟の則隆《のりたか》に譲っている。則光が長男だから長者になるはずなんだが、あれは花山院と関係深い、とみんなに知られているからな。則隆を長者にしたほうが、これからさき、末々、橘《たちばな》一族のためにはいいだろう」

「則光らしいわ……どこまですかたんなんでしょう」

と私はいった。長男に生まれながら一門を統《す》べる家督《かとく》の地位も弟に明け渡す、というところ、いかにも則光なら、ありそうなことであった。

そして、花山の院にいまもなお忠誠を誓いつづけているというのも、則光らしかった。

あの則光という男、何年たっても、

（……らしいわ）

というところがあるのは、これは私の中に、則光に関するすべての記憶が、いつまでも忘れずに蔵《しま》いこまれ、それとぴったり、照合するからであろうか。

それはともかく、則光と、それでは宮中で顔を合せることもあるかもしれない。蔵人といえば天皇のご側近にいつも侍《はべ》って、後宮への連絡係でもある。殿上の男たちの中では、もっとも、後宮の局《つぼね》に近しい役目の役人である。人々に則光が昔の私の夫だと知られるだろうし、それはべつにかまわないが、どんなつきあいかたをすればいいのかしら。

というより、則光はどんな男に変貌《へんぼう》しているだろうか。

(みっともないのとか、みすぼらしい男になっていてくれたら、あたしが恥をかくわ)

などと思うのも、何という私の得手勝手《えてかつて》であろう。

兄のほうは当然のことというか、そんなことより、則光が昇殿をゆるされる、当の宮中での政権の帰趨《きすう》を問題にしている。それに兄は、男たちの世界の、なまなましい噂をもたらしてくれた。

中《なか》の関白家の勢力下にいる私たちには、まったく聞こえてこない噂を……。

あるとき、二条邸の南院で、中の関白さまが人々を集めて弓の競射に興じていられた。そこへ偶然、道長の君が遊びにみえた。道長の君は平生、中の関白家へふらりと立ち寄って遊ぶ、という、親しい交わりをなさっていない。それで関白さま以下おどろかれたが、珍しいことと弾んで、いたく心づかいして饗応《きようおう》されたのであった。

伊周《これちか》の君と道長の君が、競射されることとなった。伊周の君は内大臣、その叔父《おじ》にあたる年かさの道長の君は下位の大納言、しかし客人というので、道長の君の顔を立てて先に射させられた。その結果、あとの伊周の君は当たり矢が二つ少なく、負けになった。

中の関白さまも、おそばの人々も、伊周の君の負けを残念がり、

「もう二度、勝負を延長なさいませ」

とすすめた。道長の君は腹立ちを押しかくして、

「よかろう。延長いたしましょう」

と静かにいわれた。

道長の君が、伊周の君の下位に甘んじていられることに世間は、不安な思いを持っている。しかし道長の君は、少なくとも表面にはそういう色は、つゆお見せにならない。いつぞや中の関白さまの足下に跪《ひざまず》かれたのを私も見たが、伊周の君の下風に立って、公務はきちんと果たされるし、行事儀式も伊周の君のご指示通りに計らわれる。かりにも拗《す》ねて欠席するとか、時刻におくれる、とかいう幼児的なふるまいもなさらず、精励恪《せいれいかく》勤《ごん》なさる。

しかし、いまは、私的な場での挑みだった。

道長の君は、兄の話の雰囲気《ふんいき》によると、気概を眉宇《びう》にひらめかせ、矢を弓につがえて声高くいわれたそうだ。

「道長の家から帝《みかど》・后《きさき》が立ちたまうべき運命なら、この矢あたれ！」

ぎりぎりと引きしぼって射られると、当たりも当たったり、矢は的の中心を貫いた。

代わって弓を手にした伊周の君は心臆《こころおく》されたか、お手もふるえわなないて、射られた

矢はとんでもない方向へ飛んで的のそばまでもいかなかった。

二度めは道長の君は、

「私が摂政関白《せつしようかんぱく》にのぼるべき運命なら、この矢あたれ！」

ひょうと放たれると、またもや、的の中心を割れるばかり射抜かれた。

人々の顔色は変わっていた。

あれほど喜んで饗応《きようおう》した花やぎもさめて、いまは気まずい、白けた空気になった。関白さまは伊周の君に、あわただしく、

「止せ。もう射るな」

と制せられた。道長の君は悠々《ゆうゆう》と矢を返して、そのまま帰られたというのだ。

「まさか、そんな……。そんなどぎついことをなさる道長の君とは思えないわ」

と私はいった。

「それ、いつごろの話なの？　噂じゃないの？　内大臣や大納言ともあろうお方が弓の競射なんて」

「おれも現に見たわけじゃないが、しかし道長の君は武辺《ぶへん》ごのみのお方で、事実、弓もお強いし、な。……それじゃ、この話はどうだ、これは多くの人が現に、目撃したじゃないか」

東三条の詮子女院《あきこにょういん》の石山寺ご参詣《さんけい》のとき、道長の君は馬で、伊周の君は車で従われた。伊周の君は障《さわ》りで粟田口《あわたぐち》から引き返されることになり、女院のお車をとどめて、その

よしをおことわりしていられると、道長の君は馬で引き返して来られ、伊周の君の頭上から、

「何をしているんだ、早くしろ、日が暮れるではないか」

といたけだかにいわれた。

伊周の君は、(何という怪《け》しからぬもののいいかただ)ときっとして見返られたが、道長の君は、更に憚《はばか》られる気色《けしき》もなく、

「早く早く。日が暮れるぞ」

とせきたてられるのであった。

伊周の君は無念だったが、どうしようもなく、立たれたという。のちに中の関白さまにこのことを訴えられると、関白さまは、

「大臣ともあろうものを軽んずるような人間の行末、よいはずがないわい。気にするな」

と慰められたとか。

兄はこの噂を心地よげに話す。兄は、道長の君の味方であるから当然だが、私は複雑だった。――というのは伊周の君に満腔《まんこう》の敬愛と共感を捧げながら、その一方、いかにも傍若無人《ぼうじゃくぶじん》で意気たかい道長の君に、なみなみならぬ、心さわぎするような魅力を感じるからだ。

(大物でいらっしゃるわ……)

と思った直感は、はずれていないかもしれない。しかし道長の君に捧げる親愛感は、そのまま、中の関白家への裏切りになってしまうこの矛盾《むじゅん》を、どうしたらよかろう……。

兄の致信《むねのぶ》は更にいった。

「中の関白一家の評判はものすごく悪いんだぜ。世間じゃどういってるか、知らないだろ。お前みたいに、中宮さまが定子さまが、と女ばかりの世界でチータラチータラと狎《な》れ合って、じゃらけているような人間の耳には、入って来ねえだろうけど、さ」

兄は少しばかり酒が入ると、いっそう口調に下卑《げび》た滑《なめ》らかさが加わる。その下卑かげんに――こんないいかた、あるかしら？……でも兄だって「チータラチータラ」なんて、へんな形容詞を使うんだもの。そして「チータラチータラ」と同様、その下卑かげんに、むしろ真実が匂《にお》っている、といったていのものだった。それだから、私は、定子中宮を含めた中の関白さまご一家のことを悪くいわれるのが聞き辛《づら》い以上に、強く好奇心を感じた。

「何ていってんの、どうしてそうなの？」

「とにかく、よくいわれていないな。あの一家は積悪《せきあく》の家、とまでいう奴《やつ》がいる」

「なぜなの、なぜそんなひどいこと……。お兄さまは、中宮さまや関白さま、内《うち》の大臣《おとど》の伊周《これちか》さまをご存じないから、そんなことをいうんだわ、あんなに教養がおありになって人間的ですぐれたご一家って、めったにないわよ」

「おいおい、教養があってもワルイ奴はいるよ。海松子《みるこ》。酒はもうないのか」

「女世帯ですもの、そうたくさん置いてるものですか」

と私はいったが、小雪がやっと台所から瓶子《へいじ》に半分ばかり入っていた酒を捜してきた。

「買いにいかせようと思っても、うちの爺《じい》やは『疫病神《やくびょうがみ》がお通りになってるから、めったに外へ出られない』と怖がっちゃって、出てくれないんですよ」

「ふん。去年の夏にいちど疫病神が通った日があったっけ。今年はもう、毎日がそれだ」

いまはやっている病《やまい》は疱瘡《もがさ》だった。もう二年ごしの流行で、疫病神を北野の船岡山《ふなおかやま》でお祭りしてそれを神輿《しんよ》に乗せて、難波《なにわ》の海にかついでいき、流して厄払《やくばら》いさせたこともあった。数千の群衆が集まってお祭りし、幣帛《へいはく》をささげて、僧たちは仁王経《にんのうきよう》を誦《ず》した。朝廷でも熱心に疫病退散の祈禱《きとう》を上げていられるが、一般人だって必死になっているのである。誰が、ということなく、いつとなく、みんなが集まって、ただもう早く疫病が鎮まりますようにと、泣いて仏に祈る声は、津波のように都じゅうをどよもした、ということだ。そのうちにどこからともなく、

――疫病神の神輿をつくれ！　疫病神をそれに乗せて流そう！

という声が湧《わ》き、それに応じて役所まで動き出した。手をつかねているよりは、何かした方が、気は休まるのだった。木工寮《もくりよう》や修理職《しゆりしき》の役人たちがいそいで疫病神の神輿をつくった。

それを海に流してもまだ、はやり病は鎮まらない。去年の六月十六日には、誰いうと

なく──今日は疫病神が通るぞう──といいふらし、

──外へ出るな、出るな。

といましめ合って、息ひそめて閉じ籠《こも》った。

誰がいい出したのか、誰が伝えたのか、都じゅう、またたく間に噂は拡まり、その日は公卿《くぎょう》の参内《さんだい》もなく、武士すら邸のうちでせぐくまり、往来は人かげもなかったという。

疫病神はどんな顔をしているのか、いつまで居坐りつづけるつもりなのか、どのくらい死人を出せば気が済むのか、誰も彼も戦々兢々《せんせんきょうきょう》として、脅《おび》えている。加茂《かも》の川原に捨てられた屍《しかばね》で川水が堰《せ》かれるほどである。名ある身分たかい人の家でも一家死に絶え、従者らは逃げ散ってしまったという噂があった。

「下層の者から今年は、上にまできたという、もっぱらの噂だ。四位五位《しいごい》の連中も多いそうじゃないか、死んだのは」

「ああいやだ、いやだ。早く熄《や》んでほしいわね。これじゃ大和《やまと》の国に人だねが尽きてしまうわ」

「なあに、尽きるものか、人間はそう、ひよわなもんじゃない、生き残る者は必ずいるさ、ただし運の強いお人だけだがね。おれも生き残るつもりだが、みろ、きっと、大納言どの・道長の君も生き残られるさ」

兄は快《こころよ》げに瓶子《へいじ》の酒をついだ。

「まあ、これもおれだけじゃない、世間はみな、そう内心では思ってるな、そうして大納言どのが天下を取って頂けるよう、やきもきしてる。中《なか》の関白一家にいいようにされちゃ、世の中はたまったもんじゃないさ」

「どうしてそう、悪くいわれるんでしょうねえ……。伊周さまも、関白さまも、あんなにいいかたなのに」

私は気落ちしてつぶやいた。しかし私の言葉は兄に、邪悪といっていいほどの喜びを与えたようだった。

「うはははは、『いい方』ってのは、天下を切り盛りする器《うつわ》じゃねえということだ、関白はもう今年いっぱい保《も》つまいという死病で、こりゃだめだろう、そのあとを伊周が継ぐ、なんてこたあ、まず無理だろうな、あの坊やにゃ、そんな器量はない、コトワザにいうじゃないか、『瓜《うり》を欲しけりゃ、容《い》れものを持って来な』とな。容れものがないんだよ、あんな青二才に任しちゃおけない、って思うのは、満天下、みな同じだ」

「でも、伊周さまの学才っていうか、才能っていうか、あれは当代一流のものだわ、だれだって及びもつかないわ」

私は、酔いはじめた兄が、私を挑発するように小さい眼をぎらぎら光らせているのを見ると憎らしくなった。兄の致信《むねのぶ》の、そういうところがいやな部分で、異母兄姉にきらわれる点である。兄は決して気はわるくない人間なのだが、人のいやがることをよけい言い募《つの》って加虐《かぎやく》的な喜びを感じる癖があるらしい。

人のいやがることを、ズバリとしゃべるのは則光も同じであったが、則光は一種の図太い無邪気さのため、気付かないからであった。だから人に強く反撥《はんぱつ》されると、驚いて、あらためて自分の発言を検討し直す、という素直さがあった。

しかし兄は、人のいやがることを、ようく知っていうのだから、タチがわるい。そして人の反撃を舌なめずりして待ちかまえる好戦的なところがある。それが異母兄姉には無頼漢《ぶらいかん》にも破落戸《ごろつき》にもみえたことであろう。

「お前のいうのは、歌の切れっぱしや漢詩のひとひねりもしよう、ということだろ、そんな役にも立たねえものを、いくら頭の中に詰めこんでたって、ハラが出来てない若僧なんだから、たとえ摂政関白《せっしょうかんぱく》の位についたって、据《す》わりが悪くってころげ落ちるのが関の山さ。だいたい、なんで中の関白家がきらわれるかというと、一つは、あの高二位《こうにい》の爺《じい》さんだ。いまは出家したが、あの爺い、位も低いのに、関白の妻の実家だというので大きな顔をしていばっている。あれを、怪《け》ッたくそわるいと思わぬ奴《やつ》は一人もいねえんだ」

「それは、則光もいっていたわ」

「そうだろ、おれや則光ばかりじゃない、男ならみな、そう思う。去年の積善寺《さくぜんじ》の供養《くよう》の日もだ、お前ら女どもは、あの大金かけた法会《ほうえ》の金ピカにおどろいて『極楽みたいだ』とチータラチータラよろこんでいたが……（とまた、兄は、へんな形容を使った）おんなじおどろきはおどろきでも、男連中があっとおどろいたのは、あの日の席順だった」

「席順がどうかしたの？」

「おれみたいな下﨟《げろう》はむろん、この目で見たわけじゃないが、なんと高二位の爺さんは大納言どの・道長の君の上座《じようざ》についたというじゃないか」

「でも……どちらも位は従二位《じゆにい》でいらっしゃるから……」

「位が同じったって、家柄《いえがら》は比べものにもなりゃしない。受領上《ずりようあが》り風情《ふぜい》の、高階《たかしな》づれの、娘は内裏《だいり》仕《づか》えの女房上り、一家共かせぎといった庶民風情が、歴々のお家柄の道長どのの上座に坐《すわ》るなんて、男はみな目を剝《む》いたんだぜ。道長大納言は色にも出さぬようにしていられたけれど、ご不快だったろうとお察ししたよ」

兄は全くの道長どの贔屓《びいき》であるのだ。といっても、道長の君はたぶん、兄のような軽《けい》輩者《はいもの》はご存じもあるまい。

しかし兄は、仕えている藤原保昌《やすまさ》どのの、その大親分が道長の君ということで、まるで自分が直接の家来であるかのように肩入れしているのである。

「いま一つは、伊周どのがあんまり若くて出世しすぎた、ということで嫉《ねた》まれているんだな。親の七光りもすさまじい。大体、親の関白どの自体が、その親の入道大相国《にゆうどうだいしようこく》・兼《かね》家《いえ》どのの七光りで、関白になった人だ。大入道どのは苦労して、ずいぶん阿漕《あこぎ》なやり方で『一の人』の位を手に入れたが、ま、こりゃ、ある程度の実力と器量があったればこそ、だ。しかしいまの中の関白どのは、自分で一たい、どんな苦労をして今の身分を手に入れたというんだ」

「…………」

「大入道どのの長男だというだけで、とんとん拍子に位が上り、関白にまでなった。それでも内大臣になったのは三十七のときだった。それが伊周が内大臣になったのは二十一だよ。蔵人頭《くろうどのとう》になったときは十七だった。関白は無茶苦茶をやるよ。伊周といい、道頼《みちより》や隆家《たかいえ》、ほかの息子たちといい、やたらどんどん、自分の息子を昇進させるんだ。年上であろうが目上であろうが先輩であろうが、かまうことなく、人をおしのけてな。これで男社会で憎まれないと思うか?」

「…………」

「若僧が親の七光りでどんどん昇進しても、出来がよけりゃ人は納得《なっとく》する。しかし彼奴《きやつ》らはただ、威張《いば》りかえるだけだ。これ見よがしに人もなげにふるまって、中の関白家でなければ人でないようにいう。そしてまた、家来どもが虎《とら》の威《い》をかりていばる。奴らの舎人《とねり》や雑色《ぞうしき》らときたら、只今の都では鼻つまみだよ」

「むかし、お兄さまがそうだったみたいに?」

「うはははは、ちがいない、しかし今はもっと世の中がわるくなっている」

兄は瓶子《へいじ》の最後の一滴まで滴《しずく》を切ってそそいだ。そうして髯《ひげ》を濡《ぬ》らして美味《おい》しそうに飲んだ。

「関白家の家人《けにん》だけではないだろうが、どこの殿、なにがしの宮という邸の、馬飼《うまかい》・牛《うし》飼《かい》が、寄附をあつめにくることはひどくなっている。御霊会《ごりょうえ》だ、火祭りだ、と銭や米をゆすりにくる。昼日なかに強盗が横行する。賀茂川原は死人の捨て場になって、畠を作りにいく者もなくなった。どんな貧乏人の家だって、今日《きょう》びじゃ帯紐《おびひも》解いて寝られない。ご大家の仕丁《しちょう》共は破落戸《ごろつき》同様だ。町なかで喧嘩《けんか》口論《こうろん》、刃傷沙汰《にんじょうざた》は毎日のようだ。大路《おおじ》は死人と乞食《こじき》と浮浪者でいっぱいだよ。そいつらを狩りあつめて、てんでに弓や打物《うちもの》を持たせ、夜になると物盗り押込みに早がわりさせる悪党もいるしな」

「お兄さまのいうのを聞いてると、いやな気分になるわ。もう世の末みたい」

「あの関白のもとじゃ末世《まっせ》になるさ。しかし、道長の君が天下を統《す》べられるようになれば、また違ったものになるだろう」

兄は行儀わるく土器《かわらけ》の酒をぐびぐびと飲み干し、瓶子《へいじ》を未練らしく振ったが、もう滴も出てこなかった。干物の魚を、こんどは手でむしって食べはじめた。

私は久しぶりに、則光のところへ来ていた下卑《げび》た客たちを思い出した。あれはわずか一年半ばかり前だというのに、なんと大昔のように思われることだろう。

兄が中の関白家の人々のことを悪くいい、道長の君の肩を持っても、私はムキになって怒れなかった。私は道長の君を、

(大物でいらっしゃるわ……)

と、どきどきするような心ときめきをもって、ひそかに魅力を感じていたし、また一方、心の奥底で、伊周の君を、――その教養とみやびやかなお姿に心ひかれながらも――「一の人」としての重みが、すこうし足りない危惧《きぐ》をおぼえている、それも真実だ

ったから。

「おい、海松子《みるこ》よ。お前、なあ……」

と兄はいった。

「そう、しょげるな、贔屓《ひいき》の関白家のワルクチをおれがいったからって」

「しょげてなんかいないけれど」

「おれは何をいいに来たか——そうだ、海松子、お前、大納言家にお仕えしないか」

「何ですって」

「同じことなら、いまのうちに鞍替《くらがえ》しろ。これから、っていう運の強いほうへついたらどうだ。お前、兵部《ひょうぶ》の君という知り合いも土御門《つちみかど》のお邸にいるじゃないか。海松子はおれと違って学があるんだから、大いばりで世の中を渡れるんだからな」

「話にもならないわ」

私は怒りをおしかくして平静にいった。

「あたしは中宮さまの女房ですよ。当今《とうぎん》のただお一人の后《きさい》の宮《みや》にお仕えしてるのよ。そんな晴れがましい方にお仕えしている身が、なんでそんな、大納言さまの北の方に鞍替しなくちゃ、いけないの」

「何も北の方に仕えろとはいわんぞ。ねらいは大納言・道長どのの姫だ。彰子《あきこ》姫だ。いま八つになられる」

兄は、食べかけている干魚を、短刀のように私の顔にさしつけた。

「もう三、四年もすれば入内《じゅだい》されるだろう。中宮はいまでこそ女ざかりだが、主上より四つも年上の姉《あね》さん女房だ。彰子姫は主上より八歳も年下だ。いまに彰子女御《にょうご》の時代がくるさ。それに、中宮の後楯《うしろだて》は伊周や隆家といった頼りない青二才だが、彰子姫は、これは道長の殿があと押しだ。比べものにならんわい。お前も、いまのうちにようよう進退を考えるんだな」

「道長の君の姫が入内なさるんですって？」

私は不意を打たれた。いずれは、とみな予想していることであるが、そして主上にいつまでもお一人の后《きさき》、ということはありえない、いつかは何人かの女御が入内されるであろうことは考えられたが、主上と中宮の、ただいまのおむつまじさ、道隆関白さまのご威勢を見れば、とてもほかの方がはいりこめる隙《すき》はないように思っていた。

ほかの女御が立たれるとしても、それはずっとずっと先のことだと思っていた。

それなのに兄は、三、四年先の彰子姫の入内をもう見越して「いまに彰子女御の時代がくる」というのだ。

あまつさえ、私に、今からそちらの方へ目を向けろというのだ。

「そりゃ、入内なさるかもしれないわ、でもあたしは、中宮さまのお味方をするわ、なんで今更、中宮さまを裏切るようなことができて？　あたしは中宮さまと、勿体《もったい》ないことだけど心を一つにした気がしているわ。どんなことになっても、中宮さまのお傍《そば》ははなれないわ」

私は平静をとりつくろおうとしたが、どうしても声が激してくる。

「お兄さまには、あの中宮さまのめでたさなんか、分からないんだから、しようがないけれど。――それに、ほかに何人の女御がお立ちになっても、きっと中宮さまへのご寵《ちょう》愛《あい》には及びもつかないと思うわ」

「そんなにいきまくな」

兄はにやりと笑った。

「そういうだろうと思ったけれどさ、お前の考えは女臭い狭い内裏《うち》の後宮で生まれたもので、広い世間の動きを知らなさすぎるからな。お前は偏向してるよ。ちいっとその蒙《もう》を啓《ひら》いてやろうという親切ごころでいったまでさ」

「よけいなおせわだわ！」

「そうもあろうが、しかしあの関白家は、いったん墜《お》ちると早いぞ。おれのカンはわりに働くんだ。だからお前も、そのときにあたふた、身のふりかたに困らぬようにと、これでも気をつかってやってるのさ。女一人で世渡りしてるんだから、おれも気にかけてやってるのだ。老い先安泰に暮らそうと思えば、日頃《ひごろ》からカンを働かせ、権勢あるほうへ早くから根廻《ねまわ》しをしとかなくちゃ、いけない」

「あたしはそんな、打算的な人間じゃないわよ。まごころよ。まごころで生きてるのよ」

「何をぬかしやがる。マゴコロでめしが食えるか。お前の友達の、弁のおもととやらがいい手本だ。女一人、トシとって野垂《のた》れ死にしたいのか。——羽振りのいい家に宮仕えして、生涯の安全を図る、っていうのは、あったりまえのこと。尤《もっと》も、一生の間、面倒みてくれるとか、引きうけたといってくれる男でも現われれば別だが。お前、則光と別れたというなら、棟世はどうだ。あの男は頼りになるぜ。ぬけめない上に、受領《ずりょう》は金を持ってる」

「お兄さまって、とことん、金とか権勢とかに色目を使うのね、愛想《あいそ》もこそも尽きるようだわ」

「棟世はお前に惚《ほ》れてるよ。せっせと貢《みつ》いでるそうだが、もう寝たのか」

兄はいやらしく笑った。そうして指の先で歯にささった食べかすをほじくりつつ、

「おれも実は、棟世には借りがある。あいつ、おれが頼むと気前よく金を貸してくれる。尤もおれも色々と口を利いてやるが」

「口を利くって？……」

「男の社会には女に分からん手蔓《てづる》、金蔓、顔蔓があるのさ——おれはこうみえて、出るところへ出ればちょっとした顔だ。どんな邸にも顔が利く。手蔓があって情報が集まる。人手もあつめられる。手配したり請負《うけお》ったり」

「あいかわらずの京わらんべなのね、町の喧嘩《けんか》口論《こうろん》、刃傷沙汰《にんじょうざた》もお兄さまが元兇《げんきょう》なんじゃないの？　悪党ね」

私がつんけんしていっても、兄は、私には一向に怒らないのである。にやにやして、

「世の中ってもんは、表の顔、昼の顔と、裏の顔、夜の顔があるんだ。天下を治めるの何のといったって、うわべだけじゃ動きがとれねえのよ。お前ら知るまいが、あれが、というような重だった役人が、裏へ廻《まわ》ると大盗《おおぬす》ッ人《と》ということもあるんだ。それに弓矢取りには、弓矢取りの考えかたもある。そういうのをうまく使いこなす気《き》ッ風《ぷ》もなくちゃ、な。――それが道長の君はできる方なんだな。……おお、長居した」

と兄はやっと腰をあげた。

「暗くならぬうちに帰りなさいよ」

兄が酒を飲むと、尻《しり》が長いので、私はいやなのだ。こういう点も則光と兄は似ており、仲がいいはずである。

「なに、暗くなりゃこちとらは却《かえ》って安全、というくらいのものさ。辻々《つじつじ》に出る物騒な物盗りは、たいてい顔見知りだ。うはははは。ただ、暗いと足もとが悪くていけねえ。この間も、ずぶ、と死びとの腐ったハラワタに足を突っこんじまった」

「いや！　そんな足で来ないでよ、うちに……」

「誰がくるもんか、おれだって足を洗いにゆく先の、二つ三つは持ってるわい。――ときに則光に会ったらよろしくいってくれ」

12

はやり病《やまい》が治まらぬまま、年号はかわって「長徳《ちょうとく》」と改元された。そして則光と会ったのはそれから間《ま》なしのことだった。

昔とちっとも違っていなくて、むしろ太ったので、昔より冴《さ》えなくなった、——と私がいうのはここのことなのだ。

まったく則光ったら、疫病神《やくびょうがみ》も閉口するぐらい、むくむくと活力にみちた強壮な、はちきれんばかりの軀《からだ》つきになっている。そしてどことなく心安げに見られる童顔で、女房たちから「則光」だの、「則光さん」だの、と気安く呼ばれている。

いまの蔵人頭《くろうどのとう》は、藤原斉信《ただのぶ》どのである。

この方は三年前に亡くなられた為光《ためみつ》の太政大臣《だいじょうだいじん》の次男で、名だたる教養人、切れ者でいられるという評判である。則光が私の夫だったことは知っていられる。頭《とう》どのは則光に、

「じゃ、いまは少納言の何なんだ？　お前」

　とからかわれ、則光はあわてて、

「その、兄、兄みたいなものでございます」

　といったものだから、

「なるほど。お前は少納言の『お兄さま』か」

　と、大笑いになった。いまでは主上まで「お兄さま」というのが則光のアダナだとご存じである。「お兄さま」に対し、弟は経房《つねふさ》の君というわけで、

「兄弟そろって仲のいいこと」

　と中宮はお笑いになる。経房の君は、則光に嫉妬《しっと》していて、

「なぜ別れた？　何年ぐらい一緒にいたの？　子供は？」

　などと聞くのも面白い。

　則光はまた、私が内裏《だいり》で人気者になっているのに、今更のように、

「びっくりした」

　といっていた。そのへんが素直な男である。

「なつかしいよ、お前はちっとも変わってやしない。いや、昔より若くなったよ」

　則光は内裏の細殿《ほそどの》の局《つぼね》に私がいると、忍んできて、そんな話を言い交す。

「なつかしいなあ……よくケンカしたっけ、お前の顔を見るとケンカを思い出す……」

「あたしはなつかしくなんか、ないわよ。後を向く気持ちなんか、ないんだもの」

「あっ」

と則光はいい、

「その、ポンポンずけずけいうクセがさ、なつかしいな。そういう言い方をされると、お前と暮らした十年間が目の前にめまぐるしくよぎってゆく」

則光はむろん、いまは新しい妻がいる。片方の眼の小さい妻も、いまだに別れないで通っているらしい。しかしそれはそれとして、私に再会して「なつかしい」というのもうそではないようであった。

「泊まっていってもいいか？……」

「だめよ、こんな人目の多いところ。ごらんなさい、立蔀《たてじとみ》の向こうは人の通りみちだわ。それに、局の仕切りが屏風《びょうぶ》だもの、両どなりへ筒《つつ》ぬけよ」

私は声を低めた。

「お前、三条に家を持っていたじゃないか、宿下《やどさが》りする日を教えてくれ」

そう則光はいうが、私はそんな気なぞ、なかった。則光はすぐ現実的な、具体的な話にもってゆく。私はそういう間柄より、経房の君との冗談か本気か分からぬ関係の方が好きだった。

「愛してるよ。絶対、心がわりしないから」

などといわれる。それも半ば笑いながらいわれると、私も堪えかねてふき出しながら、

「でも、人にはかくしておきましょうね、わたくしは忍ぶ恋というのが大好きよ」

と秘密めかしくいったりする、それを経房の君はあちこちに吹聴《ふいちょう》してあるかれるので、私は、

言の葉は露もるべくもなかりしを
風に散りかふ花を聞くかな

という歌を彼にやった。

早速、打てばひびくように返事がきた。

経房の君は、私にこういう機会を与えられるのを待ってました、というようである。むずむずとしているところへ私の歌が届けられたので、(おいきた！) と弾んで返しをよこされた。

春も秋も知らぬ常磐《ときは》の山川は
花吹く風を音にこそきけ

春も秋もありません、つねに心がわりしない私ですよ。あなたのことを、よそでいろいろ言い散らすなんて絶対、嘘《うそ》。それはわるい噂《うわさ》ですよ。

まったく、経房の君とはよく気が合う。私が局にいるときは、経房の君はたえずやっ

てきて、時間をつぶしてゆかれる。

私は説経の講師《こうじ》は美男でないといけない、と信じているが、それは美男のお坊さんなら、じっと顔を見守っているから、ありがたく尊い説教も、よく耳に入るのである。

これが憎さげな醜男《ぶおとこ》の坊さんなら、聴衆はよそ見してしまうであろう。若い男もそうで、美男の経房の君がいわれる言葉、歌のひとふしは、みな、すばらしく思われる。第一、この人の美しさは、いかにも二十六、七といった青年の清々《すがすが》しさ、なめらかな張りきった、瑞々《みずみず》しさがあっていい。さすがにお生まれがちがう、という気品も好ましい。

経房の君の父君は、醍醐《だいご》天皇のおん子、高明《たかあきら》の大臣《おとど》である。あの「安和《あんな》の変」で悲運のうちに亡くなられた方だが、経房の君には、かげはない。母君は右大臣の師輔《もろすけ》どのの娘、当代一流のお家柄《いえがら》といえよう。女たちがもてはやすはずである。

それに、どうしてか、私と経房の君は、ふとしたことで感性が似通っている。

この人は、どこからか手に入れて、私の「春はあけぼの草子」を読まれて、

「正直いってそれからだよ。よけい、あなたが好きになってしまった」

などといわれる。

「まあ。あれはまだまだ不備なものですわ。すっかり、きちんと書き終えたら、わたくしのこと、お嫌《きら》いになるかもしれない……」

私は、あれを書いた家居《いえい》のころからみると、いくらかは見聞をひろめた。人のワルクチもおなかの底にたまっている。それらをぶちまけたら人は、半分は同感しても半分は

そしるかもしれない。

「なあに。そんなあなたがまた、いいのでね。自由奔放《ほんぽう》に書くから面白い」

つれづれのひまに、私と経房の君は、

「鳥は」

「虫は」

などと名を挙げあって笑い興じたりする。

「鳥はほととぎすに限るよ」

「鸚鵡《おうむ》も好きですわ。人の言葉をまねるのがかわいくて」

「しかしあれは異国の鳥だ」

「それはそうだけど」

「それに色がけばけばしい。やはり、ほととぎす、水鶏《くいな》……都鳥《みやこどり》」

「鶴。『声、天ニ聞ユ』なんてけだかくていいじゃない?」

「恰好《かっこう》が仰々《ぎょうぎょう》しすぎる」

「何でもけちをつけるのね、わたくしのいうのに」

「だってほんとなんだもの。鶴は気取りすぎだ。鶴より、鷺《さぎ》がいいや。文学的だ」

「あの目つきが気にくわないわ、わたくしは」

「おや、お返しをしたな。千鳥はどう」

「千鳥はいいわ、あわれがあって」

「うぐいす——でも、うぐいすはなぜか、御所《ごしょ》では鳴かない、というね」

「そんなことがあるのでしょうか。でもそういえば、去年も今年も、内裏《うち》で聞いた気はしなかったわ。紅梅も多いのに、へんね」

「やはり、ほととぎすだな。うぐいすは昼にしか鳴かないが、ほととぎすは夜昼鳴くし、その年、はじめて聞いたか聞かぬかと、人といいあうのもたのしいじゃないか。夜に鳴くものは、みな、いいね」

「赤ん坊の夜啼《よな》きのほかは、ね」

「ちがいない。あはは」

と、経房の君といる時間は楽しかった。

「少納言。これをすぐ書きとめてお置きよ。忘れるといけないから。そして、あの『草子』に書いてくれよ」

と経房の君はいわれるのだった。

「上品なものは、——というのも入れるがいいね」

などといわれることもある。

「薄紫の衵《あこめ》の上に、白い絹の汗衫《かざみ》を着た少女」

と私はあげる。

「水晶の数珠《じゅず》」

と経房の君。

「かわいい小さな子ども、ふっくらと色白によく太ったかわいい子が、小さい唇で苺《いちご》なんか食べてるの」

と私。

「藤の花。梅の花に降りかかる雪」

と経房の君はつづけて指を折られる。

「かき氷に甘葛《あまずら》の蜜《みつ》をかけたのを、新しい銀のお碗《わん》に入れたの」

と私。

「あなたのは、子供と食べものの話ばかりだ」

と経房の君は笑われる。

「そういうあなたこそ、きれいで上品なものしか、ご存じないでしょ。ひどく汚いものをあげてごらんなさいな」

「汚いもの、ね」

とちょっと経房の君は考えこんでいるので、

「蛞蝓《なめくじ》」

と私はまずあげた。

「それから、蛞蝓《なめくじ》の這ってるような汚い床を掃く箒《ほうき》の先」

「――待てよ。それより汚いもの、それは殿上《てんじょう》の合子《ごうし》だ」

と経房の君はいった。殿上の間には人々の使う食器が備えつけてある。朱塗りのふたつきのお椀《わん》だが、備えつけだから、みんなが使うわけ、時には宿直《とのい》の人が枕《まくら》にしたり、していている。脂染《あぶらじ》みた朱塗り椀を思い出すと、私と経房の君は、笑いがとどまらなかった。

「――しかし、あの『草子』には汚い話は似合わないね」

「いいえ、汚いことも美しいことも、みんな、この世に在《あ》るかぎりのことを書きとどめたいわ。似合わないもの、それ自体も」

「似合わないもの――」

と経房の君が考えこんでいるので、私は、

「武官が野暮《やぼ》な姿で、夜の巡察を口実に女の局《つぼね》をおとずれたりしているの。人に出あうと恰好《かっこう》わるいものだから、いかめしく『怪しい奴《やつ》はいないか』なんてとりつくろったりして、滑稽《こっけい》よね。ごわごわした狩衣《かりぎぬ》なんかが、女の部屋のきれいな几帳《きちょう》にかけてあるのなど全く、無粋《ぶすい》で野暮の骨頂《こっちょう》だわ。女のもとへ忍ぶときは、やはり垢《あか》ぬけた、みやびやかな姿でなきゃ。夜の巡察といろごとを一緒くたにしてるんだもの、似合わないったら、ありゃしないわ」

「手きびしいな、私は、似合わないものというとすぐ連想するのに、年とった女が若い夫をもって、大きなおなかをしてる、というような……」

「いやねえ」

「その若い夫が、ほかの若い女と浮気してるのを嫉妬《しっと》したり。待った、もっとトシ食った歯のない婆さんが、梅をたべて酸っぱがっている、なんぞは……またもやご懐妊《かいにん》、というわけ。どうだ、似合わぬものの最高だろ」

私は笑って、

「もっと似合わないものは、わたくしとあなたね。まるで、みすぼらしいあばら家に、月がさしこんだようだわ」

「どっちが月」

と経房の君はすり寄っていわれる。近々と私に顔を寄せて、

「あの草子は、私との共著になりそうだね」

全く、そういう話のぴったりする点では、経房の君以上の方はあろうとは思えない。でも、やはり、あの草子を、いつか私が書くとしたら……それはやはり、中宮・定子《さだこ》の君とであろう。

経房どのとはまたべつの、弾力ある心のゆきかいを感じて、生きている幸せのようなものさえ感じられる。たとえば、あのときの絵——。大傘《おおがさ》と、雨の絵。

則光が私の細殿《ほそどの》で泊まっていったことがある。

いや、その前に、なぜ私と則光が、再びそんな関係になってしまったかを語らねばならない。

私は「お兄さま」「妹」になっている今の関係を気に入っていて、今更、復活する気はなかった。しかし現実家の則光はそういうのが気に入らぬらしいのだ。

「おれはね、いっぺんも別れるといったおぼえはないんだから」

などといってふくれているが、私はとり合わないでいた。

ところがある夜、三条の邸《やしき》に里帰りしているとき、あわただしく門を叩《たた》いて則光がやってきた。血まみれで転がりこんできたのだ。

「怪我《けが》はしていない。返り血だ。賊を三人ばかり叩《たた》っ斬《き》ってきた」

「なんでまた……」

「わからん。引剝《ひきは》ぎというより、人斬りだろう。おれは怨《うら》まれるおぼえもないし、な」

「怖い……」

「大宮大路《おおみやおおじ》だ。暗闇《くらやみ》にいて、突然、斬りかかってきた。どうなっているのか、さっぱり分からない。夢中で刀を抜いてふり廻《まわ》した。一人のあたまを割ったと思ったら、次のが来た。三人めは逃げるひまもなく、刀をこう、両手で持って、目をつぶって曲者《くせもの》の腹にぶつかったら、ずぶっとそいつの背中まで抜けてしまった」

「きゃっ。いやよ、もうそんな話……」

「刀を引きぬいてそいつの腕を斬りおとしたような気がするが……。水をくれ。酒でもいい」

火がたかれ、湯が沸《わ》かされる。則光と二人の従者は血のりでべとべとする刀を、井戸ばたで洗った。邸じゅう、大さわぎになった。

従者が、着替えを則光の邸へ取りにいくあいだ、則光はむっつりと母屋《おもや》にあぐらをかいていた。私は正直いってうんざりした。

「あんた、則光、お祓《はら》いをしなくちゃ。血で穢《けが》れてるわ、とんだときにまた。この家もあたしもお祓いしなくては。ああ大変だ」

「穢れもくそもあるか、おれ、人を殺したのは生まれてはじめてだ、それも三人も斬り殺した、いくら賊だからって、悪夢を見てるようだ。検非違使《けびいし》のお取調べがあるだろうなあ……どうしていいか、おれ、魂が宙に飛んでいくようだよ」

「だって、あんたは悪くないんだから、事情を話せば分かってもらえるじゃないの」

「そんなこととちがうよ、魂が宙を飛んでゆく気持ち、っていうのは。おれ、うまくいえないけど、無我夢中《むがむちゆう》で斬ったとき、返り血がさ、パッと……なまあたたかい血がパッと、こう顔にかかった。息がつまって目がくらみ、もうそのあと、何が何だか分からん。奴ら、三人がかりだった、おれは一つまちがえばやられていたよ……おい、どうしてこう、躯《からだ》が震えるんだろうな、あたまはカッカしてるのに、躯が冷えてやたらガタガタするよ。くそう、もう……」

私は則光などより、触穢《しよくえ》のお祓《はら》いをしてもらうとすると、明日、明後日と、ここを動けないことに注意を奪われていた。それに、従者たちが不用意に、血のついた衣服をぬぎちらしたので、柱や廊に血の汚れがつき、気になってならなかった。

則光は夜明けまでここにいるつもりなのかしら、泊まるのかしらと気が揉《も》める。

「ねえ、あんたの着替えはいつごろくるの、夜明けまでには出てってね、あたしの邸、客が多くて、それに目ざとい人たちばかりなんだから、見つかるとうるさいの」

「…………」

「おおいやだ、いやだ、夜の夜中に血だらけで飛びこむなんて、縁起でもないわ、いったい何だって夜歩きなんかすんの」

「うるせえぞ！」

則光は吠《ほ》えた。

私をにらみつけているが、その眼には私への憎悪《ぞうお》というより、沸騰《ふっとう》しているものをむりに押えつけたような、底しれない激情があって、そんなへんな顔の則光は、私にははじめてのものだった。私は叫んだ。

「何すんのよ」

則光が私を抑えつけていた。

そこは廂《ひさし》の間《ま》で、妻戸《つまど》は開け放たれていた。灯は内にあり、外の闇《やみ》からは、内部がよく見えるはずだった。則光が消したのか風が消したのか、灯が消えた。門のあたりで話し声が高くなっている。従者がもどってきたのだろうか。則光は私が記憶しているより、もっと重くて硬く、荒々しかった。まだ拭《ぬぐ》い切れない血の臭いが、則光の体から発散していて、私はまるで見知らぬ男に、思いもかけぬところで、心外な、理不尽なことをしかけられたように呆然《ぼうぜん》としている。

外で従者たちが、ひそやかな声で、

「お休みになったようだ」

「そのほうがいい……今夜はもう物騒《ぶっそう》だ。明るくなって戻ろう……」

としゃべり合っていた。門番の老人たちは昂奮《こうふん》して眠れないのか、夜っぴて起きるつもりらしく、篝火《かがりび》など焚《た》いている。

私ははね起きようとした。

と、また、強い力で則光に引き転がされた。

こんなに恣意的《しいてき》に、思うままに私を扱う則光なんて、はじめてだった。これはもう別人の則光だ。別れていたあいだに変貌《へんぼう》した、というよりも、私の直観では、先刻の異常な、恐怖の体験が則光をすっかり変えてしまったのではなかろうか。

「則光」

と私は呼んで、力をゆるめてもらおうとした。私は流されまいと必死に、こちらの岸にしがみついているつもりだった。それで、強いて平静な声を出そうとしていた。

「ねえ、則光ったら……ちょっと待って。待ってよ……」

しかし則光はまるで何かに追われるように、洪水《こうずい》になって私を根こそぎ押し流そうとする。私が摑《つか》んでいるのは、細い一本の草、理性という草である。触穢《しょくえ》のいまいましさ、世間体《せけんてい》、わずらわしさ……すべてもろもろの、世間のきずな、そういうものをあれこれ思いめぐらせつつ、理性の草の一本にすがろうとしている、それを、則光は声も立てず、ひたすら、氾濫《はんらん》する大洪水で押し流そうとする。

草は根を洗われ、ついに私の手は空しく、空を摑んだことを知る。無力な私はいまは、水しぶきに身を任せてしまう。そうしておぼえのある、狎《な》れた世界に押し上げられ、漂うのを知る。

「あのときは、ひどい奴《やつ》だと思った。何しろ、おれのことより、触穢《しょくえ》のお祓《はら》いをしなきゃならんとか、家が汚れる、なんてことばかりやかましくいいたてて、只《ただ》の一ことも、無事でよかったとか、怪我《けが》はないか、大丈夫か、とはいわないんだからな」

と則光はいった。

則光は、細殿《ほそどの》の私の局《つぼね》へも、折々、通うようになっている。

「お前は薄情《はくじょう》だよ」

「薄情な女のところへさして、真ッ先に来たのは誰？」

「ちがいないや」

則光は屈託《くったく》なげに笑う。

あの夜、則光は内裏《だいり》から退出して、妻のもとへ帰る途中だったが、賊に襲われて斬《き》り殺したとき、一ばん先に逃げこもうと思ったのはやはり、

「お前の邸だった、お前が里下りしていることは知っていた。ともかく怖かったんだ。どうしていいか呆然自失《ぼうぜんじしつ》していたし……。そういうとき、やはりお前のことが思い出された。ホカの女らは頼りないんだ、目を回して失神するのがオチだよ。こっちが介抱《かいほう》しなきゃならない……。ところがどうだ、頼りにしていった先のお前の、つれないこと。

夜が明けないうちに帰ってくれだって？」

「うふふ、だけど、あんただって強引よ。何しろ、力ずくだったわ。あんな事件がなかったら、とてもそんな。あのときあんたは」

「まあまあ、それはもう、いいっこなし、もう仲直りしたんだから、いいじゃないか」

あの事件は兄の致信《むねのぶ》があとしまつをしてくれた。どこかの男を語らってそいつを犯人に仕立ててくれたのである。尤《もつと》も、犯人といっても検非違使《けびいし》に引き立てられたわけではなく、盗賊を斬り殺したというので、お咎《とが》めは受けなくてすんだ。それより、斬りくちが鮮やかで、一刀両断だったので、男は相当な手だれの者であると評判になった。近頃では男は、その武勇伝を得々と吹聴《ふいちよう》してあるいているそうである。私は意外だった。

「あんた、そんなに腕がたつの？」

則光は、あの話が出ると、いまだに胴震《どうぶる》いが止まらないといっている。

「知るもんか、何しろ夢中だったんだから。——刀を抜いたのもよく憶えてないんだよ」

則光が、私の局からあけ方出ていくのを誰か見たのか、いつのまにか内裏《うち》で、

「傘《かさ》をさして、見なれぬ人が出ていった」

という噂が流れているらしい。全く、口早、早耳、目の迅《はや》い人々である。

中宮からお文が局へつかわされた。

「返事をすぐに、と仰せられています」

という お使いの女官《にょかん》の言葉で、何だろうと開いてみると、傘の絵、それも、傘を握っている手だけで、人は描いていない。その横に、

〈山の端《は》明けし朝《あした》より〉

とお書きになっている。

判じ絵みたいだけど、これはきっと〈あやしくもわれ濡衣《ぬれぎぬ》を着たるかな御笠《みかさ》の山を人に借られて〉の歌からであろう。——男が細殿に通うって噂、濡衣でしょう？　傘をさして出ていった男は、あなたに傘を借りに来ただけなんじゃない？　という、中宮の救いのお歌であろうか。

私は早速、じゃんじゃん降りの雨の絵を描き、下に、

〈ならぬ名の立ちにけるかな〉

と書いてまた、

「濡衣でございます、仰せの通り」

と書き添えた。中宮のは、絵と双方あわせ読むと〈御笠山　山の端あけし朝より〉となり、私の判じ絵は、

〈あめならぬ名の立ちにけるかな〉

になるのだ。中宮はお笑いになったということだ。こういう共鳴音の快《こころよ》さ、というものは、私はこの世に生きているどんな人とも、味わえない。中宮さま以外とは。

13

私と則光《のりみつ》を「兄いもと」と呼ぶ呼びかたには親愛と、それにいささかは軽侮《けいぶ》もあるらしい。——それは則光という男、人に好かれるけれど、どこかしら人の微笑をさそうものがあり、それが投影しているせいではないかと思われる。

そういえばこんなこともあったっけ。

頭《とう》の中将の斉信《ただのぶ》の君が、何か私のことを誤解されたらしい。

「あなたのことを、『なんでまともな人間と思って褒《ほ》めたりしたんだろう』なんて、殿上《てんじょう》でぼろくそにおっしゃっていた、という噂《うわさ》よ」

と意地悪が売物の右衛門《うえもん》の君《きみ》が嬉《うれ》しそうに私に告げた。

この女《ひと》はこういう告げ口をするとき、ほそ面《おもて》の険《けん》のある美貌《びぼう》がいきいきと輝いてくる。眼には人をいたぶるのが生き甲斐《がい》というような、潑剌《はつらつ》たる光がみなぎる。口元には、抑えても抑えきれぬ笑みが、凱歌《がいか》のように浮ぶ。

「あなた、頭の中将の気を悪くさせるようなことを何か、いったんじゃない？」

「向こうがどうお取りになったか知らないけど、あたしは意識的にそうしたおぼえはないわ」

と私は笑いながら、きっぱりいった。

こういう右衛門の君の性格に対抗するにはそれなりのやりかたがあるのを私はもう知っていた。右衛門の君のような人は、おどおどとおじてしまうとカサにかかって、いくらでも歯止めなく圧してくるのである。こっちが強く出れば怯《ひる》んで、おとなしくなるのだが。

「あたしは日ごと夜ごと、人をいい負かして喜んでるように思われるかもしれないけど、これでもけじめをつけて、あと先をようく見てるわよ。決して人を傷つけるような、無思慮なことはいってないし、しないわよ。何しろ、いつも何ンかかンか、やらかすから、いちいちについておぼえてはいないけれど、でも、大本の心持ちとしてはそうよ。――人をいやな気持ちにさせたり、憎しみを買ったりするようなことは、決してしなかったつもりよ」

私は息もつかずまくしたてて、しかしそれを「色を作《な》して」いったりはしない。にこにこして、きっぱり、というのだ。

だって、それは本当だからだ。

私が殿上人《てんじょうびと》の男たちとわたり合って、

「知ってるかぎりの学才をひけらかして、男たちの冗談ごとに割りこみ、どっと笑わせ、喝采《かっさい》を博したりして、いい気になってる」

というのが、どうも私に対する朋輩《ほうばい》の女房たちの先入観念みたいだけれど、なんで私が男たちに割りこむかというと、男たち相手の方が、話が合うからだ。

読んだ書物だって似たようなものだし、好きな詩や詩人について趣味も同じ、となればどうしたって男たちの会話のあいだをかいくぐって、ちょいと、ひらめきのある返答などしたくもなろうではないか。

しかしそのときに、男をやりこめてやろうとか、へこましてやろうとか、嘲笑《ちょうしょう》してやろう、というような、思いたかぶった気持ちなんか、これっぽちもないのは、誓言《せいごん》してもいい。

また、人を誣《し》いたり、悪しざまに曲解して、さらにそれをねじまげて人に告げたり、なんてことも、やったことがない。

私だって人の噂や陰口《かげぐち》は大好きだけれど、それも面白おかしいこと、たとえば、その陰口をいったことで、いわれた当人はもとより、いった本人も愉快になるといった、そういう口あたりのおいしい陰口が好きなのだ。

どっと笑う、その笑いは侮蔑《ぶべつ》や嘲笑《ちょうしょう》でなく、

(――なんてまあ、人間て、おかしなイキモノ、愛すべき存在なんだろう)

と、まわりの人々に親近感を抱くような、だれかれなしに肩を叩《たた》いてまわり、おなか

をかかえて笑いころげるような——そういう、陰口、噂ばなしを好む。

それでなければ、なぜ、人は花や、鳥をたのしめるだろう。人を好きにならなければ、花も鳥も好きになれるはずはないのだ。男や女が面白いと思えばこそ、この世の美しいものを好きになれるのだ。

私は、私の裡《うち》にある、こういう嗜好《しこう》を、中宮に引き出して頂いた、といっていい。

「そのへんのことは、きっと頭の中将もわかって下さると思うわ、だってあのかた、バカじゃないいんですもの」

と私はいった。

小左京《こさきよう》の君は片隅でいつものように陰気くさく控えていたが、私の、

「バカ」

という発音にとびあがり、

「……まあ。頭の中将をバカ、だなんて」

とおそろしそうにつぶやいている。こういう、頭のわるい陰気くさい女を見ると、私はさっきの演説にかかわらず、苛《いじ》めたくなるんだけど。

でも、頭の中将は、本気かうそか、それ以来、黒戸《くろど》の御所《ごしよ》の局《つぼね》のそとを通るときも、私の声がきこえると、「袖几帳《そできちよう》」というのか、袖で顔を覆って、こちらを見ようともしない。

私もゆきがかり上、お世辞をいうわけにもいかず、つんとしていた。

「おやおや、頭の中将は、よほどあなたをお憎みとみえるわね」

右衛門の君は嬉《うれ》しそうにいっている。こういうたちの人は、人のケンカとか、いがみ合い、突っ張り合い、などが三度のめしより好きで、しかもそれを言い弘《ひろ》めたがるのである。その結果、火の手がよけい煽《あお》られて大きくなったりすると、生き甲斐《がい》を感ずるわけである。

そのくせ、自分のほうが悪意で迎えられると、それに気付かないようにして、内実はいつまでも消えない燠《おき》のようにくすぶりつづけ、宿怨《しゅくえん》と憎悪《ぞうお》の種火を消さないのである。もっとも、私がこういったからとて、右衛門の君を憎んでるわけではない。男の人には信じられないことかもしれないけれど、私はそういう右衛門の君が好きなのである。

女同士の共感と連帯で、よくわかるわけ、私には彼女のすらりとした長身（それが唯《ゆい》一《いっ》の欠点で、本人も苦にしているのは、みんな知っている）や、ほそ面《おもて》に険のある美貌《びぼう》、辛辣《しんらつ》な口ぶりも大好きなのである。

ところで、頭の中将とはそんな状態でいたのだが、春先の長雨の折から宮中は物忌《ものいみ》で、皆な閉じこもって退屈しきっていたとき、殿上《てんじょう》の男たちの話の中で、斉信《ただのぶ》の君が、

「退屈だな。やはり清少納言と絶交していると淋《さび》しいよ。何かいってやろうじゃないか」

といっていらした、という噂《うわさ》が伝えられた。

「まさかね」

と私はいっていた。

だって私を何の理由もなしに急に目のかたきにしたり、袖几帳《そできちょう》をして忌《い》みきらう風をみせたりなさったのは、あのかたの方だもの。

私はといえば、斉信の君の学才や、いかにも切れものらしい、颯爽《さっそう》たる風采《ふうさい》、もののいいぶり、仕事のとりさばきかた、などに、かねて、

（いいな）

と目をつけていたのだから。

殿上《てんじょう》にはすばらしい殿方がたくさんいられるが、伊周《これちか》の君や、道長の君、といった最高の大物はさておき、私たち女房と対等に応酬して下さるほどの身分で、かつ、役目がらの上でも密接に交渉する機会の多い、という範囲では、斉信の君などはまさに、

「ピカ一の男性」

といっていい。さきにいった通り法住寺《ほうじゅうじ》の大臣《おとど》とよばれた為光《ためみつ》の太政大臣《だいじょうだいじん》の次男の君だが、兄の参議《さんぎ》・誠信《さねのぶ》の君よりずっと人望があって人々に好かれもし、重んじられていられる。

あたまのよさでも廷臣中、群をぬいていられるという噂である。為光公は大臣までのぼられたが、そのお子がたの中では、斉信の君がいちばん宮廷の人気ものであろう。

しかも、お年もぐっと重みがあって、いま二十九でいらっしゃる。蔵人頭《くろうどのとう》で左中将という要職に、イレモノも中身もふさわしい男性なのだ。

宮中に仕えている女なら、みんな、

（ちょっと、いいな）

と目をつけているにちがいないのだ。とくに斉信《ただのぶ》の君はお声もよくて、音楽の素養もおありだから、吟詠《ぎんえい》などされると、この人の右に出るものはない。

しかも、タダの男なら、雰囲気《ふんいき》に酔ってふと名歌佳句《かく》を吟《ぎん》じたくなっても、その場にふさわしい佳句をとっさに思いつかず、また、思いついたとしても平凡なもの、陳腐《ちんぷ》な常套句《じょうとうく》を型のごとく吟じ、ひとり悦に入って、誰かほめてくれはしないかと得意顔にまわりを見まわしたりするものだが、そういうたぐいの才能なら、そこらにころがっている。

男たちの教養感度のよさは、ふとした折々に隠しようもなく、ふきこぼれてくる。それのすごいのが伊周《これちか》の君であったり、斉信の君だったりするわけである。そしてまた、それにふさわしい美男であるのも、女たちを熱狂させる一因にちがいない。

斉信どのは、私のことを何かにつけて聞かれて親しみを見せ、中宮の御前にご用のあるときは、

「少納言の君、ちょっとお願いします。宮の御前に奏して下さい」

と私を取り次ぎになさる。男性の役人たちはそれぞれ、モノをいいやすい贔屓《ひいき》の女房たちを取り次ぎにしているが、斉信の君が頻繁に私を呼ばれるので、女房たちの中には嫉《や》いているものもいるはずだ。

私は、例の癖で、

「一番の人に、一番に思われなければいやだ」

と高言して、後宮一の人気者の高官、といっていい斉信の君の仲よし、ということを誇っていた。

だから斉信の君が、私を誤解して、急に避けはじめたことを、右衛門の君などが喜んだのは当然である。といって何で私がいまさら斉信どのに阿諛《あゆ》して、こちらからモノをいったりできようか、誤解が解けたらまたもとのように話しかけて下さるだろうと私は強気でいたわけ。

——というのも、何かがあっても私は中宮に、

「これこれ、しかじかでございます」

と申しあげれば、わかって頂けるという、大きな安心感があるのだ。何てったって、中宮と私はツーカーであるという自負と安堵《あんど》があり、うしろに控えている親方の力を背負って、何があってもビクともしない。

そして斉信の君のお役目の蔵人頭《くろうどのとう》というのは、主上の側近第一号の重要な役どころであるけれど、たとえ斉信の君が私のことを悪《あ》しざまに主上に告げたところで、主上には中宮から、よしなにとりなして下さるに違いない、という確信があるのだ。主上が中宮の仰せられることをきかれ、

「ほう。そうだったのか……」

と、あの曇りない玲瓏《れいろう》たるお人柄で、ものごとの真実をお見通しになるに違いないとも、私は信じている。

だから、斉信の君とのゆきちがいなど、気にもならなかった。

さてその長雨の一日、ずうっと自分の部屋に私も退っていて、夜になって中宮のおそばへ上ってみると、中宮はもうおやすみになっている。女房たちは中宮の御帳台《みちようだい》から遠くはなれた廂《ひさし》の間《ま》の長押《なげし》の下で、灯を近く寄せて、「扁《へん》つぎ」をしていた。

「あら少納言さんだわ、こっちへ味方に入ってよ」

「だめ、こっちの組に来てよ。旗色が悪いんですもの」

と女房たちは二タ手に分かれて騒いでいる。

「扁つぎ」は私も好きな遊びで、「さんずい」扁のつく漢字、「木」扁のつく漢字、「魚」扁のつく漢字の、知っている限りをならべ、どちらが最後までたくさんあげられるかを競うものだが、これも、

(中宮さまが見ていられる)

と思うからこそ弾みが出ようというもの、みんながありとあらゆる字を考え出して、もう、いくら考えても思いつかないと匙《さじ》を投げたときに、私が、とっておきの字を示す、そこで中宮さまが、

(ほんとうだわ、よく思いついたこと)

と、明るい声で褒《ほ》めて下さらないと、なんの楽しみがあろう、中宮がおいでにならぬ

のでは、何をしても、物の映《は》えがない。

私はつまらなくて、その仲間に入らず、炭櫃《すびつ》のそばに坐《すわ》っていると、いつのまにか、女房たちもつぎつぎそこへ集まってくる。

全く、この人たち、私のいくところいくところへ、跟《つ》いてくるんだから。

みんなでとりとめもなくおしゃべりをしていると、

「少納言どの、清少納言どの、おいでですか」

と派手《はで》に呼ぶ声がする。

何ごとかと思って聞かせると、

「ちょっと直接に申しあげたいことがございまして……」

とうるさくいう。

「何なの、いったい。どうして直接でなくてはいけないの」

と御簾《みす》の外へ出てみると、顔見知りの主殿寮《とのもづかさ》の役人である。

「これを頭の中将さまが、あなたにと仰せられています。お返事を早くお願いします」

というのである。へえ、あんなに憎んでいらっしゃるのに、なんの用なのと思ったが、あの人の手紙を人前で見たくなかったので、「あとで返事するわ」とふところへ入れたまま、女房たちの話に入っていた。

と、またその男が帰ってきて、

「さきのお手紙、『お返事がないなら、そのまま返してもらってこい』との仰せで」

というではないか。

「どうかお早くお願いします」

「何でそう、せかされなきゃいけないの」

と私はふところへ入れておいた手紙をとり出した。

私は、斉信《ただのぶ》の君から文をもらうなんて、少し心ときめきして、一人きりのときにゆっくり見たかったのだ。

しかしこう急がれるのならば、そういう方面の趣旨の文ではあるまい。披《ひら》いてみると青い薄様《うすよう》の紙に、さすがに垢《あか》ぬけたいい筆蹟で、

「蘭省花時錦帳下」

とあり、

「下の句はいかにいかに」

とある。

べつに心ときめきする文句ではなく、退屈しのぎの遊びの挑戦である。なあんだ、とがっかりしたが、いちめん、

(さあ、きたぞ。うっかりしたことはできないぞ)

と緊張した。

これは白楽天の詩である。「蘭省《らんせい》ノ花ノ時、錦帳《きんちよう》ノ下《もと》」に対するは「廬山《ろざん》ノ雨ノ夜、草庵《そうあん》ノ中《うち》」という句だが、まともにこの下の句をへたな女手で漢字を並べても芸がない

し、中宮さまでもいらっしゃるなら、お目にかけてご相談申しあげたいのだが、どうこの下の句を付ければよかろう。

「お早くお早く。ただちに、という頭《とう》の仰せでございまして」

と役人たら、バカみたいにせかす。

ええもう、ままよ、と公任卿《きんとうきよう》のお歌にある、

〈草《くさ》の庵《いほり》をたれかたづねん〉

という句、筆も墨もとりあえず、火鉢の中の、消えた炭でもって書きつけて渡してやった。それもその手紙のうしろに書いたのである。

その返事はとうとう来ない。

早朝、私は局《つぼね》にさがった。すると源《みなもと》の中将、宣方《のぶかた》の君の声で、

「『草《くさ》の庵《いおり》』どの、いられますか」

とものものしく呼んでいる。宣方の君は、私の「弟」経房《つねふさ》の君の従兄《いとこ》で、年齢はずっと上、三十八、九だが、経房の君が私と仲よしなのをうらやんで、私にいつもおべんちゃらをいってつきまとう男たちの一人である。

この人は、斉信の君にも心酔していて、斉信さまが行かれるところ、どこへでもついていく人でもある。

草の庵どの、というのはゆうべのことを指してるのかしら、すると斉信の君は、もう早や、私の返事を側近の人にまで見せられたのかもしれない、と思ったが、私はいった。

「なんて呼び方なさるの、野暮《やぼ》ったいたらありゃしない。女の住みかへ来て、『草の庵』だなんて、殺風景《さっぷうけい》ですわ。『玉の台《うてな》』と呼んで下さるのなら、お返事もしやすいけれど」

宣方の君はのぞきこんで、

「おお、やはりお部屋でしたか、いま御前へおたずねしようと思っていたところですよ」

宣方の中将は、にこにこしていた。

「まだ、あの話を聞いていられません？」

「あの話って、何です」

「『草の庵』事件。まだ？　ああよかった、いや、ほかの人より先に、あなたに伝えたいと思ったものだから、こんなに早く寝込みを襲ったの」

宣方という人は、ときどき、語尾が女ことばになる。それは彼のクセであるが、そういうクセは、人の話の受け売りをするとき、いかにも似つかわしい語調となる。自分の意見より先に、強烈な個性の意見に薙《な》ぎ倒されてしまうような人は、どんな風《かぜ》にも靡《なび》く、藻《も》のようにやわらかい語尾がふさわしい。

「ゆうべは大変でしたよ、あのさわぎ」

「勿体《もったい》ぶらないでおっしゃいよ、何がありましたの」

私はずっと年上の宣方の君に、じゃけんにいう。私につきまとっている男たちのうちでは、則光より以下の等級に、宣方の君はいる。

「頭の中将の宿直所《とのいどころ》に、ゆうべ、気の利くちょっとした人々が、六位にいたるまでみんな集まっていましてね。いろんな噂《うわさ》、昔いまのことなんかしゃべっているうち、頭の中将が『やはり清少納言と絶交すると、手持ちぶさたになっていかんな。ひょっとして、あっちから口を切ってあやまるかと待っていても、全く、鼻もひっかけないという様子で、知らぬ顔を押し通していて、しゃくにさわってくる。今夜こそ、はっきり白黒つけて、あの生意気で高慢の鼻を押っぺしょってやるか、それともこっちが折れるか、やってみよう』といわれたんですよ。それで以《もっ》て、言いやる文句を、一同、相談の上、『蘭省ノ花ノ時』というのをえらんで送った。ところが主殿寮《とのもづかさ》の男が手ぶらでかえってきて、『今は見られないからあとで、と奥へ入ってしまわれた』というじゃありませんか。頭の中将はまた追い返して『何でもいい、ひっ捕えて、四の五の言わせず強引に書かせろ、書けないというなら、さきの手紙を奪い返してこい』ときびしくいって、あの、どしゃぶりの雨の中を使いに出されたんですよ。と、こんどはおっそろしく早くかえってきて、これです、と出したのがさきの手紙だったもんだから、『さては下の句がつけられなくて返してきたのか』とみんなも思い、頭の中将もそう思われたらしい。ところが、一目見るなり、頭中《とうちゅう》は、

『うーむ。くそ、畜生《ちくしょう》！』

とあさましい叫び声をあげられるではありませんか。どうしました、とみんな走り寄っていくと、あの、

『草《くさ》の庵《いほり》をたれかたづねん』

というあざやかな返事でしょ。頭中以下、声もないわけ。

公任卿《きんとうきよう》の歌で、ちゃんと『盧山《ろざん》ノ雨ノ夜、草庵《そうあん》ノ中《うち》』という詩句をふまえて返してる。この大ぬすっとめ、心にくい奴《やつ》め、やっぱり隅にはおけないや、と大さわぎになりまして、この歌の上の句を私に付けろ、と頭中はいわれるのですが、なんでつけられますものか、夜更けまで、皆でわいわいいって、とうとうあきらめてしまったの。このあざやかな応酬は、先々の世の末までの語り草じゃないかと、一同、評議一決したんですよ」

と、ことこまかに、手柄顔に語りきかせるのである。

「だからさ、これから、あなたのお名前を『草《くさ》の庵《いおり》』さん、と呼ぶことにしよう、ときまったってわけ」

「いやあねえ。そんな色けのない名前が末代まで伝わるなんて、くやしいわ」

というと、宣方《のぶかた》の中将は笑いながらいそがしそうにどこかへ行った。

多分、次の場所、——後宮のどこか、女たちの多くいるところで、「まだ、あのお話を聞いていられませんか？」と熱心に言い弘《ひろ》めてまわるのであろう。

そうこうするうち、今度は則光がきた。

「おい、海松子《みるこ》。いるかい？」

と声をひそめてやってくる。

「お礼をいいにきたよ、嬉《うれ》しいことがあってね。いま中宮の御前かと思って、あっちへ

「いっていたよ」

「どうしたの。臨時の除目《じもく》で昇進でもしたの？」

私はいった。則光の、横にむくむくとひろがった大きな顔は、いつものようにはちきれんばかり太っているが、今朝はいっそう血色よく冴《さ》えていた。

「ちがうよ、ゆうべ、とびきり嬉しいことがあったもんだから、早く知らせたいと一晩じゅう、わくわくして寝られなかったんだ。こんな面目《めんぼく》をほどこしたことはないよ」

そうして、宣方の中将が語ったのと同じことを話した。宣方の中将が「六位に至るまで」といったのは、なるほど則光らも指しているらしい。則光は六位の蔵人《くろうど》、殿上人《てんじょうびと》の中では最下位の下っぱ役人である。

しかし則光の話の方が、宣方の中将の話より面白いのはなぜであろう？

「頭の中将がいわれたんだ、『ともかく、この返答によっては、あの生意気な高慢ちき女をこれから、一切、無視してやる』とね。それで一座はどっとどよめいて、意気揚々と使者を出したよ。

おい、それを見てるときのおれの心持ちといったらなかったぜ。立ったり坐《すわ》ったりしたいところだった」

「あんたが何だって気に病《や》むの、べつにあんたに返事しろとおっしゃったわけじゃないのに」

「それはそうだけど、やっぱりおれだってさ、お前がこてんぱんに皆にやられて面白いはずないじゃないか。そこへ使いが手ぶらで帰った。あれもよかった、頭の中将は、自分が無視されたかと、かっとなってどなりつけ、すぐさま二度めの使いを出された。この使いがまた、すぐ戻ってきたのもあざやかだった、返事はどう書いたのだろう、とおれの胸はどきどきしたよ。出来のわるい返事なら、とにかく、おれは『お兄さま』だ、『お兄さま』の面目もまる潰《つぶ》れじゃないか。それが、あの返事だ。大ぜいの人が褒《ほ》めるやら感心するやら、頭どのが、

『お兄さま、ちょっと来い。これをきけ』

とおっしゃるんだ。うれしいが、

『それがし、歌の詩の、という文学方面のことはさっぱり、わかりませんので』

といったら、

『何も意見をいえとか、評論しろというんじゃない、ただ、これを少納言に話してやれというんだ、どうせお前には分からんだろうが』

とお褒めになったときは、ちょいと兄貴としてはくやしい思いがしたが、実に面目をほどこして嬉しかったよ。皆さんが、それから夜中すぎまで返事を按《あん》じて、ああでもないこうでもない、それじゃぶちこわしになる、とか、寄ってたかって頭をひねっていられたが、とうとう、返事はできずじまいさ。——こんな面目を施《ほどこ》したことはない。おれにとっても、お前にとっても、これ以上のめでたいことはないさ。何しろ、あの、当代一の教養人の斉信どのにかぶとをぬがせたのが、かよわい女のお前だった、なんて。

——除目《じもく》に少々昇進したぐらいの喜びとは、比べものにもなりゃしないよ」

「へえ……そんなことがあったの」

と私は、わざとそれほど嬉しくもなさそうな、平気な顔でいったが、感動した。源《みなもと》の中将宣方の君の話とちがい、則光は自分に引きつけて話すから、感動の質がちがうのは当然だけれども。

もしへんな句をつけたりして、人々の嘲笑《ちようしよう》と軽侮《けいぶ》を買っていたら、どんなにみじめだったか、則光の親身な話しぶりで、今更のようにその場の雰囲気《ふんいき》がわかり、ほっとした。男の集まりの中へ女が口を出すのは、綱渡りに似た緊張の連続であるのだった。

則光はそれ以来、何かあると、

「ちょいと、『お兄さま』、誰《だれ》それがお呼びよ」

などといわれたりしている。

「草の庵《くさのいおり》」のことはすぐ中宮のお耳に入り、それは、女房たちからの筋ではなく、

「主上がわたくしにお話し下すったの。殿上《てんじよう》の男たちはみな、その句を扇にまで書きつけているという話よ」

とお笑いになる。

「それにしても、うまく、とっさに思いついたものね、公任《きんとう》の歌などを」

「ほんとうに、あとから思いますと、鬼がわたくしの耳に囁《ささや》いてくれたのでございましょう」

と、これは私の実感だった。

斉信の君はそれからあとは、むろん、私に対して、袖几帳《そできちょう》などなさらない。中宮御殿へ用事で来られると、以前に増してしきりに、

「少納言どの、お頼みします」

と私を取り次ぎになさる。そのついでにあれこれの話をして帰られる。その会話の中には、二人でないと通じないこともある。私も斉信中将も碁《ご》が好きで、斉信の君と碁盤をかこむこともあるが、斉信の中将は、

「女にしては強い」

と褒《ほ》めてくださったことがある。それも私には嬉しかった。私は碁を、少女時代、父と兄の致信《むねのぶ》に習った。則光はしかし、

「女と打てるか」

と鼻も引っかけないので、則光とは試みたことがないが、斉信の君は、そんなことはいわれないわけである。お互いの挑み心も嬉しい。

それで二人のあいだの隠喩《いんゆ》として、たとえば男と女のあいだの噂話に碁の用語をあてることがある。かなり進行している仲のことを、

「男に先手をとられた」

「駄目《だめ》を打った」

などといい、男が女にあたまが上らないと、

「男は何目かおいてる」

などという。

そういう会話を余人は知らないので、私と斉信の君はいい交して笑うわけである。

経房《つねふさ》の君はそれを小耳に挟んで、

「何だ、お二人とも特別な仲を誇らしそうにみせびらかして。そういう厭味《いやみ》は、人前でなさるものではありませんぞ」

といわれるが、怜悧《れいり》な人だからすぐわかり、自分も一緒になって笑われる。そうして、まぎれもない恋仲とみられる男と女のことを指して、

「あれはもう、勝負がついて石を崩していますね」

などといわれ、私や斉信の君を笑わせられる。

そういう点、全く血のめぐりの悪いのは宣方《のぶかた》の君である。いや、則光も血のめぐりがいい、とはいえないが、自分に通じない隠語を使われても、べつに知ろうという気をあさましく起こさない。隠語を使わねばならぬのは、それだけの理由があるのだろう、こっちが知らねばならぬ義務もないわい、といった図太い考えでいるらしい。

しかし宣方の君は、私や斉信中将、経房少将が、三人だけで話して笑っていると妬《ねた》ましいらしい。それを察するだけのチエも廻《まわ》らないので、

「何なの。え、何が、何目おいてるんです」

と私や斉信につきまとって聞くのである。

私が笑うだけで答えないと斉信の君にしつこくたずねるらしい。斉信の君とは仲がいいので、とうとう教えたらしかった。

宣方の君は鬼の首をとったように私に、

「碁のことなんですね、碁を打ちませんか、私だって、かなりのところですよ、頭の中将どのと互角です。わけへだてしないで、私にもお相手して下さいよ」

などとしつこくいうのである。

「そう誰とでも、きりなくわけへだてなくはできませんわ」

といったら、それが斉信の君に伝わって、

「うれしいことをいって下さる。私だけ、特別扱いなんだね」

と喜んでいられた。

斉信の君のような人に、そんなに認めてもらえるなんて、女房冥利《みょうり》に尽きるというものだろう。おまけに、私の方がやりこめることだってあるのだ。

四月になったばかりのころの夜、私の局《つぼね》に、たくさんの殿上人《てんじょうびと》が集まって、夜っぴて語り明かしていた。そのうち、一人去り、二人去りして、あとには斉信の君と宣方の君、それに蔵人《くろうど》の六位が一人残った。いつのまにか夜があけてしまい、

「それではそろそろ失礼しよう、暁のわかれも風流でいい」

斉信の君はそういいつつ腰をあげ、ふと、

露ハマサニ別レノ涙ナルベシ、
珠《たま》ハ空《むな》シク落ツ

という詩をゆるゆると吟《ぎん》じられた。斉信の君の吟詠《ぎんえい》は、声といい節廻《ふしまわ》しといい、みごとで惚《ほ》れ惚《ぼ》れとするもので、宣方の君もついて吟じている。

しかしこの詩句はもともと七夕《たなばた》の主題で、春のさかりに歌うのは、季がちがう。

「気の早い、たなばたさまね」

と私がいうと、はっと斉信の君は気付かれて、

「しまった、ただ暁のわかれというので思い出したから、口にしたまでですよ。このあたりでうかつなことをいうと恥をかく。これはご内分に願います。一本やられました」

といって、大笑いして帰っていかれた。

経房の君は、

「あの人はやり手だから、あなたに近づくにも何か下心がありそうな感じなんだ。私はあなたのことというと、わりに勘が働くんでね」

といっていられる。

「あなたはかしこい女性だから、男たちが利用しようと寄ってくるのと、真情で寄ってくるのと、ちゃんと見分けていると思うけれど、そのけじめをきちんとしてほしいんだ」

「そんなことあるかしら。わたくしなんか利用する、ったって、政治むきのことに口を入れられるはずはないでしょ」

「それは何ともいえない、現に、中宮の女房たちの中でも、誰が誰とツウツウで、情報はつつぬけ、という噂もよく聞くし――べつに私が頭の中将に嫉妬《しっと》していうんじゃなくて」

経房の君はふしぎな微笑を頰《ほお》に刻まれる。

「まあいいや、どっちへ世の中が変わろうと私とあなたの仲は、そんなものとは別次元だってこと、おぼえていて下さいよ、――こんなことという男、ほかにいますか、いないでしょうね」

と私に擦《す》り寄って、秘密めかしく耳もとでいわれる。

でも本当をいうと、それは斉信の君も私にいわれたのだ。

「少納言。どうして私にもっと親しくうちとけてくれない。蔵人頭《くろうどのとう》、という役目がら、一日中、こうして殿上《てんじょう》にいますから、毎日お目にかかれるがね、私も来年ともなれば、頭《とう》はべつの人にゆずることになる。そうすれば後宮への御用もなくなり、もうお目にかかれない。あなたのお噂をきくのみになる」

「残念ですわね。せっかくこう、お馴染《なじ》みになれましたのに」

「だから、さ、殿上でなくてもお目にかかれるようなきっかけを作って頂きたいのですよ――つまり、個人的にもっとお馴染みになって頂ければ、これからも再々、お目にかかれるわけです」

などと斉信の君にいわれると、嬉しくて私はぞくぞくする。

しかしそれは、斉信卿の知的遊戯の罠《わな》であることも、私は知っている。

私と斉信の君はつまり、そういう罠をしかけあうことに恋している間柄なのである。実体のある恋、肉体とか欲望とか、嫉妬、心と体のほとんど一体なる疼《うず》き、といった、そういうたぐいのものではないのだった。

私は涼しく答える。

「そりゃね、お親しくするのはむつかしいことじゃありませんわ。ぐっと親密に、『勝負あった』というようになるのは、ね。……だけど、もしそういう間がらになったら、これから主上や中宮の御前で、あなたのことをお褒《ほ》めできないじゃありませんか。わたくしは、主上にも、いつもあなたのことを、まるで役目のように褒めておりますのに。わたくしは、愛人にした殿方《とのがた》を、人前で褒めるなんてこと、とてもできません。他人の思惑《おもわく》も気がかりですし、良心にもやましくていいにくいんですもの」

「そんなこと、あるもんですか。世間にゃ、人前で愛人を持ちあげ、それとなく褒める男や女はいっぱい、いますよ」

「それができるくらいでしたらねえ。——見ていて、わびしいんですもの。恋人を褒めそやしたり、味方したり、大っぴらに贔屓《ひいき》したり。ちょっとでもわるく人がいうと、腹を立てていい返したり、あれは実際、見ていてかたはら痛いものですわ。あれだけは、わたくし、したくありませんもの」

「やれやれ。頼りがいのない味方だね。しかし」

と斉信《ただのぶ》の君は、真顔になられた。

「――世の中がどんな風になっても、友情は持ち合おうじゃないか、少納言」

「もちろんですわ、友情にとどめておいて頂くのは、私も大賛成」

「いや――私がどういう意味でいっているのか、聡明《そうめい》なあなたは分かっていられると思うが……。たとえばつれづれな折、ふと、(ああこういうとき、あの人なら、どんな風にいって返答してくれるだろうか)とか、これをあの人にきかせたら、どんなにおかしがるだろうか、とか。そういう、わけの分かった友を持っていたい、そんな存在で、お互いにありたいね。世の中の状勢がかわっても、友達甲斐《がい》は、かわらないでありたいもんだな」

――なぜ、男の人たちは、ふたことめには「世の中が変わっても」「世の中の状勢が変わっても」と口走るのか。

あとになって思うと、「世の中のうつり変わり」の予兆《よちょう》が、政治の嵐《あらし》をまともに受ける男たちには、ひしひしと身に沁《し》みたにちがいなかった。この年、長徳《ちょうとく》元年(九九五)は、音たてて世の中がかわる、そのきっかけの年だったのだ。

14

中宮がお妹君の原子女御《もとこにょうご》とともに、父君の関白・道隆公《みちたか》を見舞われたのは四月六日であったが、その日、病《やまい》があらたまり、もうとても助からぬというので、道隆の大臣《おとど》は出家なさった。

北の方もつづいて尼《あま》になられる。

ひと月前、内大臣・伊周《これちか》の君に、内覧《ないらん》の宣旨《せんじ》が下っている。

「関白が病の間、殿上《てんじよう》および百官執行《ひやつかんしぎよう》すること」

というのであって、道隆関白のご病気のあいだは、もっぱら内大臣が政治を行なうというものだった。この「天下執行《しぎよう》の宣旨」を、頭《とう》の弁《べん》の俊賢《としかた》の君が関白のもとへお持ちすると、道隆公は病気が重く、装束もお着けになることができず、とりあえず直衣《のうし》のまま、御簾《みす》の外へいざり出られたそうである。しかし容貌《ようぼう》はやはり清らかで、そんな重態の方ともみえなかった、という話だ。

私は伊周の君に「内覧宣旨《ないらんせんじ》」が下ったというので、ほっと安心していた。それならば関白が亡くなられるようなことがあっても、自動的に伊周の君に、関白の位は下りるのではあるまいか。

ただ噂《うわさ》では、伊周の君の叔父《おじ》、高階信順《たかしなのさねのぶ》の君は、「内覧宣旨」だけでは心もとなくて、「宣旨」の文句を書きかえるように要求したということである。

つまり、

「関白の病の間」

という、「間」の文字を「替」に換えてほしい、と交渉したということだ。「病間」では、病気の間だけであるが、「病替」になると、永久的に、関白に替ることを意味する。それは根本的に、伊周の君が関白に据《す》えられることを指す。しかしそれは主上のお許しが出なかったという。

「どうしてお許しにならないの？　主上は中宮方のご一族のお味方ではないの？」

と私は経房《つねふさ》の君にささやく。

私にその「極秘《ごくひ》の噂《うわさ》」をもたらしてくれるのは経房の君である。

「主上は——ここだけの話だが」

と経房の君の声も、聞きとれぬほど低い。

「悩んでおいでになるという話です。——東三条の女院《にょういん》・詮子《あきこ》の君から強硬な申し入れがあって……」

「母后《ははきさい》がどうして」

「伊周の君よりは、道長の君を、と推していられる。女院は伊周の君を、よく思っていらっしゃらない。あんな、稚児《ちご》のような若僧に、と仰せられたのを耳にした者もいる。——また、中宮があまりに主上に愛されているので、その縁で、女らしい反感を、中宮の一族に抱いていられるとか、いう者もあります」

「そんなことがあるのかしら……」

「あなたのほうこそ、それは考えたことがないのか、中宮ほど愛されていなすったら、母后《ははきさい》がお妬《ねた》みにならない、と思うかね？」

「そこまで考えるなんて……」

「そこまで考えないと、解けない謎《なぞ》がいっぱい、あるよ。それに、主上ご自身のお心持ちは、誰にも分からない。主上は、まだお若いけれど、きっぱりしたところのおありになる方、中宮への愛情は愛情、天下の政治は政治、と区別なさっていられるのかもしれない」

「では、伊周公が関白におなりにならない、ということも、あり得るの？」

「もちろんですよ」

経房の君の語調には、むしろ、何だか喜々とした色がある。男たちはひと波乱ありそうな、という騒然たる事態を迎えると、武者ぶるいするような、昂奮《こうふん》を感ずるものらしい。

おそらく、ここひと月ばかり、宮中のあちらの隅、こちらの女房の局《つぼね》で、こうやって、男と男、あるいは男と女、女と女たちの、ひそやかな、密なる語らいが、あたりを憚って、ひそやかにとり交されているにちがいない。

情報やら中傷《ちゆうしよう》やら誤聞やらが、目に見えぬ小鬼のように飛び交い、闇《やみ》にまぎれて、あわただしく人は連絡し合い、反目し合っているにちがいなかった。

道隆公の亡くなられたのは、四月の十日である。

人々が手を添え、西方へ向けさせ、

「お念仏を。殿、お念仏をお唱えなさいませ」

と涙のうちにいうと、道隆公は、

「済時《なりとき》や朝光《あさてる》も、極楽にいるだろうか」

と最後まで、冗談をいわれたという。済時卿も朝光卿も、飲み友達だが、すでに朝光卿は疫病《えきびよう》で二十日ばかり前に亡くなっていられる。

済時の君も、死病の床にあられるそうだ。

しかし道隆の君は飲水病で、これは、お酒の飲みすぎによることはあきらかである。

四十三でいられた。

道隆公のご逝去《せいきよ》を恨む声よりも、

(次の一の人はだれだ！)

という声で天下はみちみちた。

中宮のご悲嘆はしめやかに深い。主上のお慰めも心こもるものらしく、お二人は永の一日、御帳台《みちょうだい》にしみじみと語り合われて倦《う》まれなかった。中宮はすこし面《おも》やつれなさって、いつもはふっくらとみえる御頰《おんほお》の線が強《きつ》くなってみえる。外の世界はすでに立夏で青葉の繁りが屋《や》の内を暗くしているが、中宮はいよいよ、お顔の色が白く透き通られるようだった。

私たちも鈍色《にびいろ》の衣《きぬ》に着かえ、中宮のいまの御殿、藤壺《ふじつぼ》は鈍色一色にさま変わりした。亡き関白殿が、いまでも、

（やや、別嬪《べっぴん》さんたちや）

と高笑いしながら現れて来られそうな気がするが、最期のときまで冗談にいわれた、飲み友達の済時《なりとき》卿も、関白さまのあとを追うこと半月ばかりのち、亡くなられた。済時卿は東宮《とうぐう》の女御《にょうご》、宣耀殿《せんようでん》の父上で、まだ幼い若宮をのこして亡くなられるのはご自身でもお心のこりであられたろうし、宣耀殿の女御も、これからというときに、頼りになる父君と別れられて、どんなに心細く思われたであろう。

それでも、宣耀殿の女御には、すでにちゃんと第一皇子がお生まれになっていらっしゃる。

中宮・定子《さだこ》の宮には、まだ、お子はお生まれになっていない。

そういうときに、父君を亡くされたのだから、心細さは宣耀殿《せんようでん》の女御《にょうご》以上ではなかろうか。ただ、主上とのおん仲がむつまじく、しっくりとしていらして、たぐえるものの

ないこまやかなご愛情で結ばれていらっしゃるとはいうものの……。

御帳台から洩《も》れる主上のお慰めのおことばは熱っぽかった。

「私がいるかぎり、あなたにもうこれ以上の物思いはさせませんよ。父大臣《おとど》が亡くなられたいまは、私をこそ、頼りにして下さいよ。あなたは私に守られているのだ。どうかお心をしっかり持って安心してよりかかっていらっしゃい」

主上は真率《しんそつ》な青年であられる。

帝《みかど》・天皇といっても、中には、冷泉《れいぜい》・花山《かざん》の両院のように、下々までひそかに取り沙汰《ざた》される、どこかしら欠点のある君、常軌《じょうき》を逸した君、足《た》らわぬ君、臣下を心服させない君がいられるものだというが、当今《とうぎん》はその点、どこといって非のうちどころなく、姿かたち清らかに、お心持ちも気高く情深く、ご思慮ふかく、まだお若いながら人々の敬愛を一身に集めていらっしゃる。

そういう資質すぐれられた主上が、愛を傾けられる中宮こそ、私の誇りでもあるのだった。主上と中宮こそ、愛し愛されるにふさわしい、たぐいない一対であった。父君を失って悲しまれる中宮に、主上は心こめて力づけられるのだった。御帳台《みちょうだい》のうちに籠《こも》る香《こう》と温気《うんき》のなかで、主上は中宮の涙に湿る黒髪をかきやりながら、慰めと愛と誓いを惜しみなくふりそそがれたにちがいない。

後宮は喪《も》の色に包まれた。中宮と東宮女御、この後宮の女あるじ、お二人とも、ほとんど同時に父君を亡くされたのだから……。

しかし、その夏の世の中の惑乱《わくらん》は、いま猛威をふるっている疫病《えきびょう》の恐れ以上に、道隆関白の亡きあとを誰《だれ》が襲うか、ということだった。

「この年になるまで、こんなに不安な思いをしたことはございませなんだ。これからどうなるんでございましょうねえ」

後宮にもう何十年と仕えている老いた命婦《みょうぶ》も、ひそかに声震わせていう。

私の見るところ、内大臣の伊周の君は、道隆公が亡くなられてからは、母方の祖父、例の高二《こうに》位《い》の入道どのに頼っていられるようで、高二位どのの影響で、祈禱《きとう》や加持《かじ》に、頓《とみ》に凝られるようになった。

もちろん、いまのようにはやり病で人がしきりに死ぬ時代は、祈禱や加持しか頼るものはないわけだが、伊周の君は関白の位がご自分にまわってくるよう、高二位をせきたてて、夜昼、祈禱させていられるらしい。内覧宣旨《ないらんせんじ》があった、とはいっても、それは、

「関白の病の間」

という期限つきなので、関白が薨去《こうきょ》されたいまは、もとの振り出しへもどったというわけなのだった。内大臣どのは、関白と氏《うじ》の長者の実権が、粟田《あわた》殿・道兼《みちかね》の君や道長公に移りはしないかと気を揉《も》んでいられる。

「夜昼、たゆまず祈禱せよ、と高二位に申しています。二位の爺《じい》どのはまたとないような尊い秘法をさまざま知っている、いまの世ではまず最高の験者《げんざ》ですよ。これが秘術をつくして祈っているのだ。うまくいかぬはずはない。粟田どのや道長づれに負けるはず

はない。信順伯父《さねのぶおじ》や道順伯父《みちのぶ》も、大丈夫と請け合ってくれている」

伊周の君は甲高《かんだか》い笑い声を立てられた。

道隆公が薨去されてからの内大臣・伊周の君は、どことなくすこしずつ、変わっていられる気がする。どこが、ということなく、伊周の君は、今までの感じと変わって、よく似ているが、ちがう写し、という気がされる。

神経がいら立って鋭くなられ、ご発言に慎重な配慮が失われた。以前は、道長の君との軋轢《あつれき》が少々あっても、それを人目の多い、人聞きのわずらわしい場所で口外なさることはなかった。

それがいまは、きんきんとひびく声で高く言い放たれる。

宮中というところは、誰がいつ、どんな顔をして見たり、聞いたり、更にそれをどこへ伝えるかわからぬところなのだ。宮仕えしてわずか二年の私にも、目にみえぬ空間を飛び交う、声なき誹謗《ひぼう》、中傷《ちゅうしょう》、嘲笑《ちょうしょう》、反撥《はんぱつ》、呪咀《じゅそ》を肌に感知できるようになっていた。

それだけに、宮中、人前での発言は、どんなに気心の知れた、と思われる人々の前でも——充分に心を尽くして、尽くしすぎる、ということはなかった。経房の君などはそのへんの機微に通じていられて、私にそっと洩《も》らされる秘かな情報も、用心に用心を重ねて、風のようにさりげなく耳打ちしていかれるではないか。

宮中ではどんなにひめやかな囁《ささや》きも、まるで屋根の上にあがって山伏が法螺貝《ほらがい》でも吹くように、音響は増幅され、こだまを伴って拡められてしまう。そんな当然の配慮すら、伊周の君は失ってしまわれたかにみえた。

——（これから、どうなるんでございましょうねえ……）

という不安は、世の中の上下を問わず抱いているもので、それゆえになお、人心は動揺しやすくなっている、そういうときには、ほんのちょっとの針先でつついたような切れはしの言葉も、取り返しのつかぬ流言蜚語《りゅうげんひご》となって撒《ま》き散らされるのは目にみえていた。伊周の君が話されているのは、中宮の御前である。当然、ここには中宮、ならびに、故関白ご一家に心寄せる人々しかいない。しかし宮中社会の複雑さは、そういうところで交された会話すら、外へ洩《も》れ出るところにあった。おまけに、しばしば変質して流れ出すのだから、まさに奇怪としか、いいようがないのだ。

私は伊周の君のお言葉が何も聞こえない風を装って、遠くへ退《しりぞ》き、わざとほかの人々と私語《しご》していた。伊周の君も、妹宮と内密の話をしていられるつもりらしいが、お声が、気持ちの昂《たか》ぶりを伝えて、ともすると甲高《かんだか》くなるのは抑えようもないらしかった。

「母君も私に『心のどかにしていなさい、必ず願った通りになる。父大臣《おとど》の霊がお守り下さらぬわけがあろうか』といわれるのですよ。粟田《あわた》殿も大納言殿（道長の君）も、父君が亡くなられたというのに、弔問《ちょうもん》にさえ来られなんだ、そういう薄情な人でなしに、天道《てんどう》が加護あるはずはない、と……ははは、母君がそう請け合っていわれると百万の味方を得た気がする、そうはお思いになりませんか」

伊周の君は昂然《こうぜん》と笑い声をひびかせられた。

伯父君《おじ》、祖父君、そして、母君の高内侍《こうのないし》・貴子《たかこ》の上《うえ》に、ひたすら頼り切ることで、当面の不安を乗り切りたいおつもりらしかった。

中宮のお返事は、聞こえない。几帳《きちょう》の彼方《かなた》で、真っ白い檀紙《だんし》を、お顔に押しあてて、あふれるお涙を拭《ぬぐ》っていらっしゃるらしいご気配である。

ややあって、こらえかねるため息のかわりに、辛《かろ》うじて声が洩《も》れ出た、というような、あるかなきかのお返事が耳を打った。

「すべては人の力の及ぶところではございませんわ、お兄さま。何もかも天のお指図の通りにしか、この世は動きませんわ。……天命を――この上は、天命をお待ちなさいませ。お心をしばらく長閑《のど》めて、お体を大切になさって、そしてまず、何よりも父君のお葬いをごりっぱにとどこおりなく行なわれるよう、お心がけ下さいませ。それがさし当たってのお仕事……」

中宮の仰せごとは理路とどのった、やさしみのあふれるものであったが、そのお心持ちがどれだけ伊周の大臣《おとど》に通じたものか。

それはともかく、私には中宮のお考えがはっきり、わかった。中宮もまた、兄君の狂おしい騒擾《そうじょう》ぶりに不安感を抱いていられるのだ。

中宮のご身辺にいつもただよっていた、あの明るく挑発的な楽しい気分は、いまは消えて、その代わりに、物思いとただならぬ不安が舞い落ちていた。道隆の大臣《おとど》のご薨去《こうきょ》のおくやみは、私どもお仕えする女房を代表して、中納言の君が申し上げたが、私も夜

となく昼となく、おそばに上る機会のあるごとに、

「お悲しみのあまり、お体をそこなわれませぬように」

とそっと申上げ、それが精いっぱいだった。

中宮はうなずかれて、それでももう、あのすずやかなお声が弾むことは絶えてない。ましてやお笑いになることも、あるはずもない。

東宮の女御で、お妹の淑景舎《しげいさ》の君へ、お悲しみを慰めあわれるお手紙をやりとりなされる。そして御帳台《みちょうだい》のうちからは数珠《じゅず》を繰る音とともに、きれぎれの御念誦《ごねんず》が洩《も》れるのであった。

道隆の大臣が、登華殿《とうかでん》でご一家水入らずの団欒《だんらん》をたのしまれたのは、ほんの、二か月ほど前のことではないか。関白さまは病苦のためか、痩《や》せて疲労の色が濃かったが、それ以上に、一門の繁栄に満足していられるようで、軽快な猿楽《さるごう》ごとをしきりに放たれていた。

あの日の栄華がまだ昨日のことのように思えるのに、中宮にはまして、亡き父君の追憶にお涙が尽きないのであろう。はじめてのおん娘に生まれられて、ゆくすえは后《きさき》がねと、道隆公はどんなに定子姫を愛されたことであろうか。

「おやさしいお父さまだったわ……」

と中宮は忍びかねるように、私たちにいわれ、いいも果てず、また涙に咽《むせ》ばれるのであった。

それは私に、そのかみ、父に死に別れたあの悲しみを思い出させた。中宮は道隆の大臣の長女でいらっしったし、私は老いた父の末っ子であったが、どちらも、いうなら、目に入れても痛くないほど父に愛された娘だった。

私は一介《いっかい》の受領《ずりょう》の娘だったが、中宮は関白さまの姫君、そして中宮というご身分でいられる。もともと、こうした高いご身分の方々は、おのずと家庭の中でも庶民の感情とはことかわり、喜怒哀楽の念も、一拍おいた淡泊なものになりがちであるのに、中宮は私が父を喪《うしな》ったときと同様、いつまでも可憐《かれん》に身を揉《も》んで嘆かれるのであった。

中宮のお悲しみは、私の心をいっそう、中宮に近づけた。

故関白家の家風は、身分たかき貴族の家風とちがって、見栄や体裁で飾らない、ごく素直な、捉われない気分でいらっしゃるらしかった。

七日ごとの法要を、しめやかに心から、中宮は行なわれた。

関白さまは折悪《おりあ》しき季節に逝《ゆ》かれた、と人々はひそかに言い合った。もう賀茂祭《かものまつり》が目前だったからである。仕方がないので、二十一日の祭をすごしてから、葬送ということにきまった。

中宮が内大臣・伊周の君に、

「お父さまのお葬いをとどこおりなく……それがさし当たってのお仕事」

と進言されたのは、遠まわしに伊周の君の暴走を制御なさろうというお思いもあったのではないか。伊周の君は、関白が亡くなられたあと、矢継ぎ早に、いろいろな宣旨《せんじ》を発せられた。たとえば衣の袖丈《そでたけ》を縮めるというふしぎな条令があった。なぜこういうときに、そんなこまかな命令を発せられるのか、世間は理解にくるしんだ。則光は、

「早く一人前の顔をしてみせたいんだな。関白の病が重い、というのに自分で奏請《そうせい》して、随身《ずいじん》を頂いたり、している」

と伊周の君をわるくいうのである。

「自分一人、政治をやってるつもりでいるが、世間じゃ、あたまを傾《かし》げているよ。すでに関白どのは、死ぬ前に、氏《うじ》の長者の位置を粟田《あわた》どのに譲った。順序としては、あるべきことだろうな」

「粟田どのが、それじゃ、次の関白になるというの」

私は、私の邸《やしき》でしゃべっているから、宮中とちがって遠慮がなかった。則光はむかしから、高二位《こうにい》を、

「くらえぬ爺《じい》さんだ」

と嫌《きら》っていたが、今ではいっそう憎んでいるようである。

「あの爺さん、関白の法事にも出席せず、服喪《ふくも》もしないで、怪しげな祈禱《きとう》に精出してる、というじゃないか。ひょっとして、粟田どのや大納言・道長どのを呪い殺そうと、丑《うし》の刻《とき》まいりでもやらかしてるんじゃないか」

「まさか」

「あの爺さんならわからないぜ。陰険だからな。どっちにしろ、世間は粟田どのが一の

人になるのは順番だと見ているだろう、そういう気持ちの流れを変えるのは、容易なことじゃないさ。高二位の一族の道順《みちのぶ》や信順《さねのぶ》らはここ一番と、がんばってるつもりだろうけど、……何てったって、あの連中じゃあな、……太刀打ちできゃしないさ、何しろ、粟田どのや大納言どのを向こうにまわしては」

則光の口調には、どことなく、同情的なひびきがある。

高二位の爺さん――新発意《しんぼち》の二位を嫌ってはいるけれど、それがそのまま、故関白一家への憎しみになっている、というのではないらしい。

そこが、私の兄の致信《むねのぶ》とはちがう。

「そうさな……おれなどから見ると、受領《ずりよう》や役人あがりの、家柄《いえがら》のよくない高階《たかしな》一族がどこまで這《は》い登ってゆけるか、内心、『やれッ、もっとがんばれッ』といいたい気もするのだが……。家柄や血筋に関係ない一族が、たまたま関白にとり入って、どこまで枝葉を繁らせることができるか、小気味よい思いで見ていたんだが――何といったって、持っている玉次第だから。内大臣の伊周公では、ちょっと力が弱いだろう」

則光のいうのは、たぶん世間の見る目と同じものにちがいなかった。兄の致信は、大納言・道長公のお家のことにしか関心がなく、その他は眼中にないが、則光は、それほど大納言家に心寄せもしていない。また、かといって、粟田どのが一の人になられるのを期待もしていない。何といっても則光にとっては粟田どの・道兼《みちかね》の君は、花山院《かざんいん》を欺《あざむ》いて退位させた張本人といわれる人である。

根強いこだわりを、粟田どのに対して持っているらしかった。それだからどう、ということもないのだが、兄のように熱狂的に誰かを支持する、というのではないらしい。弥次馬《やじうま》的な興味で見守っている、というところらしい。

しかし私は、中宮のためには、内大臣どの・伊周の君に廟堂《びょうどう》の第一人者になって頂きたかった。故関白に代わって、たのもしい後楯《うしろだて》になって頂きたいのであった。

故関白のご葬送は、奇《く》しくも、生前の酒飲み友達であった済時《なりとき》の大将のご葬儀と同じ日になったのもあわれ深い。お二人はあの世でも、閑院《かんいん》の大将・朝光《あさてる》の君をまじえ、三人でもろ肌ぬぎになり、カラスの飾りのついた瓶子《へいじ》でしたたか酒をめし上っていられるであろうか。娑婆《しゃば》の憂苦も拭《ぬぐ》われて、気の合った飲み友達と盃《さかずき》を重ね、簾《すだれ》や格子戸《こうしど》を開けさせ、烏帽子《えぼし》もぬいで髻《もとどり》もあらわに、

「酒をもってこい！」

「暑くるしい。もっと風通しよくしろ！」

と叫んでいられるであろうか。

それとも、道隆の大臣の魂は、一族の命運を案じて中有《ちゅうう》の闇《やみ》に迷っていられるであろうか。

小一条の大将、済時の君もまた、志を得ないままに亡くなられて、その怨念《おんねん》は晴らすすべもおありにならぬのではないか。大将の妹姫は村上帝のとき、宣耀殿《せんようでん》の女御として時めかれて、主上のご寵愛《ちょうあい》あつく男皇子《おとこみこ》を儲《もう》けられたが、それは気の毒にも痴呆《ちほう》の君で、

一門の希望を託《たく》すことはできなかった。しかし大将の姫君、娍子《せいこ》姫が、いまの東宮に入《じゅ》内《だい》され、叔母君《おばぎみ》と同じく宣耀殿の女御とよばれて、こちらは早くも、玉のような一の宮をお挙げになった。

済時の大将は狂喜なさった。

東宮が、やがて次代の帝としてお立ちになれば、一の宮はそのまま、次の東宮であろう。二代かかった一門の夢を、自分の世にこそ、と済時の大将は腕を摩《さす》って、たのしみにしていられたにちがいない。それなのに五十五という、まだまだこれからのお年で、はやり病に斃《たお》れられた。痛恨して世を去られた。

酒どころではない、と思っていられるかもしれない……。いま一歩、というところで夢は挫折《ざせつ》してしまったのだった。それに比べるといま粟田《あわた》どのはやっと三十五、道長の君は三十歳というお年で、二十二歳の内大臣どのより官位は下であるが、働きざかり、貫禄ざかり、前途は洋々である。

ご葬送のあと則光は私の里に泊まった。

「粟田どのの邸は牛や車、馬がたてこんで大さわぎだ」

という噂をもたらした。

「どうしてなの、それじゃいよいよ、粟田どのが一の人になられるということなの？」

「そういう動きだなあ、女院《にょういん》が道長公をしきりに推していられるが、兄弟順からいっても粟田どのを飛びこえる、というわけにはいかんだろうし」

であるが、則光の一族も、さっそくしかるべき手土産《てみやげ》をととのえて、粟田どのへ駈《か》けつけたそう

「何しろ、夜に入っても、次から次へとやってくる者どもは引きも切らず、それがみな名だたる顕官ばかり、早くも宣旨《せんじ》が下ったような勢いで、粟田どのの下人《げにん》どもは酒を食《くら》ってさわいでいたそうだ」

というのだ。私が聞く後宮での噂は、粟田どのは、男の子はおありだが、姫君に恵まれず、その点は兄の故関白や弟の道長の君を、しきりにうらやましがっておられた。脇《わき》腹《ばら》の姫君が一人おありだが、あまり可愛《かわい》がられない。ぜひ正室の夫人に姫君が欲しい、と神仏に祈願をかけ、願いが叶《かな》って、やっといま、身重《みおも》でいられるという。

もし、関白になられれば、両手に花という果報のお身の上である。

「――本当に、北の方に姫君がお出来になれば、やがては女御に、そして男皇子でもお生まれになれば、中宮は気圧《けお》されておしまいになるわ、その北の方のおなかの若君が、どうぞ坊ちゃんでありますように」

と私は熱心にいった。

則光は私ほどに熱は入っていなくて、

「どうかなあ、何にしろ十なん年先の話じゃないか、それまで持ちこたえていられるかどうか、道長大納言だって、これから先十なん年の男ざかりを、むざむざ兄の下風に立って指を咥《くわ》えて見ていることもしないだろうし、中宮にそのうち男皇子でもお出来にな

れば、またいっぺんに風向きが変わってしまう——そういえば、今日、妙なことをきいた。粟田どのが体ぐあいが悪い、というので、かねて家の子の相如《すけゆき》の邸《やしき》へ移った、ということだ。ほら、前《さき》の出雲《いずも》の守《かみ》だ。あの相如、以前から粟田どののお気に入りで、ゴマをすっていたが、いよいよ粟田どのの世の中になりそうだというので、浅ましく手放しで喜んでいるということだ」

「移った、といって、それは方違《かたたが》えなの、それとも療養のため？」

「よくわからんよ。——まあ、そんなことはいい。おれはあっちいき、こっちいきして鼻息をうかがうのが、どうも性に合わんのだ、致信《むねのぶ》さんみたいに、力自慢で世渡りする世界の方が、いっそ、うらやましいよ」

「兄なんかがどうなるもんですか、あれは早い話、破落戸《ごろつき》じゃないの、あれはあれで、結構、威勢のあるお家の鼻息をうかがってるのよ。……ねえ、その粟田どのの病気、というのも、はやり病なの？」

「傷寒《しょうかん》だというので、朴《ほお》の葉を煎《せん》じて服《の》んでる、という話だったが、どうもよくわからない、何しろ、大事の瀬戸《せと》ぎわなので、粟田どのが病だということは、ひたかくしにされてる」

「あんな丈夫そうな方でも、病気になられるのかしら？」

私は色の黒い毛ぶかい、眼光するどい粟田どの・道兼の君を思い浮べていった。気性も狷介《けんかい》で陰険《いんけん》で、策謀家《さくぼうか》であって、決して人々に好かれる、というような人ではない。

むしろ怖れられている存在である。この方は、自分が花山院《かざんいん》を欺《あざむ》いて退位させた、手柄は自分が一番であって、さればこそ、いまの一門の繁栄がある、関白の位も、道隆より自分にゆずるべきだと、かねて揚言《ようげん》していられた。

自分を跡目に立てなかった父君の大殿・兼家《かねいえ》公を恨み、そのお葬式にも列席せず、服《ふく》喪《も》もなさらなかった。そういう気性の激しい、依固地《いこじ》な方である。いったん恨みを発すると、決して忘れず、それを根にもつという、執念ぶかい方である。

そういう方は、どんなことがあっても、殺しても死なないほど頑健《がんけん》だと、私は思いこんでいた。だから、則光の話は、私には興深かった。もし、病気が軽くないとなれば、いま、宙に浮いている関白の位は、また振り出しにもどるんだもの……。

「さあ、どうかわからんが、粟田どのの病も、高二位《こうにい》の新発意《しんぼち》の祈禱《きとう》のせいではないかという噂もあるし、何をいうやら、世の中は分からんよ」

則光はそういって、私に手を延ばしてくる。

「えっ、それじゃ粟田どのを、高二位の入道が呪い殺そう、とても企てていらっしゃるわけ？」

私は則光の手をふり払いながら、夢中で聞いた。

「そんな現場を、誰も見たわけじゃないが、どだい、故関白どののご一家、今日《きょう》びのありさまは、只《ただ》ごとじゃないからな。二条のお邸《やしき》一町四方、物々しい読経《どきょう》の声やら、人を寄せつけない警戒ぶりやら、夜も夜通し灯がついていて、ざわめいていて、とんでもない妙な雰囲気だ、という噂だよ。そんなことから、あることないこと、噂されるのだろう。かしこい人たちが集まっていて、何というバカなことをやらかすのだろう。才人、才におぼれるというのは、あの一家のことじゃないのか」

「ちょっと……ちょっと待ってよ」

私は、胸もとへ無遠慮にさしこんでくる則光の手を、力をこめて拒もうとする。私はいまのところ、粟田どのや内大臣家の噂をじっくりときく方がよい。

則光にはわるいけれど、只今、私としては、

「そういうことは、二の次、三の次なの、ともかくも、世の中がどっちへ傾くか、それが、あたまの中を占めてて、ほかのことは考えられないのよ、もっと、そういう噂を聞かせてよ……ねえ、則光。この手、どけてッたら！　ちょっといま、そういうこと止めて」

「そういうこと、とはどういうことだ」

「どういうことって、あんたがいましてるようなことよ」

「何をしてるんだ」

「いやあねえ……こんな世間の一大事に、それどころじゃないじゃありませんか」

「それどころとは、どんなところだ」

則光は面白がっている。

そうして、ちっとも私を抱きしめる手をゆるめない。

「お前はまあ、何年たっても美事《みごと》にバカな女だ。ちっとは世間へ出てかしこくなったかと思ったが、よほどつきあう男や女のタチがわるいのか、ちっともかしこくなっていないや、これならおれのそばにいて、ずうっと家の内でくすぶってるほうが、よほど利口になったのに」

「やめてよ、やめてったら」

「おや、そのつもりでおれを泊めたのじゃなかったのかい」

「だって、こんな時期ですもの、何か耳あたらしい噂があるかと気になったのよ。あんただって、そのつもりじゃなかったの、内裏《うち》の情報を、あたしから聞きたくないの？」

「それはそれ、これはこれ、さ、それにおれは、どうせお前らのもってくる情報なんかアテにしていない、後宮から出てくる噂話はたいがい、ひん曲っている。町の牛飼《うしかい》や雑《ぞう》色《しき》の噂のほうが、よっぽど、真実をうがってるよ」

「なんであたしがバカだっていうのよ」

「世間の一大事に、それどころじゃありません、なんていうからさ」

則光はこらえかねたように大声で笑った。

「おい、関白の宣旨《せんじ》はべつにお前のところへ持ってくるわけじゃないんだよ、だからわれわれ風情《ふぜい》は、やっさもっさ、てんやわんやの上《うえ》つ方《かた》のさわぎを下から眺めて、こっちはこっちで、二度とない人生を楽しまなくちゃ」

則光は口を動かしながら、手もいそがしく動かす。私はその手を力こめて抑えた。

「そういうあんたは、蔵人《くろうど》になって殿上《てんじょう》して、上つ方の殿方の間で揉《も》まれて、少しはかしこくなったかと思ったのに、一向に、洗練されないのねえ。ちっとも昔の野暮《やぼ》からすんでいないじゃないの」

私は則光の無遠慮さがきらいだった。今は妻でもあるし、妻でもない、といった、いうなら、焼けぼっくいに火がついた、という間柄である。

互いに大げんかして別れた、二度と顔も見たくない、というのであれば、いっそさばさばして清算でき、さわやかな別れであろうが、何となく別居したという仲は、何かのきっかけで、ついまた、昔の日常をそのままに、ずうっとつづいてきたように錯覚されるのだった。ただ、そのきっかけの瞬間はあざやかだった。生涯に二度とないだろうような、則光が手傷を負って賊を斬《き》り殺した、という、人にいえない事件が契機となって、私たちの仲は縒《よ》りを戻してしまった。賊の一味が復讐《ふくしゅう》しに来ないか、検非違使《けびいし》のお咎《とが》めがないか、という憂慮で、召使いたちにも、例の一件はかたく口留《くちど》めしてある。

則光も、妻をはじめ家族たちにはひとことも洩《も》らしていない。秘密を共有していることで、私と則光はよけい結ばれた。そうして宮中の私の局《つぼね》へ則光が忍んでくるときも、それはそれで、かつてない戦慄《せんりつ》と情感があってよかった。

しかしこの三条の私の邸へくると、則光は後宮の局にそっと夜深く忍んでくるときとちがい、声をひそめ姿をかくす必要もなく、まるで自宅にくつろぐ家長の男のように、のびのびとする。

無遠慮になる。

それはすでに、「夫」の顔である。婿《むこ》の顔である。忍《しの》び夫《づま》ではないのであって、ことごとに、私の気に障《さわ》るのである。

「情緒《じょうちょ》、っていうか、恋人めいたふるまいをしろ、とあんたに要求するんじゃないわ、どうせそんなことができるような粋《いき》な男じゃないんだもの、あんたって。でも、せめて、ここでは世帯くさい臭気をまきちらさないでほしいの、指貫《さしぬき》もぬぎちらして、肌着ひとつになって、大きな音たてて洟《はな》かんだり、

『ハラへった、水漬《みずづ》けめしでも食わせろ!』

なんて叫ぶような、そんなのきらいなのよ」

私はつんとして言《い》い募《つの》る。もうこの男は私の夫ではないのだから、怒らせたって平気なのだった。「夫」顔をされることはないのだ。

この邸は私のもの、私は中宮さま、ひいては故関白さまのお邸からお手当の年俸を頂戴している身で、則光に養ってもらっているわけではないのだから。

そこのところを、大ざっぱな則光に、ようく含んで納得《なっとく》してもらう必要がある。

「あたし、いやなときはいやなのよ、いいえ、女ってもんがそうなのよ。いやなときも男の言いなりにがまんして従う、なんてこと、決してできないのよ、あたしはその点、あんたの温和《おとな》しい奥さんとはちがうんだ、ってこと、ようく肝《きも》に銘じといて頂戴」

則光はごろりと仰向《あおむ》けになり、ついで私の方を向いて肘枕《ひじまくら》をしつつ、皮肉にいった。

「へー。なるほど、こりゃ悪かったね、そして、その、何だ、お前がいやなときは、おれはどうしてたらいいのかね」

「知的な会話をたのしんで頂くわ、関白は誰の手に落ちるか、とか」

「知的ときたぞ。じゃ、お前がその気になって、おれがその気にならないときは、どうしてくれるんだ」

「あんたが、そんな気にならないときって、ないじゃないのさ」

「何を。おれだって虫の居どころの悪いときがあるんだからな、今がそうだよ」

「じゃ、ちょうどいい、ってもんだわ、どっちもその気にならないんだから」

「ようし、帰る」

則光はむっくりと起きあがって、指貫《さしぬき》に足を通した。

「そうまでいわれて居るわけにゃいかん。それに、お前の顔色をいちいち見て、今日は知的な会話をするべきか、それともその気になってもいいときか、考えて動いてられるか、っていうんだ、くそ、高慢ちきのバカ女め、お前なんぞクソ女は薄暗い内裏《うち》の埃《ほこり》くさい板の間で、這《は》いつくばって、中宮さまや関白さまのお言葉に感泣《かんきゅう》してればいいんだ、男どもをあたまごなしにやっつけて得々としているとそのうちに、チエも月のものも上ってしまって、あたまも体も皺《しわ》くちゃになるっていう寸法さ」

「何よ、野暮《やぼ》の、鈍感の、世間知らずの、頓狂《とんきょう》の、ノロマ則光。あんたなんかに、あのすてきな世界がわかってたまるもんですか」

私がどなっていると則光は、

「やかましい女だ！」

と私の頬《ほお》をつねった。

「まだいうか、うるせえ奴《やつ》だ、なんでそうお前って奴は、へらず口を叩《たた》いて男に負けまい、負けまい、と突っぱるんだ、お前の親爺さんはよっぽど、お前を甘やかしたとみえるねえ……」

私は堪えきれず、笑い出してしまった。

実は、則光が私のことを、「そのうちに、チエも月のものも上ってしまって、あたまも体も皺くちゃになる」と罵《のの》ったのがおかしくて、私が言い返したのは、つまり、笑う代わりに罵ったのである。則光も笑い出した。

則光はむろん、帰らずに泊まっていった。

月のあかるい晩で、暑かったので格子も蔀《しとみ》もあけてあった。月がさしこみ、二人のふすまの上に月光が流れ、白々と見える。

則光はよく眠っている。

それは昔の十年間の結婚生活のつづきのようではあるが、そして則光は私のことを、「ちっともかしこくなっていない」といったが、それでも昔とはちがっている。

則光も、変わっている。

私たちは、さま変わりして、再会し、恋人とも夫ともつかずこうして馴《な》れ親しんだ体を交している。そのことが、私には何となく、しみじみして考えられる。月の光がよけいその思いをそそる。そういう、ふとした折、心をよぎる一瞬の、淡い感動、そういうものを私は書きとどめなくなって久しかった。特にはやり病の年になってからは、筆をとる気も失せるほどあわただしかった。けれど、あの積善寺《さくぜんじ》の供養《くよう》の日のこと、登華殿《とうかでん》の団欒《だんらん》のこと、あれだけは、忘れぬうちに書きとどめておかねばならぬ。——そして、故関白が亡くなられた悲しい日のこと、北の方・貴子《たかこ》の上《うえ》の尼になられたこと、中宮が、白い檀紙《だんし》をひしとお顔に押しあてられて、声を忍んで哭《な》いていらしたこと、そういう悲しいことは、これは一切、書かないでいようと思う。

弁《べん》のおもとはいったっけ……。

(海松子《みるこ》さん。あの草子には、二条のお邸のかたがたの、すばらしいことだけを書きとどめて……いやなこと、辛《つら》いことなんか、書かなくったっていいんだわ。それは現実で、人が胸ひとつに収めていれば足ることだわ。そんなもの、書きのこす価値なんか、ありゃしない……)

私は則光の顔を眺める。この則光のことも書きとどめよう、そう、あの「草《くさ》の庵《いおり》」のこと。

あのとき、則光ったら、ほんとに自分のことのように喜んで、にこにこしてやって来て、私に知らせてくれたっけ。

（――とびきり嬉《うれ》しいことがあったもんだから、早く知らせたいと一晩じゅう、わくわくして寝られなかったんだ）

そういって、私がほめられたことを、まるで自分が面目《めんぼく》をほどこしたように喜んでくれた。それなのに私はわざとそっけなく、

（どうしたの、臨時の除目《じもく》で昇進でもしたの）

と知っているくせにはぐらかして、ひやかしていた。なんて可愛《かわい》げのある男なんだろう、則光って。

もしかしたら、則光は、ほんとうに私を愛してくれているのだろうか、ともかく、一たん切れたと思っていた仲が、こうやって復活するのだって、やはり、なみなみならぬ、浅くないえにしという気がする。経房の君や、棟世には、どうしても最後のふんぎりがつかないところがあるけれど、則光とは、いつとなく、こういう仲になっている。これが男と女の業《ごう》なのかもしれない。

私は草子に、則光の「かわいげ」を書きとどめるだろう。私はこの男のかわいげを、とても愛した、って。とても好きだった、って。

その草子を読む読者たちは、それが女性ならば、千年のちの人ですらも、きっと則光のよさ、かわいげ、がわかってくれるにちがいない。

そうして、そんな「かわいい男」に愛され、愛した私を、うらやましく思ってくれるにちがいない。

私はしみじみと、寝ている則光の太い指に触れて、ささやく。

「……則光」

則光は口の中で、何やらむにゃむにゃといい、酒の臭いを立てながら、眠ったまま、私を抱きよせた。そうしていった。

「嘉太子《かたこ》……」

それは則光の妻で、左の目と右の目の大きさの違う、例の女の名である。誰が、もう、草子なんかに書いてやるもんか！


四月二十七日。

右大臣・道兼、粟田どのについに関白の宣旨《せんじ》が下った。

出雲《いずも》の前司《ぜんじ》、相如《すけゆき》の邸に滞在していられる粟田どののもとへ、喜び申しにくる百官の車はあふれた。

その喧騒《けんそう》を聞きながら、当の幸運児、粟田どのは、ただならぬ苦しさに、身のおきどころもなく、脂汗《あぶらあせ》を流して臥《ふ》していられた。

15

出雲の前司《ぜんじ》・相如《すけゆき》の邸は中河にあった。庭には池や遣水《やりみず》や築山《つきやま》など配して、趣《おもむ》きある小ぢんまりした邸であるが、世間には知られていない。というのは、相如という人、出世の本流から離れて、晴れがましい栄えを知らず、不遇だからである。

この人は、時平《ときひら》の大臣《おとど》のおん子、敦忠《あつただ》の中納言の孫にあたる。名門の出身にはちがいないのだが、何しろ、いわくつきの家系なのだ。

かの、菅原道真《すがわらのみちざね》公をおとし入れて、道真公の怨《うら》みを買い、子々孫々まで祟《たた》られるという、時平の大臣の曾孫《そうそん》というわけ、官位も出世せず、人づきあいもはかばかしくできない、というのはそのためであろうと、世の中に思われている。

この相如は、粟田《あわた》殿・道兼《みちかね》の君に年来、私淑《ししゆく》していて、ひたすら粟田殿に頼り、世の中の人が、関白・道隆の君のもとへ参り集《つど》うて奉公しているときも、権勢のあり場所に目もくれず、粟田殿ばかりに恪勤《かくごん》していた。そうして、美事《みごと》に、風流ありげに作った邸

も、

「これはただただ、殿の御方違《おんかたたが》え所のつもりで造り参らせたものでございます」

と、平素からいっていた。

それで道兼の君は、療養のために、相如の邸へ渡られたものらしい。邸内の造作は、相如が心をこめて仕上げたもので、特に障子などには相如自身が絵を描いたりしてあって、道兼の君も興じられたが、ここへ移ってもなお、ご気分はよくなられなかったようだ。

そこへ関白の宣旨が下った。

栗田殿の喜びもさりながら、家あるじの相如がどれほど喜んだことか。

「殿! とうとう……とうとう……この日を相如、お待ち申上げましたぞ! おめでとうございます……」

と嬉《うれ》し泣きに声を放って泣いたそうである。

「たまたま、私どもの邸にお成り頂きましたその折に、かくもめでたい栄えに遭いましょうとは、相如、一生一代のほまれでございます……嬉しくて嬉しくて……この日のために私めは今日まで生きてきた心地がいたしまする」

そういって相如は道兼の君の手を執《と》って泣いた。

それほどまでに慕われるところを見ると、道兼の君には男同士から見た魅力があったのかもしれない。私たち女からみると、陰険で冷酷な策略家、という印象であったが、男の友情というものは、所詮《しょせん》、女には分かりにくいものである。

そのうちに引きもきらず祝いの人々がかけつける。邸は牛車《ぎっしゃ》や馬でうずまり、まるで世の中の人がみな、ここへ集まったよう、しかしここは何分手狭《てぜま》で、関白就任の儀式も何もできないというので、いったんここを出られることになった。その足で御所へ参内《さんだい》して、お礼を言上《ごんじょう》される。恒例のことながら関白として初参内というので、よりぬきの身分高き人々を供に連れられた。そのあとで道兼公の北の方もまた、相如邸を出られ、これは二条の粟田殿のご本邸《ほんてい》に帰られる。このときのお供ときたら、身分よき者も悪い者も、ごたまぜに祝い酒に酔い、大路《おおじ》は人で埋まるくらい、次から次とお供がふえ、それがそのままご本邸《ほんてい》へなだれこむ。

待ち受けるご本邸の人々も浮かれはしゃぎ、その賑《にぎ》やかさといったら、前代未聞《ぜんだいみもん》というさわぎだったそうだ。

「──あんまりなはしゃぎぶりだ、と眉《まゆ》をひそめる人々もある」

と経房《つねふさ》の君が私に耳打ちされた。

それにひきかえ、寂《せき》として静まっているのは伊周《これちか》の君のお邸《やしき》である。

(──人の物笑いになった、こんなことになるなら、しばしの間の摂政《せっしょう》などなくもがな、だった。あっという間に、目の前の関白をさらってゆかれたみっともなさ、子供ですら笑っていることだろう。もう人前に出られない)

と伊周の君は膝《ひざ》を抱えて嘆かれたという噂が伝わってくる。

——と、また、追いかけて、

「粟田殿の病はかなりお悪いらしい」

という噂が口から口へと伝わる。

内裏《だいり》じゅうに、日の明けから暮れるまで、ほんもの・にせものを問わず、情報がとび交う。

もう殿上人《てんじょうびと》たちは足も地につかず、心もそらのようだった。その余波で後宮までうわずった躁狂《そうきょう》に染まってしまう。主上は政局がおちつくまでお心もお平らかでないらしく、ご憂慮《ゆうりょ》の色が深い。そして中宮は、というと、二条のお里でただひたすら、父君の御菩提《ごぼだい》を弔《とむら》われるのに専念あそばされている。兄君・伊周公にいわれたように、

(——なにごとも天命)

と思いすましていられるようだった。

しかし私はそう思うには、伊周の君がたに心を寄せすぎている。そのゆえに、道兼の君の容態が気になってならない。

私がいちばん利用しやすいのは、経房の君である。この貴公子のもたらす情報は、上《うえ》つ方《かた》の動きについて正確で客観的なところに特色がある。

則光《のりみつ》はといえば、この男の教えてくれる情報は、則光流の色がついており、かつ、下人《げにん》や下々《しもじも》の風評がそれに混じっているのが特徴である。更に私には、兄の致信《むねのぶ》の系統の噂も入るが、これはもう、全くの、

味がある。

「道長さま」

一辺倒で、それも一面の真実を伝えるにはちがいないが、すこし視角が限定される気味がある。

経房の君は、そっと二条邸の私の局《つぼね》へ寄られて、

「いま、新関白どのが退出された」

と告げられる。

「いかがでした？　お礼言上《ごんじょう》に参内《さんだい》されるくらいなら、お悪いといっても大したことはございませんのね」

私も小声になる。ひょっとすると、隣の局にいる人は、粟田殿側の人かもしれないし、あるいは伊周さま側の高二位《こうにい》の新発意《しんぼち》とツーツーの人かもしれない。どっちにしても、この中宮のお里にいてさえ、警戒をゆるめてはならない。

「やっと御前でお礼を言上されたが、それだけで精一ぱいらしい。もう殿上《てんじょう》の間《ま》から退出できなくて、御湯殿《おゆどの》の馬道《めどう》の口に前駆《さき》の者を召されて、その肩にもたれかかって、北の陣から退出された」

「まあ。それでごようすは」

「顔色ったら、なかったよ。もともと色黒な方だから、青黒くなっていられた。冠は曲り、苦しげな息づかいにみえたが……あれで関白の要職が勤まるだろうか、人々は『どうしたことだ』とおどろきあわてていますよ」

経房の君は、そういって、また、どこかへあわただしく出てゆかれる。

　夜に入って、また、私は朋輩《ほうばい》の女房、右衛門《うえもん》の君に、こんな噂をきいた。参議で検非《けび》違使《いし》別当《べっとう》の、実資《さねすけ》の君が、粟田殿へお祝いに参られると、母屋《おもや》の御簾《みす》をおろして道兼の殿は呼び入れられた。臥せっていられる寝室で、面会されるらしかった。——これからは、あなたを杖《つえ》とも柱ともたのんでやっていきたいと思う、公私につけて、あなたに報いる機会がきたのを嬉《うれ》しく思うものである。こののちとも何分よろしく、こういう恰好《かっこう》でお目にかかるのは失礼だとわきまえているが、今後の相談相手として、あなたを頼りにしているので、ぜひそのことだけでも申上げたく、失礼をもかえりみず、こういう所へお越し願ったのである——という意味のことをいわれたが、それが息も絶え絶えで、実資の君は、(こういうことをおっしゃっているのであろうなあ)と推量されるだけだった、という。折しも風が御簾《みす》を吹き上げ、そのひまに実資公が道兼の大臣《おとど》をご覧になると、大臣は脇息《きょうそく》によっていらしたが、

「もう、頬《ほお》は削《こ》け、ひげがまばらに生え、眼が落ちくぼんで、顔色ときたら死人のよう、荒い息を吐きながら、それでも関白になったらああもしよう、こうもしたい、と抱負をいろいろお話しになるので、実資の君は何ともいえず、悲しくなってしまわれたそうよ」

　右衛門の君は、実資の君にお仕えする女房から、それを聞いたそうである。

　この実資の君は、名家の小野宮《おののみや》家の跡とりでいらして博識才学のほまれたかい方だが、

われわれ後宮の女房たちの間では、

(女好きの実資さん)

とひそかに噂されている。この方、もと花山院《かざんいん》の女御《にょうご》だった方を北の方に迎えていらっしゃるが、ご夫婦仲はいいくせに、なぜか身近の、女房たちによく手をお出しになる。ご自分では（子供がほしいので……）といっていらっしゃるが、なに、生来の色ごのみで、それも手近で間に合せる癖のある方なのだ。

だから男社会の評判と、女社会の肌ざわりと二つ重ねないと、人間の裏おもては分からない。

それはともかく、その噂では道兼の大臣《おとど》は、かなり容態が重くなっていらっしゃるらしい。伊周の君の陣営では俄然《がぜん》、喜色がよみがえって、祈禱《きとう》にも熱がこもっていられるという噂、

(――道兼の君を呪い殺そうとしていらっしゃるのだわ)

(ああ、まがまがしいことを。いくら何でもそんな)

という、風のような噂が、廊下を通りすがった私の耳に、ひそかに入る。

と思えば妻戸《つまど》のかげで、ひめやかに、

「袖丈《そでたけ》を縮める制度など考えている間に、おのれの勢力の縮むのを心配すればいいのに」

「……ほほほ」

「ははは」

と低い笑い声、男と女の密談のようだった。それは伊周の君を諷《ふう》しているのだ。私の足音で話し声はぴたりと止んで、あとには遠くへ去る衣《きぬ》ずれの音と闇夜《やみよ》の仄《ほの》かな香《こう》の残り香ばかり、誰《だれ》の耳、誰の口やら、あとには噂が実体となって、あるきはじめるだけである。

栗田殿のお邸からは、むろん、

「関白ご重病」

という公式発表はない。

関白になったばかりの邸に、祈禱読経《きとうどきよう》もいまいましいと思われるのか、強いてひそかに行われていて、表面では何事ともみえない。

侍 所《さむらいどころ》に夜となく昼となく、人々はつどい、随身《ずいじん》や小舎人《こどねり》は祝い酒に酔って騒いで、まさか当のあるじが、日常の起き臥《おふ》しもむつかしく、あたまも上らぬ重態だとは、知るよしもないのである。

それを収拾なさるのは、道長の君であった。

邸内の指図、行事のかずかずを差配し、兄の新関白のためにとりつくろっていられるが、そのかいがいしい奔走《ほんそう》ぶりは、かえって、

「粟田どのご不例《ふれい》」

という印象を世間に与えた。

月が変わり、いまは関白邸でも、もはや重病を掩《おお》い隠せなくなっていた。祈禱の声が邸内に満ち、寺や僧侶にその料として、おびただしい財宝や馬などが運び出される。私たちとしては、道兼の大臣《おとど》の北の方がお気の毒であった。

ご懐妊《かいにん》のお身で、どんなにお辛《つら》い毎日であろうか、(こんどこそ姫にきまっているよ)と道兼の大臣はたのしみにされていた。関白になられたいま、もし北の方が姫君を儲《もう》けられたら、両手に花、というところであろうに……。

五月八日の朝だった、六条の左大臣、桃園《ももぞの》の中納言らが疫病《えきびょう》で亡くなられたと聞いた。左大臣はもう七十四というお年であったが、大臣や中納言まで亡くなられたというのだから、五位六位、それ以下の身分の人々が疫病に倒れた数ときたら、気が遠くなるほどのものであろう、いったい、いつ、この疫魔《えきま》はやむのか。

その日の午後、ついに新関白・道兼の君は逝《ゆ》かれた。関白の慶《よろこ》び申しをして七日、世間は、

(七日関白)

とささやいているようである。

北の方は、尼《あま》になられた。身重でいられるのに、と人々はしきりにお止めになったが、お心はかたかった。

男君はお二人、まだ十一と八つで、いわけなかった。道長の君はただ今は左大将でいられるが、兄君の死に泣く泣く葬送の手はずをはからわれ、

「おやさしい方でいらして、死の穢《けが》れに触れることもかえりみられず、何から何まで、手ずから先に立ってお葬式の準備をすすめられるのですよ。兄君を慕っていらして」

とこれは兵部《ひょうぶ》の君からの噂であるが、しかし道長の君は、長兄の道隆公が亡くなられたときは、弔問《ちょうもん》すらされず、世間の目をそばだてられたではないか。

粟田殿のために労を惜しまず尽くされるのは、どうやら、伊周の君がたに対するあてつけのようにもみえないでもない。――私は経房の君に鍛えられて、そういう、うがった考え方を好むようになっている。

道長の君は知らず、あわれなのは相如《すけゆき》であった。

あるじの亡骸《なきがら》の足もとにはらばい、取りついて相如は号泣したという。葬送の夜も、骨身惜しまず心を尽くして仕え、そのせいで、心地がなやましくなって、どっと寝ついてしまった。相如がよんだと伝えられる歌である。

――ゆめならでまたもあふべき君ならば
　　寝られぬいをも歎かざらまし

相如はあとを追うようにして死んだ。

関白の宣旨《せんじ》はまだどちらへも下りない。ここ二条北宮からすぐ裏の東三条南院に、伊周の君のお邸があり、こちらとゆき来ができるようになっているから、もし何かがあれば、すぐ気配で分かるはずであるが。

おそらく、伊周の君から、主上へなみなみならぬ直訴《じきそ》が行われているにちがいないし、道長の君からも、これは、主上の母后《ぼこう》・東三条の女院《にょういん》を通じて働きかけていられるものと思われる。

私たちは、何も手につかなかった。

ついひと月ばかり前、前《さき》の関白・道隆公が亡くなられたとき、世の中は不安にざわめき、

「こんなにおちつかない、胸つぶれる思いをしたことは、この年になるまで知りませんよ」

と老人たちが嘆いていたが、いまはそれ以上に胸つぶれる頃《ころ》なのだった。道長の君か、伊周の君か、世間の人も、どっちつかずで宙に迷う心地でいるらしい。政権が移った方へすぐさま走っていって精励ぶりを認めてもらわないといけない、それで、双方を天秤《てんびん》にかけ、しきりに見くらべ、情報を得ようと内々はげしく焦っているらしかった。

中宮は日々、御誦経《ごずきょう》に日を過ごしていられる。

主上からのお文は繁くくるが、服喪《ふくも》中のこととて恐れ多いと、三度に一度、わずかに数行、走り書きのお返事をさし上げられるのみである。内裏《だいり》には、中宮が退出されると女御《にょうご》はほかにいらっしゃらないので、お若い主上が、どれほど中宮を恋しく思っていらっしゃるか、想像するのに余りあった。

東宮《とうぐう》のほうも、宣耀殿《せんようでん》の女御《にょうご》が一の宮を連れて喪のため退出していられるので、お淋《さび》しく思われているらしい。しきりに内裏《だいり》へ帰るようにお手紙がくるが、こちらは疫病《えきびょう》をおそれて、入内《じゅだい》をのばしていられるらしかった。

主上の、中宮へのおん想《おも》いが、関白宣旨をためらわせていられるのかもしれない——。

それでもとうとう、五月十一日、道長の君に宣旨が下った。

「宮中雑事《ぞうじ》、一切まず内覧し関白せよ」

天下及び百官施行《しぎょう》の宣旨は、道長の君におりた。

ことの次第は、私が経房の君に聞いたところでは、こうである。

主上は、道長の君に宣旨を下されることは、中宮のおんためを考えられて、渋られたらしい。

さきに父大臣《おとど》を失われ、今また、道長の君の天下になってしまえば、中宮のお立場はどんなに苦しくなろうかと思われ、粟田殿に宣旨を下すのさえ、ためらわれていたという。道長の君ではなおさらのことであった。

といって、伊周の君に下そうとすれば、母后《ぼこう》のご機嫌《きげん》がお悪い。

「なぜ、ああいう人望のない、稚児《ちご》のように若い人を撰ばれるのですか。関白といえば天下を統《す》べ百官をひきいる力倆《りきりょう》のある人でなくてはなりません。あの伊周如きにその器量があるとは義理にもいいにくい。それは主上もよくご存じのはず。帝王《きみ》たるべき人は、私情に溺《おぼ》れず、公平にことに当たられなければいけません」

と面と向かって諌《いさ》められる。

父帝《みかど》の円融帝《えんゆうてい》とは縁うすく、母后《ぼこう》と密着して育たれた主上は、いまも母后のいわれることに抗《あら》がえない性質でいらっしゃる。それで女院《にょういん》の諌めに閉口して、なるべく顔を合わさないように逃げていられた。女院がお呼びになっても何かと口実を設けておそばへいらっしゃらない。道長の君をご推挙されるのに不満、というより、女院が、伊周の君を悪しざまに斥《しりぞ》けられるのを、お聞きになり辛《づら》い、というところらしかった。

何といっても、伊周の君やその兄弟とは、中宮の縁につながって、主上はむつんでこられた。若々しい兄妹と楽しく暮らされた数年は、孤独な年少の帝《みかど》には、かけがえない思い出だった。とくに伊周の君は、主上の学問の師でもあり、趣味を同じくする友人でもあった。伊周の君の一家ののびやかな気風、学問好きの、それでいて固くるしくない、諧謔《かいぎゃく》に富んだ、社交好きな、陽性な性質は、主上には魅力あるものだった。

しかし、それと、政治実務は別の次元だと主上は心得ていられる。伊周の君では、宮中はじめ全天下の人がついてこないのではないかというご判断があって、それが主上のご躊躇《ちゅうちょ》の原因になっている。主上は英明で、柔軟な考えの方だった。

といって、むげに、すぐ道長の君を用いることは、中宮に心苦しい、そういうお気持ちであろう。

遂に女院《にょういん》は、ご自身で上《うえ》の御局《みつぼね》に押しかけてこられた。主上が寝室の夜《よん》の御殿《おとど》に入られると、ついて入っておそばにつききりで、泣く泣く説得されるのであった。

「どうして道長に宣旨を下すのをお渋りになります。伊周があの若さで道長を超えて大臣になったとき、私は道長が可哀《かわい》そうでなりませなんだ。でもそれは、その頃まだ生きていた道隆がむりやりに取り計ったことで、そのため、道隆は世の中の秩序を乱し、人望を失いました。道隆のすることに、あながち反対もお出来になれなかったのは無理もございません。でも今はちがいます。今こそ道理に従ってご叡慮《えいりよ》をお示しなされませ。道兼の大臣《おとど》に関白を命じられた以上、道長にもお下しにならなければ、本人が気の毒というより、主上のおんために、かんばしからぬ評判が立ち、世の人も承服いたしかねることと存じますよ」

このとき、道長の君は、参内《さんだい》して上《うえ》の御局《みつぼね》に控えていらしたという。

むろん、女院がもたらされる吉報を待つためである。

しかし女院は一刻《ひととき》たっても、出てこられない。

吉か？　凶か？　道長の君は不安で胸つぶれる思いでいられる。長い長い時間であった。

上の御局の妻戸《つまど》がさっと開き、女院が姿をあらわされた。お顔は赤らみ、涙で目は腫《は》れていらっしゃるが、お口元には快心の笑みが浮んでいた。

「ああ！　やっと宣旨が下りましたよ、道長どの、おめでとう……」

道長の君はものもいえず、床《ゆか》に額《ひたい》をすりつけていらしたという。

「かたじけないご配慮、お礼の申しあげようもありませぬ。道長、この今日のご恩は一生、一生、忘れません……」

と嬉《うれ》し涙で声もつまる道長の君のお手をとられて女院は、ご満足この上なく、

「いいえ、私の配慮など物の数ではありませんよ。主上のご英断と、前世の宿縁《すくえん》ですよ、こうなるべき運命に、あなたが生まれついていられた、というだけのこと……」

と、お気に入りの末の弟君を、いとしそうにながめていられた。

「さ、お手をお上げなさいませ。もうあなたはこれからは、天下の一の人、藤原の家の氏《うじ》の長者。さ、さ、そんな恰好《かっこう》では、ふさわしくありませんよ、――私もこれでほっといたしましたが、何より喜ぶのは天下の民草《たみくさ》でしょう。……ここしばらく、あまりにも世の中が騒がしすぎました。あなたはこれから、どっしりと、世を鎮《しず》め、国の固めとなって、主上をお扶《たす》けし、民草の心を安らわせ、落ち着けてやって下さいよ」

「お言葉、心に銘じます」

「久しぶりに私も今夜は、ゆっくりと眠れそうな気がいたしますよ」

と、女院は嬉《うれ》しそうにいわれたとか。

「道長の殿は」

と経房の君はいたずらっぽく、

「年上の女に可愛がられる方でね、……北の方、倫子《みちこ》の上の母君からは、お気に入りの婿《むこ》として下にも置かず大事にされるし、女院からは可愛い弟のためなら、と肩入れされるし、トクなお方でいらっしゃる……そこへくると伊周の君は、中宮の縁つづきで却《かえ》っ

てソンをなさった。主上のご寵愛《ちょうあい》があまりにあついために、中宮は女院に嫉妬《しっと》されて、そのはね返りが、伊周の君にもかかった、というところじゃないですか」

経房の君は、明快に分析を試みる。

「少納言はどう思う？　嫁と姑《しゅうとめ》として見れば、女院が息子の嫁に嫉妬なさる、ということもあるだろう？　いくら、やんごとない雲《くも》の上人《うえびと》でも、人情は変わらないだろうし」

「変わらないかしら？　上《うえ》つ方《かた》はそういう下々《しもじも》と同じ気持ちでいらっしゃらないかと思っていたわ」

と私はいった。

伊周の君に、宣旨が下りないだろうことは、私にも勘でわかっていた。女院は前世の宿縁といわれたそうだが、世の中のことは水の流れみたいに、低いところへおのずと流れてゆく、何かがあって、それは昨日今日のことがその原因を作っているのではなく、かなり長い時間をかけてそうなった、という気がする。

伊周の君おひとりの責任ではなく、父君の道隆公の経歴、一生の事蹟、それに母君の高《こう》縁者に、高階の一族を持たれたこと、……それらがみな裏目になって出てしまった。高二位《にい》たちは、いよいよ秘儀や祈禱《きとう》に精出し、

「七日で死んだ人もいるのだ。今度だってどうなるか分からぬ。老法師がいるかぎりは、と頼もしく思って下さい」

と伊周の君にいっているそうだ。

私は人の運命の流れを見すかす。伊周の君に好意を捧げ、心寄せしながら、しかし、運命を見すかす眼は、別の眼である。

それを自分でも知っている。

いっぽう、経房の君も、道長の君の義弟で、しかも道長の君に愛されて猶子《ゆうし》となっているという立場なのに、道長の君を見る眼は、醒《さ》めていられる。醒めていて、道長の君を愛していられる。

そういうところが私たちは似ていて、互いにわかっているのかもしれない。

気が合うのはそのせいだろう。

「女院さまはおいて、この世にめったにないものは、姑《しゅうとめ》に可愛がられるお嫁さんですものね」

と私はいった。経房の君は笑い、

「それ、面白いよ、少納言。『この世にめったにないもの』という一章で草子に書いてくれよ。舅《しゅうと》にほめられる婿《むこ》、というのも珍しいよ」

「毛がよく抜ける銀の毛抜き」

と私はいった。経房の君は乗って、

「主人のワルクチをいわない従者《ずさ》も」

「男と女、でなくても、女同士でも仲よしが最後まで変わらずにいる人」

私はいった。

「いや、それは書かずにおいて下さい、私とあなたはどうなんだ、仲よしじゃないか、それにきっと、この仲よしは終生、つづくよ、——あなたが心変わりしても、私はこっちを向かせて見せるさ」

そういうことを言い合う男友達は楽しかった。私は思わず笑い声をたて、そのことで、人々の誤解を買ってしまったことを、あとで知った。

——少納言は、道長の君に宣旨が下って、やれ嬉《うれ》しやと高笑いした。

というのである。

出どころがどこか、わからない。それを教えてくれたのは右衛門《うえもん》の君であるが、案外、右衛門の君自身、そう言いふらしているのかもしれない。

——少納言は、道長の君の方人《かたうど》らしい。あちらのお邸《やしき》といつも連絡を取りあって、ツーツーだ。

という噂もあり、これは兵部《ひょうぶ》の君と知り合いだという話を座談にしたまでである。女房の中には、道長の君の北の方、鷹司《たかつかさ》どのの女房と昵懇《じっこん》な人もあって、あながち、私だけではないのに……。人々の心はささくれ立っている。

二条のお邸での生活は、息苦しかった。ここにいると、去年、二月の積善寺《さくぜんじ》の供養《くよう》を思い出さないではいられない。故関白どのがご機嫌《きげん》よく、私たちをからかっていらっしゃったっけ、わずか一年あまりで、こんなに世の中が推し移ってしまうとは、まさか思いもよられぬことであったろう。

人々は押し黙り、邸うちに笑い声が絶えた。

互いに猜疑《さいぎ》の眼を向け合って、中宮の御前でも口少なになる。中宮のお心のうちを思って、それまで気安くおしゃべりをしていた人々も、口が重くなるのであった。いつも御誦経《ごずきょう》を仕事に精進していられる中宮が、お笑いになるはずもないことであったが。

梅雨《つゆ》が明け、たちまち猛暑となると疫病《えきびょう》はまたまた勢いを盛り返した。あわれなのは、山の井の大納言・道頼《みちより》の君であった。この方は二十五という若い盛りに疫病に斃《たお》れられた。

伊周の君の異母兄に当たり、祖父の兼家《かねいえ》公が特に可愛がられてご自分の養子になさり、引き立てられていたが、兼家公の亡くなられたあとは、伊周の君より下におかれていた。ただ、たいそう人々に好かれる、受けのいい方で、中の関白のご一族の中では、いちばん評判がよかった。道長の君は、山の井の大納言の死を惜しまれたということだ。

「蜻蛉《かげろう》日記」を書いた兼家公の北の方も亡くなられたということである。お年はいくつばかりだったのだろうか、今日は誰が、昨日は誰が、という話ばかりだった。このころ、摂津守《せっつのかみ》、為頼《ためより》という人の歌が、口から口へと伝えられた。

世の中にあらましかばと思ふ人
　なきは多くもなりにけるかな

これに、東宮《とうぐう》の女蔵人《にょくろうど》の小大君《こおおぎみ》が返した。

あるはなくなきは数そふ世の中に

あはれいつまであらんとすらん

故道隆公の四十九日もすんでふた月たっている。

中宮はいよいよ内裏《だいり》へお戻りになる。鈍色《にびいろ》のお衣ながら、ようやく、もとの艶《えん》な風情《ふぜい》がお身のあたりにただようように思われる。

「少納言」

と私を呼ばれて、

「どうしたの、近頃は」

「は?」

「あなたまでしょんぼりとしては、だめじゃないの」

「は、はい」

「少納言こそ、こんな時にまっさきに元気づけてくれなければ」

おそるおそるお顔を仰ぐと、また、何という、人の心を誘いこむような、深い魅力のあるほほえみでいられることか、昔の愛くるしさに加え、人の世の苦労を嘗《な》められて、より深い味を湛《たた》えられた表情が、私には眩《まぶ》しく美しくみえる。

「元気を出しましょう、楽しいことをせい一ぱい心に思い描いて。負けないでいましょうね、少納言、支えてくれるわね、わたくしを」

「勿体《もったい》ない……」

私は袖《そで》を顔に押しあててしまう、どんなときだって、何をいわれたって泣かない私が、中宮のひとことで、涙もろくなってしまう。

中宮が内裏《だいり》へ参内《さんだい》された六月十九日は、道長の君が右大臣になられた日でもあった。道長の君の慶《よろこ》び申し、儀式につづく宴《うたげ》のどよめきが深夜までつづいていた。

主上は、そのため、夜半、やっと中宮とお会いになった。どれほどこまやかなおん物語が交されたことであろうか、重い絹のとばりを垂れた帳台《ちょうだい》からは、一晩中、かすかなお声がつづいていた。

主上とのご日常のみは旧に復して、後宮にはまた、笑い声がきこえるようになった。

「どうしたの、宰相《さいしょう》の君。右衛門《うえもん》の君。中納言さん。もとのように、にぎやかにしてちょうだい。ここは殿方《とのがた》の表のお仕事からかけはなれた世界。女の国ですよ。つまらぬことにわたくしたちまで捲《ま》きこまれないで、今までのように、のびのびとしてほしいの」

中宮はそう、いわれる。

日一日とお顔にいきいきした血の色がもどってくる。

主上との間に、そのかみの、蜜《みつ》のようなご新婚生活のむつまじさがよみがえっていられるらしかった。それが中宮のお心を弾ませ、お眼を明るくするのであろう。円《つぶ》らなお眼が星のようだった。

伊周の君が時折、お見えになることもある。

ふっくらした色白の気品あるお顔に、この頃はすこし険が見えるが、それは却《かえ》って、この君をりりしく見せている。中宮は昔に変わらず、伊周の君をあたたかくいたわられて、おやさしい妹君だった。淑景舎《しげいさ》の君も、これは東宮のもとへ参内されたが、こちらへはたびたび、力づけるお手紙をお出しになり、この方にとっては、たのもしい姉君であった。

つまり、故殿《ことの》（道隆公）がお亡くなりになったあと、一家の柱は、いまは中宮でいらっしゃるようにみえた。

また中宮も、（わたくしが扇の要《かなめ》とならなければ）と決心していられるのかもしれない。

六月の晦《つごもり》には大祓《おおはらえ》という大切な神事がある。

中宮は喪中《もちゅう》でいられるので、神事をはばかって内裏から退出されなければならない。職《しき》の御曹司《みぞうし》は方角が悪いということで、太政官庁《だいじょうかんちょう》の朝所《あいたどころ》にお渡りになる。この建物は上級の役人たちが朝食をとるところである。暑い夜だったので、とりあえず眠ってしまったが、朝早く起きると、ずいぶん変わった建物だった。見慣れた檜皮葺《ひわだぶき》ではなく、唐《から》めいた瓦葺《かわらぶき》の屋根で、格子もなく、ぐるりを御簾《みす》だけめぐらせてある。

「あら、珍しい」

と私たちは喜んだ。若い女房たちと共に庭に下りて遊んだが、前栽《せんざい》にわすれ草などをたくさん植えてあって、房になって咲いていた。

こういう、官庁などの庭には似つかわしくみえる。時司《ときづかさ》（漏刻《ろうこく》を見て、鐘で時を知らせる役の司である）がすぐそばにあるので、鐘の音がいつもとちがってきこえる。

「へーえ、鐘楼《しょうろう》は、あんなに高いのね」

とみんなは面白がってみあげ、私が、

「ね、ちょっと登ってみない？」

というと、

「さんせい」

「面白いわ」

と二十人ばかり、走っていった。次々と鐘楼にのぼってゆくのを、私はうしろから衣の裾《すそ》を持ちあげたり、お尻を押したりして登らせてやったが、私は押してくれる人がないから登れなくなってしまった。

上空たかく、女房たちが鐘楼にすずなりになっているのを見ると、薄鈍色《うすにびいろ》の裳《も》や唐衣《からぎぬ》、単《ひとえ》がさねに、紅《くれない》のはかまがひるがえって、まさに天人が舞いおりたよう。

「やめて下さい、下《お》りて下さい、みなさんお願いします」

と時司《ときづかさ》の役人が必死に叫ぶが、誰もきき入れもしない。

べつの人々は右衛門の陣まで遊びにいってそこでふざけていたらしい。

「なんていうめちゃくちゃな女房たちだ」

「お止め下さい、上達部《かんだちめ》がお着きになる倚子《いし》に上る人があるものですか。ああ……それを持ち出してはいけません」

と役人が声をからして叫ぶが、

「ねえ、これを二つ重ねてその上に乗ってみない、隣の役所がのぞけるわよ」

「床几《しょうぎ》がこわれるわよ」

「かまうもんですか」

と元気のいい女房たちは、役人の制止も耳に入れない。

「床几が、それ、こわれてしまった、もうお止し下さい、みなさん、お願いです、お止し下さい」

と役人が泣き声を出している。若い女房たちは面白がって、なおも珍しそうにあちこち触れたり、備品を動かしたりして、やんちゃ狼藉《ろうぜき》の限りをつくしていた。

それでいいんだわ。

道隆の大臣《おとど》がお亡くなりになろうと、伊周の君が一の人の位から蹴落《けおと》されなさろうと、何たって、ただいま、後宮の女あるじは、

「定子《さだこ》中宮」

おひとりなんだもの。

しかも、女御《にょうご》・更衣《こうい》というご身分であることか、すでに尊い中宮のみ位にいられて、主上とは相思相愛のむつまじいおん仲。

中宮のゆるぎないおん位置は、毛ほどの障りもないのだ。伊周の君たち、ご実家のご一族が、たとえ政争に敗れようと、中宮おひとりの存在をおたのみ申して、気強くしていられるのは当然である。

私たち女房がちょっとばかり、中宮のご威勢を藉《か》りて活潑《かっぱつ》に楽しんだって、いいじゃないの。私はそういう気でいる。

女房たちの束《たば》ねという格でいる上臈《じょうろう》の中納言の君は、外記庁《げきちょう》や侍従所《じじゅうどころ》からの役人の抗議におどろいて、

「少納言さんがついていて、そんなこと、させるなんて。もう少し慎重に若い人を指導して下さらなくちゃ」

というのだ。毎日やっているわけじゃなし、たまに珍しいところへ来たから、みんながちょっとはしゃいだだけ、私には若い人のそんな活気は、かえって後宮勢力の示威に効果あっていい、と思うんだけれど。

左衛門《さえもん》の陣に詰めている侍《さむらい》たちは、男ばかりのあたりに、美しい若い女房たちがひらひらとこぼれ出て来て、笑いさざめきながら逍遥《しょうよう》するのを、

「や……何だ、あれは？……白昼のまやかしか？」

と目をこすっておどろいたそうだ。しかしこれらは若い男たちなので、思いがけず太《だい》

政官《じょうかん》や陰陽寮《おんようりょう》のあたりに女の影がちらちらし、女の声がひびくのをよろこんでいるようである。

「いつまでも大祓《おおはらえ》がつづくといいや、女人衆《にょにんしゅう》がこちらにいて下さると、単調な勤務の目の正月、というもんだ」

と冗談をいっているらしい。

中に年とった役人などは、

「鬼と女は、人に姿をみせないほうがいい、というのに……。全く、職業婦人の蓮《はす》っぱには呆《あき》れてものがいえない。うちの娘など、まかり間違っても宮仕えや下働きには出さない」

とにが虫をかみつぶした顔で、いったとかいわないとか。

「女は家にひきこもり、他人に顔を見せたりせず、夫を世話し、子供を育てていればよい。才気をひけらかさず、いろごとにかりそめにも心動かさず、家を守っていればよい」

という、旧弊《きゅうへい》な男の考え方くらい、私をカッとさせることはない。思えば昔の則光《のりみつ》、若かったころの則光はそうであった。いつもそういって私を規制しようとしていた。そういう則光でさえ、おそい殿上《てんじょう》をして、新しい世界を見、女のさまざまな職場、ありかた、女の人生の一端を見て、旧来の信念を変えてしまったではないか。

てきぱきと日常の事務をとりさばき、あるいは年中行事をとどこおりなくとりおこな

い、人々を統率し、指図命令する、そういう後宮の女役人たちのありさまを見て、

（女も、こんなことができるんだ……）

とビックリしたらしい。

また、そのかみ、彼の妻で、一家の主婦だった私が、身分ある、上級官人たちと平気で冗談をいいあい、「歌壇の第一人者」である、公任《きんとう》の宰相《さいしょう》どのからは一目《いちもく》おかれ、一代の才人と聞こえのたかい、頭《とう》の中将・斉信《ただのぶ》の君には「隅におけぬ」と認められ、「いつまでも友情を持ちあう仲でいようよ」などといわれる、そういう存在であることに、心から驚嘆したようである。だからすこし、女を見る目がかわってきた、というところかもしれない（尤《もっと》も則光の場合は、それで以《もっ》て私を尊敬する、ということと、私が女であり、彼のもとの妻であり、いまもそう扱うのにこだわりがない、ということは次元がちがうらしい。則光はへんな男で、教養や能力技術とべつに、人間存在の基盤というか、人格の中核だけしか、みとめないところがある）。

それはともかく、

「中宮さまの女房たち」

は手に負えぬやんちゃだという評判がぱっとたってしまった。故殿《ことの》（道隆公）のご薨去《こうきょ》から二か月しかたっていないのに、とにがにがしく思う、あたまのかたい人々も多いが、かんじんの中宮は、若い女房たちのはしゃぎぶりをきかれても、おかしそうに笑われるだけである。私には中宮が、つとめて、

（明るく……明るく……考えてもしかたのないことは考えないようにしよう……）

と思っていられるようにみえる。白玉のように清らかなおんかんばせに、以前にはなかった、おとなっぽいかげりを、お見うけするように思う。むろん、それも、中宮をひときわあでやかに、神秘に美しく、お見せするかげりなのだけれど……。

上達部《かんだちめ》や殿上人《てんじょうびと》は、私たちが太政官《だいじょうかん》にいるのを興ふかく思うのか、よく訪ねてくる。

この建物の暑さときたら！

夏のまさかりなので、ただでさえ暑いのに、建物が唐風《からふう》だから瓦葺《かわらぶき》である。いつもいる内裏《だいり》の御殿は、こんもりした檜《ひ》皮葺《わだぶき》、しかも床が高く風は通り、檜皮葺の屋根は暑熱を遮って、ひんやり涼しいのだが、瓦葺のここでは、昼間のかんかん照りの熱気が夜に入っても去らず、いつまでも火照《ほて》って蒸されそう、私たちはたまらなくなって、御簾《みす》の外へ出、ごろごろと寝ている。と、古い家なので、天井や壁から、蜈蚣《むかで》やヤスデが落ちてきたりし、軒のついそこ、あたまの当たりそうなところに蜂が大きい巣を作っていたりして、恐ろしいのだった。

殿上人たちは毎日、そんなところへ私たちを訪ねてきたりして、内裏《だいり》の梅壺《うめつぼ》にいることと同じに賑《にぎ》わしい。夜も誰かれなく連れだって、話やら他愛ない遊びに夜ふかしし、どなただったのか、詩に似せて高らかに吟《ぎん》じられるのが、

豈計《あに》リキヤ

　　太政官ノ地ノ
　　今、夜行《やこう》ノ庭トナランコトヲ

という文句だったのには、おかしかった。

暦の上では秋が立っているのだが、暑さはまっさかり、それでも内裏住まいではないので虫の音が聞こえるのも、趣きがあっていい。

明日は七夕《たなばた》、七月七日であった。八日には内裏へお還りになるので、この珍しい太政官住まいも、あと二夜限りである。

頭《とう》の中将・斉信《ただのぶ》の君と、宣方《のぶかた》の中将、道方《みちかた》の少将など、壮年の貴公子がつれ立って、お見えになる。女房たちは端近《はしぢか》に出てお相手をしていて、明日の七夕のことなど話していた。

私は待ってましたとばかり、斉信の君にいいかける。

「明日の七夕には、どんな詩を吟《ぎん》じられますか？」

斉信の君はすぐさま、

「春の詩がいい。『人間《じんかん》ノ四月、芳菲《ほうひ》尽キ、山寺ノ桃花、始メテ盛ニ開ク……』」

「あら、やられました、今度はこっちが一本とられましたわ、頭の中将さま」

「あははは、どうです、忘れてはいませんでしたでしょう」

「ほんと。やっぱり……」

といって、私はとても嬉《うれ》しかった。

だって、斉信の君のような、才学のある方が、私のいったひとことを、何か月もおぼえていられるなんて……私に対する敬意、と解釈してもいいんじゃないかしら。

この春の四月、私の局に、夜たくさんの男性たちが集まり、長物語をして、いつのまにか夜があけたとき、斉信の君は「そろそろ失礼しよう」と腰をあげてふと、

「露ハマサニ別レノ涙ナルベシ」

と七夕の詩を吟じられたのだった。で、私が「気の早い、たなばたさまね」とひやかしたものだから、「しまった、ここではうっかりしたことをいうと恥をかく」と笑っていられたが、それを忘れずに、七夕のときにあべこべに四月の詩をあげてお返しされたのである。

あのとき宣方の中将もそこにいたはずなのに、私と斉信の君のやりとりを、ぽかんとして聞いている。

「ねえ、どうしたの、それは何のことなの」

と宣方の君は、もう中年といっていいお年なのに、柔媚《じゅうび》なおんな言葉を使われる方である。

「ほら、春のあけがた、少納言の局《つぼね》で、七夕の詩を吟じてとっちめられたことがあったじゃありませんか」

と斉信の君がいわれるのを聞いて、宣方の君は、

「あ、そうそう、そんなことがありましたっけ」

などといって笑う。実際、私はトロい人というのはきらいなのだ。斉信の君などは、打てばひびくように返されたではないか。

女が物わすれしないのは当然だが、男は忘れっぽいもの、まして女との応酬などいちいち心にとめて忘れない、というのは実に珍しいことである。そのあたりにいた人々は、男も女も、私たちが何を言って興がっているのか、ふしぎそうだった。

でもこの斉信の君も、やりてだけに、出世が早いだろうという噂《うわさ》である。私の情報源である経房《つねふさ》の君の話によると、

（まず、来年春は、参議《さんぎ》になられるでしょうね。あのかたは一条どのの流れで、中《なか》の関白家にも道長の右大臣どのにも関係ないから、かえって出世が早い。聡明《そうめい》な人だから、道長の君にも可愛がられていらっしゃる）

とのことである。

斉信の君が参議になられると、もう表のほうの、男の社会だけの人になってしまわれる。蔵人頭《くろうどのとう》というのは、天皇のご側近に奉仕しているだけに、後宮と密接につながり、私たちとも馴染《なじ》みになるが、参議はもう、後宮へくる用はないわけである。斉信卿の、あの巧みな、美しい、朗々とした詩吟を聞く折もなくなってしまう。

内裏《だいり》へ中宮がもどられて、何日かたった暑い暑い午後、私のもとへ便りがもたらされた。それもまあ、どうだろう、真紅《しんく》の薄様《うすよう》を、赤い唐撫子《からなでしこ》の花の、びっしり咲いた枝に

つけて来たのである。その日の暑さときたら……氷水に手をひたしては咽喉《のど》にあてたり、こめかみにあてたり、扇でひまなく煽いでは乾いた口中に氷をふくんだり、体をどう扱おうか、とあえぐような、うだる暑さだった。

そこへ、そういう、燃えるように赤い手紙が、赤い花に付けられてもたらされたのである。

(——なんて、しゃれた感覚かしら)

と私は嬉《うれ》しくなった。

まさに、毒を以て毒を制す、暑さを以て暑さを制す、というところかしら、かえって汗もひきこみそうな爽《さわ》やかな気の張りがうまれて面白かった。思わず扇も手離して、

「誰からだろう?」

とゆかしく見てみると、

「——棟世《むねよ》」

とあるではないか。

「いつかお目にかかって、と思う心は、からくれないの唐撫子《からなでしこ》のように燃えるのですが、よいお便りをまつうちに、今年の夏もすぎました。暑さに負けずお過ごし下さい、——海松子《みるこ》さまへ。棟世」

という、老獪《ろうかい》な文面で、それもむしろ涼しげでいい、むちゃくちゃに迫るというのでなく、坊さんのように色け離れたというのでなく、こういうちょっかいを楽しんでいる、

というだけの手紙、中年のお遊びとしてはとてもいい、しかも、こんな赤い手紙を、真夏の日ざかりに送ってくるなんて、

（おぬし、やるな）

という感じだった。早速、中宮のもとへ参上したとき、ご披露《ひろう》しようと思った。

中宮は宵《よい》に入ってやや立ちはじめた涼風に、ほっとくつろいでいられる。宰相の中将に物語を読ませられ、静かに聞き入っていられるところだった。女蔵人《にょくろうど》が二人、やや離れたところから、檳榔《びろう》の葉の団扇《うちわ》で、中宮に風をそよりとお送りしている。私が参上したのを中宮はめざとくご覧になって、

「――この物語はつまらないわ、ほとほと居眠りしそう。みな、どこかで聞いたような場面ばかりなんですもの……。少納言、あなたのおしゃべりは面白いのだから、即興に思いつくまま、作り語りをしてごらんなさいよ」

と、思いもかけぬことを仰せられる。

「とんでもございません、とても、そんな……」

「いいえ、あなたの話はいつも描写力があってよ。聞いていて、ほんに……と思い当たることが多いのですもの」

「まあ、そうでございましょうか、わたくし自身では全く気がつかないのでございますが……」

と私がいうと、右衛門《うえもん》の君は、さっそく、意地わるらしくいうのであった。

「ほらほら、もう、少納言さんはその気になっていて、顔がほころびていますよ。——中宮さまは人をいい気持ちにおさせになるのがほんとうにお上手でいらして」

みんな笑って、中宮さまも面白がられるらしく、

「いつも、『宇津保《うつほ》』や『竹取』の評釈ばかりではつまらないのだもの。『草は』『虫は』『遊びは』の『ものはづけ』もしつくした気がするわ。さあ、さあ、何でもいいから……」

「いいえ、物語など、とてもそんな」

そこへ、

「主上がお渡りになります」

という声である。

主上はお見上げするたびにりりしく、けだかくなりまさっていかれる。おん年十六歳、日々、お背もたかくなられ、お軀《からだ》つきもしっかりしていかれるようで、はじめてお目通りをゆるされたころの、美少女にみまほしいやさしげな、いたいけなお姿のおもかげはもうない。

しかしご表情がおちついて柔かく、おやさしげでいられながら、威厳《いげん》のおありになるのは、いまも同じだった。

「殿上人《てんじょうびと》をこちらに呼びよせた。琴・笛を持ってまいるようにいったが、あなたは琵琶《びわ》をお弾きになりますか」

と主上は中宮にいわれる。

「かえって、あなたのお慰めになると思って……故関白の供養《くよう》にもなるだろう、私も笛を吹こう」

といわれるのが、まことに中宮をお思いになっての心づくしと私たちにも分かるのだった。

「長らく、あなたの琵琶も聞いていないから、淋《さび》しくて」

と主上は重ねていわれるが、それは中宮のお心を引き立てようとのお心からであろう。

「お耳汚しになりはしますまいか」

と中宮はいわれたが、中納言の君が捧げた琵琶をお手にとられる。そのころには殿上人がうちつれてはいってきて、上《うえ》の御局《みつぼね》の前、孫廂《まごびさし》のあたりは男たちでいっぱいになる。琴が横たえられ、笛が鳴り立てられる。

面白い夜になった。

ようやくあたりは暗くなりそめ、大殿油《おおとなぶら》が一つ、また一つ、と点じられてゆく。御簾《みす》の金具、調度の蒔絵《まきえ》の金が、薄闇《うすやみ》の中からきらめいて浮き上がる。御格子《みこうし》を下していないので、御簾ごしに、中宮のお姿は仄《ほの》かに廂《ひさし》の間から見えはすまいか。中宮はそれを察しられたのであろう、つと半身を向けかえられて、琵琶をお膝《ひざ》に立て、お顔をかくされる。

灯に浮び上った、中宮のお姿の美しさ。紅《くれない》の御衣《おんぞ》が幾重にも重なり、つややかな黒い琵琶にお袖《そで》をうちかけて持っていられるそのめでたいありさま。半身をそむかれてもなお、くっきりと白いお額がこぼれる黒髪のあいだからみえ、中宮はしばし琵琶を奏されないで、人々の琴や笛の音に耳かたむけていられる。

「——猶《なほ》、琵琶ヲ把《と》ツテ半《なか》バ面《おもて》ヲ遮《さへぎ》ル」

という、白楽天の「琵琶行」の詩そのままのお姿だった。しかしあの詩の、琵琶を弾いていたのは、素性卑《すじょういや》しい長安の歌い女《うため》である。

私はそっと宰相《さいしょう》の君に耳打ちする。

「『琵琶行』の女は、とてもこんなに美しくはなかったでしょうね、ご身分がちがうもの」

宰相の君もすぐわかって、面白く思ったのか、すき間もなく人がさし集《つど》うている中を、わざわざかきわけていって申し上げるようである。

中宮はお笑いになって、こちらをお向きになる。

「少納言。『別れ』の心はわかっているの？」

と仰せられる。「別れ」——その「琵琶行」の終わり近く、「別レテ幽愁暗恨ノ生ズル有リ。此ノ時、声無キハ声有ルニ勝ル」という句がある。弾奏されずに、しばし、琵琶を抱えたままで物思いにふけっていられる、その情趣のおもしろさを共有しようと誘われたのだった。

ああ、こういう瞬間の情趣を、私は書きとめなくなって久しい。その夜、局《つぼね》に退って、私はいそいそと草子をとり出し、今夜の感動を書いた。

私が書かなければ、誰が書くのだ。

中宮のお美しさと、そのお心弾み、ご即興のおもしろさを、誰が伝えることができるのだ。やがては私自身ですら、はるかな遠い昔の記憶として、老いた心は感動を忘れ、書きとどめる意欲すら失うかもしれないのに。

——いや、中宮のおんことなら、どんなにとしをとっても忘れることはないかもしれないけれども……。

中宮と私はもったいないけれど、世の中のものごとを、

（面白い）

（美しい……この世のものはなんて美しいもので充《み》ちているのか）

という感動を同じくする、稀有《けう》な仲間である。

（ねえ、ねえ、そう思わない？）

と言葉にならず言い交すまなざし、その一べつが私の胸に烈しい歓びの波を立てる、それをどうして胸一つにおさめておけるだろうか。

中宮は故殿《ことの》のおんために、毎月、忌日《きじつ》の十日に法要をいとなまれる。九月十日のご供《く》養《よう》は職《しき》の御曹司《みぞうし》で行われたのだった。上達部《かんだちめ》や殿上人がおびただしく参集した。説教が巧みで、その上、美僧の名も高い清範《せいはん》が講師《こうじ》になって、人々に説教したが、哀々たる名調子だったので、日頃、信心の気もなさそうな、やんちゃな若い女房たちまで涙を誘わ

れるのだった。

法要が果て、宴《うたげ》となる。酒がめぐって、詩を誦《しょう》するものが出て来たりしたとき、頭《とう》の中将の斉信《ただのぶ》の君が、時にかなったすばらしい詩を張りつめた美声で、朗誦《ろうしょう》された。

彼《か》ノ金谷《きんこく》ニ花ニ酔ヒシ地

花春毎ニ匂ウテ主帰ラズ

南楼ニ月ヲ翫《もてあそ》ビシ人、

月、秋ト期シテ身、何《いづ》クニカ去ル

しーんとするほどの感激で、私は涙をふきふき、人々の中をかきわけ、中宮のおそばへ近よろうとした。故殿のあのご機嫌のいいお笑い顔。いつも冗談を飛ばされていたごようすが目に浮び、「身、何クニカ去ル」、――人はどこへ消えてゆくのか、やりばのない悲しみが、斉信の君の朗詠で、快い情感に溶け、こういうのをこそ、陶酔《とうすい》というのであろうかと中宮に申しあげたいのだった。

中宮は奥から膝《ひざ》をすすめていられ、それは私の参上して近寄るのを期待していられるさまだった。

「きっと少納言が感激する、と思ったわ」

とまず、いわれる。

「すばらしかったわ……まるで今日の法事のために作ったような詩を、撰《えら》んで吟《ぎん》じるなんて……わかっている人なのねえ、頭の中将は」

「はい。それはもう……。もう、あのかたの朗詠には、心をひきいれられてしまいます。わたくし、故殿のことを思い出してしまって……」

「ほんとうに、しらべも朗々と男らしくて、それに深い思いがこもっていたわ」

「そうなんでございます」

と力をこめて申し上げるのが中宮はおかしく思われたらしく、

「少納言は仲よしなんだから、よけい、そう思うでしょうね」

と笑われるのだった。こうして、私と中宮は、何かあるごとに「お聞きになりました？」「どう思って？」と言い交すのである。

いちいち申し上げないけれど、私はふとした折々の面白いと思う感懐を、再び草子に書きとどめはじめた。それは中宮にお見せしようと思う心で熱がはいってゆくのだった。いつか中宮も仰せられたではないか——。「書くのよ、あの『春はあけぼの草子』のつづきを、きっと書くのよ。そんなはかない折々の思いは、書きとめておかないとすぐ忘れてよ」と。

たとえば、颪についいて。

颪についての感想など、右衛門《うえもん》の君や式部《しきぶ》のおもとと言い交して、どうなろう？　ましてや則光や棟世にも、いうこととはちがう。それは斉信の君にも、すこし勝手がちがう、むしろ経房の君となら、しゃべりあえる。

やはり、いちばんの話して甲斐《かい》ある相手は中宮さま。

中宮は私が、

(私は風が好きでございます)

などというと、

(そう、ほんとにわたくしも。——風は、いつの風が好き?)

と仰せられるにちがいない。

(嵐《あらし》——嵐を聞いている夜は好きでございます。そのほかに、三月ごろの夕暮、ゆるやかに吹いてくる雨を伴った風が面白うございます。八、九月のころ、雨にまじって吹く風も……)

秋のはじめの風は雨を伴って騒がしい。ななめの雨足。夏のあいだ使った、薄い綿入れの衣を、生絹《すずし》の単衣《ひとえ》にかさねて着るのもいい。夏のあいだは、この生絹の単衣ですらうっとうしいやら暑くるしいやら、ぬぎすてたかったのに、いつのまに、こんなに涼しくなったのかしら、と思うのもいい。

以前、中宮は私の草子の中にある、「初秋のころ、汗の香のかすかに残る薄い衣《きぬ》を、あたまから引きかぶって昼寝するときの、はかなくも物悲しい情趣」に、共感して下さったではないか。「鋭く繊細な文章」ともほめて下さった。「——風が好き」という私の感覚もわかって下さるにちがいない。

暁に、格子《こうし》・妻戸《つまど》をおし開けたとき、さっと顔にかかる風。

九月おわり、十月はじめの頃の、空はどんより曇り、風がさわがしく吹いて、黄色な葉がほろほろこぼれ落ちる、その時節の、しみじみした慕わしさ。

でも何といったって野分《のわき》に如《し》くものはない。——と、こう書いているいま、外では烈しい嵐が一夜、吹き乱れている。大内裏《だいだいり》の大屋根をゆるがして物狂おしい野分が過ぎてゆく。

衛士《えじ》たちの足音。

遠くで物の倒れる音。

遠く、誰かが人を呼ぶ声がする。隣の局《つぼね》にふと、ひそやかな話し声が洩《も》れ、灯がちらちらと壁代《かべしろ》の上から洩れる。

翌朝起きてみると、これはまた、いっそう興ふかい。立蔀《たてじとみ》や透垣《すいがい》などは乱れたり臥《ふ》したり、している。前栽《せんざい》の萩や女郎花《おみなえし》は吹き折られ、大きい木の枝は折れて飛ばされている。格子の枠ごとにこまごまと木の葉が貼《は》りついていて、荒い風のしわざとも思えない。

そこへ、宰相《さいしょう》の君が出て来た。この人は美しい人なので、荒れた庭との対比がたぐいなくめざましい。濃い紅《くれない》の打衣《うちぎぬ》に、黄朽葉《きくちば》の織物の衣《きぬ》、うすものの小袿《こうちぎ》などを着て、清らかな美人である。

「一夜じゅう眠れなかったわ、少納言さんは？」

「ほんと。あけがたにやっと、とろとろと眠りました」

「いまもまだ風が強いみたいね。わたくしは風が怖くて怖くて」

といいつつ、母屋《おもや》からすこしにじり出てきた。野分に荒れた庭の、さま変わりした趣きに目をみはって、

「むべ山風を嵐といふらむ――」

などとつぶやいている。風は宰相の君の髪を吹きあげ、肩のあたりにひろがっている。

そこへまた、小兵衛《こひょうえ》の君が出てきた。この人は十七、八ばかりの若さ、かの時司《ときつかさ》の鐘楼へも登った活潑《かっぱつ》な人だが、たいそう美人で、美人の好きな私のお気に入りである。この人は、小柄ではないのだが、しぐさが若々しいので、意外に子供っぽくみえる。いまも、

「わたくしも外へ出て、嵐のあとを見廻《みまわ》ってみたい。庭へ下りたい」

といい、御簾《みす》を押しあけるようにして、前栽にいる童女たちをうらやましげに見ている。生絹《すずし》の単衣《ひとえ》のほころびたのを着、はなだの色も褪《あ》せた衣をひっかけているが、小兵衛の君の髪のつややかに、ふさふさと美しいことといったら……。彼女は立っているので、髪が背に流れ、裾《すそ》は丈《たけ》にあまるばかり、

「そこを掘って、その花をおこして……」

などと童女に御簾のうちから指図したり、しているのであった。日が射し出し、前栽いちめんの露は滾《こぼ》れ、輝くのである。軒《のき》や透垣《すいがい》にかかった蜘蛛《くも》の巣にきらめく露は、まるで白玉《しらたま》をつらぬいたよう。

萩は露の重さと風に臥《ふ》していたが、露のおちるたびに枝は動き、ついに、人が手も触れぬのに、ぱしんと上へはねあがる。

人の美しさ。

自然の美しさ。

このおもしろさを、中宮でなくてはだれにわかって頂けようかと、私は、草子に書きつぐ。心の中で訴えつづける……。

（下巻につづく）

皇統略系図

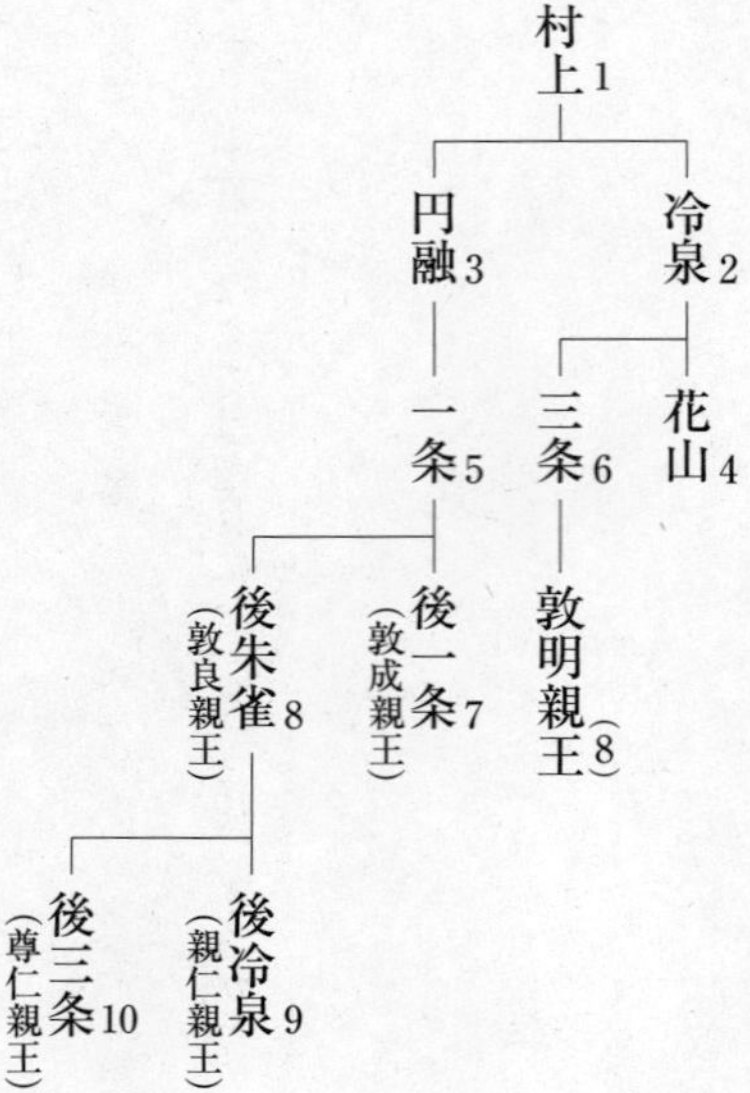

(数字は皇位継承順)

一条天皇の後宮

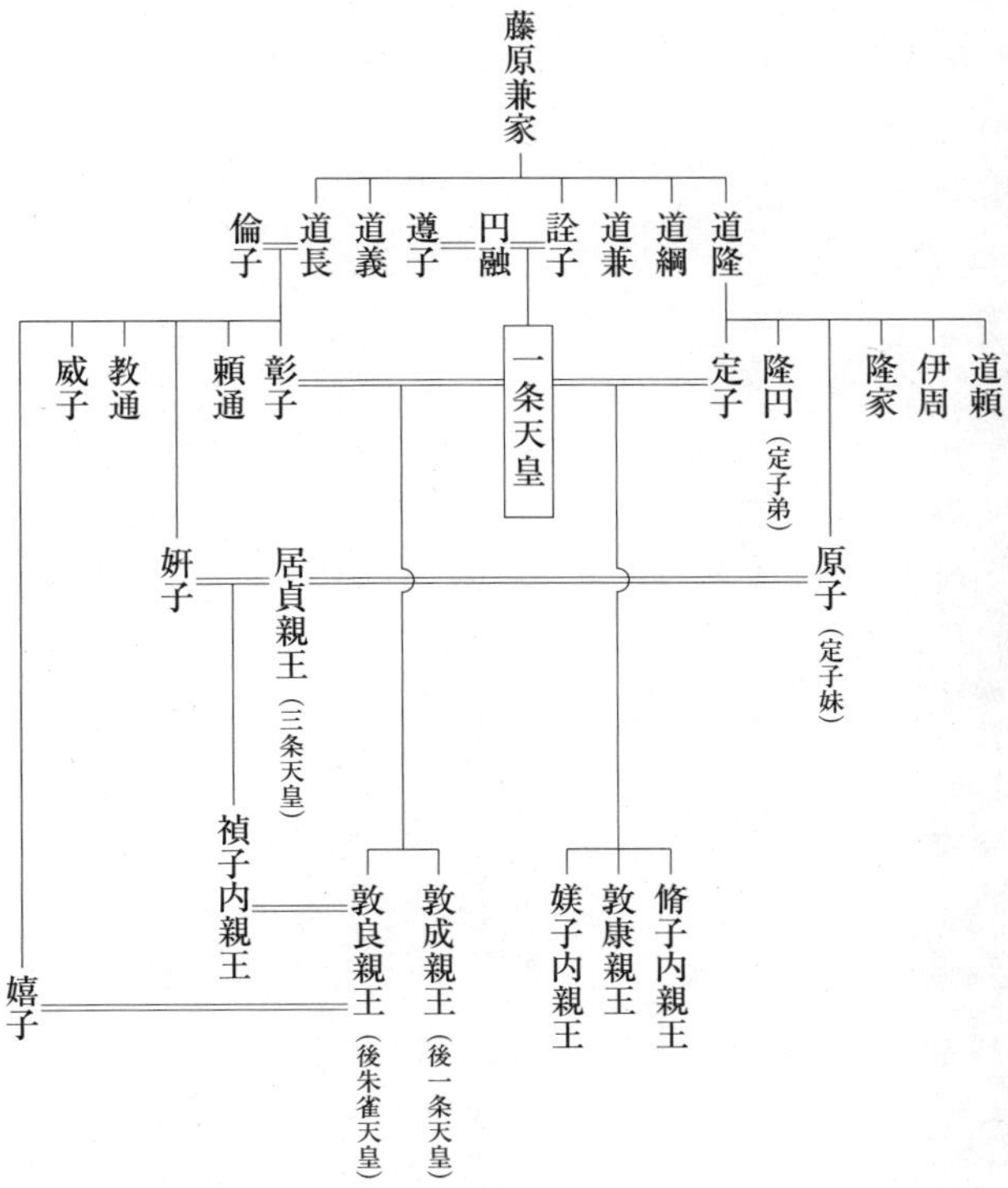
藤原兼家
道隆
道綱
道兼
詮子
円融
遵子
道義
道長
倫子
道頼
伊周
隆家
隆円
（定子弟）
定子
一条天皇
彰子
頼通
教通
威子
原子
（定子妹）
居貞親王
（三条天皇）
妍子
禎子内親王
脩子内親王
敦康親王
媄子内親王
敦成親王
（後一条天皇）
敦良親王
（後朱雀天皇）
嬉子

一次文庫「むかし・あけぼの　上　小説枕草子」
昭和六十一年六月刊　角川文庫

DTP　ジェイ　エスキューブ

文春文庫

むかし・あけぼの　上
小説枕《しようせつまくらの》 草子《そうし》

定価はカバーに
表示してあります

2016年4月10日　第1刷

著　者　田《た》辺《なべ》聖《せい》子《こ》
発行者　飯窪成幸
発行所　株式会社　文藝春秋

東京都千代田区紀尾井町 3-23　〒102-8008
TEL 03・3265・1211
文藝春秋ホームページ　http://www.bunshun.co.jp

落丁、乱丁本は、お手数ですが小社製作部宛お送り下さい。送料小社負担でお取替致します。

印刷製本・凸版印刷
Printed in Japan
ISBN978-4-16-790595-8

（　）内は解説者。品切の節はご容赦下さい。

田辺聖子
甘い関係

雑誌編集者の彩子、歌手志望の町子、金儲けが趣味のＯＬ美紀。三人の恋愛を通して描かれる「男の典型」と「女の真実」。人生を謳歌する姿がさわやかな感動を呼ぶ傑作長篇。（林　真理子）

た-3-43

田辺聖子
猫も杓子も

愛してくれる男、逢いたい男、忘れられない男。自分の気持ちに正直な三十歳の阿佐子の、いくつもの恋の甘さと美しさ、淋しさ、そして可愛らしさが胸に迫る傑作長篇小説。（青山七恵）

た-3-44

田辺聖子
私本・源氏物語

「どの女も新鮮味が無うなった」「大将、またでっか」。世間をよく知る中年の従者を通して描かれる本音の光源氏。大阪弁で軽快に語られる庶民感覚満載の、爆笑源氏物語。（金田元彦）

た-3-45

田辺聖子
ダンスと空想

仕事と恋を謳歌するアラフォー女性たちの青春を描く長編小説。頭の固い男たちをいなして仕事を進め、存分に議論し、女子会で旨いものと本音の会話を堪能する。これぞ人生賛歌！

た-3-46

田辺聖子
女は太もも
エッセイベストセレクション1

オンナの性欲、夜這いのルールから名器・名刀の考察まで。切実な男女のエロの問題が、お聖さんの深い言葉でこれでもかと綴られる。爆笑、のちしみじみの名エッセイ集。（酒井順子）

た-3-47

田辺聖子
やりにくい女房
エッセイベストセレクション2

醜女と美人の収支は？　働き盛りと女盛りの関係、妻が病気の時の夫は？　相も変わらず赤裸々であたたか、人間が愛しくなるお聖さんの傑作ベストエッセイ第二弾！（土屋賢二）

た-3-48

田辺聖子
主婦の休暇
エッセイベストセレクション3

ええ女は、明敏にしてちゃらんぽらん!?　主婦の浮気問題、魅力ある男の家庭、世間的つきあいの真髄から原発問題まで、冴え渡るお聖さんの傑作復活エッセイ第三弾！（島﨑今日子）

た-3-49

鳥羽 亮
八丁堀吟味帳「鬼彦組」 はやり薬《ぐすり》
江戸の町に流行風邪が蔓延。人気医者・玄泉が出す万寿丸は飛ぶように売れたが、効かないと直言していた町医者が殺された。いぶかしむ鬼彦組が聞きこみを始めると——。シリーズ第5弾。

と-26-5

永井路子
炎環
辺境であった東国にひとつの灯がともった。源頼朝の挙兵、それはまたたくまに関東の野をおおい、鎌倉幕府が成立した。武士たちの情熱と野望を描く、直木賞受賞の名作。（進藤純孝）
な-2-50

永井路子
美貌の女帝
壬申の乱を経て、藤原京、平城京へと都が遷る時代。その裏では、皇位をめぐる大変革が進行していた。氷高皇女＝元正女帝が守り抜こうとしたものとは。傑作長編歴史小説。（磯貝勝太郎）
な-2-51

永井路子
山霧　毛利元就の妻（上下）
中国地方の大内、尼子といった大勢力のはざまで苦闘する元就の許に、鬼吉川の娘が輿入れしてきた。明るい妻に励まされながら戦国乱世を生き抜く武将を描く歴史長編。（清原康正）
な-2-52

南條範夫
暁の群像　豪商 岩崎弥太郎の生涯（上下）
土佐藩の郷士であった岩崎弥太郎は、いかにして維新の動乱期に政商としてのしあがり三菱財閥の基礎を築いたのか。経済学者でもある著者の本領が発揮された本格時代小説。（加藤 廣）
な-6-22

南條範夫
武家盛衰記
乱世を生きた戦国武将に欠かせぬ能力とは何か。浅井長政、柴田勝家、明智光秀、直江兼続、真田幸村ら二十四人の武将を冷静な視線で描く、現代にも教訓を残す戦国武将評伝の傑作。

な-6-24

中村彰彦
二つの山河
大正初め、徳島のドイツ人俘虜収容所で例のない寛容な処遇がなされ、日本人市民と俘虜との交歓が実現した。所長こそサムライと称えられた会津人の生涯を描く直木賞受賞作。（山内昌之）
な-29-3

（　）内は解説者。品切の節はご容赦下さい。

中村彰彦
われに千里の思いあり 上
風雲児・前田利常

前田利家と洗濯女の間に生まれ、関ヶ原の合戦では、西軍へ人質に送られた少年は、のちに加賀藩三代藩主となる。風雲児・利常の波乱の人生。前田家三代の華麗なる歴史絵巻の幕開け。

な-29-14

新田次郎
武田信玄
（全四冊）

父・信虎を追放し、甲斐の国主となった信玄は天下統一を夢みる（風の巻）。信州に出た信玄は上杉謙信と川中島で戦う（林の巻）。長男・義信の離反（火の巻）。上洛の途上に死す（山の巻）。

に-1-30

新田次郎
怒る富士
（上下）

宝永の大噴火で山の形が一変した富士山。噴火の被害は甚大で、被災農民たちの救済策こそ急がれた。奔走する関東郡代の前に立ちはだかる幕府官僚たち。歴史災害小説の白眉。（島内景二）

に-1-36

野村胡堂
銭形平次捕物控傑作選 1
金色《こんじき》の処女《おとめ》

投げ銭でおなじみ銭形平次。その推理力と反骨心、下手人をむやみに縛らぬ人情で難事件を鮮やかに解決。子分ガラッ八との軽妙な掛合いも楽しい名作を復刻。厳選八篇収録。注解付き。

の-19-1

野村胡堂
銭形平次捕物控傑作選 2
花見の仇討

「親分、大変《てえへん》だッ」今日もガラッ八が決まり文句とともに、捕物名人・銭形平次の元へ飛んでくる。顔の見えない下手人を平次の明智が探る表題作など傑作揃いの第二弾。（安藤　満）

の-19-2

野村胡堂
銭形平次捕物控傑作選 3
八五郎子守唄

惚れっぽいが岡惚ればかりでいまだ独り身のガラッ八に、まさかの〝隠し子〟が……？　江戸風俗と謎が交錯する表題作など八篇収録。時代小説ファン必読の傑作選最終巻。（鈴木文彦）

の-19-3

林　真理子
本朝金瓶梅
お伊勢篇

慶左衛門は江戸で評判の女好き。噂の強壮剤を手に入れるため、お伊勢参りにかこつけて二人の妾と共に旅に出たが……。色欲全開、豪華絢爛時代小説シリーズ第二弾登場。（川西政明）

は-3-34

（　）内は解説者。品切の節はご容赦下さい。

無双の花
葉室　麟
関ヶ原の戦いで西軍に与しながら、旧領に復することのできたただ一人の大名・立花宗茂。九州大友家を支える高橋紹運の嫡男、宗茂の波乱万丈の一生を描いた傑作。（植野かおり）
は-36-6

まんまこと
畠中《はたけなか》　恵
江戸は神田、玄関で揉め事の裁定をする町名主の跡取・麻之助。このお気楽ものが、支配町から上がってくる難問奇問に幼馴染の色男・清十郎、堅物・吉五郎と取り組むのだが……。（吉田伸子）
は-37-1

こいしり
畠中　恵
町名主名代ぶりは板についてきたものの、淡い想いの行方は皆目見当がつかない麻之助。両国の危ないおニイさんたちも活躍する、大好評「まんまこと」シリーズ第二弾。（細谷正充）
は-37-2

こいわすれ
畠中　恵
麻之助もついに人の親に?!　江戸町名主の跡取り息子高橋麻之助が、幼なじみの色男・清十郎、堅物・吉五郎とともに様々な謎と揉め事に立ち向かう好評シリーズ第3弾。（小谷真理）
は-37-3

西遊記
平岩弓枝
（全四冊）
唐の太宗の命で天竺へと向かった三蔵法師一行。力を合わせ、数々の試練を乗り越える悟空や弟子たちの活躍を描く、いままでいちばん美しい「西遊記」。蓬田やすひろの挿絵も収録。
ひ-1-110

花世の立春
平岩弓枝
新・御宿かわせみ3
「立春に結婚しましょう」――七日後に急に祝言を上げる決意をした花世と源太郎はてんてこ舞いだが、周囲の温かな支援で無事祝言を上げる。若き二人の門出を描く表題作ほか六篇。
ひ-1-120

長助の女房
平岩弓枝　画・蓬田やすひろ
御宿かわせみ傑作選4
深川・長寿庵の長助が、お上から褒賞を受けた――。お祭り騒ぎの中で事件が起きる表題作他、「大力お石」「千手観音の謎」など八篇を収録。カラー挿画入り愛蔵版、ついに完結！
ひ-1-255

天地人（上下）
火坂雅志
主君・上杉景勝とともに、信長、秀吉、家康の世を泳ぎ抜いた名宰相直江兼続。"義"を貫いた清々しく鮮烈なる生涯を活写する長篇歴史小説。NHK大河ドラマの原作。（縄田一男）
ひ-15-6

真田三代（上下）
火坂雅志
山間部の小土豪であった真田氏は幸村の代に及び「日本一《ひのもと》の兵《つわもの》」と称されるに至る。知恵と情報戦で大勢力に伍した、地方の、小さきものの誇りをかけた闘いの物語。（末國善己）
ひ-15-11

見残しの塔　周防国五重塔縁起
久木綾子
五重塔建立に関わった番匠たち、宿命を全うする男女の姿を、綿密な考証と自然描写で織り上げた、感動の中世ロマン大作。取材14年、執筆4年、89歳新人作家衝撃のデビュー作。（櫻井よしこ）
ひ-25-1

隠し剣孤影抄
藤沢周平
剣客小説に新境地を開いた名品集"隠し剣"シリーズ。剣鬼と化し破牢した夫のため捨て身の行動に出る人妻、これに翻弄される男を描く「隠し剣鬼ノ爪」など八篇を収める。（阿部達二）
ふ-1-38

海鳴り（上下）
藤沢周平
心が通わない妻と放蕩息子の間で人生の空しさと焦りを感じる紙屋新兵衛は、薄幸の人妻おこうに想いを寄せ、闇に落ちていく。人生の陰影を描いた世話物の名品。（後藤正治）
ふ-1-57

逆軍の旗
藤沢周平
坐して滅ぶか、あるいは叛くか——戦国武将で一際異彩を放ち、今なお謎に包まれた明智光秀を描く表題作他、郷里の歴史に材をとった「上意改まる」「幻にあらず」等全四篇。（湯川　豊）
ふ-1-59

斜陽に立つ　乃木希典と児玉源太郎
古川　薫
乃木希典は本当に「愚将」なのか？　戊辰戦争から運命の日露戦争、自死までの軌跡を、児玉源太郎との友情と重ね合わせながら血の通った一人の人間として描き出す評伝小説。（重里徹也）
ふ-3-17

（　）内は解説者。品切の節はご容赦下さい。

古川　薫
花冠の志士
小説久坂玄瑞
幕末の長州、尊攘派志士の中心として活躍した久坂玄瑞。松下村塾の双璧として高杉晋作と並び称され、吉田松陰の妹・文を妻とした。24年の苛烈な人生を描いた決定版。（小林慎也）
ふ-3-18

藤井邦夫
養生所見廻り同心　神代新吾事件覚
人相書
神代新吾事件覚シリーズ第五弾。南蛮一品流捕縛術を修業する、若き同心が、事件に出会いながら成長していく姿を描く痛快作。人相書にそっくりな男を調べる新吾が知った「許せぬ悪」とは!?
ふ-30-7

藤井邦夫
秋山久蔵御用控
無法者
評判の悪い旗本の部屋住みを調べ始めた久蔵と手下たち。強請の現場を目撃するが、標的となった者たちも真っ当ではない。久蔵は事情があるとみて探索を進める。シリーズ第二十一弾！
ふ-30-26

藤井邦夫
秋山久蔵御用控
島帰り
女誑しの男を斬って、久蔵が島送りにした浪人が務めを終え江戸に戻ってきた。久蔵は気に掛け行き先を探るが、男は姿を消した。何か企みがあってのことなのか。人気シリーズ第二十二弾。
ふ-30-27

藤原緋沙子
切り絵図屋清七
ふたり静
絵双紙本屋の「紀の字屋」を主人から譲られた浪人・清七郎は、人助けのために江戸の絵地図を刊行しようと思い立つ。人情味あふれる時代小説書下ろし新シリーズ誕生！（縄田一男）
ふ-31-1

藤原緋沙子
切り絵図屋清七
飛び梅
父が何者かに襲われ、勘定所に関わる大きな不正に気づく清七。武家に戻り、実家を守るべきなのか。切り絵図屋も軌道に乗ったばかりだが――。シリーズ第三弾。
ふ-31-3

藤原緋沙子
切り絵図屋清七
栗めし
二つの殺しの背後に浮上したある同心の名から、勘定奉行の関わる大きな陰謀が見えてきた――大切な人を守るべく、清七と切り絵図屋の仲間が立ち上がる！　人気シリーズ第四弾。
ふ-31-4

（　）内は解説者。品切の節はご容赦下さい

誉田哲也
吉原暗黒譚
吉原で狐面をつけた者たちによる花魁殺しが頻発。吉原大門詰の貧乏同心・今村は元花魁のくノ一・彩音と共に調べに乗り出すが……。傑作捕物帳登場！（末國善己）
ほ-15-5

松本清張
西海道談綺（全四冊）
密通を怒って上司を斬り、妻を廃坑に突き落として出奔した男の数奇な運命。直参に変身した恵之助は隠し金山探索の密命を帯びて日田へ。多彩な人物が織りなす伝奇長篇。（三浦朱門）
ま-1-76

松井今朝子
円朝の女
江戸から明治へ変わる歴史の転換期。時代の絶頂を極めた大名人と彼を愛した五人の女たちの人生が深い感慨を呼ぶ傑作時代小説。生き生きとした語り口が絶品！（対談・春風亭小朝）
ま-29-1

宮尾登美子
宮尾本　平家物語　全四巻
清盛の出生の秘密から、平家の栄華と滅亡までを描く畢生の大作。一門の男たちの野望と傲り、女たちの雅びと悲しみ……。壮大華麗に繰り広げられる平安末期のドラマ。宮尾文学の集大成。

み-2-9

宮城谷昌光
孟夏の太陽
中国春秋時代の大国晋の名君重耳に仕えた趙衰以来、宰相として晋を支え続けた趙一族の思想と盛衰をたどり、王とは何か臣とは何か、政治とは何かを描き切った歴史ロマン。（金子昌夫）
み-19-4

宮城谷昌光
楚漢名臣列伝
秦の始皇帝の死後、勃興してきた楚の項羽と漢の劉邦。覇を競う彼らに仕え、乱世で活躍した異才・俊才たち。項羽の軍師・范増、前漢の右丞相となった周勃など十人の肖像。

み-19-28

宮城谷昌光
三国志　全十二巻
後漢王朝の衰亡から筆をおこし「演義」ではなく「正史三国志」の世界を再現する大作。曹操、劉備など英雄だけではなく、将、兵、そして庶民に至るまで、激動の時代を生きた群像を描く。

み-19-20